MARCEL PRÉVOST
de l'Académie Française

Les Vierges Fortes

Frédérique

PARIS
MODERN-BIBLIOTHÈQUE
ARTHÈME FAYARD et Cie, ÉDITEURS
18-20, RUE DU SAINT-GOTHARD, 18-20

R. THÉVENIN

Les Vierges Fortes

FRÉDÉRIQUE

Accoudés sur la balustrade, les deux amants contemplaient cette nuit.

MARCEL PRÉVOST
de l'Académie Française

Les Vierges Fortes

FRÉDÉRIQUE

Illustrations d'après les aquarelles
DE
MAURICE MARODON

PARIS
MODERN-BIBLIOTHÈQUE
ARTHÈME FAYARD & Cie, ÉDITEURS
18-20, RUE DU SAINT-GOTHARD, 18-20

FRÉDÉRIQUE LES SUIVAIT.

EN FACE, BARRANT L'HORIZON, UN PONT GÉANT.

LIVRE PREMIER

I

Le navire, sa proue noire déchirant doucement l'ocre du fleuve, laissa derrière lui, sur la berge de gauche, les bâtiments blancs, souillés de suie, de l'hôpital de Greenwich, et le parc environnant, dont l'automne avait pâli déjà et décimé les verdures.

Remontant la Tamise élargie, il décrivit une courbe. Les aubes ruisselantes des roues battaient moins vite. Les cheminées ne soufflaient qu'une vapeur légère, confondue aussitôt avec la brume de l'air. La marée rebroussait le courant, et le navire semblait se laisser porter vers la Ville, comme une grosse épave.

Les passagers avaient quitté les cabines ; remontés sur le pont, ils cherchaient à deviner Londres dans cet énorme nœud de brouillards rougeâtres, vers lequel on se dirigeait. Mais Londres ne s'annonçait encore que par les constructions d'une laideur sombre, sinistre, qui çà et là meublaient les rives, et par les embarcations sans cesse plus nombreuses qui croisaient ou rejoignaient le *Black Prince*.

De ces passagers, les uns, légèrement mis, frais de visage, étaient des touristes arrivant de Ramsgate, de Margate ou de Douvres. D'autres, par leur allure fatiguée, leurs vêtements plus lourds, les bagages remisés à côté d'eux, dénonçaient une provenance plus lointaine. Ils venaient de France. Ils s'étaient embarqués à Boulogne, la veille ; avant de suivre les sinuosités pittoresques de la Tamise, ils avaient traversé le détroit par une mer ingrate d'équinoxe.

Parmi ceux-ci, appuyées à la balustrade qui découpait l'angle extrême de la proue, deux jeunes filles en deuil, debout, serrées l'une contre l'autre, tendaient leurs fronts, leurs regards, toute leur pensée anxieuse vers cette brume empourprée, d'où surgirait bientôt la Ville, terme de leur voyage. Elles se ressemblaient. Quel mystère, inexprimable par des mots, cette ressemblance de deux êtres qui diffèrent par la taille, la figure, la nuance des cheveux et le pigment des prunelles, et dont cependant le passant le plus distrait dit avec assurance : « Ce sont des sœurs ! » Celles-ci, d'ailleurs, étaient vêtues pareillement : même costume de crépon noir sans garniture, sans recherche d'élégance ou de mode, bien ajusté pourtant sur des formes fines ; même cape de drap noir à collet dressé, même chapeau de feutre noir, ceint d'une voilette de gaze. Mais l'une des deux, la plus grande, qui semblait l'aînée, était franchement brune, avec des traits réguliers, un peu forts, non sans noblesse, la peau mate, les yeux foncés, des cheveux noirs lissés, luisants. Tandis que la cadette, d'une taille un peu moindre, plus mince, plus frêle, paraissait blonde par contraste, avec ses cheveux châtain clair, légers, défrisés par le vent, ses yeux d'un bleu pâle, sa jolie figure délicate et sentimentale, évoquant les gravures traditionnelles de la période romantique. Un artiste se fût intéressé davantage au masque noble et grave de l'aînée ; mais les ordinaires passagers du *Black Prince* dévisageaient la cadette avec plus de curiosité. Et, si différentes, — par le magnétisme du même sang courant dans leurs veines, — elles étaient, pour tout le monde et au premier coup d'œil, deux sœurs...

Les wharfs, déjà, couvraient presque sans interruption les rives de la Tamise. Des bateaux plats, amarrés à leurs appontements, chargeaient ou déchargeaient des tonneaux et des balles. Quelques gros navires immobiles sur leurs ancres, dressaient leur proue comme un rocher aigu, en face du paquebot poursuivant sa montée. On dépassa un trois-mâts, tout blanc, les voiles serrées contre les vergues blanches, traîné par un remorqueur.

— Regarde, Frédérique, fit la cadette des deux jeunes filles... C'est un norvégien. Il s'appelle *Olda*.

Frédérique, distraite, ne répondit pas aussitôt.

— Oh ! Léa ! dit-elle à demi-voix après un instant... Penses-tu que nous sommes là, toutes les deux, isolées de tous... que nous allons vers cette Ville, à laquelle nous apportons notre ignorance et notre effort, justement comme fit Romaine Pirnitz il y a quatorze ans ? Peut-être a-t-elle pris ce même paquebot, puisqu'elle vint alors par la même route : elle a vu ce ciel, cette eau jaune, ces navires, ces entrepôts. Ses mains, peut-être, se sont posées à la place où sont les tiennes aujourd'hui !...

— Chère Pirnitz, murmura Léa. Chère amie ! Comme sa pensée doit nous suivre, depuis hier, dans notre voyage. Je me sens comme enveloppée par elle. Et toi ?

Le remorqueur atteint par le *Black Prince*, crachait une fumée qui noircissait et empoisonnait l'air. Le délicat visage de Léa se contracta, une toux la secoua. Sa sœur lui prit la main.

— N'as-tu pas peur du froid ? Depuis que le soleil baisse, il fait humide. Redescendons, veux-tu ?

— Oh ! non, je t'en prie, Fédi, supplia Léa. Restons ! Je veux voir...

L'aspect du fleuve changeait. Les entrepôts alignaient maintenant sans intervalle aux deux rives des façades noires, sur lesquelles des noms étaient inscrits en lettres énormes ; et chaque wharf était un petit port actif où convergeait une flottille. Des barques nombreuses s'y amarraient, leurs voiles rougeâtres à demi carguées. Des théories de larges gabares plates s'enchaînaient au long du fleuve ; le navire, entre elles, se glissait doucement, semblait à chaque instant près de les frôler, et les évitait chaque fois. On vit circuler les petits bateaux omnibus de la Tamise, verdâtres et sales, bondés de monde...

Un gros paquebot chargé de voyageurs, dont la sirène hurlait presque humainement, croisa le *Black Prince*. Rien, dans l'horizon, ne révélait encore la Ville, cachée par la courbe que décrit la Tamise avant Limehouse ; mais déjà on naviguait dans une cité flottante. Par delà les bâtisses des rives, qui trempaient leurs façades dans l'eau, s'élevaient d'autres mâts, barrés de vergues ; de vraies rues liquides, perpendiculaires à la Tamise, s'ouvraient, menaient à des docks. Enfin, le navire tourna la courbe de Limehouse ; Londres apparut.

Londres, tel que l'ignore le touriste amené par les express de Charing Cross, Londres, vu de l'énorme gueule par où la Ville-Monstre aspire la vie du Monde. C'était quelque chose de gigantesque, de triste et de puissant, une usine qui serait une ville. Les maisons qu'on apercevait ne semblaient pas faites pour abriter autre chose que des barriques et des ballots. Elles étaient poudrées d'une suie uniforme tellement épaisse qu'on ne pouvait deviner si autrefois les briques avaient été rouges ou jaunes. Et les navires aussi, comme les maisons, avaient un air de tristesse et de fatigue, l'aspect de choses auxquelles un usage excessif donne une vétusté précoce. A droite, c'étaient les quartiers populeux de l'Est, peut-être les plus pauvres de Londres, — Limehouse, Stepney, Whitechapel. A gauche, Rotherhithe et Bermondsey, les misérables et dangereux centres du Sud-Est. La Tamise les partageait en ligne droite, de son large cours jaune, impur, qui, maintenant, agité par le remous des innombrables embarcations, semblait ne plus avoir de sens et laissait danser sur place les détritus de toute espèce : vieux ais de bois, papiers, débris de choses rebutées ou d'animaux morts.

— Cette ville m'oppresse déjà, fit Léa, serrée contre sa sœur.

Frédérique, dont l'énergique regard affrontait mieux l'horizon morne, pressa fortement la main de la jeune fille.

— Oui, dit-elle... A peine entré en elle, on est emprisonné par cette armée de maisons, de rues, de gens... Pirnitz l'éprouva comme nous : et tu vois, pourtant, elle a été plus forte que la Ville.

— Cela ressemble si peu à Paris ! murmura Léa.

Parisiennes nées, ayant laissé Paris de la veille et pour la première fois, les deux sœurs évoquaient naturellement le souvenir des rives plaisantes, vallonnées, décorées de parcs et de villas que l'on admire en remontant le cours de la Seine, par Asnières et Auteuil.

— Regarde, dit l'aînée ; ceci est beau.

La sirène du paquebot déchirait l'air, annonçant l'arrivée... On était en plein port de Londres, à moins d'un demi-mille en aval de la Cité... Le large couloir de la Tamise, entre la courbe muraillée des wharfs, s'encombrait de navires marchands, barques légères, paquebots, voiliers aux vergues fines, lourds chalands accouplés par le flanc. Une forêt compacte de mâts, de toiles, de cheminées, obstruait la vue à droite et à gauche. Ces monstres venaient des Indes, de l'Egypte, du Cap, du Canada, des Amériques, de l'Australasie. Réunis et rangés dans ce port de Sainte-Catherine, ils symbolisaient, par leur diversité même, l'activité expansive qui unit ce peuple de Londres à tous les peuples du monde. Au delà des navires et des wharfs, au delà de Limehouse et de Rotherhithe, on devinait ce puissant réseau de comptoirs, d'entrepôts, de câbles, d'escadres et de territoires qui constitue l'Empire britannique.

— Regarde ! avait dit Frédérique.

Ce que Frédérique montrait, c'était la Cité, le cœur de Londres, enfin visible dans le nœud de brouillards rouges, où le paquebot, ralentissant sa marche, allant très doucement, très doucement, pénétrait enfin. La ligne de docks, à droite, s'interrompit. On vit surgir sur un quai élevé le château crénelé, trapu, massif, dont la Tour de Londres est le donjon. Plus loin, se dressa la colonne dorée du Monument, et plus loin encore, sur la droite, le dôme de Saint-Paul.

En face, barrant l'horizon, un pont géant, avec les deux tours ogivales de ses piles, neuf, presque blanc dans l'air fumeux, semblait la porte gothique de la cité.

Comme le paquebot atteignait ce pont, le tablier s'ouvrit en angle, pour livrer passage aux cheminées, tandis que sur chaque tronçon s'amassaient les passants et les voitures... Avec des précautions extrêmes, le

Black Prince s'avançait maintenant dans l'étroit intervalle qui sépare Tower Bridge du vieux pont de Londres. Il s'inclinait vers la droite, il s'approchait du bord ; Frédérique et Léa distinguaient les visages des gens qui, appuyés sur le parapet, observaient l'arrivée. Derrière cette rangée de têtes, d'épaules et de coudes, elles voyaient circuler les piétons, les cabs, les omnibus — que le pont semblait charrier en torrent compact. Au bout du pont, commençait la Cité.

C'étaient des maisons, des voitures, des hommes, des femmes, comme à Paris : pourquoi, même à première vue, tout cela était-il si différent de Paris, aussi différent que ce qui en diffère le plus, plus étranger que l'Orient ?

Il était six heures quand les câbles d'amarre grincèrent, attachant le *Black Prince*, en aval du Pont de Londres, au pied de l'entrepôt appelé Fresh Wharf... Six heures de septembre, un crépuscule brumeux semblable au halo d'un fer incandescent. Frédérique et Léa étaient demeurées à la proue du paquebot. Elles se trouvèrent les dernières à débarquer, bousculées sans façon par les passagers. Le wharf où elles abordaient avait ce même aspect usé, fatigué, sale, qu'elles voyaient à toutes les choses environnantes. Presque collé à la culée du Pont de Londres, il laissait seulement quelques yards libres entre l'eau et le mur du quai... Sur le ponton de bois, Léa, la première, distingua une petite silhouette vêtue de vert, avec une bonne face de bébé couperosé, ridé et blond, un gros chignon filasse sur lequel était posé, très en arrière, un chapeau de paille ridiculement plat.

— Regarde, Fédi ; n'est-ce pas elle ? N'est-ce pas Edith ?

— Cette blonde qui tient un en-cas ? Probablement... elle ressemble tellement à Daisy !...

Elles débarquaient ; la silhouette falote vint à elles : deux yeux bleus, calmes, les dévisagèrent ; une voix dit en français avec un accent britannique prononcé :

— Mesdemoiselles Sûrier ?... n'est-ce pas ? Je suis Edith Craggs, la sœur de Daisy.

— Oh ! mademoiselle, que vous êtes aimable d'être venue à notre rencontre !

Méthodiquement, Edith Craggs, sans lâcher son en-cas, baisa sur chaque joue les deux voyageuses.

— Comment êtes-vous ? Avez-vous fait un bon voyage ?

— Un peu fatiguées, dit Frédérique. Nous naviguons depuis cinq heures du matin.

— Oui, vous êtes venues, par bateau, de la France jusqu'ici. Mais pourquoi n'avez-vous pas pris le chemin de fer à Douvres, dites-moi ?

— Oh ! dit Frédérique en souriant... Nous avons tenu à venir par la Tamise... C'est une sorte de superstition... parce qu'une femme dont vous connaissez assurément le nom, et que nous vénérons, a pris cette voie pour entrer dans Londres, la première fois qu'elle y vint.

— Romaine Pirnitz ? demanda la petite personne falote.

— Oui

— Nous l'avons eue à Londres, à Free College, il n'y a que quelque mois... Je vous comprends. On ne peut pas la voir sans l'aimer. Quelle âme !

En prononçant ces mots, Edith avisa un porteur et lui désigna la malle des deux jeunes filles : l'homme la chargea sur ses épaules. On le suivit par une sorte de ruelle sinueuse ; on gagna la sortie du Fresh Wharf, vers la Cité. Quelques fiacres à quatre roues attendaient là, dans une cour d'une extrême exiguïté. La malle et les valises furent huchées sur l'un de ces fiacres.

— Est-ce que vous aimez Londres ? demanda sérieusement Edith aux deux sœurs.

La question posée dans cette courette suintante, d'où l'on ne voyait qu'un carré de ciel fumeux, était si comique, que celles-ci ne purent s'empêcher de sourire. Léa dit :

— L'arrivée par la Tamise est fort belle.

— Oh ! moi, dit Edith, que le sourire des deux Françaises avait un peu troublée, la beauté des maisons et des rues m'est indifférente. J'aime Londres parce qu'il y a beaucoup d'ateliers, de gens qui travaillent avec leurs membres, avec leur pauvre dos, comme des bêtes de somme, et qui sont noirs du charbon des usines et qui sont misérables, avec des familles où l'on n'achète que la moitié du pain qu'il faudrait... Vous verrez cela, vous verrez... Vous vivrez ici entourées de pauvres qui sont les images de Christ.

Léa et Frédérique s'entre-regardèrent, échangeant la surprise que leur causaient les paroles d'Edith. Ni cette Romaine Pirnitz dont elles étaient les messagères, ni les autres femmes dévouées avec elle, dans Paris, à la même œuvre, toute laïque, n'affectaient ce ton de prédication religieuse, qui les choqua un peu.

— Tenez, dit Edith au portefaix en lui remettant trois pence. Nous n'avons ni or ni argent, comme l'apôtre. Mais ce que nous avons, nous vous le donnons. Si vous n'êtes pas trop fatigué, un soir de cette semaine, venez à notre institut d'ouvriers, Walworth Road, 17, près d'Elephant and Castle... Vous y aurez de quoi vous rafraîchir et vous distraire sans péché. Voici le programme.

L'homme ne rit pas, ne répondit rien ; il prit le papier imprimé, le plia et le mit dans sa veste de toile noire. Puis il s'en retourna, d'un pas lourd.

— Vous connaissez ce porteur ? demanda Frédérique.

— Je le vois pour la première fois, répondit Edith. Mais il faut jeter partout la semence. Il y en a qui tombe sur la pierre, il y en a qui tombe sur le chemin ; celle qui tombe dans la terre rapporte cent pour un... Nous sommes prêtes ; ne le sommes-nous pas ?

Ses yeux bleus inspectèrent l'amarrage de la malle et des sacs des voyageuses.

— Tout va droit, dit-elle. Voulez-vous monter ?

Elle dit une adresse au cocher :

— Three, Apple-Tree-Yard, Piccadilly.

Elle monta en face des deux sœurs ; la voiture partit.

De cette longue artère parallèle à la Tamise qui traverse le cœur de Londres, unissant Mansion House à Trafalgar Square, Frédérique et Léa distinguèrent peu de chose, car la nuit, depuis qu'elles avaient quitté la trouée de la Tamise, était brusquement venue ; les réverbères commençaient à s'allumer. Il leur parut qu'elles suivaient une sorte de rue Montmartre à maisons noires et hautes, avec plus d'omnibus et moins de fiacres ; la vitesse des hansom-cabs filait à travers tout cela. Les enseignes étaient énormes, violentes, dépourvues d'art. L'aspect des maisons étroites, en briques patinées de suie, avec leurs rectangles nus où se lève la guillotine d'une fenêtre, différait absolument de la maison parisienne, riche ou pauvre.

Derrière ces fenêtres, quels êtres vivaient. La demeure étrangère offre un visage mystérieux à qui la voit pour la première fois, comme si elle défendait contre la curiosité du passant le secret de l'âme nationale.

Edith, d'une tranquille voix de prêche, décrivait à ses compagnes l'installation qu'on leur avait choisie.

— Suivant ce que m'a écrit de Paris ma sœur, Daisy, j'ai cherché pour vous une chambre, dans le centre de Londres. Je ne trouvais rien de confortable et de pas trop... *expensive*... quand Mme Sanz, — vous savez, la directrice de cet admirable Free College, qu'on vient de réinstaller dans Kensington Road ?...

— Oui, dit Frédérique... nous la connaissons par Pirnitz.

— Eh bien ! Mme Sanz m'a indiqué une chambre... grande... belle, dans une maison honnête, habitée aussi par des amis à elle, des Finlandais, le frère et la sœur. J'ai vu la chambre, et je l'ai retenue tout de suite, pour la semaine ; vous jugerez si vous voulez la conserver au mois. Je pense que les voisins vous plairont : le frère est peintre de tableaux et de portraits ; la sœur écrit des romans. Ils sont excessivement respectables... Bien entendu, comme c'est l'usage des logements d'ici, on vous cuira vos repas si vous le désirez.

Léa, qui, des deux sœurs, était la seule imaginative, se figura aussitôt les voisins de Apple-Tree-Yard comme de vieux célibataires, méthodiques, occupés d'un art minutieux et fané.

— Vous avez été bien bonne de vous déranger ainsi, dit Frédérique.

— Laquelle de vous deux, questionna Edith, veut travailler chez Clariss and Sons ?

— Moi, dit Léa.

— Moi aussi, reprit Edith, je travaille chez Clariss and Sons. Oh ! je ne suis pas dessinatrice ; je n'ai pas du tout de talent... Je suis employée à la surveillance des glaceuses. Vous qui avez du goût, à ce que m'a dit Mme Sanz, vous serez bien amusée par ces ateliers. Je crois que vous ne possédez pas les pareils, même à Paris, pour la décoration des papiers et des étoffes d'ameublement.

Ces propos étaient débités d'un ton désintéressé qui réprimait l'élan des remerciements comme l'effusion de la sympathie.

Le cab arrivait à une place très éclairée par de gros globes électriques, des becs de gaz, des rampes de lumière.

— Où sommes-nous ? demanda Frédérique.

— A Piccadilly Circus, répondit Edith. Cette grande rue courbe, là, c'est Regent Street. En face, c'est le chemin de Leicester Square, le quartier français : oh ! un vilain et mauvais quartier. Nous approchons de chez vous.

En effet, le cab s'engageait dans Piccadilly, tournait au coin de l'église Saint-James, franchissait Jermyn Street, puis virait à gauche et tout de suite s'arrêtait.

Les trois jeunes filles descendirent. Frédérique et Léa jetèrent sur les lieux environnants cet avide regard de la jeunesse qui boit les objets... Elles virent que Apple-Tree Yard était une sorte d'impasse, faite de maisons étroites, peintes proprement en jaune clair. Le numéro 3 avait deux étages au-dessus du rez-de-chaussée, et des fenêtres sans contrevent, à stores de toile ; sur les stores éclairés se projetait l'ombre de l'inévitable miroir à coiffer... En face, une haute bâtisse à appartements — type encore assez nouveau à Londres — s'enveloppait d'échafaudages et de sapines.

La maîtresse de la maison meublée, personne mince à bonnet noir, reçut les arrivantes avec une politesse sans chaleur. Elle les conduisit par un corridor à la chambre qu'Edith leur avait choisie : cette chambre était, en effet, vaste et bien meublée. Deux lits de fer côte à côte, une grande armoire d'acajou, des sièges en cuir, une table de toilette, un bureau avec un encrier et un sous-main. A droite et à gauche de la cheminée, un bec de gaz brûlait.

— Etes-vous confortables ? demanda Edith à Frédérique tandis qu'on apportait les paquets.

— Mais certainement, dit Léa. Tiens... il n'y a pas de fenêtres.

— Oui, fit Edith, c'est pour cela que la chambre coûte moins cher. Mais, ajouta-t-elle en montrant une baie carrée dans le plafond, il vient par là beaucoup d'air et de lumière, dans la journée, et, même la nuit, vous pouvez laisser le vitrage entr'ouvert.

On avait refermé la porte, laissant les trois jeunes filles ensemble. Edith reprit :

— Si vous le voulez bien, vous ferez votre toilette à présent, et puis vous viendrez tout de suite avec moi à Free College... N'êtes-vous pas trop fatiguées ? Mme Sanz m'a recommandé de vous amener dès ce soir : il y a une... lecture (vous dites en français une conférence, n'est-ce pas ?), et ensuite on a le thé. Nous arriverons pour le thé. Pouvez-vous attendre jusque-là sans souper ?

Frédérique et Léa rassurèrent Edith. Elles avaient mangé sur le bateau, un peu avant d'arriver à Londres. Tandis que la petite Wesleyenne s'asseyait devant le bureau et se mettait à lire une Bible prise sur la cheminée, les deux Françaises se lavèrent de la poussière et de la fumée du voyage. La malle ouverte, elles en tirèrent deux robes d'un deuil moins sévère.

Edith, absorbée dans sa lecture, ne bougeait pas. Elle se retourna quand elle entendit :

— Nous sommes prêtes, mademoiselle !

La petite bonne femme les considéra attentivement, puis secoua la tête.

— Y a-t-il quelque chose d'incorrect dans notre toilette ? questionna Léa.

— Non, fit Edith... Mais vous êtes, l'une et l'autre, bien jolies, et la parure vous va tellement bien ! Comme le chemin de Christ est plus rude pour des jeunes filles telles que vous... Hélas !

Frédérique et Léa, animées par cette fièvre particulière que les premiers voyages donnent aux êtres jeunes, furent joyeuses de se retrouver dans les rues de Londres. Apple-Tree-Yard, Jermyn Street, John Street, leur apparurent de petites voies de province, mornes, pauvrement éclairées. A Piccadilly Circus semblaient se concentrer tout le mouvement et toute la lumière. Elles montèrent, avec Edith, dans un omnibus qui partit aussitôt pour Kensington. Il était environ huit heures moins un quart. Chemin faisant, Edith leur nommait des choses qu'elles ne distinguaient point, dans l'ombre ; mais elles acquiesçaient d'un signe de tête.

— Green Park... Hyde Park Corner.. L'ambassade de France, ici, à droite.

Elles descendirent au coin de Allen Sreet. De là, elles allèrent à pied jusqu'à Free College, à peine distant d'un quart de mille.

Un grand édifice neuf, de style anglais ordinaire, éclairé à toutes ses fenêtres, avec deux pignons formant avant-corps sur la façade, chacun occupé par une baie demi-hexagonale, et entre les deux pignons un petit porche à toit aigu : c'était Free College. La construction était en briques rouges : les pignons en pierre blanche. Frédérique, Léa et Edith pénétrèrent sous le porche, puis dans un vestibule encombré de manteaux et de chapeaux ; elles traversèrent le parloir transformé en buffet pour la circonstance, — atteignirent enfin une pièce monumentale, voûtée en nef, fermée au bout par un vitrail de chapelle, où s'achevait en ce moment la conférence.

— C'est la salle à manger des élèves, dit à voix basse Edith à ses compagnes. Elle sert aussi pour les lectures ordinaires : les tables, mises bout à bout, forment une estrade au fond, et les bancs sont pour auditeurs.

Une femme, très élégante, d'aspect et d'accent américains, était assise à la table de conférence et parlait. Les trois jeunes filles écoutèrent.

— « Je me résume, disait la conférencière. En admettant qu'il existe entre l'intelligence de l'homme et celle de la femme des différences radicales, loin d'en tirer un argument en faveur de l'éducation séparée, il faudrait bien plutôt conclure à la nécessité de la coéducation. Car, plus ils diffèrent l'un de l'autre, plus il leur est utile d'être élevés en commun pour se perfectionner mutuellement, acquérir certaines qualités qu'ils n'auront jamais si chacun reste enfermé dans sa propre nature... Si, au contraire, comme j'incline à le croire, il n'y a pas, entre les intelligences de l'homme et de la femme, des différences radicales... »

— C'est une conférence sur l'éducation mixte, chuchota Edith à l'oreille de ses deux compagnes, telle qu'elle est pratiquée en Amérique, dans un grand nombre d'établissements, même pour les études supérieures : à Knox College, par exemple. La conférencière est Mlle Ada Smith. Elle est Lady Principal à Brixton College, — une université très florissante où les jeunes gens et les jeunes filles suivent exactement les mêmes cours, prennent ensemble leurs repas et leurs divertissements. Mlle Ada Smith fait en ce moment une série de conférences à travers le Royaume-Uni.

Edith fut interrompue par le bruit des applaudissements. L'énergique petite femme élégante qui gesticulait sur l'estrade achevait sa péroraison et quittait la place.

— Mais, demanda Frédérique, Free College n'est point un collège d'éducation mixte ?

— Oh ! non... Mme Sanz a horreur de ce système, qui est le contraire du sien. Seulement, à Free College, on a le droit d'exposer toutes les opinions, pourvu qu'elles soient respectables. Moi-même, dont les idées ne sont pas exactement celles de Mme Sanz et de Romaine Pirnitz, j'ai parlé dans cette salle sur la Préparation au Mariage. Demain, les élèves discuteront la question de la coéducation, feront des devoirs, passeront des examens là-dessus, et après elles pourront apprécier librement le système d'ici : l'éducation de la Femme par la Femme.

La conférencière, descendue de l'estrade, secouait virilement des mains qui se tendaient vers elle, embrassait une grosse dame blonde — Mme Sanz — et enfin se retirait par une porte latérale, tandis que les assistants refluaient vers le bas de la salle.

— Je ne vois pas les élèves ? demanda Léa.

— Mais si, dit Edith... les voici, partout, mêlées aux parents, aux amis de l'école... Tenez, cette jeune fille en mousseline blanche est une élève... Et cette autre en bleu.

— Il n'y a pas d'uniforme ?

— Hors les heures de classe, chacune s'habille comme il lui plaît. La plupart d'entre elles se mettent en toilette pour souper, les jours ordinaires. Elles n'ont même que trop de penchant à la parure.

Frédérique et Léa inclinaient vers cette opinion. Nées pauvres, habituées à gagner leur vie, bien que n'ayant jamais connu l'indigence, elles trouvaient cette nef gothique à vitraux à cheminée monumentale, bien somptueuse pour un réfectoire d'élèves ; ces toilettes de mousseline bleue, rose, surtout blanche, quelques-unes légèrement décolletées, ces fleurs aux corsages et dans les cheveux, étonnaient la sévère discipline de leur âme, façonnée par une apôtre au mépris de ce qui cherche à accroître ou à souligner la séduction de la femme. Elles remarquèrent d'ailleurs que ces élégantes jeunes filles s'entretenaient avec les hommes d'un air de parfaite simplicité.

On descendit vers le parloir, où le thé était servi sur de petites tables. Edith, qui promenait gravement sa robe verte de quakeresse au milieu de ce luxe, amena les deux voyageuses près d'un groupe où la grosse Mme Sanz conversait avec quelques invitées.

— Madame, voici les deux demoiselles françaises.

— Ah ! s'écria Mme Sanz avec un sincère contentement... Que je suis heureuse de vous voir ! Ma chère Pirnitz vous a tant recommandées à moi ! Laissez-moi vous embrasser...

Elle les embrassa maternellement, puis les menant à une table libre dans un angle de la salle :

— Causons un peu et faisons connaissance.

Une des élèves, en toilette de mousseline crème masquée d'un tablier brodé, s'était approchée de la table pour prendre les ordres comme une soubrette de comédie.

— Mary, dit Mme Sanz, donnez à ces demoiselles un peu de viande froide avec leur thé. Vous devez avoir faim, mes enfants... Que je vous regarde... Mon Dieu, comme vous êtes jolies, toutes les deux !... Je vous aurais devinées au portrait que Pirnitz m'a fait de vous.

Peu a peu, la salle ou l'on prenait le thé se vidait.

Montrant alternativement chacune des deux Françaises, elle dit leurs noms :

— Frédérique ?... Léa ?...

— C'est cela, répondirent ensemble les deux sœurs, souriantes.

— Oh ! je vous connais bien. Romaine Pirnitz m'a beaucoup parlé de vous pendant son dernier séjour, quand elle est venue de Paris m'aider à installer notre école dans son nouveau local. Comment la trouvez-vous, notre école ?

Léa hésitait à répondre, regardant sa sœur. Frédérique dit :

— Free College est très beau, très luxueux, très différent de ce que Pirnitz cherche à réaliser à Paris.

— Je vous comprends, fit Mme Sanz. Vous jugez qu'on a trop fait ici pour le confort et l'apparat. Oh ! ce ne sont ni les idées de Pirnitz ni même les miennes... du moins nos idées sur un collège idéal. Mais, vous le savez, les circonstances, les mœurs des pays nous obligent à adapter notre système. En Hongrie, où nous sommes nées, Pirnitz et moi, nous avons pu faire, à peu de frais, une maison de forte discipline morale et de large instruction, dans des bâtiments simples, dans une espèce de couvent. A Londres, en Amérique, rien ne paraît trop brillant pour l'école. J'ajoute que Free College est un collège supérieur, *High School*, destiné à des jeunes filles riches, tandis que Pirnitz médite de fonder à Paris une école professionnelle pour des filles destinées à gagner leur vie. Free College serait prématuré à Paris. Et puis, à Paris, il faut toujours commencer par conquérir le peuple. Ici, l'important est de gagner les dirigeants.

Peu à peu, la salle où l'on prenait le thé se vidait. La plupart des invitées étaient parties. Les élèves de service enlevaient les tasses, les cuillères, les napperons, remettaient tout en ordre.

Ada Smith, un manteau de soirée d'une extrême élégance jeté sur ses maigres épaules, apparut en coup de vent, vint s'asseoir auprès de Mme Sanz, secouant d'un shake-hands vigoureux les mains de Frédérique et Léa, qu'on lui présenta. C'était une petite personne à figure blonde chiffonnée, encadrée de boucles ondulées minutieusement. Elle portait beaucoup de bijoux. Elle parlait vite, d'un ton précieux.

— Comme vous avez été intéressante, chère Ada, fit Mme Sanz de sa voix paisible... Si je n'avais horreur de vos idées, je crois que vous m'auriez convertie.

— Qui sont ces jeunes filles? demanda Ada en montrant celles qui servaient.

— Ce sont des élèves, elles aident au ménage.

— Voilà qui me fait horreur, à moi, dit miss Smith en riant. Quoi ! vous prélevez pour des besognes ménagères un temps précieux sur le loisir des étudiantes, pour des besognes qui les fatiguent, qui ne les préparent nullement au rôle de maîtresses de maison ! Mais vous violez la règle première de l'éducation féminine, qui est de donner aux jeunes filles les mêmes chances de développement qu'aux jeunes hommes. N'êtes-vous pas de mon avis, mesdemoiselles ?

— Nous avons été élevées, dit Frédérique, dans la nécessité et l'habitude de nous servir souvent nous-mêmes. Et puis... franchement, je ne comprends pas bien qu'on établisse une hiérarchie entre travaux également utiles. Il ne me paraît pas qu'il y en ait de méprisables.

— Cependant, répliqua l'Américaine prompte à la discussion des idées, le travail est plus noble où l'esprit a plus de part que le corps.

— Je ne le crois pas. Une infirmière qui bande une blessure fait-elle œuvre moins noble qu'un littérateur égoïste en train d'accommoder des fictions ?

Miss Smith fut un instant méditative.

— J'aime beaucoup votre réponse, dit-elle enfin. Mais, dans la pratique, croyez-en l'expérience d'une directrice d'école, les travaux manuels rappellent la femme à son vieil esclavage, et, au moins pour le temps de combat que nous traversons, mieux vaut les laisser à des servantes qui ne peuvent être émancipées encore. Je ne vais pas pourtant jusqu'aux doctrines de certains collèges d'Amérique, où, sous prétexte d'égalité des sexes, l'on fait coudre et cuisiner les garçons alternativement avec les filles.

Elle se leva, serra les mains et s'éloigna vivement comme elle était venue. Un gentleman à pelisse noire l'attendait. Elle lui prit le bras et sortit.

— Quel pays, cette Amérique ! murmura Mme Sanz Quelle initiative, quelle activité de propagande, même pour les causes les moins bonnes en soi ! Mais parlons de vous, ajouta-t-elle en se tournant vers les deux jeunes Françaises. Le voyage ne semble pas vous avoir trop fatiguées ? Désirez-vous, cependant, vous reposer demain ?

— Nous préférons nous mettre à l'œuvre tout de suite, dit Léa. N'est-ce pas, Fédi ?

— Eh bien ! il ne tient qu'à vous. Frédérique voudra bien se trouver ici demain pour le déjeuner du matin, à neuf heures. Je l'attache à ma personne. Je suis surchargée de travail, dans ce grand collège neuf où tout est à recréer. Vous m'aiderez, et ce sera pour vous la meilleure leçon d'administration.

— Et Léa ? demanda Frédérique.

— Il est entendu qu'elle entre en apprentissage aux ateliers de Clariss and Sons. Edith Cragge la pilotera.

— Mais, dit Léa... sait-on, chez Clariss and Sons, que j'ai fini depuis longtemps mon apprentissage ?

— Il y aura assurément pour vous des choses neuves à apprendre. Laissez-vous guider. On est trop pratique chez Clariss pour ne pas vous utiliser au plus tôt, le jour même, si c'est possible... Vous prendrez vos repas avec Edith... Vous pleurez ?

Des larmes montaient aux yeux de Léa. Elle les réprima aussitôt.

— Excusez-la, dit Frédérique. Depuis notre enfance, nous ne nous sommes presque jamais quittées, et cette séparation de toute la journée sera le plus dur de notre nouvelle vie. Chérie ! ajouta-t-elle en serrant la main de sa sœur.

— Voilà votre temps d'apostolat qui commence, dit Mme Sanz en caressant Léa à son tour. J'ai connu ces douleurs de la séparation lorsqu'il m'a fallu quitter Romaine Firmitz...

Il y eut un instant de silence. Edith, qui depuis longtemps ne parlait pas, en profita pour émettre ce verset :

« — Le Lord dit : *Qui enverrai-je et qui voudra marcher pour nous ?* Et je réponds : *Me voici Lord :* envoie-moi. »

— Je ne vous le cache pas, reprit Mme Sanz, l'œuvre entreprise à Paris vous vaudra plus de joie et une réussite plus rapide que celle d'ici. Vous aurez plus d'action sur les êtres humbles auxquels vous donnerez un moyen de gagner leur vie, que nous n'en avons sur nos élèves, riches pour la plupart. Nous nous heurtons, dans ces jeunes filles britanniques, à un esprit pratique, à un défaut d'imagination terribles pour des apôtres... La « New Woman », chantée par Tennyson, « l'Eve prochaine », comme dit Firmitz, je n'ai point encore su la faire germer ici... Elle excite la raillerie de la foule et des docteurs. Elle n'est point à la mode à Londres. Nous ne sommes pas à la mode.

Mme Sanz se tut sur ces mots. L'heure avançait. Déjà les boules électriques de la salle à manger étaient éteintes ; une ombre inquiétante venait de là.

— Il est tard, reprit-elle. Il faut que je vous rende votre liberté. Allez dormir, mes enfants, comme de bonnes ouvrières qui, demain, se lèveront à l'aurore pour travailler.

Edith voulut reconduire jusqu'à leur logis de Apple-Tree-Yard les deux jeunes Françaises. Comme elles entraient dans l'impasse, une silhouette de femme, alerte et jeune sous les fourrures, les précédait. Elle s'arrêta juste devant leur maison.

— Edith !

— Tinka !

— Vous amenez nos nouvelles voisines ?

— Oui. Nous revenons de Free College, toutes les trois.

Celle qu'Edith appelait Tinka ouvrit la porte de la maison et, s'excusant de passer la première, leva le gaz du vestibule. Frédérique et Léa virent alors une minuscule femme au plaisant visage de poupée, d'un blanc et d'un rose délicieusement frais, avec des yeux gris un peu verts, des frisons dorés, courts comme ceux d'un jeune garçon ; cette frimousse mignonne était blottie dans un collet de loutre. Tinka avait l'air d'un gamin de seize ans déguisé en femme.

— Oh ! mesdemoiselles, dit-elle en très bon français, je suis tellement contente que vous habitiez la maison. Malheureusement, votre chambre n'est pas fort agréable, surtout le jour. Mais Mme Sanz m'a dit que vous seriez dehors presque du matin au soir. Mon frère et moi, nous avons un drawing-room confortable, en haut, et vous vous en servirez, je l'espère, comme s'il était à vous. Voulez-vous le voir tout de suite, notre drawing-room ? Voulez-vous monter ?

— Il est si tard ! objecta Edith.

— Il est onze heures à peine, Georg et moi, nous ne nous couchons jamais avant minuit. Oh ! montez avec nous, Edith. Avez-vous si grande hâte d'aller au lit ?

— Non, soupira Edith. Je ne peux pas dormir plus de trois heures chaque nuit.

Et sa pauvre figure couperosée, qu'un pli de migraine marquait sur le front, sourit tristement.

Frédérique et Léa devaient, toute leur vie, évoquer cette vision, si banale, si familière, qui leur entra dans les yeux au même instant : le drawing-room avec sa tenture orange ses chaises de moleskine brune, les bibelots de six pence décorant les étagères drôlement découpées, — et le grand jeune homme au teint clair, aux cheveux blonds, à la moustache blonde, aux yeux bleuâtres comme ceux de Tinka, pareil, dans sa beauté juvénile, tempérée par un air de fatigue, à un guerrier des Paradis du Nord, mais à un guerrier frappé d'une blessure secrète... Il quitta le fauteuil où il lisait, vint à Tinka qu'il éleva en l'air par la taille, l'embrassant sur les joues.

— Georg, disait Tinka, Georg, Tu es fou ! Tu es fou... Que vont penser de nous nos voisines ? Mais regarde-les donc, ajouta-t-elle quand il l'eut reposée sur ses pieds... Sont-elles jolies ! Quel bonheur d'avoir ces charmants visages dans la maison !

Frédérique et Léa souriaient, un peu gênées par le regard de curiosité que Georg Ortsen jetait sur elle. Il dit simplement.

— Oui... Elles sont belles l'une et l'autre.

— Oh ! corrigea Léa : Frédérique seule est belle ! Il les regarda encore :

— Peut-être, murmura-t-il.

M. Ortsen est peintre, dit Edith pour excuser cet étrange entretien.

Tinka, preste et gaie, sautait comme un moineau dans le salon, montrant chaque objet, expliquant ce qu'on voyait, le jour, par la fenêtre, offrant tout l'appartement et tout le mobilier aux nouvelles venues. Elle ouvrit une porte sur une autre pièce, et parut interdite en la trouvant obscure.

— C'est l'atelier de Georg, dit-elle. Je vais allumer le gaz.

Edith lui toucha l'épaule.

— Tinka... il faut pourtant que ces demoiselles se couchent. Dès demain elles vont travailler.

— La mer nous a un peu éprouvées, dit Frédérique inquiète de la pâleur de Léa. Nous vous remercions de votre accueil... Nous vous demandons la permission de nous retirer.

— Oh ! vous êtes fatiguées !... moi qui oubliais que vous aviez voyagé tout le jour. Pardonnez-moi. Allez vite dormir. Mais demain soir, c'est convenu, vous souperez avec nous... Je suis une très bonne cuisinière... pas à la façon anglaise... Après souper nous ferons de la musique. Êtes-vous musiciennes ?

— Léa a une voix agréable, répondit Frédérique.

Tinka et Georg serrèrent les mains des Françaises et d'Edith, qui redescendirent dans la chambre du rez-de-chaussée. Edith prit congé

— Bonne Edith, dit Frédérique à la jeune méthodiste, quel guide complaisant et affectueux vous avez été pour nous ! Merci !

— Je viendrai demain matin chercher Léa, répliqua-t-elle, pour la mener à l'atelier. Cela ne me gêne pas. Je dors si peu !

Léa dénouait déjà ses cheveux châtain qui, blondis à la lumière, couvraient ses épaules d'une pelisse ambrée.

— Ce sont les voisins dont vous nous avez parlé ? demanda Frédérique tout en sortant les menus objets de son nécessaire et en les installant sur la commode.

— Oui. Georg est peintre. Il ne travaille guère ici, se plaignant du mauvais jour de son atelier. Il gagne sa vie et celle de Tinka en donnant des leçons de peinture : il a cinq élèves de familles riches que Mme Sanz lui a procurées parmi les anciennes pupilles et les amies de Free College.

— Et elle ?

— Elle écrit des romans.

— Comment ? Cette petite poupée blonde de vingt ans ?

— Tinka a près de trente ans. Elle a écrit un livre admirable : *L'Autre Fille*, illustre dans tous les pays du Nord, et qui va être traduit en allemand et en anglais... Elle est d'ailleurs mariée et mère de deux enfants...

— Les enfants sont ici ?...

— Non. Tinka a abandonné son mari et ses filles, qui demeurent à Larmsoë en Finlande... Oh ! c'est pour une question de conscience... Tinka est très respectable... Je vous conterai cela demain. Maintenant, je dois vous laisser dormir.

Les deux jeunes filles étaient seules depuis quelques instants à peine, quand on frappa de nouveau

— C'est moi, fit la voix de Tinka. Peut-on encore entrer ?

— Oui, répliqua Frédérique, nous ne sommes pas couchées.

— Je voulais, dit Tinka, vous montrer un croquis que Georg vient de faire en deux minutes et qui est si ressemblant ! Tenez...

C'était le portrait des deux sœurs, dessiné au crayon sur un bout de feuille de papier, telles qu'elles étaient apparues à la porte du drawing-room. La vérité des attitudes et des physionomies y apparaissait si nette, et l'interprétation si poétique, si idéale, que Léa, très sensible à l'art, s'écria :

— Mais !... C'est un grand artiste !

— N'est-ce pas ? repartit joyeusement Tinka. Et si simple ! si bon ! Et une âme si haute, une si ferme conscience !...

Elle était devenue toute sérieuse en prononçant ces mots. Elle rêva un peu. Puis, subitement, ses claires prunelles d'enfant se ranimèrent.

— Comme vous êtes jolie, mademoiselle Léa, avec vos cheveux dénoués !... Je veux que Georg vous voie ainsi... N'est-ce pas ? je l'appelle...

— Mais ce n'est guère convenable, murmura Frédérique.

Déjà Tinka était sortie... Un instant après, elle ramenait son frère. Léa, toute rouge, cacha son front dans ses boucles : elle fut une délicieuse statue de la pudeur.

— Georg, dit Tinka, n'est-ce pas là l'image vivante de cette « Eve prochaine » dont parle Herminie Sanz ?

— C'est plutôt, répondit Georg, l'Aïno de nos légendes.

Le mécontentement de Frédérique ne put tenir longtemps devant la simplicité de Georg et de Tinka. C'étaient évidemment deux êtres primitifs ; aucune idée de convenance apprise ne venait à Georg, pas plus qu'à Tinka.

— Dormez maintenant, mes chères, fit celle-ci.

Et comme une fillette, dont elle avait vraiment l'apparence et l'allure, elle sauta au cou de Frédérique et de Léa et les embrassa.

A demain, dit Georg.

Son regard, attaché tour à tour sur chacune d'elles, était si franc, si candide, que Frédérique se reprocha son mouvement d'humeur.

Afin que leurs mains pussent se rejoindre, les deux jeunes filles avaient rapproché leurs couchettes. Une fois le gaz éteint, le silence nocturne de Londres les enveloppa, troublé rarement par le glissement d'un hansom aux roues caoutchoutées, les sabots du cheval battant mécaniquement le pavé de bois de la rue.

Il leur semblait que les vagues de la mer les berçaient encore, dans leur premier sommeil sur la terre d'exil. Les visions de Greenwich, de Tower Bridge, de Piccadilly, de Free College, se mêlaient à la silhouette falote d'Edith : les figures fraternelles, les yeux purs et bons de Georg et de Tinka Ortsen, animaient cet assoupissement conscient. L'on eût dit que par leurs doigts entrelacés, elles se communiquaient leur rêve. Peu à peu, elles dormirent plus profondément ; et toutes deux ensemble regardèrent, suspendu dans l'éther des songes, le visage souffrant, pâle, de Romaine Pirnitz, qui leur souriait.

II

Vers l'année 1873, vivait à Paris, rue de la Sourdière, presque au coin du faubourg Saint-Honoré, un professeur libre d'humanités et de mathématiques, M. E. Legay, *bachelier ès lettres et ès sciences, leçons particulières, préparation aux examens.* Ces renseignements figuraient sur une plaque noire à lettres dédorées, fixée au montant gauche de la porte extérieure, parmi d'autres plaques où les passants pouvaient lire : *Maxime, coiffures de dames*, — Mlle Caroline Gouzy, *modes.* Sur le montant opposé, deux fleurets en croix étaient peints au-dessus d'une main dont l'index engageait les amateurs d'escrime à pénétrer, par le boyau d'un corridor, jusqu'à la salle d'armes Pijory, située au fond de la cour, au rez-de-chaussée.

Cette maison existe encore aujourd'hui : seuls, les locataires ont changé. Le quartier qui entoure le marché Saint-Honoré se modifie avec une lenteur extrême : le voisinage de la rue de Rivoli et de l'avenue de l'Opéra laisse subsister son caractère, non pas provincial, mais vieux Paris, Paris du temps de la Révolution et des premières années du Consulat. Considérez cette façade exiguë, — quatre fenêtres, sans encadrements, sans volets, dont la hauteur varie pour chacun des trois étages ; l'enduit de stuc orangé clair qui, par endroits, démasque les pans de bois de la muraille ; ces mansardes en chapeau chinois, coiffées d'ardoises qui ont tardivement et maladroitement remplacé les tuiles ; les croisées avec leurs carreaux d'autrefois, — le gros pavage de la rue, bordée d'un trottoir étroit, et ce nom bizarre peint à même l'angle du mur en caractères anciens : la rue et la maison auraient pu être, habitées telles quelles, par un Diderot ou une Mme Roland.

En 1873, année considérable dans la vie du père Legay, la maison de la rue de la Sourdière était occupée, au rez-de chaussée, par une crémerie, la traditionnelle crémerie, blanche à filets bleus, qui donnait sur la rue, et, par la salle Pijory, au fond de la cour. Maxime, coiffeur de dames, errait au premier, dans un petit magasin fort sale, fréquenté par les bourgeoises du quartier et par quelques demoiselles douteuses. La modiste égayait le second étage des chansons de ses trois ouvrières, chiffonnant des tulles, façonnant des nœuds de velours, fixant des plumes aux formes montées sur les champignons de bois. Le troisième étage était loué à M. Legay : il l'habitait avec sa fille Christine, âgée de dix-neuf ans.

Ernest Legay, veuf de bonne heure, avait élevé cette unique enfant dans une sollicitude mélancolique, dépourvue d'élan et de satisfaction. C'était un homme long, tout en os et en peau, dont la tenue propre et usée, le visage de Christ pauvre, faisaient naturellement redouter aux égoïstes satisfaits une demande d'argent et l'aveu d'une infortune intéressante. Sa voix était celle d'un homme qui vient de pleurer et qui se contient pour ne point recommencer : elle se trouait brusquement, sombrait dans des tons graves, alarmait l'interlocuteur. En réalité, le père Legay n'avait aucune raison actuelle d'être triste ; nul souci ne le tourmentait. Il ignorait l'ambition, presque l'espoir. Il était professeur libre depuis vingt-cinq ans et le serait toute sa vie. Il avait eu pour compagne, pendant huit ans, une femme assez intelligente qui avait essayé de secouer sa torpeur, de le pousser à l'effort. Il avait résisté sans colère, par la seule inertie ; mais la mort de cette épouse trop active fut presque un soulagement. Il jouit, dès lors, durant plusieurs années, — tant que Christine fut une enfant, — du genre de quiétude atone qui lui convenait. Une rue plus large, une maison moins vieille, de plus grosses rentes, un travail plus abondant et mieux payé l'auraient gêné. Ce repos dura peu. Christine grandit : très vite, elle effara son père par sa gaieté, sa gentillesse provocantes. Elle avait l'activité maternelle, avec une grâce légère, une bonne humeur hardie en plus. A mesure qu'elle s'occupait plus exclusivement du ménage, elle imposait des changements. Elle renvoya la vieille bonne, qui volait. Elle décora l'appartement, très économiquement, de papier neuf, de peintures fraîches. Quand le père Legay, ayant mâchonné à ses cancres le *De Viris* et l'équation du premier degré, rentrait sous la pluie d'automne ou à travers la neige noircie de l'hiver, crotté, mouillé, sentant le cigare dont il agrémentait ses courses, — il trouvait un intérieur pimpant, fanfreluché, avec de la peinture claire, des nœuds, des mousselines, qui le transformaient tout entier en une grande chambre de jeune fille. Christine se précipitait à sa rencontre et, sur le palier, lui prenait son chapeau, son pardessus en montagnac, datant de son mariage (il n'était jamais question de ce pardessus dans la maison sans qu'on mentionnât sa qualité de montagnac !), son parapluie, toutes ces choses qui dégouttaient autour de sa personne. On l'invitait à passer par la cuisine pour y défaire des souliers élastiques dont le cuir

On l'invitait a passer dans la cuisine pour y défaire ses souliers.

disparaissait sous la boue. Les doigts agiles de sa fille lui ôtaient délicatement le vieux culot de tabac qu'il essayait parfois de dissimuler derrière son dos ou dans la paume de sa main... Alors seulement il avait droit de pénétrer dans l'appartement ciré, verni, joyeux... Tout cela était fait gaiement, avec de bons baisers sur ses tempes dégarnies, et des « Mon papa minon... mon cher vieux !... » Mais, tout de même, le père Legay, qui souriait dans sa barbe de Christ, ne se sentait pas à l'aise. Il avait l'impression qu'il ne rentrait pas chez lui. Sa propre personne l'offusquait dans ce cadre rajeuni et renouvelé. Elle n'avait pas changé, cette humble personne, au milieu de la restauration environnante ! Les glaces avaient beau recouvrir de fraîches étoffes leur dorure fanée, elles renvoyaient au professeur la même image de pauvre intéressant. Sur les parquets bien cirés, les gros pieds difformes, dans leurs savates, semblaient des intrus. Tandis qu'en tête à tête le père et la fille prenaient leur repas, soudain Legay apercevait une patte à la fois maigre et lourde qui empoignait la carafe, une patte velue, squameuse, avec des ongles cassés et noirs. De quel droit traînait-elle sur la nappe blanche, à côté de la main fine et soignée de Christine ? Hélas ! cette patte était la sienne ; il n'y avait pas moyen de s'en défaire ni même de la parer d'un gant, comme le dimanche, lorsque Legay sortait en compagnie de Christine...

Autre supplice, ces promenades dominicales !

Combien il regrettait celles d'autrefois, quand, avec l'enfant et la vieille bonne endimanchée, il processionnait placidement, parmi les files de bourgeois pareils à lui, également mornes, silencieux et laids, qui longeaient les devantures closes des magasins, les bas côtés des Champs-Elysées, ou s'immobilisaient à regarder les minuscules navires du lac des Tuileries ! Maintenant, Christine menait son père à la messe de onze heures, à Saint-Philippe du Roule (la messe *chic* !) ; après quoi, l'on montait jusqu'à l'Etoile, puis, par l'avenue du Bois, jusqu'à la porte Dauphine.

En ces matinées de dimanche, l'avenue était toute pimpante du froufrou des robes, du luxe des équipages, du papotage de cent groupes divers. Des hommes à l'aspect anglais, de vieux messieurs blancs et corrects, des jeunes femmes, des jeunes filles en air de gaieté et de flirt... Au milieu de ces bandes éclatantes, Christine conduisait délibérément le père Legay. Et on les regardait ! On regardait Christine, très jolie, toujours bien mise, car elle était couturière et modiste née, comme tant de filles de ce Paris où l'élégance de la femme pousse du sol en herbe vive ! Legay, accompagnant cette brillante promeneuse, étonnait. Il le sentait. Il songeait : « C'est moi qu'on regarde... C'est moi l'intrus... Je ne devrais pas venir dans ce monde-là... » Si quelqu'une de ces jolies dames, quelqu'un de ces fringants messieurs, ou simplement un des valets de pied qui suivaient parfois les enfants avec des manteaux sur les bras s'étaient approchés de lui et lui avaient dit rudement : « Qu'est-ce que vous faites ici ? » le professeur se serait excusé, aurait balbutié et, sans réplique, se serait sauvé de toute la vitesse de ses longues jambes.

Avec un pareil père et l'éducation d'une domestique niaise, d'où venaient, à Christine, ce goût et cette science du luxe ? La faute en était à la maison de la rue de la Sourdière. Malgré ses apparences minables, la maison de la rue de la Sourdière était une perverse conseillère de pensées dissipées. Christine descendait volontiers chez Mme Gouzy ; toute petite, elle y apprit l'art du chiffon. Plus tard, elle étonna la patronne et les ouvrières par l'adresse de ses menus doigts : Mme Gouzy, constamment, lui proposait de la garder, de la payer sans apprentissage. La clientèle se recrutait surtout parmi les petites bourgeoises du quartier, des commerçantes : quelques-unes étaient riches et ne s'habillaient pas mal. Christine examinait ces clientes d'un œil qui ne les oubliait plus. Elle aimait l'admiration, mais sans mauvaise pensée : un brutal regard d'homme la flattait moins que ces regards pinçants de femme qui détaillent une toilette avec jalousie.

Les demoiselles qu'ondulait Maxime lui inspiraient de la répugnance : elle notait pourtant leur coiffure et leur costume. Quant à la salle d'armes de Pijory, elle jouissait d'une certaine réputation dans le quartier. Beaucoup de jeunes gens la fréquentaient, et souvent, durant les après-midi solitaires, Christine voyait, derrière les panneaux vitrés de la salle, les tireurs en veston blanc, le jarret tendu, croisant le fer, et d'autres en peignoir, revenant de la douche, flâneurs, jugeant les assauts. D'un tempérament tranquille, ignorant les curiosités troubles des ouvrières de Mme Gouzy, Christine regardait les jeunes gens quand ils étaient soignés et (c'était un de ses mots favoris) distingués. Le plus distingué des tireurs de la salle Pijory attira son attention. Les petites modistes les connaissaient presque tous... « Celui-là, c'est Julien Renard, le tireur qui a gagné le prix d'escrime du Grand-Hôtel. Celui-là, c'est Dauriat, le fils du grand magasin de blanc de la rue de l'Echelle... Celui-là... » Christine s'intéressait à ces jeunes hommes, non pas parce qu'ils étaient des hommes ni parce qu'ils étaient jeunes, mais parce qu'ils étaient un peu de la vie brillante et frivole de Paris.

Christine était prédestinée. Paris en dévore des milliers par an, comme elle, qui sont jolies, qui aiment l'élégance, qui savent tout de la fête parisienne, qui lisent les mondalités dans les journaux, apprennent les anecdotes sur les filles cotées, le nom des comédiens et des comédiennes. Les leçons morales qu'elle reçut furent à peu près nulles. Le père n'avait pas plus de principes que de besoin de moralité : il n'avait pas de vices. Christine entendit la morale des grandes villes : la femme, objet de luxe, atteignant au bonheur, au repos, à la richesse, grâce à l'homme qui la désire. Le premier mondain élégant qui lui parla d'amour lui dit qu'elle était jolie, la traita comme une dame, eut sur elle trop d'avantage. Honnête au fond, elle murmura bien : « Vous m'épouserez, n'est-ce pas ? » Et la promesse qu'elle reçut suffit à la rassurer.

Chaque fois qu'une telle chute s'accomplit dans une de ces grandes villes redoutables, Paris, Londres ou Berlin, il semble qu'un globule noir doit s'ajouter au nuage de soufre qui les menace. Les pauvres filles demi-ouvrières, demi-bourgeoises sont des proies. On en revoit quelques-unes — une pour mille ! — plus tard, qui éblouissent Paris de leurs diamants.

Mais les autres ?

Maintenant, qu'on s'imagine un soir de janvier 1873, dans l'appartement du troisième, rue de la Sourdière. C'est un hiver pluvieux et doux, et le poêle qui chauffe tout l'appartement a été remisé au fond du salon. Dans la salle à manger se trouvent Legay et Christine. Depuis trois mois environ, Legay est gêné en présence de sa fille. Si on lui demandait pourquoi, il serait incapable de le dire. Il est gêné, voilà tout ; il a la sensation à peine consciente qu'il la gêne lui-même, qu'elle pense à des choses qu'elle ne peut pas lui dire : et il trouve, humblement, cela naturel. Mais ce réciproque embarras assombrit leur vie depuis des mois. Legay n'ose pas parler. Il a peur de dire ce qu'il ne faut pas, ayant observé que ses questions irritent maintenant les nerfs de la joyeuse Christine. Il se cache tant qu'il peut, il se fait oublier derrière le numéro déployé de la *Liberté* ; il lit comme seuls savent lire ceux pour qui le journal est un divertissement, non une indispensable corvée quotidienne. Et, tout d'un coup, il pose brusquement le papier : il a entendu un petit sanglot si douloureux, près de lui ! La gaie Christine sanglote. Le professeur en est tout chaviré. Oh ! la pitié empêtrée, l'amour maladroit qu'il essaie de lui témoigner !... Il lui prend les mains... « Voyons, Christine ! Voyons, » dit-il de sa voix de complainte. Il ne trouve rien de mieux, il lui tripote les doigts et se risque à lui caresser les cheveux. Mais Christine, énervée, le repousse :

— Laisse... père... assieds-toi. Ecoute. Il faut que je te parle. Mais pas de gronderies, n'est-ce pas ?... il n'est plus temps de me faire des reproches...

Gronderies ? reproches ? Le bonhomme n'y songe guère !

Tandis que Christine, qui ne sanglote plus, s'exprime par courtes phrases coupées de silences, les yeux fiévreux, la langue mouillant de temps en temps les lèvres sèches, c'est bien plutôt le père Legay qui a l'air du coupable, l'air de recevoir une leçon et l'annonce d'une rude pénitence. Sa figure de Christ tourne vraiment à l'agonie. Sa barbe noire et rousse s'agite de brusques soubresauts, trahissant les mouvements désordonnés de la bouche qui se tord sans parler. La respiration est catarrheuse, rauque, pareille au ronflement d'un malade qui dort. « Mon Dieu ! mon Dieu !... Christine, oh ! Christine !... » Ce sont les seuls mots qu'il prononce, sans colère, comme un appel au secours.

Christine a fini. Un silence. Puis quelques larmes qu'elle essuie rageusement. Puis :

— Voilà... Maintenant, il faut se presser.

— Oui, réplique Legay, il faut se presser.

Il regarde Christine, et, dans ce regard, il met un effort sincère de voir, au lieu de cette attention distraite qu'il traîne sur la vie. Christine est si frêle, si altérée... Comment ne s'est-il pas aperçu ?...

— Il faut se presser... Qu'est-ce qu'on peut faire ?

Il est prêt à tout faire, pourvu que Christine ne lui dise pas : « Invente, décide toi-même. »

— Il faut que tu ailles trouver le père — son père... Son père consentira si tu y vas... Lui n'ose pas... il en a une peur terrible...

— Bien. Où demeure-t-il, le père ?

— Tout près d'ici. Au 33 du faubourg... M. d'Ubzac, le banquier.

— Oh ! Christine !... M. d'Ubzac...

Legay, dont les facultés ordinairement plus lentes sont en ce moment surexcitées, voit se dresser devant ses yeux la noble façade au fond d'une cour sablée, la marquise, l'avant-corps somptueux, la porte monumentale. Il lui faudra entrer là-dedans, lui Legay, demander M. d'Ubzac et lui dire : « Monsieur, votre fils doit épouser ma fille ! » Cette imagination lui semble tellement extravagante, tellement contre l'ordre nécessaire des choses, qu'il murmure encore :

— Oh ! Christine...

Et Christine, les yeux vagues, a la même sensation d'impossibilité... M. d'Ubzac, elle le connaît. Elle a souvent guetté son coupé, attelé de deux chevaux gris ; elle a vu monter le petit homme rouge de peau, barbe et cheveux d'argent, soigneusement habillé, une fleur pourpre le matin, blanche le soir, à la boutonnière. Elle aussi imagine son père faufilant sa silhouette minable dans la maison, dans le cabinet de ce potentat, et cela est à la fois si grotesque et si invraisemblable qu'elle perd courage, qu'elle fond en larmes.

— Papa ! papa ! je t'en prie...

Il est à ses genoux, le père Legay ; il n'est plus gêné. Il a retrouvé Christine. Il l'aime mieux ainsi. Sa disgrâce l'a rapprochée de lui. Il l'étreint, il se sent serré par elle comme il ne l'a jamais été. Elle est plus petite et il est grandi. Elle s'appuie sur lui.

MON PÈRE RECEVRA M. LEGAY AUJOURD'HUI.

— J'irai demain voir M. d'Ubzac.

Il y alla le lendemain.

La nuit, il n'avait pas dormi, méditant avec sa pauvre énergie et sa pauvre intelligence ce qu'il allait dire, essayant, avec sa pauvre imagination, de prévoir ce qui se passerait. De temps en temps, il pensait : « J'ai une maladie de cœur ; si je pouvais mourir cette nuit, je ne serais pas obligé d'aller là-bas. » Ensuite, il songeait que Christine n'avait pas d'autre défenseur : c'était lâche, égoïste, de se dérober. Le matin venu, il se leva, se rasa, fit sa toilette, mit sa meilleure redingote et son chapeau numéro un. Christine lui montra une lettre, apportée quelques instants plus tôt.

Ma chérie,

Mon père recevra M. Legay aujourd'hui à midi et demi.

TON HENRI.

Legay put donner ses leçons matinales comme de coutume : une répétition de mathématiques à un avorton, fils de commerçants de la rue de Rivoli, et un cours de latin pour le baccalauréat à l'institution Rupert, rue du 29-Juillet. A midi, il s'en revint par le faubourg Saint-Honoré. Malgré tous les soins qu'il avait pris, ses souliers étaient crottés, sa redingote chiffonnée. Le nœud de sa cravate, fait par Christine, s'était dénoué pendant les leçons ; il l'avait refait lui-même, inégal, en forme d'X à branches dissymétriques. Afin d'arriver chez d'Ubzac à midi et demi précis, il se promena quelque temps le long du faubourg, médita devant un magasin d'abat-jour ; une vitrine de modiste, avec ses champignons coiffés de capotes et de toques, évoqua Christine chiffonnant des nœuds pour Mme Gouzy : « Christine, ma chérie !... » Un peu de colère lui monta aux joues. Il regarda sa montre. Midi vingt-cinq. Il hâta le pas vers l'hôtel d'Ubzac... Au moment d'entrer, il aperçut qu'il n'avait plus qu'un gant. L'autre était tombé en route, quelque part, ou bien il l'avait laissé chez ses élèves. Il n'était plus temps de le chercher... Dressé de toute sa taille devant la lourde porte, il appuya sur le bouton électrique.

Certes, l'aspect sévère et rébarbatif de cette porte vernie, la majesté de cet avant-corps en pierres massives, ne préparaient point l'humble visiteur à l'accueil respectueux du suisse en livrée olive, qui, sa casquette galonnée à la main, quand Legay se fut nommé, répliqua :

— M. d'Ubzac attend monsieur... En face, sous la marquise.

Le père Legay s'était découvert... Il traversa, tête nue, les pans de sa redingote flottants, la cour fin sablée, jusqu'au perron évasé qu'une marquise abritait... Une cloche résonna deux fois sous un marteau autoritaire, comme pour dire aux laquais qui le guettaient dans le vestibule : « Attention ! Voilà le père Legay... » Et les grands gars en culotte de satin, en mollets blancs, s'inclinèrent, lui prenant son parapluie, toujours avec la même politesse... Il disait : « Oh ! ce n'est pas la peine, merci, monsieur. » Mais on le lui prit tout de même. Il voulut donner aussi son chapeau : on fit semblant de ne pas comprendre, on le lui laissa... Alors, il suivit par le large escalier à tapis de Smyrne, barré de cuivres quadrangulaires, les mollets d'un des laquais ; — une porte fut ouverte devant lui.

— Monsieur Legay... dit le domestique.

— Ah ! cher monsieur...

Un petit homme replet, à face rouge dans la neige des cheveux et de la barbe, avait jailli de derrière son bureau Empire en citronnier jaune, chargé de bronzes ; il s'avança, tendant les deux mains. Legay, la main gauche crispée sur son chapeau, laissa serrer sa droite, gantée de noir, par les doigts solides du banquier.

— Asseyez-vous, mon cher monsieur Legay. Je suis charmé, charmé de vous voir.

Legay s'assit. La face rouge s'installa de nouveau derrière le bureau Empire. Les yeux vifs, sous les broussailles des sourcils blancs, se fixèrent sur la main gauche de Legay. Machinalement, Legay lui-même regarda sa main, dont la nudité lui parut indécente. Il s'aperçut alors que cette main, du torchon qui essuie le tableau noir, avait gardé la poudre crayeuse, et que des marques de doigts étoilaient le bord mat du chapeau. Cette observation acheva de le désarçonner.

— Mon cher monsieur Legay, dit précipitamment le banquier, je vais donc causer avec vous. Je vous connais de réputation : vous êtes un très honnête homme, un très galant homme, on peut s'expliquer avec vous à cœur ouvert. Il nous tombe dessus une grosse tuile à tous les deux, une grosse tuile, n'est-ce pas ? Nos enfants ont été bien fous. Mais que voulez-vous ? Il faut être indulgents, nous avons été jeunes nous-mêmes. Enfin, tout va s'arranger, j'en suis sûr, avec un peu de bonne volonté de part et d'autre...

Il y avait eu, dans les premiers mots de M. d'Ubzac, une volubilité où quelque observateur expérimenté eût assurément démêlé de la gêne ; mais le silence, l'attitude effarée du bonhomme lui rendirent son aplomb.

— J'ai eu raison, n'est-ce pas ? mon cher monsieur Legay, de compter sur votre concours pour tout réparer au plus tôt, avant que rien ne s'ébruite d'une aventure qui pourrait nuire à la réputation de Mlle Legay?

— Mais... bien sûr... oui, monsieur, répliqua Legay, je vous remercie.

— Alors, tout va s'arranger.

M. d'Ubzac saisit l'extrémité d'un tuyau acoustique appuyé sur une petite lyre de cuivre, souffla, prêta l'oreille : un coup de sifflet lui ayant répondu, il chuchota dans l'embouchure :

— Faites monter M. Sûrier.

A partir de ce moment, jusqu'à ce qu'il se retrouvât dans le faubourg, salué de nouveau par le portier olive et or, Legay cessa de comprendre ce qui se passait autour de lui.

Comme un spectateur arrivé au milieu du troisième acte d'une pièce inconnue, il entendait bien ce que disaient les personnages, mais le pourquoi des gestes, des paroles, le lien avec la réalité lui échappaient.

Il vit entrer dans le cabinet de M. d'Ubzac un grand garçon élégant, au front dégarni, à moustaches fauves, à joli visage fripé ; le nom de ce nouveau venu ne fut pas prononcé. Il fut question de mariage, de position assurée, de quarante mille francs à la disposition immédiate : la main du père Legay fut cordialement serrée par M. d'Ubzac et par le grand jeune homme.

Et de nouveau ce fut l'escalier à tapis de Smyrne, la cour sablée, le portier respectueux, le trottoir...

« Qu'est-ce que je vais dire à Christine ? »

Il se demandait cela en suivant le faubourg, en montant ses trois étages de la rue de la Sourdière. Il souffrait de l'appréhension d'une calamité imminente, plus cruelle que la maternité de Christine, et dont il était, cette fois, un peu coupable, un peu complice.

« Comment expliquer à Christine ? »

Il n'eut besoin de rien expliquer. Il la trouva assise sur un fauteuil, les yeux fixes, brûlés par des larmes sèches, le menton sur les poings et les coudes sur ses genoux. D'un geste de la tête, elle lui montra une lettre ouverte sur la table. Legay lut, debout, son chapeau à la main :

Ma chérie,

Mon père est inexorable ; il m'a fait, sans m'avertir, déplacer du ministère. Je suis envoyé comme juge suppléant à Brézina, dans le Sud-Algérien. Je serai parti quand tu recevras ce mot. Ne m'accuse pas de faiblesse : on ne résiste pas à mon père. Mais il est bon, au fond, et sage. Avant tout, il a songé à assurer un nom à notre enfant et une position stable à toi. Pardonne-moi, j'ai le cœur brisé. Songe que je souffre aussi et que mon exil sera dur. Je t'embrasse une dernière fois.

Henri.

— Donne-moi cette lettre, dit Christine.

Comment expliquer a Christine?

Legay la rendit. Toujours assise, elle la jeta dans le feu, la regardant flamber. Quand ce ne fut plus qu'un léger chiffon noir, elle releva les yeux vers son père.

— Tu as accepté ?

Legay, après un silence, répondit en hochant la tête :

— Je n'ai rien dit ; je n'ai rien su dire.

— Enfin, tu as accepté ?

Il fit signe que oui. Elle répondit tristement :

— Tu as bien fait.

III

Les premiers souvenirs de Frédérique lui rappelaient une vie d'ordinaire assez calme, sous la menace d'orages qui, à de longs intervalles, éclataient. Frédérique évoquait nettement le visage triste, creux, et les poils gris et roux de son grand-père Legay qui l'adorait, la promenait le dimanche, lui rapportait des friandises de chacune de ses courses. Elle évoquait aussi la figure de sa mère, encore très jolie, — fine figure pâle altérée par la maternité et les soucis. Elle ne se rappelait pas moins nettement celui que toute la maison appelait « Papa ». Cependant, on ne le voyait guère. Ce personnage à moustaches fauves se montrait par intermittences dans l'appartement de la rue de la Sourdière ; et ces apparitions étaient précisément les orages que redoutaient Legay, Christine, Frédérique et même la bonne à tout faire.

Constant Sûrier, le mari choisi pour Christine par M. d'Ubzac, était nerveux, injuste et violent, non pas à l'endroit de Frédérique, à laquelle il parlait peu, mais envers sa femme et son beau-père. Au fond, cet homme n'avait guère de méchanceté. C'était, sans plus, un de ces innombrables jeunes gens des grandes villes que le besoin de luxe et la fainéantise poussent aux expédients du jeu, des courses et des louches affaires. Employé au contentieux dans la maison d'Ubzac, assez mal noté et près d'être renvoyé, son mariage avec Christine l'avait sauvé. Grâce aux quarante mille francs comptant alloués par le banquier, il paya ses dettes gênantes et put encore amorcer quelques-unes des innombrables affaires qu'inventait sa fausse intelligence. Sûrier, pour ainsi dire, était tout en faux : fausse honnêteté, fausse élégance, faux esprit, fausse courtoisie. Ayant accepté le marché proposé par d'Ubzac, il mit son point d'honneur à mépriser sa femme et son beau-père. Il s'était laissé marier, refusant de faire aucune démarche. Christine continuait d'habiter son ancien appartement ; une chambre isolée ouvrant sur le même palier, en face, était la chambre du mari. Sûrier avait sa porte et sa clef. D'ailleurs, on le choyait, on lui faisait de bons repas, on le soignait dans ses maladies, car il était extrêmement délicat, miné par la tuberculose.

Après son mariage, il avait continué de figurer parmi le personnel de la banque d'Ubzac, mais il allait rarement au bureau ; le banquier tolérait ses absences ; même, de temps à autre, il le garait du plongeon final par une gratification. M. d'Ubzac escomptait la santé de ce triste client et savait qu'il n'aurait pas longtemps à lui payer la dîme viagère.

Ce qu'était, pour son aïeul et pour sa mère, l'homme aux moustaches fauves, Frédérique, vers sa septième année, commença à le comprendre. Ni Legay ni Christine n'avaient l'âme assez forte pour retenir un si lourd secret, et Frédérique était le seul être auquel ils pussent le confier. Frédérique sut que son père n'était pas son père. Oui, on lui avait dit cela dans les heures de rancune. Christine et Legay avaient souhaité cette petite alliée qu'ils sentaient supérieure à eux, contre l'intrus méprisant qui occupait leur vie. Legay haïssait Sûrier. Christine avait à son égard une attitude singulière ; plus tard seulement Frédérique s'expliqua comment sa mère, maltraitée et dédaignée, lui demeurait pourtant asservie. Elle en ressentit un violent chagrin.

Voici quelle scène fit la lumière dans l'esprit de l'enfant :

Constant Sûrier rentra un matin, vers cinq heures, dans cet état particulier qui annonçait l'orage pour Christine, Frédérique et le vieux pion. Ayant passé la nuit au tripot, ayant perdu, il avait bu un verre de fine champagne, un seul (il n'était point ivrogne), et cela suffisait pour ravager de crampes douloureuses son organisme épuisé. Alors, d'une nervosité d'écorché, il brutalisait sa femme et quiconque l'approchait. Frédérique, couchant dans un cabinet voisin de la chambre de sa mère, entendit, une fois de plus, les reproches de Christine. Plus adroite, Christine fût peut-être parvenue à corriger cette nature moins perverse que faible. On aurait eu prise sur Constant Sûrier en exploitant sa lâcheté foncière, en lui faisant comprendre qu'il se suicidait. Christine, au contraire, l'accusait verbeusement d'être un débauché, un paresseux, un voleur ; elle ne lui épargnait aucune des appellations qu'il méritait, ce qui jetait l'homme en frénésie. Frédérique entendit toutes les épithètes habituelles, et aussi toutes les répliques de Sûrier ; l'histoire du mariage y était remise en scène par des phrases blessantes. L'enfant les connaissait, ces phrases, que la colère d'avoir perdu au jeu et l'irritation de souffrir faisaient crever comme des pustules.

« Si j'avais un intérieur respectable, est ce que je penserais seulement à sortir ?... »

« Voilà ce que c'est que de se sacrifier pour sauver l'honneur d'une... »

Quelquefois, le mari exaspéré frappait. Jamais très brutalement ; il avait lui-même peur des coups qu'il donnait : il les payait presque aussitôt par une défaillance... Il y eut cette fois l'horrible lutte, les cris, les larmes et l'affaissement de Sûrier sur le lit. Sa femme le déshabilla, le soigna, et, peu à peu, les plaintes du malade cessant, le silence se fit dans la chambre. Frédérique se rendormit. Elle se réveilla au grand jour ; on ne s'occupait pas d'elle quand Sûrier était à la maison. Elle s'habilla tout doucement, les gestes muets, et se coula dans la salle à manger dont elle ouvrit la porte avec précaution. Mais aussitôt elle ne sut si elle devait la refermer ou entrer... Elle resta dans l'entre-bâillement, immobile comme une petite pétrifiée.

Ceux qu'elle voyait ne la voyaient pas. C'étaient Christine et Sûrier, Christine sur les genoux de Sûrier. Celui-ci l'embrassait avec sa fouge de phtisique ; elle, la gorge renversée, roucoulait comme un ramier. Ils étaient si inconscients, si distraits de tout, que l'enfant put repousser la porte et s'enfuir sans être aperçue.

Frédérique allait avoir huit ans, quand Sûrier, dont le mal s'aggravait, dut ne plus sortir. Cette pâle face de poitrinaire, si fine, si mobile, s'installa dans l'appartement ; l'orage fut là, toujours, mais atténué, transformé en lourde brume persistante. Durs mois pour Frédérique : la présence de Sûrier lui causait un malaise physique. Raidie, crispée, elle ne pouvait ni manger ni parler à son aise devant lui. Sa santé s'altéra : ce qui surtout la faisait souffrir, c'était la sollicitude de sa mère pour le malade. Déjà elle formait le projet de quitter la maison avec son grand-père, un de ces projets lentement et profondément mûris d'enfants solitaires, et qui eût certainement abouti. Mais Sûrier s'affaiblit brusquement, et, après trois semaines d'agonie, mourut.

Il laissait Christine enceinte.

Après la mort de Sûrier, Frédérique connut enfin cette chose adorable : jouir de sa jeunesse. On n'attendait plus de tempêtes dans l'appartement de la rue de la Sourdière. Frédérique, robuste, saine et intelligente, aima la vie. Curieuse d'instruction, elle soutirait par des questions incessantes la courte science du grand-père : elle flairait dans tous ses livres, entrait en même temps, sans avoir la sensation de l'effort, dans la connaissance des langues mortes et de l'histoire. Elle apprenait en se jouant avec une institutrice du voisinage, les éléments de l'anglais. Pour l'arithmétique, elle montrait un goût particulier, dépassait déjà son maître. A dix ans, Frédérique était certainement la plus forte élève du père Legay. Elle savait le latin usuel et les éléments du grec ; le grec et le latin faisaient partie du mobilier de la maison, — tels les chapeaux que façonnait Christine. Peu adroite aux travaux féminins dont ses goûts l'éloignaient, elle se les imposait comme un exercice d'énergie. Elle avait eu sous les yeux, depuis qu'elle voyait clair, de si douloureux exemples de défaillance, qu'elle avait conçu le respect de la volonté, deviné la dignité personnelle. Entre son grand-père, dont l'humilité l'humiliait, et sa mère dont elle avait mesuré l'abaissement sous la loi de Sûrier, elle laissa germer et grandir en elle une vivace plante d'orgueil. Elle chérissait sa mère, elle aimait le père Legay ; mais, si petite, elle les devinait des êtres moralement plus petits qu'elle, comme un enfant créole se sent supérieur à des nègres adultes. Dans les choses mêmes que le père Legay lui avait enseignées, elles comprenait ce qu'il n'y soupçonnait pas. A Christine ne viendraient jamais les scrupules, les espoirs, les rancœurs et les joies qu'elle goûtait, dans sa solitude.

Un fait, alors que, l'enfant posthume de Sûrier, Léa, avait un an environ, montrera quel rôle de direction morale, par la seule force d'un caractère plus solidement trempé, avait conquis Frédérique.

On recevait régulièrement, rue de la Sourdière, vers le premier de l'an, un billet de cent francs dans une enveloppe à l'adresse de Frédérique. Tant que Sûrier vécut, le billet fut naturellement intercepté par lui, et Frédérique n'entendit que vaguement parler de cette somme annuelle dispensée par une divinité mystérieuse. L'année qui suivit la naissance de Léa, quand Frédérique vit sa mère, en un de ces accès joyeux où renaissait la puérilité foncière de son cœur, brandir le billet bleu sorti de l'enveloppe, devant Legay qui se frottait les mains, elle eut une question sur les lèvres... Pourtant, elle ne dit rien. Elle se retira dans sa chambre, médita quelque temps, debout derrière la porte verrouillée, se mordant la lèvre supérieure par un geste qui lui était habituel, les bras ballants... Elle s'examinait, elle se demandait si la connaissance des choses qu'elle avait, si la notion de ses devoirs était assez nette pour qu'elle suivît une impulsion violente, suggérée par la vue du billet et les façons de ses parents.

Probablement, elle ne se sentit pas assez sûre de son droit ni assez éclairée, car, cette fois, elle ne dit rien. Legay et Christine, qui étaient en somme timides devant cette personnalité morale déjà supérieure, s'entre-regardèrent, et, quand elle sortit, cachèrent les cent francs. Il n'en fut plus question. Ils crurent que l'enfant oubliait, ils oublièrent eux-mêmes. Frédérique n'oublia pas. Pendant un an, chaque soir, dans son petit

Celui-ci l'embrassait avec une fougue de phtisique.

lit-cage, à l'heure où elle aimait à réfléchir, les yeux ouverts sur le noir avant de s'endormir, elle imagina le 31 décembre prochain, l'arrivée de la lettre, le billet bleu... Elle s'habitua à l'idée que cette somme était sa vraie propriété, et trouva dans sa conscience loyalement interrogée l'impérieuse indication de « ce qui se devait ». C'étaient ses termes dans ses discussions avec soi-même. Quand le 31 décembre ramena effectivement la lettre et le billet, Frédérique, tout électrisée par l'accumulation de son énergie, tendit la main à sa mère, et dit:

— Mère, c'est pour moi ?

— Oui, répliqua Christine un peu étonnée.

— Voulez-vous me le donner ?

Frédérique manifestait si rarement un désir dont elle bénéficiât, et ses désirs étaient toujours si évidemment raisonnables, que Christine donna l'enveloppe sans réfléchir, sans hésiter.

La fillette l'ouvrit, regarda le billet de banque. Il était neuf, comme chaque année.

— C'est bien à moi, n'est-ce pas, maman ?

Christine n'avait aucune présence d'esprit ; elle fut embarrassée et balbutia :

— Que tu es bête ! C'est à nous tous, à toi et à moi. Tu veux le dépenser pour toi ?

— Maman, reprit Frédérique, je crois que c'est à moi que M. d'Ubzac l'envoie.

Le père Legay se rangea du parti de Frédérique, assurément le plus fort.

— Oui, c'est à toi. Achète-toi ce que tu voudras avec. Mais laisses-en un peu à ta mère.

Frédérique, tenant toujours le billet, répondit :

— Écoutez, maman, j'ai quarante francs à moi, que j'ai économisés, je n'ai pas plus... Je vous demande pardon... Prenez-les-moi... Ce que je mettrai de côté ensuite, je vous le donnerai ; mais laissez-moi renvoyer ceci à M. d'Ubzac.

L'effort que lui coûtait cette dernière phrase était trop violent, elle n'y put tenir, elle fondit en larmes.

Christine et Legay, bouleversés, baissèrent les yeux, ne répondirent pas. Un silence lourd de douleurs pesa sur ces trois êtres. Puis Legay toussa. Frédérique courut s'enfermer dans sa chambre : mais elle emportait le billet.

— Elle est folle, cette petite, dit la mère.

— Après tout, c'est à elle, répliqua Legay.

Mais il ajouta après un silence :

— J'espère que cela ne nous causera pas d'ennuis. C'est très bien, ce qu'elle fait là. Elle est extraordinaire.

— Oui, c'est très bien.

Ces deux opprimés, qui avaient consommé et accepté leur propre déchéance pendant de longues années, frémirent alors sous un souffle d'émancipation. La première revanche les enivra. Ils firent des projets à fracas, suggérés par Christine : le père Legay revenant chez M. d'Ubzac et lui jetant le billet de cent francs à la figure ; tout au moins, Christine le lui renvoyant avec une lettre injurieuse.

Ils ne furent pas mis à l'épreuve de l'exécution.

Frédérique ne leur montra plus le billet et n'en parla plus. Elle le retourna simplement au banquier avec ces quelques mots, médités une année durant :

« Remerciements à M. d'Ubzac et prière de ne plus rien envoyer... Frédérique... »

Ainsi fut rompu, par la petite main ferme d'une enfant, le dernier lien entre la maison de la rue de la Sourdière et l'hôtel du faubourg Saint-Honoré.

Cependant un intérêt nouveau, passionné, animait la vie de Frédérique. Léa, sa sœur, âgée de deux ans, commençait à gazouiller, à rire divinement. L'affection maternelle de Christine, qui n'avait jamais gâté l'aînée, se réveillait pour cette tard venue, d'une exagération quasi maladive. Frédérique ne fut point jalouse. Elle suivit avec une curiosité d'abord un peu craintive, puis avec une émotion religieuse, le développement du petit être. Comme il venait de naître, elle avait considéré sérieusement, pendant de longues minutes, la figurine fripée, les mains recroquevillées, le paquet vagissant déposé dans le creux d'un fauteuil. Plus tard, à mesure que le paquet prit des formes humaines, Frédérique, bien mieux que Christine, guetta toutes ses transformations. Elle passait des heures à côté de la bercelonnette, debout, dans sa robe demi-longue, gainée de lustrine noire. Elle épiait le mouvement des mignonnes lèvres baveuses, les gestes animaux des pieds, des mains, et, surtout, les lents déplacements, dans l'orbite, des prunelles bleues. Les yeux, dans la figure chiffonnée de Léa, étaient vraiment immenses ; on ne voyait à distance que ces deux fleurs de bleuets épanouies sur son visage encore dépourvu de traits. Frédérique, en arrêt devant ces yeux, attendait l'éveil de la pensée. Elle voulait surprendre la première idée de Léa.

Elle la vit positivement éclore. Elle connut le muet langage par lequel l'enfant exprimait des désirs, des sentiments, puis d'élémentaires associations d'idées. On peut dire qu'elle capta la pensée de sa cadette, à mesure que cette pensée jaillit des obscures profondeurs de la matière gémissante. Léa s'habitua, avant même d'user de paroles, à regarder Frédérique qui la devinait... Ensuite elle parla à Frédérique, un idiome que, seule, d'abord, Frédérique comprit. Christine en eût conçu de la jalousie si elle eût été sensible à autre chose qu'aux témoignages extérieurs et bruyants de l'affection. Or, Frédérique n'embrassait presque jamais sa sœur, ne lui chantait pas de chansons, ne la berçait guère, ne la faisait pas sauter sur ses genoux ; Christine laissa donc à Frédérique le seul domaine que celle-ci enviât, sans propos arrêté, par le goût de pénétrer un grand mystère. Quand Léa sortit des limbes de la première enfance, se traîna, causa, devint cette adorable chose qui émeut les plus insensibles, Christine et Frédérique gardèrent chacune la part qu'elles avaient choisie : Christine eut les caresses, les rires, les puérilités de Léa ; Frédérique fut le miroir de ses pensées, elle lui fut l'explication des choses ; rien n'entra dans cet esprit en formation on n'en sortit qui ne fût pour ainsi dire contrôlé par l'aînée. Frédérique tamisa pour sa cadette, au crible de son clair génie, les impressions du monde extérieur, comme elle allait bientôt tamiser pour elle les vérités morales que lui avait révélées son enfance douloureuse.

Durant ces années, la destinée paya aux humbles habitants de rue de la Sourdière l'arriéré de bonheur qu'elle leur devait ; elle leur consentit même des avances. Christine avec ses chapeaux, le père Legay avec ses leçons, gagnaient ensemble à peu près cinq mille francs chaque année. Christine, à plusieurs reprises, avait eu la tentation d'être patronne à son tour, au lieu de travailler pour la modiste du second. Frédérique avait doucement résisté : malgré les bouderies de sa mère, elle imposait toujours sa volonté. Frédérique répugnait à l'idée d'avoir un atelier, moins par le souci d'une petite administration, d'un roulement de fonds, d'encaissements et d'échéances, — elle se sentait bon administrateur, — que par répugnance à vivre avec des filles telles que les employait Mme Gouzy. Elle évitait celles-ci tant qu'elle pouvait ; mais pourtant sa mère l'envoyait parfois à l'atelier. Elle était forcée d'y attendre, debout, sérieuse dans sa gaine de lustrine, et les apprenties de son âge s'amusaient alors à poivrer leurs conversations pour en voir l'effet sur cette grave figure. Frédérique surprenait les rendez-vous dans la rue, aux heures de sortie,

Instruite par son enfance et par toutes ses réflexions de fillette, en frôlant ce vice cynique elle avait la sensation de frôler la mort. Quand elle voyait une de ces ouvrières de seize à vingt ans, dont quelques-unes étaient aimables et jolies, se promener sur le trottoir aux côtés d'un monsieur bien mis, chapeau luisant, gants frais, couvant la nuque blonde avec des yeux de faune, — et la petite se rengorgeant, riant, roucoulant, toute rose, aux paroles libertines, Frédérique éprouvait une vraie douleur physique. Elle se réfugiait dans sa chambre, et là, le front dans ses doigts, elle se laissait ballotter, meurtrir comme par des vagues de consternation, d'indignation.

« C'est permis ? cela ? Des hommes riches qui n'ont besoin de rien, qui peuvent se marier avec qui il leur plaît, ont le droit de guetter les ouvrières pauvres et de les détourner ? Il n'y a pas de loi qui l'interdise ? Il n'y a pas de punition ?... Oh ! les méchants ! »

C'étaient les hommes qu'elle accusait ; elle comprenait que les filles étaient nécessairement des proies, de la matière à jouissance pour les riches ! Alors elle revenait vers Christine et l'embrassait d'un baiser un peu timide ; elle n'était timide que pour les démonstrations de tendresse, comme tous ceux qui sentent fortement. Elle adorait sa mère pour la vie respectable qu'elle menait maintenant, après une faute unique, qui la lui rendait plus chère — qu'elle n'eût pas voulu effacer du passé — car elle sentait bien que sa propre force morale, à elle, sourdait de là. Ce qu'elle eût voulu effacer, c'était l'abdication ultérieure : le honteux mariage, et, dans ce mariage, l'amour sensuel dont elle avait été le témoin clairvoyant, indigné.

La vue et la compréhension prématurées de la vie avaient formé le cœur de Frédérique : elle le savait. Pourtant elle s'efforça de les dérober à sa sœur qui grandissait. On est craintif pour ce qu'on aime. Puis, cette blondine aux prunelles de bleuets, si jolie, si affectueuse, si divertissante, Frédérique la jugeait avec clarvoyance. La ferveur volontaire qu'elle avait, elle, trouvée en soi-même comme un héritage d'aristocratie, ne bouillonnait pas aussi ardente dans la cadette ; et Frédérique le savait. La petite Léa n'était pourtant ni inintelligente ni paresseuse ; mais elle rappelait le caractère léger de Christine, avec quelque chose en plus : le penchant à la colère, à d'enfantines rages brusques. Ceci, c'était l'héritage paternel. Frédérique engagea une lutte obstinée contre cet instinct mauvais, et en triompha. Elle avait une telle connaissance de l'âme de sa sœur, qu'elle voyait naître l'orage, du plus loin, comme une vigie exercée.. Alors elle s'appliquait à détruire la tempête dans le nuage. Elle avait un mot qui dégrisait subitement la petite. Elle lui disait : « Tu vas être folle ! » Et le reproche, dans cette bouche sérieuse, touchait Léa comme le rappel d'une infirmité.

Ainsi l'influence d'une enfance restaurait le foyer du père Legay, bouleversé par l'infamie. Tout le monde avait, pour ainsi dire, depuis la mort de Sorier, grandi autour de Frédérique, grandi comme elle, à sa mesure. Christine, avec son âme de modiste, livrée aux fréquentations d'un atelier, eût glissé à un certain cynisme de langage ; elle s'en était naturellement détournée, parce que, plusieurs fois, sur un mot brutal échappé à ses lèvres, elle avait vu des larmes silencieuses dans les yeux de sa fille. Legay et Christine eussent volontiers triché sur les comptes, ils eussent « fait comme tout le monde », c'est-à-dire profité des erreurs d'autrui, et tenté quelques erreurs profitables. Depuis que Frédérique avait pris en mains les livres de la maison, une rigide observance imposait à tout le monde l'esprit de scrupule.

L'odeur salubre de l'honnêteté purifiait cet intérieur où avaient flotté des miasmes malsains. Et, grâce à cet air plus respirable, on vivait plus heureux.

CHRISTINE OCCUPAIT SES JOURNÉES A FAÇONNER DES CHAPEAUX

Dans cette paix tardive, des années passèrent qui n'amenèrent que les changements prévus, ceux dont la raison suffisante est la succession même des jours. Au commencement de 1889, voici ce que le temps avait fait des Legay-Sorier. Le père Legay était mort depuis cinq ans ; une embolie l'avait abattu un matin qu'il faisait son cours rue du 29-Juillet. Sa fille, ses petites-filles, l'avaient pleuré avec sincérité. Mais, comme ce pauvre homme n'avait jamais été qu'un absent de la vie, la vie avait repris son cours sans que cette absence fût sentie bien cruellement par ceux qui demeuraient.

L'argent qu'il gagnait ne manqua même pas : Christine, Frédérique et Léa, travaillant toutes les trois, arrivèrent assez vite à compléter un revenu d'environ six mille francs ; c'était l'aisance pour ce ménage modeste ; c'était la possibilité des économies. Frédérique, tout en donnant des répétitions de mathématiques et de latin, avait appris à fond la comptabilité, le contentieux commercial. A dix-neuf ans, recommandée par la famille d'une de ses élèves, un vieux chef comptable la prenait comme aide, dans une importante usine de papiers peints : la maison Jude Duramberty fils, rue des Vergers, dans le faubourg Saint-Charles, près de Javel. Elle y faisait preuve de telles qualités que, deux ans plus tard, le vieux comptable ayant dû prendre sa retraite définitive, on ne songea même pas à le remplacer. Elle gagna dès lors deux cents francs par mois. Très appréciée par son patron, homme énergique et clairvoyant, elle voulut que Léa fît dans la maison son apprentissage de dessinatrice. Léa montrait, en effet, pour le dessin un goût singulier : or l'idée de Frédérique pour sa cadette, comme pour elle-même, était qu'un vrai métier, surtout un métier industriel, assure la liberté de la femme. L'apprentissage de Léa n'excéda pas une vingtaine de mois ; au bout de ce temps, Frédérique eut la joie d'obtenir que sa sœur, isolée des autres ouvrières, travaillât dans une pièce contiguë à son propre bureau. Quant à Christine, devenue très grasse et très sédentaire avec les années, elle occupait la solitude de ses journées, à façonner de ses adroites petites mains des chapeaux pour Gouzy (Legros successeur). De temps en temps, elle faisait monter auprès d'elle les modistes, pendant l'absence de ses filles, pour tenir compagnie à son travail et bavarder.

COMME L'ÉTRANGÈRE L'AVAIT REGARDÉE !...

Au mois d'avril 1896, un petit événement, presque inaperçu d'abord, décida de l'avenir des deux jeunes filles.

La chambre isolée, qui avait été un temps la chambre de Surier, fut alors louée — ainsi que Christine l'apprit par les ouvrières de Mme Legros — à une étrangère, « une boscotte, une originale, qui n'avait pas l'air d'avoir les pieds trop chauds ». Tels furent les renseignements que Christine communiqua à ses filles, un soir, comme l'on dînait. On n'en parla pas davantage. Quelques jours plus tard, l'usine Duramberty chôma quarante-huit heures pour réparations au moteur. Frédérique, rentrant chez elle vers onze heures du matin, joignit sur le palier du second étage — où elle paraissait reprendre sa respiration — une toute petite personne, vêtue de noir, un peu contrefaite, pâle comme un pain à chanter, dépourvue de seins et de hanches, sans rien de la femme que des mains fines d'une touchante maigreur, dont l'une s'appuyait à la rampe.

Cet être chétif laissa passer Frédérique qui montait de son pas alerte et ferme. Sur le palier, où les deux vêtements noirs se frôlèrent, l'étrangère regarda un instant la jeune fille.

Pourquoi ce regard troubla-t-il Frédérique ? Elle le sut plus tard, quand elle eût vu s'exercer ailleurs la même puissance magique. Maintenant, seule dans sa chambre, le regard mystérieux la poursuivait comme des taches de soleil qu'elle eût gardées sur la rétine. C'était par un matin d'avril d'une délicieuse fraîcheur. Frédérique, la poitrine agitée, subissait une réaction violente, qui ne peut vraiment se comparer qu'au coup de foudre de l'amour... Dans la pénombre de l'escalier, les prunelles de cette chétive femme en noir l'avaient sondée, avaient semblé la reconnaître. Elles étaient bleues et cependant ne ressemblaient ni aux yeux de Léa ni à ceux de Christine. Elles avaient le bleu d'un ciel oriental ; elles disaient la miséricorde, la tendresse, avec une innocence enfantine. Comment expliquer leur pouvoir ? Frédérique n'y parvenait pas, et à mesure qu'elle s'y efforçait son trouble grandissait. Comme l'étrangère l'avait regardée !... Tel, sans doute, le Christ lorsqu'il disait : « Si tu veux être parfait, laisse tout et suis-moi... » Oui, la clairvoyance de la jeune fille ne pouvait se tromper : il y avait une volonté d'appel en ce regard tranquille et persuasif.

D'appel vers quoi ?

Vers quoi la sollicitait l'étrangère ?

Frédérique déjeuna distraitement, insensible aux inépuisables récits de sa mère sur les mœurs de Mme Legros, dépeintes par les ouvrières.

— Je vais au Musée du Louvre, dit Léa à sa sœur. Viens-tu avec moi, Frédérique ?

— Non... j'ai des lettres à écrire.

Elle souhaitait la solitude. Dès que Léa fut partie, elle écrivit, en effet, quelques lettres ; puis, saisie à son tour d'un désir de mouvement, elle prit le prétexte d'un achat pour sa mère et sortit. Elle marcha dans ce gai Paris que rajeunit le printemps, par la rue Royale, par la place de la Concorde, par le boulevard Saint-Germain. Malgré son absence de coquetterie, malgré ses vêtements noirs, si simples, et son effort d'être inaperçue, — sa taille haute, l'élégance de ses formes, son visage noble et pensif valaient souvent à Frédérique les exclamations flatteuses, parfois des avances cauteleuses ou brutales des hommes. Elle n'avait du reste qu'à fixer ses yeux graves sur le suiveur trop entreprenant, pour que celui-ci abandonnât la partie. Mais chacune de ces tentatives la blessait comme une injure. Cette fois, elle se laissa suivre, elle subit les admirations sans même y prendre garde.

Une aurore se levait devant elle... Quelque chose d'inconnu, de neuf, mais de grand, allait advenir. Son émoi était à la fois sentimental et religieux. Cette femme aux yeux d'apôtre l'entraînerait-elle dans une nouvelle secte ? Etait-ce une de ces évangélistes qui faisaient alors retentir Paris de leurs apostolats, d'ailleurs reçus par des lazzis ? Frédérique, bien qu'elle continuât d'accomplir ses devoirs de catholique, n'était point portée vers l'Eglise. Elle s'en tenait à un minimum de pratiques extérieures. Il n'y avait guère de chances qu'on l'attirât par des cantiques, des génuflexions et des prêches.

Alors, que lui voulait cette inconnue, où la mènerait-elle ?

Frédérique fit des emplettes dans un grand magasin de la rive gauche et regagna la rue de la Sourdière en omnibus. Il était environ quatre heures et demie quand elle rentra. En passant sous l'étroite voûte du corridor, elle entendit la voix de sa mère, une jolie voix juste, un peu tremblante, qui fredonnait la *Chanson des Blés d'Or*... Cette gaieté l'attrista. « Chère mère, chère mère-enfant ! » Combien sa légèreté contrastait avec les soins puissants qui agitaient Frédérique ! « Si j'avais eu une mère pareille à cette étrangère... » Elle surprit cette pensée et la repoussa aussitôt comme une absurdité et un blasphème.

Au tournant du second étage, elle dut s'arrêter, son cœur battait trop fort. « Si cette femme était là, encore ?... » L'escalier, le palier étaient vides. Elle continua sa montée, elle entra. Christine, assise à côté de la fenêtre, en lâche peignoir mauve, du soleil dans ses cheveux blonds, tenait à distance, pour en juger l'effet, son poing coiffé d'une toque de tulle gris, parée de myosotis... Elle se retourna :

— Comme tu es pâle ! Es-tu souffrante ?

— Non, mère, répondit Frédérique se maîtrisant... Voici mes achats... J'ai trouvé un coupon de velours grenat... Mais les fleurs sont trop chères ; il n'y a pas d'occasions... J'ai pris ces épis verts... On pourra toujours les rendre. Où est Léa ?

Christine, qui palpait le coupon de velours grenat, répliqua d'une voix absente :

— Léa ?... Elle est rentrée de bonne heure, mais, depuis, je ne sais ce qu'elle est devenue.

Frédérique fit vivement le tour du logement.

— Je ne la vois pas.

— Elle est peut-être repartie ; demande à Emilie.

Emilie, c'était la bonne, une grosse Berrichonne de vingt ans, une face rubiconde et ronde de fromage hollandais, montée sur un corps trapu de fermière.

— Oh ! maman ! s'écria Frédérique d'un ton de reproche. J'espère que vous ne l'avez pas envoyée chez Mme Legros !...

C'était pour elle une inquiétude perpétuelle ; soustraire Léa aux avances des ouvrières, que sa jolie figure et son air d'ingénue tentaient. Christine rougit, décontenancée, comme toujours, quand Frédérique témoignait d'un souci moral qui lui était étranger. Elle allait répliquer des mots acerbes, quand, par la porte de l'appartement laissée entre-baillée, on entendit la voix de Léa.

— Tiens, elle n'est pas loin, ta sœur ! dit Christine boudeuse.

Frédérique courut sur le palier. Au même moment, la porte de l'ancienne chambre de Sûrier s'ouvrit ; l'on vit, encadrées dans le chambranle lumineux, la silhouette déviée de Pirnitz et la silhouette longue, harmonieuse, de Léa. Pirnitz avait posé sur le bras de la jeune fille sa main douloureuse, aux doigts grêles, aux frêles muscles visibles sous la peau.

Frédérique fut aussitôt jalouse et irritée. Léa s'empressa vers elle. L'étrangère, sans passer la porte, sans parler, observait les deux sœurs. Frédérique reprit assez possession de soi pour dire à Léa, d'une voix basse où tremblait un reproche :

— J'étais inquiète, je te cherchais...

— Je ne t'ai pas entendu rentrer. Pardonne-moi, dit Léa. Ma sœur Frédérique, ajouta-t-elle ; mademoiselle Romaine Pirnitz.

Frédérique s'inclina en silence. Pirnitz répondit à la pensée qu'elle n'exprimait pas.

— Oui, nous nous connaissons, Léa et moi.

— Oh ! pas beaucoup encore, fit Léa en rougissant... J'ai rencontré mademoiselle à plusieurs reprises ; nous nous disons bonjour. Aujourd'hui, pour la première fois, je me suis permis d'entrer dans sa chambre.

Frédérique pensait : « Elle a subi le magnétisme de cette femme, et elle me l'a caché... » Elle ne sut si elle était contente ou fâchée. Si prompte d'ordinaire à se résoudre, et d'esprit si présent, avant de décider ce qu'elle allait faire, sa main était prisonnière dans la longue main souffrante de l'étrangère. Celle-ci ne lui fit pas de compliment de bienvenue, n'usa pas de formules. Elle dit simplement :

— Je suis heureuse de vous voir et de vous connaître. Cela devait être, n'est-ce pas?

Frédérique, qui se sentait en présence d'une volonté supérieure à la sienne, tenta de s'y soustraire :

— Excusez-moi, j'ai laissé ma mère seule, et elle ignore où est Léa...

Romaine Pirnitz sourit, comme si elle connaissait l'indifférente Christine :

— Oh ! votre maman ne dira rien.

Sous la double pression de Léa et de la dame, Frédérique pénétra dans la chambre autrefois redoutée, haïe... Et, soudain, elle eut le sentiment qu'il était bon, qu'il était providentiel que cette noire silhouette d'apôtre vécût là, et que, maintenant seulement, le sort qui pesait sur cette chambre était conjuré. Elle poussa un grand soupir. Un serrement de main lui répondit.

— Asseyez-vous, mademoiselle, dit Romaine Pirnitz. Laissez-moi vous regarder. Je vous connais un peu déjà, et je veux vous connaître parfaitement.

De sa voix charmante, l'inconnue raconta que, leur voisine depuis une quinzaine de jours, elle avait pris tout de suite en sympathie le ménage laborieux et honnête des Sûrier. Frédérique, caressée par la musique des mots, se demandait :

« Pourquoi suis-je ici ? Pourquoi ai-je du plaisir à m'y trouver ? Pourquoi suis-je troublée et joyeuse ? »

Elle inspectait cette chambre, si différente de l'ancienne chambre de Sûrier. La tapisserie avait été renouvelée ; elle était maintenant de couleur crème, avec des pâquerettes et des marguerites semées en bouquets çà et là. Un étroit lit de cuivre, bordé carrément comme un lit militaire, meublait le tympan à droite de la fenêtre. Deux bibliothèques, en bois blanchi, s'encastraient dans les panneaux laissés libres par le lit et par une large table d'architecte, couverte de papiers. Une carpette très modeste, très propre, décorait le centre de la pièce ; sur la cheminée, deux vases contenaient des fleurs de la saison, giroflées et lilas. Au milieu, dans un cadre de peluche, se voyait la photographie d'une femme d'une trentaine d'années, un peu forte, — avec une dédicace signée, si grosse et si nette, que Frédérique la lut de sa place : *A ma chère Romaine Pirnitz, Herminie Sanz.* Les notes dispersées sur la table étaient noircies d'une petite écriture rigide. Sur les rayons des bibliothèques, quantité de livres s'étageaient, presque tous brochés.

L'étrangère disait :

— Je vous observe chaque matin, quand vous partez pour votre travail. Vous allez, si alertes et si rieuses... Et toujours seules ! N'avez-vous aucune compagne de votre âge ?

De toute autre que cette femme, qu'elle connaissait depuis quelques heures, Frédérique eût repoussé une pareille question avec dédain. Mais il était si clair que nulle envie de scruter inutilement, égoïstement, les affaires d'autrui n'animait Pirnitz !... C'était l'affectueuse anxiété d'une sœur de charité demandant à la malade : « Ne souffrez-vous pas ainsi ? » Frédérique, dont le trouble se fondait maintenant dans une sensation de bien-être confiant, répondit, le cœur doucement attendri :

Oui, nous vivons seules, nous n'aimons pas beaucoup faire des connaissances... Léa et moi, nous nous suffisons parfaitement.

Léa, sur ce mot, embrassa sa sœur avec une tendresse passionnée. L'entretien continua, sans que Léa y prît part, entre Frédérique et Pirnitz. La chétive femme en noir, recroquevillée dans son fauteuil d'osier, parlait de toute sa personne contrefaite et pourtant agréable, de ses mains mobiles, de ses beaux yeux mats, autant que de ses lèvres de miséricorde qui, s'agitant, découvraient de petites dents d'enfant, bousculées et saines. Quant à Frédérique, si peu expansive d'habitude, elle conta, dès ce premier jour, beaucoup de sa vie. Elle dit qu'elle avait perdu son grand-père ; elle expliqua le travail de sa sœur et le sien, à l'usine Duramberty. Elle avoua qu'elle savait le latin, un peu de grec et d'algèbre ; mais, sauf quelques mots d'anglais, elle ignorait les langues vivantes.

— Moi, je vous les apprendrai... J'en connais cinq !... Oh ! ce n'est pas difficile, ajouta l'étrangère avec un sourire d'humilité sincère. Et puis, moi, c'est toute ma science.

Elles causèrent du passé ; Romaine Pernitz dit qu'elle était née en Hongrie, qu'elle avait voyagé en Amérique, en Angleterre, dans l'Europe septentrionale, — qu'elle venait à Paris pour des affaires dont elle n'expliqua pas le détail, mais qui semblaient concerner l'éducation des femmes. Elle demanda à Frédérique :

— Y a-t-il longtemps que vous avez perdu votre père ?

La question, certes, était bien naturelle. Mais Frédérique en fut si troublée et rougit si fort qu'elle ne put répondre. Romaine Pirnitz détourna aussitôt la conversation sur sa famille à elle, famille de bourgmestres aux environs de Pest. Elle avait étudié au collège de Bude, où elle connut cette Mme Herminie Sanz dont le portrait ornait la cheminée.

Mais, depuis qu'il avait été question de son père, Frédérique, devenue sombre, se taisait. Pirnitz cessa de parler. Les deux jeunes filles se levèrent et prirent congé. Pirnitz leur serra affectueusement les mains. Du seuil, elle leur dit :

— Puisque vous aimez à lire, je vous prêterai tous les livres que vous voudrez. J'en ai beaucoup.

IV

Frédérique avait trop l'habitude de se contrôler et de se gouverner pour ne pas corriger très vite un élan qu'elle considéra comme une lamentable faute d'énergie.

Le soir même, avant le premier sommeil, à cette heure silencieuse où elle avait coutume d'exercer sur soi-même une sorte d'examen critique, elle se gourmanda :

— Comme je suis peu maîtresse de moi ! Comme je me connais mal !...

Elle s'irritait d'avoir découvert brusquement un coin de son cœur où pouvait germer une sympathie irréfléchie. Elle trembla en songeant que peut-être un jour, au lieu de l'inoffensive et chétive voisine, un homme pourrait en provoquer une pareille.

— Pauvre maman ! pensa-t-elle... je suis aussi faible qu'elle... et je la jugeais !

Elle se prouva cependant, en cette occasion, combien elle était différente de la volage Christine. Malgré le sentiment confus, puissant, qui l'attirait vers l'étrangère, elle l'évita ; elle eût souhaité imposer la même loi à Léa. Les deux jeunes filles, comme embarrassées l'une en présence de l'autre, parlaient peu de Pirnitz. Léa avait seulement dit le lendemain :

— N'est-ce pas qu'elle est aimable ?

— Oui, répondit Frédérique, c'est une femme gracieuse et intelligente.

Elle avait envie d'ajouter :

— Je n'aime pas beaucoup, par exemple, sa façon de contraindre les gens à se lier avec elle...

Mais la force d'équité qu'elle portait en elle-même lui ferma la bouche. Sans savoir exactement ce qui lui avait valu les avances de Pirnitz, elle était tellement sûre que ce n'était point une basse curiosité !

Il fut d'ailleurs impossible, désormais, d'empêcher que des relations de voisinage s'établissent entre le logement de Christine et ce qui avait été la chambre de Sûrier. Christine eut bientôt fait connaissance avec Romaine : il ne se passa guère de jour sans que, de porte à porte, l'on se visitât.

Christine et Léa allèrent souvent chez Pirnitz. Pirnitz vint plus rarement chez Christine, et jamais sans y être appelée. On l'invita à dîner ; elle s'y refusa longtemps, puis, craignant de faire de la peine, elle accepta. Elle parut une étrange convive. Elle ne mangeait pas de viande, ne buvait que de l'eau, grignotait à peine quelques légumes... Elle parlait volontiers, avec un léger accent très doux, narrait mille histoires sur ses voyages en Europe et en Amérique. Elle aimait l'Amérique, particulièrement Boston, dont elle dépeignait avec admiration l'activité grave, l'aristocratique intellectualité.

— Vous étiez... professeur dans des établissements ? demandait Christine.

Pirnitz répondait sans embarras :

— Il m'est arrivé de donner des leçons, quand les circonstances s'y prêtaient. Mais mon désir était surtout de m'instruire.

— On est heureux, répliquait Christine ses yeux bleus remplis d'une vague rêverie, quand on a les moyens de faire des voyages !

— Oh ! cela ne coûte pas bien cher à qui sait se contenter de peu. Le prix de la vie est le même, dans toutes les contrées du globe, pour les humbles.

Pirnitz se ramenait ainsi, constamment, et d'une parfaite simplicité, au niveau des humbles qui l'écoutaient. Mais, malgré tout, Christine et ses deux filles avaient conscience de n'être point, il s'en fallait ! les égales de cette petite souffreteuse si modeste, qui buvait de l'eau, se nourrissait de légumes, en racontant ses pérégrinations.

Personne, autour d'elle, ne savait encore exactement ce qu'elle faisait. La tête bourrée d'histoires romanesques lues dans les feuilletons et de commérages de modistes, Christine opinait :

— C'est peut-être une grande dame qui a eu des aventures et qui vient se cacher à Paris.

L'hypothèse d'aventures amoureuses advenues à cet être sans sexe, habillé de cachemire noir et portant en plein hiver un petit chapeau de paille noire était si peu vraisemblable, que Christine, après l'avoir émise, riait aux éclats. La concierge, la modiste et Maxime, coiffeur pour dames, à la suite de conférences tenues dans la loge, se demandèrent si cette Pirnitz n'était point une espionne allemande. L'invention ne tint pas longtemps contre la sympathie mystérieuse qu'inspirait Pirnitz. Ils proclamèrent dès lors qu'elle devait être une révolutionnaire, une nihiliste russe : ce qui satisfit tout le monde. On expliquait ainsi sa réclusion presque absolue, sa frugalité, sa discrétion. On n'eut d'ailleurs pour elle que plus d'égards ; le petit peuple de Paris adore les révolutionnaire.

Seule, Frédérique, bien qu'elle s'imposât de ne jamais interroger Pirnitz, commençait à pénétrer les vraies causes, le véritable objet de son activité. Elle avait beau s'isoler de la Hongroise, entrer rarement chez elle, ne lui parler jamais avec intimité, elle était trop perspicace pour ne pas relier ensemble ces observations presque involontaires.

Elle avait vu les titres de plusieurs ouvrages que Pirnitz lisait et annotait. C'étaient d'abord des brochures d'économie sociale : *l'Allaitement artificiel*, — *l'Assurance maternelle, documents sur les œuvres des libérées.* — *La Société américaine*, — *Rapport de M. le ministre belge de l'instruction publique sur les écoles libres de femmes en Angleterre*... Outre ces livres, Pirnitz s'entourait de traités sur les arts manuels, l'ébénisterie, la décoration, les étoffes, la céramique, la tapisserie. Elle étudiait aussi l'architecture, copiait et annotait des plans d'écoles, d'universités, de prisons. Frédérique en conclut que l'étrangère était ce qu'on appelle une philanthrope, c'est-à-dire une personne qui travaille gratuitement pour le bien de l'humanité.

Outre la préoccupation nouvelle et profonde que fournit à Frédérique l'idée d'un tel dévouement au bonheur d'autrui, l'apparition de l'étrangère eut sur elle un autre effet : elle lui découvrit un vice de son propre cœur. Frédérique dut s'avouer qu'elle était jalouse. Certes, Léa restait toujours soumise à son aînée, incapable de penser et de vouloir sans elle. Frédérique gardait les clefs de cette jeune âme. Mais, tout de même, elle n'était plus le seul être humain dont la société plût à Léa.

Léa travaillait volontiers avec Pirnitz, parlait volontiers à Pirnitz. Or, Frédérique souffrait de voir ces deux êtres se connaître et se complaire. « Je suis jalouse ! » Elle se jetait à elle-même cette injure. Oui, jalouse de Pirnitz autant que de Léa. Pourquoi ? Elle n'avait jamais souffert ainsi quand Léa embrassait Christine avec une tendresse fervente. Mais Pirnitz disputait une partie du domaine de Frédérique : l'esprit de Léa. De cela, l'aînée en voulait à Pirnitz ; elle en voulait à Léa de communiquer avec Pirnitz plus qu'elle-même.

Six mois passèrent ainsi, qui furent pour Frédérique une dure école de douleur intime et de discipline volontaire. Elle était précisément à l'âge où, chez la plupart des jeunes filles, la sensibilité s'éveille. Tout le drame qui se joue dans ces cœurs épanouis autour de l'inévitable amour, gravita pour elle autour de l'unique amour de sa vie, plus que fraternel, plus que maternel : celui qu'elle donnait à sa sœur. Nos chagrins sont proportionnés, non pas seulement aux causes qui les produisent, mais à la résonance de nos âmes. La grande âme de Frédérique souffrit, et de penser que Léa pouvait aimer une autre qu'elle, et de combattre un violent attrait, et de sentir que l'ivraie de l'envie germait obstinément en elle, malgré ses efforts pour l'extirper.

Or, la jalousie de Frédérique se trompait, tant sur Léa que sur Pirnitz.

L'affection que lui portait Léa n'avait subi aucune altération de son commerce avec l'étrangère. Ce que Frédérique ignorait, ce que Léa, d'une extrême pudeur sentimentale, n'avait pas avoué à sa sœur, c'est que toutes deux s'entretenaient surtout de Frédérique. Frédérique ignorait aussi que Léa, plus obéissante aux mouvements de son cœur, avait confié à Pirnitz le triste secret de leur naissance. L'accord absolu de Léa et de Pirnitz était donc scellé dans la tristesse et dans la joie, par l'orgueil que Frédérique inspirait à sa cadette, par l'humiliation du passé. Frédérique devait être vaincue par cette coalition d'amour

Au cours du mois d'octobre 1896, l'année belle, chaude et fructueuse, finissait dans le resplendissement d'un automne parisien, égal en splendeur aux arrière-saisons méridionales. Christine, de plus en plus sédentaire, aimait à passer la soirée assise à sa fenêtre où elle travaillait tout le jour entre ses filles, dont l'une, parfois, lisait à voix haute. Pirnitz depuis quelque temps venait plus souvent s'installer auprès d'elles. Par la tiédeur amollissante de ce calme automne, tandis que la rue envoyait son léger brouhaha de causeries en plein air, elle se laissait aller à conter ses voyages, si simplement, si abondamment, qu'on se gardait de l'interrompre, et que Christine, ravie, s'écriait, quand elle se taisait :

— Encore ! Encore !

Ce soir-là, on avait parlé de Londres ; Pirnitz avait évoqué la ville aux faubourgs infinis, grande comme un monde, avec son fleuve jaune, chargé de navires, ses brouillards, ses parcs verts... Elle disait sa surprise, le premier matin où elle y arriva venant d'Allemagne, — il y avait bien des années de cela !

— C'était un dimanche ; j'errais dans la Cité vide, cherchant cette foule agitée dont on m'avait parlé.

Elle se tut quelque temps. Frédérique, les yeux fixes, Léa tenant une des mains de sa sœur aînée, Christine, un sourire d'amusement sur ses lèvres fraîches encore, rêvaient.

— Il y a quinze ans, murmura Pirnitz... Depuis, je n'y suis pas retournée... Et j'y serai de nouveau dans quatre jours.

On ne comprit pas bien ces derniers mots, tant ils étaient peu attendus... Frédérique demanda :

— Vous retournez à Londres ?

— Oui, après-demain. J'y vais revoir une amie à moi qui dirige une institution de jeunes filles dans Kensington-Road. Cette Mme Herminie Sanz...

— Vous ne me l'aviez pas dit ! fit Léa d'un ton de reproche.

— Chère enfant, répondit Pirnitz en la calmant du regard, j'ai décidé mon départ il y a seulement quelques heures.

— Mais vous reviendrez bientôt ? questionna Christine.

— Je n'en sais rien... Peut-être dans un mois, peut-être dans un an... Peut-être...

Elle regardait Frédérique. Elle la vit si pâle qu'elle n'acheva pas, qu'elle ne prononça pas le terrible verbe des éternelles séparations.

Léa, déjà, fondait en larmes silencieusement, puis, ne pouvant plus contenir ses sanglots, quittait la place. Frédérique ne prononça plus une parole. La conversation continua entre Pirnitz et Christine, banale et pourtant significative chaque fois que Pirnitz y mettait sa réplique.

Vers dix heures, l'étrangère prit congé de ses voisines. Léa couchait dans la chambre de sa mère. Frédérique avait obstinément conservé son petit dortoir d'enfant, le cabinet d'où jadis elle entendait les répugnantes rentrées de Surier. Elle embrassa Léa, qu'elle trouva en prières au pied de son lit, effleura les joues de sa mère, et s'en alla fermant sa porte sur elle, comme les autres soirs.

Près de la lampe allumée, elle ouvrit un livre. C'était le troisième volume de *la Guerre et la Paix*. Elle s'était quelque temps passionnée pour les héroïnes de Tolstoï, puis Natacha, Marie et les autres avaient fini par lui déplaire. Elle les trouvait trop préoccupées des hommes, trop fatalement promises à l'amour ou au mariage... Sonia seule l'attirait, parce qu'elle acceptait son célibat sans récriminer, comme une loi de l'avenir féminin.

Aujourd'hui, elle s'efforçait vainement d'attacher sa pensée à une lecture. Le départ de Pirnitz l'obsédait.

« Elle part. Elle ne reviendra peut-être jamais. Ce n'est pas possible. »

L'impossibilité, c'était que toute relation fût dès lors rompue avec la Hongroise, et qu'elle ne la revît plus et que rien n'advînt dans sa destinée à elle, Frédérique, par Pirnitz.

« Ce n'est pas possible... »

Pour la première fois, elle s'avouait qu'elle avait, depuis des mois, compté sur Pirnitz pour se recréer, pour trouver à sa vie cette issue qu'elle pressentait, mais qu'elle ignorait.

« Et la voilà qui me laisse toute seule !... »

Tous les projets, même les plus fous, roulèrent alors dans cette tête si sage. Elle pensa à tout quitter, à accompagner Romaine en Angleterre.

Et Léa ?...

« Eh bien, j'emmènerai Léa ! »

Elle se sentait déjà la force apostolique de tout laisser en arrière, hormis sa sœur, âme de son âme. Elle résolut de voir Pirnitz le soir même. L'étrangère dormait peu, travaillant tard dans la nuit. Frédérique quitta doucement sa chambre, puis l'appartement, et alla frapper à la porte d'en face. Un peu de lumière glissait par-dessous.

— Entrez !

Pirnitz écrivait, penchée sur le papier, car ses beaux yeux étaient myopes. Elle posa sa plume, et, se tournant à demi, regarda Frédérique, debout sur le seuil.

— Je vous attendais, lui dit-elle.

Frédérique le savait. Il y avait eu, dans le regard de Pirnitz, quand elle disait ce « Peut-être... » qui avait tant ému la jeune fille, un appel inéluctable.

La poitrine agitée, elle ne bougeait pas. Alors, Pirnitz lui ouvrit les bras. Elle s'y jeta éperdument, comme à la recherche d'une étreinte maternelle, sûre et réconfortante, que les bras de Christine ne lui avaient jamais donnée.

— Mon enfant ! Mon enfant ! dit Pirnitz.

Frédérique s'abattit à ses pieds, le front caché dans les mains souffreteuses, qu'elle mouilla de ses larmes.

— Il ne faut pas pleurer. Il faut me parler à cœur ouvert. Il faut être forte...

— Oui, murmura Frédérique s'essuyant les yeux avec une violence nerveuse... Je ne sais ce que j'ai... Pardon... Je suis irritée contre moi, contre mes nerfs... Mais j'ai été si troublée, ce soir, quand vous avez dit que vous quittiez Paris...

Elle ne dissimulait plus son besoin de la présence de Pirnitz. — Et si ce départ, au lieu de nous isoler l'une de l'autre nous unit ? O chère enfant, prenez confiance. L'annonce de mon voyage nous a déjà rapprochées ; demain, quand j'aurai quitté cette maison, vous me sentirez plus proche encore... Car, absente, je vous appellerai toujours et vous ne me résisterez plus... Allons, relevez-vous. Asseyez-vous ici.

Frédérique obéit. Elle s'étonnait d'entendre l'étrangère lui révéler à elle-même, si

PARLEZ, PARLEZ ENCORE.

simplement, son propre cœur. Elle balbutia :

— C'est vrai. Je vous résistais. Et pourtant vous occupiez toute ma pensée.

— Non seulement vous me résistiez, mais vous m'avez détestée, un peu !

— J'ai souffert de sentir que vous me preniez le cœur de Léa, et que vous aimiez Léa mieux que moi.

— Chère Frédérique ! Léa et moi, nous parlions de vous seule. Et je ne vous préfère point Léa, que j'aime cependant comme une fille. En vous j'ai foi pour accomplir de plus grandes choses...

— Est-il possible ? murmura Frédérique... moi... moi ? Vous avez songé à moi ?

Elle regardait le visage mystérieux de l'étrangère, qui lui répondait : Oui !... La joie l'exalta, la joie de l'être jeune qui, ayant aimé dans une pudeur secrète, apprend soudain qu'il est aimé... Ce fut cela et ce fut davantage : car une illumination de l'esprit coïncida avec l'échauffement du cœur. Toute âme juvénile, dans sa première affection, apporte un besoin infini de se soumettre, de se dévouer. Frédérique immola plus qu'une autre : elle immola sa pensée orgueilleuse et sa sensibilité farouche. Ce fut un abandon absolu, délicieux, le sacrifice aveugle à un être et à une idée confondus, indiscernables l'un de l'autre. Elle s'offrit passionnément à l'idée et à l'apôtre, avec l'irréflexion de l'amour.

Elle leva sur Pirnitz un regard vaincu :

— Je ferai ce que vous me direz de faire. Je vous appartiens. Oh ! faites-moi servir à ce qui est bon... Je ne sais, moi !... Je voudrais tant savoir !...

— Le chemin est rude, dit Romaine. Ce qui était exigé des premiers chrétiens n'est rien à côté de ce que demande la cause de l'humanité. Voyez quelle vie est la mienne. Je n'ai pas de patrie, pas de foyer... Il est doux pourtant, n'est-ce pas, d'être aimée, d'avoir des enfants ?

Je ne me marierai jamais, interrompit Frédérique.

— Pourquoi ?... Il me semblait bien que vous pratiquiez une austérité peu habituelle aux jeunes filles. Je ne vous ai jamais vue parler à un homme. Pourquoi ?

— Parce que l'union avec les hommes que je vois, la vie auprès de l'un d'eux me ferait horreur, ceux de ma condition comme les autres, comme les riches. Ma Léa chérie et moi-même, nous ne saurions faire un pas dans la rue sans entendre des paroles odieuses qui veulent dire : Prostituez-vous !... Prostituez-vous !... Oh ! Paris ! que de fois j'ai pensé à m'enfuir dans le fond d'une campagne, avec Léa, pour en être délivrée !

Elle continua, après une pause :

— Ou bien, il y a le mariage... Se marier, accroître le nombre des ménages pareils à ceux qui habitent cette maison et les maisons voisines. La femme, bête de somme, battue et accablée... La femme allant de son côté, l'homme du sien, et cette infamie double s'étalant sous les yeux des enfants. Non, je ne me marierai jamais!... J'ai trop vu... trop compris... depuis que je suis toute petite !...

— Je le sais, dit Romaine.

— Vous le savez ? Léa vous a dit ?...

— Oui.

Frédérique devint pourpre.

— Elle a bien fait, reprit Pirnitz en caressant les mains de la jeune fille, dont les yeux demeuraient baissés. Croyez-vous que j'aime et que j'estime moins votre mère à présent ?... Loin de là... C'est cette dure épreuve subie par elle qui m'a amenée à la chérir... Et puis, j'ai retrouvé en elle un peu de ma vaillante Frédérique. Vous l'avez élevée, vous, dans le plus beau sens du mot.

— Hélas ! dit Frédérique, il y a des choses dans le passé que je n'ai pu défaire... Que ma mère ait été séduite et abandonnée, la faute en est au misérable qui l'a trompée... Mais d'avoir accepté cela... pour de l'argent !... Pauvre mère ! Personne ne lui avait enseigné la dignité de la vie... Elle était une proie, comme tant d'ouvrières. Et le responsable de cet indigne marché, c'est encore l'homme qui, moyennant quarante mille francs, s'est cru libéré de ses devoirs envers elle et envers moi. Dire que cet homme vit, qu'il est marié, qu'il occupe de hautes fonctions. Quelle conscience s'est-il donc faite ?

Elle n'était plus haletante ni timide. Elle parlait avec âpreté, sans emphase.

— Il ne faut pas trop longtemps s'attarder dans le passé, dit Pirnitz. Le passé est mort ; il ne changera plus. Laissons les morts enterrer les morts ! Regardez le chemin qui s'ouvre en face de vous, et non celui qui a été parcouru par vos parents. Des temps nouveaux s'approchent. Ce n'est point en condamnant votre père que vous vous vengerez : c'est en empêchant que le même crime se répète sur d'autres filles innocentes...

— Oh ! oui... Empêcher cela... Défendre les pauvres filles... Mais il n'y a pas de lois!...

— Nous aurons un jour les lois... Aujourd'hui, attaquons et réformons les mœurs. Oui, l'on peut quelque chose. Vous n'êtes pas la première à avoir souffert de l'abaissement de la femme, de son assujettissement. D'autres les ont vus comme vous, en ont pâti, ont résolu d'y faire obstacle. Dans ce coin de vieille Europe, on ignore ou l'on feint d'ignorer que des civilisations nouvelles se créent, existent, prospèrent, avec l'égalité reconnue des deux sexes, la libération de la femme, sa soustraction à l'odieux état de chair à plaisir, de chair à maternité. Je vous assure, Frédérique, qu'une autre Eve est prochaine qui régénérera le vieux monde et lui redonnera sa vigueur.

— Parlez, parlez encore, dit Frédérique.

Un coin du voile qui lui cachait la vérité pressentie, espérée, se déchirait. Elle n'avait rêvé jamais que de se soustraire à l'esclavage physique qui menace les filles pauvres, et de préserver aussi sa propre sœur. Or, Pirnitz avait dit : « ... Une nouvelle Eve est proche... l'assujettissement de la femme n'est pas éternel... des sociétés existent où les sexes sont égaux... » Maintenant, Frédérique comprenait combien son rêve avait été étroit, chétif ! Les prophéties de l'étrangère l'élargissaient jusqu'à l'émancipation intégrale de la femme.

— Parlez ! parlez !

Pirnitz parla.

Elle dit les premiers sursauts de l'émancipation féminine, l'histoire de cette Eve prochaine qui se créait à la fin du dix-neuvième siècle, et dont le vingtième verrait sans doute la plénitude de force et de grâce. L'élan jaillit de toutes les races nouvelles. Rêveuse et mystique, ardente jusqu'au martyre, la Slave renonce aux privilèges de son sexe pour lutter avec les hommes sur leur propre arène. L'Anglo-Saxonne, musclée, pratique, organisatrice, religieuse, teintée de puritanisme et de méthodisme, non contente de s'affranchir elle-même, veut affranchir les hommes, ses maîtres d'hier, des basses passions dont elle a souffert par contre-coup. L'Américaine, nerveuse et laborieuse, marche, pleine de foi, vers le bonheur, à travers les vieux préjugés abolis. Dans ses steppes boréales, la Scandinave, tourmentée surtout par les problèmes de la conscience, bouleverse pour ainsi dire les conventions héréditaires, se fait une morale plus haute, plus pure, exonère la personnalité féminine des lois intéressées que l'homme a établies.

— Tout cela existe, Frédérique ; ce n'est plus de l'utopie. La femme indépendante de l'homme, maîtresse absolue de sa destinée, est légion dans le monde anglo-saxon ; elle est nombreuse dans le monde slave ou scandinave. Maintenant, il s'agit d'aborder les vieilles civilisations. Or, l'Allemagne, promptement, nous viendra : d'abord l'Allemagne des philosophes et des sociologues, puis l'Allemagne populaire. Londres nous raille encore ; le féminisme n'y est pas goûté des snobs. Qu'importe ? Sa conquête est dès maintenant certaine. Paris frivole, ironique, sensuel, résistera davantage. Mais nous l'aurons. Nous le vaincrons.

Frédérique écoutait avidement. Elle comprenait à présent le rôle de Pirnitz. Pirnitz était une de ces messagères qui rajeunissent les civilisations caduques... Le féminisme, dont le nom, nouveau pour elle, l'illuminait et l'échauffait subitement, lui apparut comme une religion, avec des devoirs d'apostolat, des vœux

— L'Eve prochaine ne doit pas se marier, n'est-ce pas ? demanda-t-elle.

— Pourquoi pas ? fit Pirnitz en souriant. Nous ne condamnons pas le mariage : pour un grand nombre d'entre nous, c'est assurément la condition là meilleure. D'excellentes adeptes du féminisme furent mères de famille.

Et comme le visage de Frédérique exprimait de la surprise et de la tristesse :

— Cependant, ajouta-t-elle, ces épouses avaient presque toutes connu des déboires intimes. Le bonheur conjugal est égoïste ; il ne profite pas à l'humanité. Mieux vaut, au moins par ce temps de lutte, s'enrôler libre dans la phalange sacrée. J'ai toujours remarqué plus d'abnégation, plus d'ardeur et de sincérité chez celles des nôtres qui ne connurent point d'homme. La vierge sage peut être une femme forte ; la vierge forte demeure l'idéal de la femme à venir. Toujours assez de jeunes filles se marieront ; l'humanité n'est pas près de décroître. Un jour viendra où l'aristocratie des femmes sera composée de vierges fortes.

— Ni Léa ni moi, nous ne voulons du mariage, répliqua orgueilleusement Frédérique. Oh ! vous pouvez compter sur nous, nous serons avec vous. Mais que faut-il faire ?

— Pour le moment, il faut vous instruire dans l'œuvre que vous voulez entreprendre... Je compte beaucoup sur vous, Frédérique, plus encore que sur votre sœur.

— Qui m'instruira, si vous partez ?

Pirnitz prit dans ses longues mains fraîches les mains de la jeune fille.

— Mon cœur et ma pensée demeurent avec vous... Ecoutez. Je ne donne pas congé de cette chambre. Mes livres y restent, mes travaux commencés, toute mon humble vie d'ici... Je vous la laisse : si vous voulez me complaire, vous l'habiterez.

— Oh ! vous permettrez ?...

— Je le désire. N'y mettez nulle discrétion. Au contraire. Je veux que vous usiez de ce qui est à moi, comme si c'était à vous. Vous lirez les mêmes livres, entourée des mêmes objets ; vous coucherez dans le même petit lit. De loin, il me sourira de penser que votre âme pure et fervente échauffe cette cellule, où la solitude me fut douce... Ainsi vous vous pénétrerez lentement de moi.

Jamais Pirnitz n'avait parlé de la sorte à Frédérique. Son visage souffrant, ses yeux se divinisaient. Ses traits laissaient transparaître l'ange, le messager céleste. Frédérique baisa ses mains.

— Comme je vous remercie ! dit-elle. Comme je vous aime ! Hélas ! je ne suis pas digne de vous.

Puis, après une pause :

— Pourquoi m'avez-vous choisie ?

— C'est vous-même, Fédi, qui vous êtes désignée. Ce n'est pas moi... Le disciple vient à la foi. Moi-même, comme vous, j'ai senti l'appel intérieur. J'ai entendu un jour la voix qui me disait : « Ne te contente pas de t'affranchir. Vis pour l'affranchissement de tes pareilles. »

— Quand avez-vous entendu cette voix ?... Il y a longtemps ?

— Il y a longtemps... J'étais une toute petite fille, à la pension, avec cette chère Herminie, dont vous voyez ici le portrait... Nous traversions la crise de mysticisme à laquelle une fillette, au couvent, n'échappe guère... Ce fut un vieux maître de mathématiques, dont cette autre photographie vous représente la face étoilée de rides et les cheveux en broussailles blanches, qui, le premier, nous parla de l'émancipation de la femme, nous prêta les livres où commençait à s'agiter la question, entre autres, le plus important de tous, celui de Stuart Mill... A nous trois, nous formâmes un petit cénacle : nos compagnes étaient trop vaines ; elles se courbaient d'avance avec joie sous le joug de l'homme... Herminie et moi, nous quittâmes la pension à dix-huit ans. J'étais orpheline. J'avais un petit patrimoine. Herminie était pauvre, mais on lui avait trouvé aisément un mari, car elle était très belle. Elle y renonça : nous fîmes bourse commune et nous partîmes pour l'Angleterre, afin de voir de près les grands collèges de femmes : Queen's College, Girton, etc... premiers échelons de la transformation radicale que doit subir l'éducation féminine... Je me rappelle notre arrivée à Londres... Nous avions pris un paquebot neuf qui faisait le service entre Boulogne et Londres, par la Tamise.

Jusqu'à une heure avancée de la nuit, Pirnitz raconta ce qu'elle appelait, comme Meister, ses années d'apprentissage. Herminie et elle, après avoir acquis en Angleterre la connaissance de la langue, et pratiqué les milieux féministes, s'embarquèrent pour le Nouveau-Monde, où s'acheva leur initiation. Boston, Washington, New-York, et même les villes nouvelles de l'Ouest, leur montrèrent, existantes et prospères, ces sociétés féministes qu'elles n'avaient, jusque-là, connues que par les livres.

— Nous avons vu d'admirables choses, pourtant moins belles que nos rêves. Si l'on ne peut égaler l'Amérique dans la réalisation matérielle, nous avons conçu un idéal plus pur, plus élevé à ce qu'il nous semble, du rôle de la Femme en ce monde. L'égalité des sexes, elle l'aura : mais c'est peu. Les hommes ne sont pas des êtres si parfaits que leur ressembler soit idéal. Il faut créer des femmes très supérieures aux hommes existants. La femme régénérée doit régénérer ses maîtres. Elle sera la prêtresse de l'avenir, dominant les religions discutées ou mortes. Par elle, le vice mauvais disparaîtra. Les vierges fortes referont le monde.

— Oh ! s'écria ardemment Frédérique. Etre une de ces femmes ! Se dévouer à faire les autres meilleurs qu'ils ne sont !

— Voilà le but, reprit Pirnitz : mais il faut commencer par de plus humbles préoccupations. Pour former ces apôtres désintéressées de la morale, il est d'abord indispensable d'avoir des jeunes filles libres, indépendantes des hommes, et dont l'esprit soit selon nos idées. De bons métiers, de bonnes doctrines : l'école où se donnera l'enseignement professionnel avec l enseignement moral est à la base de tout.

Pirnitz dépeignit à Frédérique, avide d'apprendre, l'organisation des grands collèges féminins d'Amérique. Elle lui montra des photographies de Huskiro-Bédni — le collège libre que Herminie Sanz avait fondé dans sa ville natale, et les plans de ce Free College, que, naguère, elle avaient ensemble installé modestement à Londres et qui, maintenant, allait se transporter dans un magnifique immeuble de Kensington-Road...

C'était justement pour aider Mme Sanz dans l'installation nouvelle que Pirnitz devait passer quelques mois à Londres.

— Et à Paris, demanda Frédérique, existe-t-il quelque chose comme Free College?

— Non, il n'y a rien encore de pareil. L'activité et le dévouement féminins sont, pour le moment, orientés ailleurs. Ici, on est à la charité pour les repenties, au sauvetage de l'enfance, à des œuvres excellentes en soi ; on est — hélas ! — à l'amour libre, ce qui est le contraire de l'affranchissement pour la femme. Mais le problème de l'éducation, la régénération de la jeune fille, préoccupent peu la pensée française. Tout est à créer : l'idée et l'œuvre...

— Pourtant, vous espérez ?

— Je suis sûre du succès final. Matériellement, on pourrait commencer demain à bâtir une Ecole des Arts de la femme. L'argent est prêt...

— Une grosse somme ?

— Une somme suffisante. L'argent se trouve aisément ici. Paris est généreux. Mais il me manque encore, ou du moins je n'ai pas encore complété l'état-major enseignant. Et cela importe par-dessus tout.

— Alors, fit tristement Frédérique, il y a déjà d'autres femmes, d'autres jeunes filles, qui collaborent avec vous ?

— Relisez la parabole des ouvriers de la dernière heure. Pourquoi dépenserais-je à l'avance et sans profit mes plus précieuses ressources. — Léa et vous ? Prédestinées l'une et l'autre, vous avez choisi vos métiers si heureusement, que je ne saurais vous en recommander d'autres. Vous, chef de la comptabilité d'une grande fabrique, Léa dessinateur industriel, vous occupez deux places d'homme. Vous avez fait chacune une conquête sur l'exclusivisme masculin. Demeurez ainsi jusqu'au jour prochain où je vous appellerai. D'ici là, faites-vous, en mon absence, des intelligences de vierges fortes. Vous en avez déjà les mœurs.

— Oh ! oui, dit Frédérique : nous y consacrerons tout notre effort... Et avec quelle joie ! Il me semble que, pour la première fois, je comprends l'utilité de ma vie.

— Plus tard, en effet, vous vous apercevrez que votre vie sociale a commencé aujourd'hui. Hier votre horizon se bornait à Léa, à votre mère, à vous-même. Aujourd'hui, vous entrevoyez le grand devoir altruiste qui fait vôtre la cause de toutes les femmes. Mais la nuit s'avance, chère enfant, il est temps que je vous laisse dormir. Respectons le sommeil et les nécessités de la vie physique. Craignons les excès d'efforts qui mènent si vite nos amies d'Amérique à la neurasthénie... Demain, j'irai vous voir chez vous vers six heures après-midi, vous dire adieu. Je pars après-demain.

Frédérique se leva.

— Tous les livres qui sont ici, dit Pirnitz, vous appartiennent. Parcourez-les à mesure que leurs titres vous attireront, pêle-mêle. Je ne veux pas vous enseigner la foi comme une science; seulement, en voici un qu'il faut lire d'abord, et relire ensuite. C'est la clef de tout.

Elle lui mit dans les mains une petite brochure d'environ deux cents pages, recouverte avec le papier d'un journal

— A demain !

Elles s'embrassèrent.

La jeune fille regagna sa chambre, se dévêtit, fit sa toilette de nuit, se coucha. Avant de souffler la lumière, elle ouvrit le livre. Il disait :

Je me propose, dans cet essai, d'expliquer aussi clairement que possible les raisons d'une opinion qui fut la mienne dès que mes premières convictions sur les questions sociales et politiques se formèrent. Bien loin de s'affaiblir et de se modifier par la réflexion, cette opinion n'y a gagné que des forces. Je crois que les relations des deux sexes, qui, au nom de la loi, subordonnent l'un des sexes à l'autre, sont mauvaises en soi et forment aujourd'hui l'un des principaux obstacles qui s'opposent au progrès de l'humanité. Je crois qu'elles doivent faire place à une égalité parfaite, sans privilège ni pouvoir pour un sexe, sans incapacité pour l'autre.

Ces nettes paroles de Stuart Mill entrèrent dans le cerveau de Frédérique avec une telle force qu'elle fut comme saturée par ce qu'elles contenaient et ne put en lire davantage.

Elle éteignit sa lampe, ferma les yeux, demeura immobile, se laissant pénétrer par l'Idée. Elle en ressentit une meurtrissure intime et une sorte de joie douloureuse, ainsi qu'une épousée durant la nuit nuptiale.

Son âme virginale et forte avait éprouvé les premiers troubles du cœur à la rencontre de l'apôtre ; maintenant elle devenait femme au contact de la vérité nouvelle, de la foi nouvelle, qui la fécondait.

V

L'usine de papiers peints Duramberty aîné, Jude Duramberty fils, successeur, occupait dans le faubourg Saint-Charles, près de Javel, un vaste terrain en forme de trapèze, la grande base du trapèze, bordant la rue des Vergers. Le père Duramberty l'avait installée dans une ancienne propriété de campagne. Au fur et à mesure des besoins, on ajouta les annexes.

Ces annexes elles-mêmes tombaient en ruines lorsque Jude Duramberty prit la direction des affaires. Deux ans après, le nouveau patron commençait la reconstruction méthodique de son usine, et, sans arrêter un seul jour les travaux, la transformait peu à peu en un bâtiment moderne, en fer et en briques ,avec de larges baies vitrées, l'éclairage électrique, des moteurs neufs.

JUDE DURAMBERTY, DÉGOUTÉ DE LA FÊTE PARISIENNE.

On entrait maintenant par la rue des Vergers dans une cour macadamisée. L'ensemble du plan dessinait à peu près la forme d'un A dont le pavillon d'administration figurait la branche horizontale ; la pointe de l'A était un terrain triangulaire, planté de vieux châtaigniers. Jude Duramberty avait jusqu'ici refusé de le vendre, convaincu que les nouvelles voies percées dans le quartier lui donneraient une prompte plus-value.

Ce Jude Duramberty s'était trouvé, à vingt-neuf ans, par la mort soudaine de son père, chef d'une grosse exploitation. Du jour au lendemain, le simple fêteur parisien qu'il avait été jusque-là — tenu à l'écart des affaires par l'activité tatillonne et jalouse du patron — s'affirma usinier aussi exact, aussi laborieux, aussi ferme que lui, mais autrement inventif, audacieux et intelligent.

Il portait dans ses entreprises une hardiesse contenue. Il ne risquait rien sans ample information ; mais une fois informé il ne comptait plus les riques. La stagnation actuelle d'une industrie née et perfectionnée en France (n'est-ce pas Jean Papillon qui, au XVIIe siècle, inventa l'impression dite *à la planche ?*) l'inquiéta. Il en étudia les causes, et crut les découvrir dans la désuétude des procédés de fabrication et la timidité des méthodes commerciales. Il s'efforça d'y parer. Par son impulsion les affaires de l'usine sextuplèrent de 1892 à 1896.

A cette époque, l'usine Duramberty tenait la première place pour les papiers de moyen luxe : elle exportait même, outre-Manche des papiers dits anglais. Jude Duramberty avait trente-sept ans ; il était veuf, sans enfant. Riche, dégoûté de la fête parisienne pour l'avoir trop menée, il continuait à travailler âprement, envoûté comme les rois de l'industrie américaine. Autoritaire, parfois violent avec le personnel, il était, en somme, assez aimé pour sa réelle générosité. Il ne cherchait jamais à gagner sur le salaire.

« Où l'ouvrier souffre, l'usine souffre, » répétait-il volontiers.

On ne reprochait même pas, à cet homme sanguin, jeune encore, aux cheveux drus, à l'œil brun mobile, au geste vif, les choix qu'il avait faits, à plusieurs reprises, dans l'atelier des femmes. Il réglait de telles aventures comme un contrat de négoce, s'adressant de préférence aux ouvrières délaissées par leurs parents, ou s'arrangeant à l'amiable avec ceux-ci. On le savait libéral, discret et armé. En cas de chantage, Duramberty n'était pas homme à s'effrayer d'un procès, même scandaleux.

Léa et Frédérique, qui vivaient dans l'usine presque complètement à l'écart des employés et des ouvrières, ne se doutaient guère qu'elles passaient pour servir, l'une et l'autre, aux plaisirs du patron.

La rapide élévation de Frédérique à un poste d'ordinaire occupé par un homme, l'atelier spécial accordé à Léa, bien qu'elle fût simple dessinatrice, avaient excité trop de jalousies pour que la malignité ne prît pas sa revanche. On admettait donc sans discussion que M. Jude avait pour maîtresses les deux « grandes-duchesses » — ainsi nommait-on les deux sœurs. Cette légende leur valait à la fois la haine et le respect.

En réalité, Léa ne voyait guère M. Duramberty. Quand elle avait fini un dessin ou un calque, elle le remettait directement à l'ingénieur, M. Lepic, qui lui confiait un nouveau travail. Frédérique, au contraire, s'entretenait chaque jour avec lui, entre cinq et six heures : il la traitait exactement comme un employé homme dont il eût été satisfait.

Voici comment était réglée la journée des deux sœurs :

Elles arrivaient à neuf heures, en toute saison. Frédérique conférait aussitôt avec les autres commis de la comptabilité générale, au nombre de trois, un vieux Bordelais, nommé Pasquet, qui gardait le terrible accent du terroir, et deux jeunes Parisiens, fils d'industriels, corrects et insignifiants.

Elle dépouillait le courrier, l'annotait, passait au père Pasquet tout ce qui concernait plus particulièrement la machinerie et devait être soumis à l'ingénieur. Elle triait la correspondance purement commerciale, répondait elle-même aux lettres importantes, transmettait les autres aux commis.

La cloche de l'usine sonnait à midi et à

une heure et demie, limitant l'espace de liberté des ouvriers et du personnel. D'ordinaire, les deux sœurs ne quittaient pas l'usine pendant cet intervalle. A moins qu'une course pressée ne les forçât à sortir, elles prenaient dans l'atelier de Léa leur repas léger : quelques tasses de thé, du pain et du beurre. S'il faisait beau, elles allaient se promener sous les châtaigniers du terrain vague. Sinon, elles demeuraient à causer et à lire. A une heure et demie, elles se remettaient au travail. Elles n'avaient guère plus le loisir de se parler jusqu'au soir : mais elles se sentaient proches l'une de l'autre ; c'était assez pour que la besogne leur parût agréable. Après la conférence de Frédérique et de M. Duramberty, elles étaient libres.

Cette vie régulière et laborieuse ne fut en rien altérée pendant l'absence de Pirnitz, qui dura dix longs mois. On vit chaque jour les deux sœurs arriver à l'usine, y accomplir leur besogne, s'en retourner. Christine elle-même n'aperçut aucun changement dans la façon d'être de ses filles. Et cependant ces dix mois modifièrent leurs âmes plus que ne l'avaient fait les dix années précédentes.

La gêne qui embarrassait leur tendresse réciproque s'était dissipée dans l'enthousiasme des confidences, dès le matin qui suivit la nuit mémorable passée par Frédérique auprès de Pirnitz. Elles avaient, ensemble, accompagné celle-ci au chemin de fer lorsqu'elle partit ; elles étaient revenues plus unies que jamais par la ferveur commune d'apostolat.

Et dès lors commença pour elles une sorte de noviciat, sans autre discipline que les livres, le souvenir toujours présent et les fréquentes lettres de Pirnitz.

Cette chambre de l'absente, devenue leur retraite, répandit sur elles l'influence d'un lieu saint. L'âme de Pirnitz y veillait : on eût dit que sa silhouette douloureuse, ses yeux d'apôtre, la grâce souffrante de ses gestes, demeuraient entre les murs où elle ne respirait plus.

Aussitôt que les deux sœurs regagnaient la rue de la Sourdière, elles se réfugiaient là. D'abord, elles n'osèrent pas porter la main sur les livres, ouvrir les tiroirs, user de toutes choses comme d'un bien propre, ainsi que l'avait recommandé Pirnitz.

Puis, celle-ci ayant écrit à Frédérique pour lui demander compte de ses lectures, il fallut se décider. Léa, au hasard, cueillit un volume de la bibliothèque. C'était la vie de Sophie Germain. Comme des néophytes au récit d'une vie de saint, elles s'exaltèrent sur l'œuvre laborieuse et désintéressée de la mathématicienne. Elles lurent ensuite, pêle-mêle, un rapport sur le sauvetage, un travail anglais sur la régénération des détenues, l'*Eve nouvelle*, de Jules Bois ; une brochure sur le travail des jeunes filles dans les ateliers ; *Outre-Mer*, de Bourget ; un discours sur le collège américain de Vassard.

Elles lisaient en commun, l'une écoutant l'autre, tour à tour, dans la chambre de Pirnitz. Elles eussent regardé comme une sorte de sacrilège d'emporter hors du sanctuaire les livres qu'avait feuilletés l'Apôtre. Seule, la brochure de Stuart Mill, dont Pirnitz avait fait présent à Frédérique, ne les quittait jamais. Elles l'étudiaient ensemble à l'usine, aux heures de loisir, Frédérique, plus apte à l'analyse, pénétrait mieux les idées du maître, les rendait accessibles à Léa, qui comprenait aussitôt ce que l'aînée commentait. S'imposant chaque jour un tel sujet de méditation, elles arrivèrent bientôt à connaître l'ouvrage comme un bréviaire. Frédérique l'avait parfaitement entendu, donc aussi Léa, grâce à leur harmonie merveilleuse.

Certes, les employés de l'usine Duramberty n'en auraient pas cru leurs oreilles, s'ils avaient surpris les entretiens de celles qu'ils appelaient les grandes-duchesses. « L'affranchissement de la femme, l'Eve future, l'humanité régénérée par la volonté féminine... » Un poète eût été attendri par cette ardeur naïve et sincère ; un philosophe, peut-être, eût souri. Comme à tout esprit jeune, les idées leur apparaissaient simpli-

LÉA ÉTAIT UNE SIMPLE DESSINATRICE.

fiées, plus nettes, plus impérieuses que l'avenir ne devait les leur montrer. Les obstacles n'existaient pas. On irait par le monde, quelques jeunes filles belles et sages comme elles l'étaient elles-mêmes ; on traverserait les foules, pareilles à des reines ; nul contact impur ne souillerait les robes blanches ; les foules conquises se mettraient aussitôt à applaudir et à suivre.

Se pouvait-il que des intelligences humaines ne fussent pas convaincues par des arguments aussi irréfutables que ceux de Stuart Mill ? Se pouvait-il qu'on résistât à l'action d'une Romaine Pirnitz ?

Pourquoi la vieille Europe ne connaîtrait-elle pas les puissantes coalitions féminines que Frédérique et Léa croyaient la règle, l'usage universel dans le Nouveau-Monde ?

Oh ! voir cela !... Voir se dérouler autour de soi les théories d'Eves nouvelles, de Vierges fortes, comme disait Pirnitz ! Créer beaucoup d'âmes à leur ressemblance ! Car elles se sentaient bien vraiment, toutes les deux, inaccessibles aux défaillances de leur sexe, courageuses jusqu'à la mort dans la lutte pour la vérité...

Au milieu de nos rêves les plus exaltés, la destinée nous surprend et nous ramène rudement aux misérables contingences de notre condition. Quelques mois après le départ de Pirnitz, Christine tomba malade. Depuis longtemps dyspeptique, son état tout à coup s'aggrava. Elle avait toujours été gourmande : le moindre repas fut suivi de tortures. Aussi rapidement que s'altérait sa santé, son caractère s'aigrit. Elle devint bizarre. Elle eut des fantaisies qu'il fallait satisfaire sur-le-champ. Même dans le répit de ses crises, elle ne travailla plus. Si sédentaire autrefois, elle désira sortir, aller en voiture. Elle commanda des robes ; comme au temps du père Legay, elle voulut traîner Frédérique et Léa au Bois de Boulogne le dimanche.

L'HOTEL SURANNÉ OU ELLES ENTRAIENT PAR LA VOUTE COCHÈRE.

Pour les deux sœurs, ces promenades étaient un supplice. Elles avaient une telle horreur du monde ! Une si vive ferveur de solitude, de studieux recueillement les animait ! Et il fallait rouler le long des avenues, dans un fiacre de louage, à côté de Christine en toilette éclatante, regardées pour Christine, — regardées pour elles-mêmes, pour la grave beauté de Frédérique et le charme romanesc[illegible]éa.

Cette [illegible] qu'elles chérissaient, l'âge et les souffrances la ramenaient à la puérilité : le mal détruisait rapidement l'œuvre de restauration morale qu'avaient accomplie Frédérique, Léa et Pirnitz. Seule durant le jour, elle rechercha la société du petit monde de la maison, la concierge, les modistes du second, le coiffeur de l'entresol. Elle s'en cacha d'abord, puis le fit ouvertement, comme pour braver Frédérique et Léa.

Celles-ci n'osaient la contrarier.

Frédérique avait demandé la vérité au médecin : elle avait appris le nom terrible de la maladie, sans guérison ni ralentissement possible, qui dévorait la pauvre femme.

Les deux sœurs subirent donc les visites douteuses, les conversations indécentes, les voisinages répugnants ; car Christine invitait ses nouvelles amies. En de telles angoisses leur fraternité se resserra, autour du pieux souvenir de Pirnitz. Elles offraient à ce souvenir leur présente misère. L'apôtre, chaque semaine, les réconfortait par de brèves épîtres, qu'elles ne se lassaient pas de lire et de relire, comme d'autres jeunes filles lisent des lettres d'amour.

Cette ère douloureuse, pendant laquelle elles durent enfermer leur chagrin dans leur cœur, pendant laquelle, aussi, pesa sur elles, plus lourd que jamais, le poids d'une déchéance de femme, les mûrit pour les devoirs futurs, mieux que ne l'avait présagé Romaine Pirnitz. Quand celle-ci revint à Paris, dix mois après son départ, elle trouva ses jeunes amies façonnées sur le modèle idéal qu'elle leur avait proposé. Elle leur dit, dès le premier soir :

— Vous êtes vraiment, l'une et l'autre, prédestinées. Je n'ai plus le droit d'attendre pour vous enrôler *parmi nous*.

Cette parole fut accueillie par Frédérique et Léa comme une promesse d'initiation. Elles n'osaient demander à Pirnitz en quoi consistait cet enrôlement ; mais l'une et l'autre y souscrivaient d'avance. Elles se consumèrent à le désirer. Pirnitz, souriante et secrète, laissait s'exalter leur désir. Ce fut au bout de plusieurs semaines qu'elle leur dit :

— Demain, je vous emmènerai « là-bas ».

Là-bas, c'était le centre mystérieux de l'œuvre que Romaine se refusait encore à leur désigner plus clairement.

Le lendemain fut un dimanche ; mais Christine eût vainement essayé d'entraîner ses filles au Bois de Boulogne. Du reste, Pirnitz avait pris les devants et, par sa seule influence, obtenu qu'on lui laissât les deux sœurs pendant toute la matinée. Elle avait, en compensation, accepté de déjeuner avec elles et Christine.

Par ce radieux dimanche de mai, les trois amies quittèrent à neuf heures la rue de la Sourdière et se dirigèrent à pied vers la Seine.

Passé le pont de la Concorde, elles gagnèrent la rue de Bourgogne, puis la rue de Grenelle. Bien que leur nuit eût été troublée par l'attente de l'initiation, les néophytes marchaient joyeuses. Devant le 83 de la rue de Grenelle, Romaine dit :

— C'est là.

L'hôtel suranné où elles entraient par la voûte cochère offrait sur la rue une façade étroite, dissymétrique, la porte rejetée à droite, le logement du concierge à gauche, et, surplombant cet avant-corps, un seul étage de communs, d'aspect morne et poudreux.

Sur le seuil de la loge, un vieil homme en jaquette, cheveux gris bouffants, bien rasé, tenant un livre à tranches dorées qui semblait un paroissien, salua Pirnitz d'un signe de tête familier.

La cour montrait ses gros pavés pareils à des carapaces de tortue, encadrés de moisissures. Quelques fûts de colonnes, quelques chapiteaux corinthiens, gisaient à même le sol, — ornements ou débris, on ne savait.

D'un côté, le mur mitoyen d'un jardin limitait la cour; de l'autre, le pignon monotone de la maison voisine, bâtisse moderne à six étages, dont la blancheur hurlait parmi cette vétusté de tons. Le perron de l'hôtel était niché dans l'encoignure de droite sous une marquise de zinc, grise de poussière.

— Nous sommes chez Mlle de Sainte-Parade, dit, en s'arrêtant devant la porte vitrée, Pirnitz, toujours un peu haletante après quelques marches gravies.

Une chaîne, avec une poignée de fer, pendait au jambage de droite. Avant de tirer la poignée, Pirnitz ajouta :

— C'est une vieille demoiselle du Midi, un peu originale, mais très bonne. Il ne faut pas la contrarier. Elle adore la jeunesse. Elle vous aimera. Elle peut beaucoup pour nous. Elle est riche et généreuse.

Une servante en tablier blanc vint leur ouvrir. Elle représentait fidèlement le type des femmes de quarante-cinq à cinquante ans du pays de Garonne, quand un débordement de graisse alourdit leurs formes naguère fines. Son visage encore sec et brun contrastait avec un ventre et une gorge énormes. Un foulard noué à la mode méridionale cachait presque entièrement les cheveux.

— Adieu, mademoiselle Romaine, dit-elle simplement.

— Bonjour, Maria.

Avant de fermer la porte, Maria considéra les jeunes filles qui, d'un coup d'œil avide, regardaient le vestibule tendu d'andrinople, le carrelage rouge, l'escalier de bois décoré d'un tapis de lisière, et une statue de saint Antoine de Padoue, dressée juste en face.

— Ah ! ch bé ! Pour le coup, vous nous amenez deux belles drôles. C'est toujours pour le bâtiment ?

— Oui, Maria, répliqua Pirnitz en souriant, ces demoiselles viennent « pour le bâtiment ».

A la suite de Maria, qui semblait rouler sans bruit comme une grosse boule feutrée sur les carreaux rouges, puis rebondir doucement de marche en marche, les trois femmes montèrent jusqu'au premier étage.

Là, après avoir traversé une sorte de salon antichambre, meublé d'un canapé et de quatre fauteuils empire recouverts en velours jaune, Maria les introduisit dans une vaste salle, occupant toute la façade. Elle donnait par trois fenêtres sur un jardin dont on apercevait les verdures balancées par un vent léger, derrière les rideaux de calicot.

La pièce avait l'aspect spécial aux lieux de réunions officielles : boiseries blanches, parquet ciré, des plans aux murailles, et, au centre, une longue table ovale, à tapis vert.

Personne, en ce moment, n'était assis autour de la table. Un groupe de cinq femmes en tenues sombres occupait l'angle gauche, près d'une fenêtre.

L'entrée de Pirnitz et des deux sœurs interrompit une voix nette, brève, qui parlait. Le groupe circulaire s'ouvrit. Léa et Frédérique suivirent Pirnitz jusqu'au fauteuil où était assise Mlle de Sainte-Parade.

Ce qui les frappa, ce fut l'ampleur du visage de la vieille fille, et la petitesse de son corps, ratatiné dans le fauteuil à brancards. Cette figure démesurée, aux traits ridés, fondus, coiffée d'une sorte de mantille, surmontait un buste roulé dans la dentelle noire. Mlle de Sainte-Parade ressemblait aux caricatures qui juchent un masque énorme sur un tronc minuscule. Frédérique et Léa ne virent d'abord que ce visage et celui d'une religieuse en vêtement violet, debout, derrière le fauteuil, — délicat ovale pâle avec de grands yeux incolores, encadré dans le blanc lustré de la cornette.

— Mademoiselle, j'ai l'honneur de vous présenter les petites amies dont je vous ai parlé... L'aînée, Frédérique, et la cadette, Léa.

L'infirme accota sur les bras du fauteuil ses mains mitainées de soie, cligna, puis ouvrit tant qu'elle put deux petits yeux foncés, aux paupières cuisantes.

Elle dit d'un air désappointé, assez comique :

— Oh ! comme elles sont jolies !... Elles sont trop jolies, Pirnitz. Elles ne voudront jamais rester avec nous.

Des cinq femmes présentes, une seule, qui portait sur ses cheveux très noirs une capote à rose rouge, eût un geste de mécontentement bien féminin. Les autres sourirent.

Deux de celles-ci n'étaient ni belles ni laides : mais une grande et grasse blonde à chair blanche, à cheveux de lin, et une petite rousse à corps plat et délié de garçonnet, avec des tics dans les mains et sur les lèvres, pouvaient passer pour jolies, en dépit du médiocre compliment que leur adressait Mlle de Sainte-Parade.

Celle-ci prit Léa par la manche et la tira sous le grand jour de la fenêtre.

— Quel âge avez-vous, mon enfant ?

— Dix-sept ans, madame.

— Vous n'avez pas envie de vous marier ?

— Oh ! non, madame !

— Vous voulez bien vous occuper des pauvres, en compagnie de rabâcheuses comme Pirnitz et moi ?

Léa, fâchée d'entendre Pirnitz mise par cette vieille fille sur le même rang qu'elle-même, rougit. Son regard chercha celui de l'apôtre.

— Léa est une personne sérieuse, dit Pirnitz, qui n'a d'autre compagnie que sa sœur et moi.

— Voyons la sœur, fit Mlle de Sainte-Parade.

Lâchant tranquillement Léa, elle se tourna vers Frédérique.

— Oh ! oh ! Comme nous avons l'air grave ! Vous savez qu'on est gai ici ! On fait le bien et la charité gaiement. Est-ce que vous êtes toujours grave comme ça ?

Dans le silence curieux qui l'environnait, Frédérique, calme, répondit :

— Je ne ris pas volontiers, c'est vrai, mademoiselle... Mais je ne suis pas triste pour cela. Je ne suis jamais triste sans raison.

Mlle de Sainte-Parade ne répliqua pas. Elle regarda encore un instant les deux sœurs ; Léa avait rejoint son aînée et s'appuyait contre elle.

La vieille fille se tourna à demi vers la religieuse :

— Elles sont très bien, ces petites à Pirnitz, n'est-ce pas, ma sœur Odile ? Elles feront notre affaire ? Qu'en pensez-vous ?

Du fond de la longue cornette, une voix d'enfant répondit avec un fort accent d'Alsace :

— Pour sûr, mademoiselle.

— Allons, déclara Mlle de Sainte-Parade... nous sommes au complet... Pirnitz... ses petites... Duyvecke... Mlle Heurteau... Daisy... Cette peste de Geneviève... Commençons à travailler. Vous avez expliqué à vos petites ce que nous faisons, Pirnitz ?...

— Oh ! fit Pirnitz, elles s'y mettront vite ; je vais les placer à côté de moi... Je leur expliquerai les choses à mesure...

Sœur Odile et la dame à la rose rouge prirent chacune deux bras du fauteuil mobile, et le portèrent, avec Mlle de Sainte-Parade assise dessus, jusqu'à la table. Puis on se groupa autour du tapis vert, Pirnitz et les deux jeunes filles à l'une des extrémités.

— Commençons, dit Mlle de Sainte-Parade.

Une des plus jolies assistantes, dont la blondeur grasse évoquait l'idée d'un portrait de l'école flamande, se mit à lire :

« *Réunion du* 10 *mai*.

« Présentes : Mlle de Sainte-Parade, Mlle Heurteau, Mlle Pirnitz, Geneviève Soubize, Daisy Craggs, Duyvecke Hespel.

« On reprend la discussion sur le programme général de l'enseignement. Mlle Heurteau propose d'exclure les arts décoratifs et de se borner, pour commencer, à la fondation d'une école primaire... »

La voix un peu roucoulante de la lectrice détailla la proposition de Mlle Heurteau, et les observations qu'elle avait soulevées.

Pirnitz commentait pour Frédérique et Léa, le procès-verbal.

— Celle qui lit, disait-elle tout bas, s'appelle Duyvecke Hespel... C'est une charmante fille, née de parents paysans, aux environs de Hazebrouck. Elle suit les cours d'une école normale. La dame à capote noire, avec une rose rouge, est une ancienne institutrice, — Mlle Heurteau, — qui a eu des difficultés avec son administration, et s'est fait mettre en disponibilité. Elle est très intelligente, très expérimentée ; elle nous est très utile...

Le rapport continuait :

« Mlle Craggs fait observer que le nombre des candidates au professorat, en France, pèche plutôt par l'excès ; elle insiste pour exclure, au contraire, tout enseignement non professionnel... »

« Mlle Pirnitz intervient... »

— Mlle Craggs, poursuivit Pirnitz à voix basse, c'est cette dame aux yeux bleus.

— Qui a une figure de bébé ? dit Léa.

— Oui, une honnête figure de bébé couperosé, avec des cheveux blonds grisonnants. C'est une Irlandaise, elle a pris part avec un grand courage aux soulèvements de 1878. Depuis la déroute du parti nationaliste en Irlande, elle a quitté son île et vit à Paris de correspondances avec divers périodiques anglais. Très bonne, très charitable... Elle a fait élever Geneviève Soubize, cette petite rousse à l'air si nerveux et si intelligent, qui est assise à côté d'elle. Il y a là tout un roman de charité que je vous conterai, fort touchant... Geneviève était une enfant assistée qui...

Elle s'arrêta : tout en parlant elle prêtait l'oreille au rapport :

— Non, Duyvecke, interrompit-elle tout haut de sa douce et ferme voix, qui tout de suite imposait le silence ; je n'ai pas dit qu'il ne faudrait pas vendre les objets fabriqués : j'ai dit qu'il ne fallait pas avoir d'intentions commerciales. Nous ne voulons pas faire une affaire, nous voulons faire du bien.

— Cependant, objecta la dame à rose rouge que Pirnitz avait désignée sous le nom de Mlle Heurteau, si l'on peut subvenir aux frais de l'école...

— Qui dit commerce dit chance de perte autant que de gain, répliqua Pirnitz. Nous ne pouvons pas risquer de perdre notre argent. Il est trop nécessaire.

Après avoir corrigé son rapport, Duyvecke Hespel continua :

« On vote sur les propositions de Mlle Heurteau, et de Mlle Pirnitz.

« La proposition de Mlle Heurteau, tendant à fonder une simple école d'enseignement primaire, est repoussée par quatre voix contre une.

« La proposition de Mlle Pirnitz, tendant à fonder une école exclusivement professionnelle, est adoptée à l'unanimité par mains levées. »

Duyvecke Hespel ayant refermé son cahier, il y eut quelques instants de silence. La voix aiguë de Mlle de Sainte-Parade s'éleva alors, entrecoupée par des reniflements de camphre.

— Résumé : Ecoutez bien, les deux jolies nouvelles ! Moi, je vais vous expliquer ça clairement. Il s'agit de venir en aide à des tas de pauvres filles de Paris qui ne savent comment gagner leur vie, et qui alors se conduisent mal, ou se marient bêtement, ce qui ne vaut guère mieux. Quoi ! ça vous choque, ma sœur Odile ? Pourtant, c'est la vérité. Vous ne comprenez pas ça, dans vos couvents. Parbleu ! le couvent, c'est l'idéal ; mais on ne peut pas mettre toutes les filles au couvent. Alors, ces petites, nous les prenons, nous les réchauffons, nous les habillons, nous leur donnons à manger, nous leur enseignons un métier. Nous les éduquons surtout. Elles apprennent par nous que l'on peut se passer d'une culotte pour vivre... Pas la peine de rougir, ma sœur Odile... Maintenant, il s'agit d'exécuter ; ça n'est pas commode... Nous avons un peu d'argent... Tout ce que je possède, moi, bien entendu, je le donne... mais ça n'est guère...

— C'est assez, dit Pirnitz.

— Vous croyez ? dit la vieille demoiselle dont les yeux s'éclairèrent. Et vous, Heurteau ?

La dame à capote rouge, sans répondre, fit, des yeux et de la main, un geste de doute.

— Cette Heurteau n'a pas la foi, dit la présidente. Nous nous passerons de son avis. Essayons avec nos forces ! Pirnitz, puisque l'idée de l'école professionnelle est de vous, développez un peu le projet complet. Vous avez la parole.

Pirnitz parla :

— Notre présidente a parfaitement résumé nos projets : donner à des jeunes filles une saine doctrine et un bon métier. La saine doctrine, c'est que la femme est un être libre, *une personne*, et non pas le reflet d'une autre personne. l'annexe d'un autre être : en un mot, que l'appui de l'homme ne lui est pas indispensable. Le bon métier sera celui qui permet justement à la femme de vivre libre, sans l'appui de l'homme. Sur la doctrine, nous avons toujours été d'accord. Quant au métier, après d'utiles discussions, nous avons résolu d'orienter notre enseignement vers les arts du mobilier, — le dessin, la peinture, la sculpture de tapisserie et d'ameublement. On peut assez aisément pourvoir à un tel enseignement avec peu de maîtres et peu de place. Il n'est pas besoin de grands ateliers, de mise de fonds importante ; enfin, nous avons deux des nôtres, maintenant, qui peuvent là-dessus nous fournir des renseignements précieux.

— Quoi ! s'écria miss Craggs, ces jeunes demoiselles pratiquent des arts d'industrie ? Cela est très, très intéressant !

— Frédérique est le chef de la comptabilité et Léa dessinatrice dans la grande maison Duramberty à Saint-Charles.

— C'est juste, fit Mlle de Sainte-Parade : vous m'aviez dit cela, Pirnitz. Eh bien ! qu'est-ce que vous pensez des idées de Pirnitz, jeunes filles ?

Léa et Frédérique se regardèrent. Puis, comme on semblait attendre, et que Pirnitz, d'un sourire, encourageait Frédérique, celle-ci répondit posément :

— Nous aimons beaucoup, l'une et l'autre, notre métier. Notre patron est très bon ; nous vivons toutes deux réunies, sans nous mêler au reste du personnel. Mais cet avantage existerait à un plus haut degré encore dans un établissement féministe...

— Je demande la parole, fit Mlle Heurteau.

— Vous l'avez, Heurteau.

— Je me rallie bien volontiers à l'école professionnelle. Mais je vois une grave objection. Pour exercer les arts industriels, il faut ce que nul enseignement ne crée : des aptitudes. Que ferons-nous des fillettes qui n'auront aucun goût pour le dessin ? Je sais par expérience que la moitié des élèves d'une classe est incapable de dessiner.

— Elle a raison, fit Mlle de Sainte-Parade, prompte au dépit comme à l'enthousiasme. Qu'est-ce que vous dites de cela, Pirnitz ?

— Léa va vous répondre, dit Pirnitz. Qu'en pensez-vous, Léa ?

Toute rouge, son joli visage romanesque baissé vers la table, Léa répondit d'une voix qui, troublée d'abord, se rassurait peu à peu.

— Mon Dieu ! Pour inventer, par exemple, des dessins d'ornement... des types de décoration pour les étoffes ou les papiers de tenture... sans doute, il faut des dispositions spéciales... Mais, pour la fabrication courante... pour le glaçage... l'encollage... pour la mise en train des impressions... n'importe quelle femme peut y réussir, avec du soin.

— Et combien gagne-t-on journellement? questionna miss Craggs.

— Trois francs, environ.

— Eh bien ! déclara la présidente rassurée, c'est très beau cela. Trois francs par jour !... Je vois ce qu'il nous faut. Un enseignement artistique pour les plus adroites... pour les autres, un enseignement industriel...

On approuva. La discussion dévia sur le choix d'un emplacement qui convînt à l'école projetée. Mlle Heurteau avait visité des terrains aux environs du Lion de Belfort, à Montrouge. Miss Craggs recommandait les avenues nouvelles, voisines du boulevard Pasteur.

— Puis-je dire un mot ? demanda à voix basse Frédérique à sa voisine.

— Mlle Frédérique demande la parole, dit Pirnitz.

— Il existe un grand terrain vague, à Saint-Charles, contigu à notre usine, dit la jeune fille. M. Duramberty, notre patron, le vendrait, je crois, si on lui offrait un prix raisonnable. L'avantage serait d'avoir à portée de l'école une usine d'application.

— Voilà une excellente idée, dit la présidente.

— Croyez-vous, demanda Pirnitz à Frédérique, que M. Duramberty voie si favorablement une école à côté de lui, une sorte de concurrence, en somme ?

— Ce n'est pas une concurrence, puisque nous ne fabriquerons pas. Son intérêt n'est-il pas de préparer pour le recrutement futur le plus de bonnes ouvrières possible ? Seuls, les ouvriers pourraient s'alarmer. Mais M. Duramberty tient son personnel en mains.

— Il me semble, reprit Mlle Heurteau, que l'idée de Mlle Frédérique n'est pas mauvaise... Rien ne coûte, en tout cas, d'essayer... Nous prendrons toutes les précautions nécessaires.

Frédérique, étonnée du succès rapide de sa proposition, regrettait presque d'avoir parlé. On décida que Mlles Heurteau et Pirnitz, annoncées à M. Duramberty par les jeunes filles, iraient le trouver dès la semaine prochaine, et traiteraient avec lui.

Il était près de midi quand l'assemblée se sépara.

Les deux néophytes présentèrent leurs adieux à Mlle de Sainte-Parade. Celle-ci embrassa Geneviève, Duyvecke et aussi Frédérique et Léa.

Elle retint Léa un instant.

— Dieu ! que vous êtes jolie, ma petite !... Et vous avez l'air de ne pas vous en douter, avec ça... C'est un plaisir de vous regarder...

On descendit ensemble l'escalier. La grosse Maria interpella le groupe au passage :

— Hé bé ! c'est réglé, pour le bâtiment ?

— A peu près, Maria, dit Pirnitz.

— Prenez garde aux gens de Paris, tout de même, dit la grosse bonne. C'est des voleurs, « à tous » ; ils pourraient bien fourrer dedans Mademoiselle !

Maria continua quelque temps à parler toute seule, pendant qu'on sortait. Devant la porte de l'hôtel, Mlle Heurteau et Duyvecke se séparèrent des autres et tournèrent à gauche vers le Quartier Latin. Miss Craggs et Geneviève descendirent la rue de Grenelle et le faubourg Saint-Germain jusqu'à la place de la Concorde. Naturellement, on parlait de l'œuvre ; on se félicitait. Après de longs tâtonnements, il semblait que l'arrivée de Frédérique et de Léa eût apporté la solution prompte et complète.

Au pont de la Concorde, une nouvelle scission eut lieu. Daisy Craggs et Geneviève Soubize continuèrent à suivre le quai d'Orsay. Pirnitz et ses deux jeunes amies traversèrent la Seine, puis longèrent, sous les marronniers déjà épais, la silencieuse avenue Gabriel.

J'AI COMPRIS... LE GENRE... FÉMINISTE ?

Pirnitz parla :

— Je sens que vous êtes un peu désenchantées, mes filles. Oh ! ne dites pas non. Je connais votre cœur... Vous êtes venues à cette œuvre, pleines des rêves théoriques que les livres vous ont inspirés. L'affranchissement de la femme... L'Eve future... La Vierge forte... Et au lieu de tout cela vous avez trouvé une plate discussion sur les salaires et les métiers, une question d'achat de terrains, de construction d'école et de programme d'enseignement. Avouez que vous avez jugé cela bien terre à terre.

Léa répondit :

— Ce qui me désole, c'est que je n'y entends pas grand'chose.

— Apportez-y tout de même votre effort. C'est par cet humble labeur que l'avenir se prépare. Que de soins vulgaires la mère donne à son enfant nouveau-né !... Mais elle pense qu'elle a créé une âme. Nous sommes des mères.

Et tandis qu'elles s'engageaient dans le quartier Saint-Honoré Pirnitz continua :

— Tout cela paraît médiocre à qui descend des hauteurs de la spéculation pure. Mais tout cela est ennobli par le désintéressement. La spéculation pure est un plaisir égoïte ; nos entreprises pratiques sont une peine féconde. Que de désintéressements étaient unis tout à l'heure autour de nous ! Duyvecke, sans fortune, gagnant à peine ce dont une fille raisonnable se contenterait pour la vie usuelle, trouve le moyen d'envoyer des secours à ses vieux parents et de participer encore à toutes les œuvres charitables. Elle ferait trop de bien : il faut que Mlle Heurteau la gronde et la modère... Et quoi de plus touchant que l'histoire de miss Craggs avec Geneviève Soubize ? Pauvre elle-même, vivant de traductions et de correspondances, elle visite un jour le local de l'Union pour le Sauvetage de l'enfance. On vient d'amener une gamine de douze ans ; le père, alcoolique, battait sa femme, qui se conduisait mal et envoyait l'enfant mendier... La petite, confiée à l'Union, va être dépêchée à la campagne, chez des fermiers de la Creuse... Miss Craggs, qui adore les enfants, cause avec elle. Geneviève, d'abord silencieuse et hargneuse, s'humanise, finit par parler... Miss Craggs la découvre intelligente, fière et vive. Elle propose de s'en charger. On accepte. Elle l'a élevée, dans l'appartement bizarre qu'elle occupe à un cinquième étage de l'avenue de Ségur... Elle en a fait une personne instruite, la collaboratrice de ses travaux. Geneviève est une des aides sur lesquelles nous comptons le plus.

— Oui, dit Frédérique, on est tout de suite attiré vers elle.

— Mais comment, dit Léa, tout ce monde s'est-il connu ?

— Oh ! bien par hasard. J'ai rencontré Mlle Heurteau et miss Craggs à l'Union pour le Sauvetage de l'enfance, dont j'étudiais le fonctionnement. Par elles, Geneviève et Duyvecke. Quand à Mlle de Sainte-Parade...

On arrivait en face de la rue de la Sourdière. Pirnitz s'interrompit pour gagner le trottoir de la rue.

— Quand à Mlle de Sainte-Parade, reprit-elle, c'est bien simple. J'ai mis, il y a quelques mois, dans le journal le plus lu à Paris, une annonce : « *On demande des capitaux pour œuvre philanthropique destinée aux femmes.* » Le lendemain, Mlle de Sainte-Parade m'écrivait.

Pirnitz dit cela sans marquer de surprise. Elle fit passer devant elle les deux sœurs en ajoutant :

— Allez ! Vous savez que je monte lentement.

Frédérique et Léa obéirent. Elles méditaient cette commune pensée, que la force de l'apostolat, armée de la foi, est irrésistible : il suffit de croire et de vouloir pour susciter l'or nécessaire au Bien.

VI

Dès le lendemain, à la conférence de cinq heures, Frédérique aborda la question du terrain avec M. Jude Duramberty.

— Ah ! fit le patron d'un air à la fois sceptique et sérieux. C'est une école professionnelle que vos amies veulent fonder ? Mais... le besoin s'en fait-il sentir ? La Ville en a d'excellentes avec un outillage que vous n'égalerez jamais.

— Il s'agit, dit Frédérique avec une ferme politesse, d'une institution libre.

— Une institution religieuse ?

— Religieuse, non. Mais dirigée selon des idées spéciales... Un peu à l'image des collèges de femmes en Amérique.

— J'ai compris... Le genre... féministe ? n'est-ce pas, et protestant ?

Frédérique fit un geste évasif, mécontente de la façon dont M. Jude avait prononcé le mot « féministe ».

Il réfléchissait, levant de temps en temps les yeux sur elle.

— D'abord, mademoiselle, dit-il avec une certaine brusquerie saccadée, mettez-vous dans l'esprit que je désire vous être agréable. Je sais que vous êtes une personne trop avisée pour m'engager dans une affaire qui ne présenterait pas des garanties financières solides. Je ne tiens pas à vendre mon terrain. Il vaudra dix fois plus dans vingt ans qu'aujourd'hui ; seulement, il faut attendre vingt ans. Voici ce que vous proposerez à vos amies : je le leur donne.

Il s'arrêta sur ce mot, attendant l'effet.

— Oh ! Monsieur ! s'écria Frédérique étonnée. Comment, vous donnez ?

— Ne me remerciez pas. Je cherche assurément à vous faire plaisir, mais je ne sacrifie pas mes intérêts. Une œuvre comme celle dont vous me parlez demande des capitaux énormes, immédiatement... Je veux aider votre effort en vous les économisant. Vos capitalistes déposeront à la Banque une somme égale à la moitié de la valeur actuelle du terrain, estimée par experts. Les revenus leur appartiendront ; c'est un simple cautionnement. Vous pourrez bâtir ce que vous voudrez, comme vous voudrez. Dans vingt ans, le terrain et les bâtiments me retourneront, je les louerai à votre œuvre après une nouvelle évaluation des experts ; à vous de vous arranger pour gagner à la combinaison. Si, d'autre part, l'entreprise avorte, comme je n'aurai plus de locataires et qu'on m'aura encombré de constructions inutilisables, je redeviendrai purement et simplement propriétaire du tout. C'est clair ?

— C'est clair, dit Frédérique... Mais je n'ai pas qualité pour accepter ou refuser.

— Transmettez mes propositions. Je ne contrains personne : il est superflu que je reçoive vos amies. Je ne veux avoir de rapports qu'avec vous, jusqu'au moment où l'on signera le contrat. Je ne vous reparlerai pas de l'affaire le premier. Vous me la rappellerez quand il vous plaira.

Là-dessus, il tendit, comme chaque soir, la main à Frédérique. Elle quitta le bureau toute pleine des idées que l'entretien suscitait en elle. Un malaise singulier lui venait. Elle en chercha le motif. Elle se rendit compte alors que M. Duramberty lui avait serré les doigts de façon insolite.

Que je suis sotte ! pensa-t-elle. Il songe bien à de pareilles niaiseries !

Léa, patiemment, ses jolies formes enveloppées d'un fourreau de toile qui ne parvenait pas à l'enlaidir, lavait le dessin d'un papier de tenture. De grosses pivoines vertes alternaient avec des bouquets d'épis de blé.

Frédérique entra dans l'atelier et baisa le cou penché de la dessinatrice.

— Chérie ! dit-elle, je crois que la chance est pour nous et que, vraiment, nous porterons bonheur à l'œuvre.

— M. Jude consent ?

— Écoute...

Jusqu'au soir elles ne purent causer d'au-

M. JUDE CONSENT ?

tre chose. Mais, en rentrant rue de la Sourdière, Christine fut trouvée plus souffrante. Elle avait eu une syncope dans l'après-midi; Pirnitz l'avait soignée. Elle lui lisait un roman à haute voix. Appuyée sur les oreillers, Christine écoutait, gémissant de temps à autre.

— Comme vous êtes en retard ! s'écria-t-elle.

— Oh ! mère... pardonne-nous, dit Léa, la plus tendre et la plus facilement émue.

— Vous ne vous inquiétez guère de moi, reprit la malade.

Des deux préoccupations qui se disputaient son cœur, Frédérique céda, sans essayer de feindre, à celle qui la touchait le plus : l'Œuvre. Elle avait trop admiré l'apôtre, dans Pirnitz, pour n'avoir pas, sur un tel exemple, façonné son âme... Elle était de celles qui obéissent à l'Esprit quand il leur dit : « Tu quitteras ton père et ta mère... »

Léa, au contraire, oublia vraiment tout pour ne plus penser qu'à Christine. Pendant les six semaines de déchéance rapide qui précédèrent la fin, elle laissa Frédérique aller seule aux réunions du comité, rue de Grenelle. L'aînée y fut vite indispensable. Son clair génie avait aussitôt conquis tous les membres de la réunion.

Pirnitz lui disait :

— Moi, je n'entends pas grand'chose aux affaires... Il nous fallait une Herminie Sanz. Vous en êtes une, ma fille.

Les propositions de M. Duramberty avaient d'abord surpris, puis séduit.

— N'est-ce pas un piège ? demanda Mlle Heurteau à la séance extraordinaire convoquée dès le lendemain.

— Méfiez-vous des hommes, fit Mlle de Sainte-Parade.

— Je ne crois pas à un piège, répondit Frédérique. D'abord, le patron n'a pas la réputation d'un fourbe. Et ce qu'il propose, en somme, ne lui coûte rien. Il réserve la vente de son terrain, dans vingt ans, au prix courant. Il a une sorte d'hypothèque sur les constructions que nous y élèverons. Il ne court aucun risque et son bénéfice est certain. Il fallait seulement y songer.

— Vous êtes un amour, Frédérique, s'écria Daisy Craggs.

— Pourquoi ? demanda naïvement Frédérique.

— Parce que, jolie à croquer comme vous l'êtes, vous dites tout cela de l'air d'un vieux notaire expérimenté.

Effectivement, la jeune fille mena toute l'entreprise avec l'ardeur d'un néophyte et l'habileté d'un homme d'affaires.

Elle eut, au cours des négociations, des conférences plus fréquentes que de coutume avec M. Duramberty. Son instinct antimasculin, toujours en garde, guetta le retour de l'impression désagréable causée par la poignée de mains du premier soir. Mais Duramberty discutait froidement, affirmait son désir d'avoir des garanties, parlait chiffres et argent, regardait bien en face... En la quittant, il lui serrait la main d'un geste sec, tout viril... Décidément elle s'était trompée.

Frédérique hâta les négociations comme eût fait une jeune fille ordinaire pour un mariage souhaité. Quand elle put apporter à M. Duramberty la parole de Mlle de Sainte-Parade, le fabricant de papiers déclara qu'il consentait à entrer en relations avec l'homme d'affaires de la vieille demoiselle.

C'était un nommé Michel, ayant un cabinet au carrefour de la Croix-Rouge où il gérait principalement les intérêts d'ecclésiastiques et de communautés.

Mlle de Sainte-Parade, qui était pieuse par accès, mais qui, en d'autres moments, se brouillait avec le ciel, avait eu son adresse d'un confesseur, — l'abbé Minot, — pendant une des périodes où elle se confessait.

Michel, dans son cabinet modeste, orné d'images de religion, offrait aux visiteurs un visage sémitique et des façons obséquieuses. Il avait, peu à peu, accaparé toute la direction des placements de sa riche cliente, lui ayant fait retirer ses fonds de chez le notaire de Nérac, où longtemps elle les avait laissés. D'ailleurs, rien n'avait permis de suspecter son honnêteté, et les opérations suggérées par lui s'étaient trouvées fructueuses.

Frédérique, qui se méfiait de Michel par une sorte d'instinct de chien contre chat, voulut assister à son entrevue avec le patron. Michel parla peu. Il écoutait M. Duramberty d'un air respectueux, ponctuant ses phrases de divers : « Bravo !... Bravo !... » ce qui était sa façon de dire : parfaitement ! Il se contenta de demander :

— Est-ce... moi... qui préparerai l'acte... ou... monsieur votre notaire ?

— Cela m'est égal, fit Duramberty. Qui est le notaire de Mlle de Sainte-Parade ?

Michel répliqua :

— Me Lequesneux.

— Je croyais, dit l'usinier, connaître tous les notaires de Paris.

— Excusez-moi... c'est un notaire de Levallois.

— Ah ?... fit Duramberty.

— J'ai été clerc dans son étude, autrefois. Alors, naturellement, je suis resté en rapports avec lui. Si cependant il ne convient pas à Monsieur...

— Que m'importe ! dit brusquement M. Duramberty. Mon notaire est Me Lehaut-Desplanques... Il s'entendra avec Me... Comment dites-vous ?

— Me Lequesneux, à Levallois.

En raison de l'infirmité de Mlle de Sainte-Parade, on convint que l'acte serait signé dans l'hôtel de la rue de Grenelle.

La veille de ce grand jour, la vieille demoiselle eut la curiosité de voir de ses yeux le fameux terrain, rue des Vergers, à Saint-Charles. On prit rendez-vous pour l'après-midi. Frédérique, Mlle Heurteau et Duyvecke, outre, bien entendu, la sœur Odyle, accompagnaient Mlle de Sainte-Parade.

Duyvecke et Frédérique, considérées comme les plus robustes de la bande, portèrent le fauteuil tout autour de l'espace pelé, moisi, peuplé de rares châtaigniers, où devaient bientôt s'élever les murs de l'école. Mlle Heurteau et la calme sœur Odyle suivaient. Léa et Pirnitz étaient restées auprès de Christine.

Cette étrange procession eut pour témoins quelques employés étonnés, qui la regardaient derrière les vitres, du bâtiment d'administration, et M. Duramberty, que Frédérique aperçut un instant, à sa fenêtre.

Mlle de Sainte-Parade, avec son imagination de méridionale, déclara que le terrain était comme terrain vague, assez joli, et que vraiment ce M. Duramberty avait bien de la bonté de ne point le faire payer. Le contrat de vente fut signé le lendemain, rue de Grenelle.

Me Lehaut-Desplanques, jeune notaire parisien, fort riche, rehaussant d'élégance la sévérité de sa mise, lut l'acte en présence du petit Lequesneux qui avait l'air d'un sacristain, de Michel, assis en arrière de tout le monde, sans doute par humilité, de Mlle Heurteau, et enfin de M. Duramberty qui, tout le temps de la lecture, parut distrait.

Personne ne souleva d'observations. Quand les signatures furent apposées, le fabricant demanda à Mlle Heurteau :

— Est-ce que ces demoiselles Legay-Sûrier sont souffrantes ? Elles devaient assister à la signature...

— Mlle Frédérique et sa sœur, lui fut-il répondu, sont retenues auprès de leur mère, très malade.

En effet, après un semblant de mieux pendant les mois de juin et juillet, un mois d'août soudain pluvieux et aigre avait terrassé Christine.

Elle ne quittait plus le lit, ne se nourrissait plus que de lait. La veille du jour où fut signé le contrat, Frédérique, revenant de Saint-Charles, rencontra la concierge de la maison qui venait la chercher. Christine était plongée dans une syncope d'où l'on désespérait de la tirer.

Frédérique hâta le pas, à côté de la portière bavarde, jusqu'au premier fiacre. Rue de la Sourdière, elle vit, en entrant dans la chambre, Christine, la tête tournée vers le mur, qui dormait, avec une respiration saccadée et douloureuse.

Pirnitz et Léa étaient à genoux près du lit. Frédérique s'agenouilla elle-même. Elle ne savait pas prier. Elle écouta les paroles de sa conscience.

« Qu'ai-je fait ? Ai-je fait mon devoir ? Ai-je aimé ma mère comme je le devais ?

« Voici Léa, qui, certes, fut pour elle, dans ces dernières semaines, une fille plus attentive, qui lui donna, plus que moi, des soins, des consolations. Suis-je donc moins pieuse, filialement, que Léa ? Ai-je un cœur plus dur ?...

« Il me semble que non.

« Chère mère, à te voir souffrir, je comprends combien je t'aime. J'ai tâché de te faire du bien. Je suis sûre que je t'en ai fait un peu : par moi, tu as eu quelques années paisibles...

« Aujourd'hui, je sais que ta vie est comme finie ; je cède à cette nécessité comme je céderais à celle de mourir moi-même. Je me suis efforcée de ne pas trop m'appesantir sur mon chagrin, parce que, dans ce moment, ma lucidité, mon effort, sont utiles. Mais j'ai beaucoup de douleur, mère, à me séparer de toi. »

Des larmes montaient à ses yeux... Elle les arrêta :

« Non, pensa-t-elle, je ne dois pas me laisser distraire par une douleur égoïste de ce qui est mon devoir humain. Ma tâche me requiert ; quand je t'aurai perdue, chère mère, je la reprendrai, c'est la meilleure façon de t'aimer. Car je travaille pour ta revanche, afin que le mal qu'on t'a fait ne soit plus fait ou soit fait moins souvent à d'autres, pareilles à toi, sans défense — comme tu l'as été. »

Christine reçut dans la soirée les derniers sacrements. La nuit fut assez calme. Les deux jeunes filles, accablées de fatigue, s'endormirent sur des chaises jusqu'à la pointe du jour. C'était le matin même où l'acte devait être signé chez Mlle de Sainte-Parade. L'anxiété de savoir tout réglé, irrévocable, tourmentait Frédérique au milieu de sa douleur et de son sommeil.

L'agonie commença vers une heure après midi.

Dans l'horreur de ces approches de la mort, la délicate et sensible Léa s'était réfugiée contre Frédérique. Elle pleurait, la tête appuyée sur le sein de l'aînée. La garde-malade et Pirnitz voulurent, vers trois heures, retourner dans son lit la malade qui gémissait. Mais à peine approchée du chevet Pirnitz appela :

— Léa !...

Léa se précipita, recueillit dans ses bras la tête de Christine, d'où le souffle s'envolait par légers soupirs. Frédérique prit sur les draps la petite main exténuée et la garda contre ses lèvres.

Presque à la même heure, M. Duramberty quittait l'hôtel de Mlle de Sainte-Parade, et, après avoir causé un instant avec son notaire, disait à Michel :

— Monsieur Michel, avez-vous un instant ?

— Mais, pour Monsieur, certainement.

— Eh bien, montez dans mon coupé et accompagnez-moi jusqu'à l'usine. Je vous ferai reconduire. Montez, montez, monsieur, ajouta-t-il vivement, — Michel faisant des politesses.

Puis, au cocher :

— Achille, passez d'abord, 21, rue de la Sourdière.

Léa, tout en larmes, Frédérique, les yeux secs, étaient agenouillées après du lit maternel, déjà paré pour la veillée, quand la concierge, entrée à petits pas, toucha l'épaule de l'aînée, lui remit la carte de Jude Duramberty.

Elle chuchota « que ce monsieur était venu dans une voiture de maître... qu'en apprenant... il n'avait pas voulu monter. Mais qu'il présentait ses condoléances à ces demoiselles et se mettait à leur service ».

M. Duramberty ne se contenta pas de cette démarche. Sa compassion, son désir d'être utile, se manifestèrent d'une façon continue, active. L'employé des pompes funèbres, qui se présenta dans la soirée, déclara qu'il avait mission de faire régler, à l'usine, tous les frais de la sépulture. Un garçon de bureau prit les ordres des orphelines. Enfin, M. Duramberty, avec le personnel administratif et les dessinateurs, assista aux obsèques.

Au cimetière Montparnasse, quand il vint serrer les mains de Léa, aveuglée de pleurs, et de Frédérique, tragiquement calme, il dit à celle-ci :

— Demeurez chez vous tout le temps qui vous sera nécessaire... Personne ne vous remplacera ; n'ayez donc aucune crainte. C'est moi qui ferai votre besogne jusqu'à votre retour. Prévenez-moi seulement quand vous serez en état de revenir à l'usine. Mais je ne veux pas vous revoir avant une quinzaine.

Cette cordialité troubla Frédérique.

« Il y a donc des hommes parfaitement laborieux, désintéressés et bons ? pensa-t-elle. Un homme comme celui-ci, évidemment, saurait être un compagnon sûr pour une femme, un appui... Il saurait être un éducateur moral !... »

Le goût de Frédérique et de Léa, pendant les jours qui suivirent, eût été de vivre dans une solitude jalouse, admettant tout au plus la présence de Pirnitz. Mais Pirnitz elle-même exigea, au nom de la fraternité qui devait unir des apôtres, qu'elles demeurassent le plus possible avec leurs compagnes d'apostolat.

— Pas de solitude ! disait-elle, la solitude est égoïste et stérile !

Cette observance, d'abord acceptée à contre-cœur, leur fut rendue précieuse par la bonté des femmes dévouées que Mlle de Sainte-Parade appelait son état-major.

On s'arrangea, dans le groupe féministe, pour ne jamais les laisser prendre un repas seules, dans cet appartement de la rue de la Sourdière visité par la mort.

Elles connurent ainsi la vaste salle à manger de l'hôtel de Sainte-Parade, son plafond à caissons vermoulus, ses portes-fenêtres cintrées donnant de plain-pied sur le jardin... Une toute petite table semblait un jouet de poupée au milieu de l'immense pièce.

Avec Pirnitz et Mlle de Sainte-Parade, les orphelines y mangèrent plusieurs fois les cuisines méridionales confectionnées par Maria, cuisines épicées et délicieuses, car la vieille demoiselle gardait malgré sa misère physique un estomac sain et une juvénile gourmandise.

Elles connurent l'appartement de Duyvecke Hespel, deux pièces de dimensions moyennes, dans la rue Cujas, meublées en bois blanc, minutieusement lavé à la mode flamande.

Duyvecke les invita avec Mlle Heurteau, qui vivait dans une pension de famille du boulevard Saint-Michel. Cette figure énigmatique de l'ancienne institutrice inquiétait, troublait Frédérique. Elle se sentait attirée vers elle par un physique agréable (Mlle Heurteau, à trente-six ans, était encore jolie, le visage seulement entamé de couperose), et aussi par la riche intelligence, par l'abondante culture qui paraient sa conversation. Mais quelque chose d'un peu fuyant dans le regard, — d'un peu faux dans la voix, mettait en garde son instinct.

Duyvecke au contraire, avec sa grâce de jolie blonde, déjà alourdie et pourtant charmeuse, avec sa bouche fine, ses dents nettes, sa peau de camélia, ses épais cheveux cendrés, à peine plus clairs que ceux de Léa, l'avait tout de suite conquise.

Duyvecke était laborieuse, lente à comprendre, mais possédait définitivement ce qu'elle avait une fois compris. D'ailleurs, ménagère incomparable, préparant elle même de savoureux dîners, agrémentés de toutes les viandes fumées du pays flamand, de tous les fruits monstrueux couvés par les serres du Nord.

Comme les deux sœurs dînaient rue Cujas, quelques jours après la mort de leur mère, en compagnie de Pirnitz et de Mlle Heurteau, on frappa à la porte, et un homme d'une trentaine d'années, vêtu d'un complet brun, sans élégance, entr'ouvrit la porte. Aussitôt interdit à la vue de personnes inconnues, il balbutia :

— Ah ! mademoiselle, vous avez du monde !

Son visage honnête et commun, encadré des broussailles d'une barbe et d'une chevelure très noires, exprimait une timidité si comique que Pirnitz et Mlle Heurteau ne purent s'empêcher de sourire.

— Qu'est-ce qu'il y a, Rémi ? demanda Duyvecke.

C'est pour Gaston, mademoiselle Duyvecke. Il s'est coupé le doigt en taillant son pain... Le sang coule. Ça n'est rien, je le lui arrêterais bien... Mais il vous demande tout le temps. J'ai peur qu'il prenne la fièvre.

— J'y vais... Excusez-moi, dit Duyvecke à ses hôtes.

Pendant sa courte absence, Mlle Heurteau expliqua aux jeunes fille que ce Rémi s'appelait en réalité Remineau ; qu'il était veuf, avec un petit garçon de six ans. Sculpteur sur bois, très bon ouvrier, très sérieux, il demeurait juste au-dessus de Duyvecke.

— Elle est la providence de ce ménage sans femme. L'enfant l'adore... Je crois que le père, s'il osait, demanderait sa main. C'est d'ailleurs un excellent homme...

— Quoi ! dit Frédérique, Duyvecke épouserait cet ouvrier ?

— Duyvecke, dit Mlle Heurteau en détournant les yeux, est trop dévouée à l'œuvre pour se marier jamais, — en eût-elle envie.

L'appartement où vivaient en commun miss Craggs et Geneviève Soubize intéressa singulièrement Frédérique. Elle y dîna une fois avec Léa. Et, le lendemain, elle y revint seule, tant elle s'y était plu.

C'est que, perspicace et toujours en éveil, elle avait démêlé tout de suite, dans le féminisme de Mlle de Sainte-Parade, la monomanie d'une vieille fille toquée ; un peu d'apprêt, de politique, un certain manque de franchise rendaient suspect celui de Mlle Heurteau. Duyvecke était sincère, mais sans ardeur, bonne nature, dévouée à tout le monde. Tandis que dans le modeste cinquième de l'avenue de Ségur, Frédérique respirait l'air de ferveur apostolique qui vivifiait cette « chambre de Pirnitz », où les deux sœurs avaient entendu les paroles de vérité.

Léa et Frédérique y firent, d'ailleurs, un dîner affreux, préparé à la diable par une sorte de vieille folle bossue que la charitable Daisy avait recueillie. On ne buvait que de l'eau.

— Comme les pauvres gens de Clifden et de Galway, disait miss Craggs, et encore la leur sent la tourbe !

On servit un bizarre gigot bouilli dans une sauce de farine, des pommes de terre, une marmelade d'oranges et une extraordinaire galette fabriquée spécialement par la folle et que Daisy, malgré son indifférence, déclara exécrable. Elle mangea, toutefois, sa part jusqu'au bout, « pour ne pas faire de peine à la vieille ».

Mais le soleil couchant dorait le petit logement, toutes les fenêtres ouvertes sur le balcon et sur la large avenue. Daisy, excitée par Geneviève Soubize, se laissait aller à conter les histoires de sa vie politique. Geneviève l'écoutait les yeux luisants, la bouche mobile.

L'Irlandaise revenue de bien des enthousiasmes juvéniles, évoquait ces temps héroïques avec une bonhomie qui excluait toute apparence de vantardise. Elle semblait se railler, parlait d'elle comme d'une enfant terrible que le temps et les épreuves auraient assagie.

Toute la passion de ces récits s'était infusée dans Geneviève, qui les avait cent fois entendus et ne se lassait pas de les entendre encore.

— Daisy, racontez l'histoire du journal supprimé !

C'était une aventure plaisante et glorieuse arrivée à miss Craggs lorsqu'elle avait quatorze ans. Son père, qui dirigeait une feuille nationaliste à Dublin, venait d'être emprisonné, le journal supprimé. Alors Daisy, l'air d'un joli bébé rose et blond en ce temps-là, avait emporté dans sa malle les formes de l'imprimerie, et s'en était allée tranquillement faire son journal à Chester... Stupeur du gouvernement, voyant le lendemain reparaître le papier interdit !...

— Et l'exécution de lord Frédérick Cavendish ? demanda Geneviève.

Ce qu'elle appelait l'*exécution*, c'était le meurtre de M. Burke et de lord Frédérick, dans le Phœnix Park, à Dublin. Daisy était alors dans la capitale de l'Irlande ; elle avait, par hasard, assisté à la découverte des corps. Elle contait en perfection. Frédérique et Léa, tout comme Geneviève, se sentaient troublées par un souffle révolutionnaire, quand elles entendaient le récit des conciliabules à la veille de l'assassinat.

— Bah ! concluait Daisy en avalant une large rasade d'eau claire, tout cela était rêves et utopies ! L'Irlande n'a plus de parti nationaliste. Les opprimés se soumettent. On n'est plus patriote, on est politique. Alors, à vingt ans de distance, ces vengeances sanglantes semblent des crimes inutiles.

— Des crimes, protestait Geneviève. Oh ! Daisy, pouvez-vous dire cela ?

Ainsi, par une étrange endosmose, l'enthousiasme anarchiste apaisé chez l'Irlandaise s'infiltrait, se déposait dans l'âme jeune, dans l'esprit névrosé de Geneviève.

Toutes deux, d'ailleurs, s'unissaient dans les soins d'une charité inlassable.

Geneviève achevait ses études à la Faculté de Paris, afin d'exercer plus tard, gratuitement, pour les humbles, la profession de sage-femme. La ferveur de l'étudiante captivait Frédérique. Elle trouvait à ce masque pâle, chiffonné, taché de son, agité de tics, éclairé par deux yeux gris-vert anxieux et tendres, auréolés de cheveux roux, un attrait d'étrangeté. L'exaltation quasi-maladive de la bonté chez Geneviève la touchait aussi. Elle en savait par miss Craggs des traits admirables. Une épidémie de fièvre typhoïde ayant sévi au Gros-Caillou, Geneviève avait, grâce à son titre d'étudiante, forcé les portes de l'hôpital et soigné les malades jusqu'à ce qu'elle tombât elle-même, épuisée, échappant par miracle à la contagion. Le danger la grisait, la misère d'autrui l'hallucinait ; elle avait ce que Pirnitz appelait le vertige de la charité.

Oui, toutes furent affectueuses et compatissantes aux orphelines. Mais leur contact eut pour effet de ramener sur Pirnitz l'admiration accrue de Léa et Frédérique.

— Comme elle est supérieure aux autres ! disait Léa. Qu'est-ce que Mlle de Sainte-Parade, Mlle Heurteau, Duyvecke, et même Daisy et Geneviève à côté d'elle ?

— C'est vrai répondait Frédérique. Toutes les autres ont des ridicules, des faiblesses... des limites ! Elle est parfaite... Jamais le mot qu'elle dit ne défigure sa pensée, et cette pensée est toujours lumineuse. Jamais ses actes ne font sourire, et elle répand la gaîeté autour d'elle. Elle a l'attrait d'un pur esprit... Elle est la Sainte.

Cependant les préparatifs de l'œuvre progressaient. Un architecte avait été choisi, sur les conseils de Michel, plutôt entrepreneur qu'architecte, puisqu'il s'agissait d'exécuter, en l'accommodant aux nécessités locales, un plan étudié et détaillé d'avance, celui du collège de Bude et de l'ancien Free College de Londres. L'entrepreneur se contenta d'un prix minime : huit pour cent de la dépense totale. Pirnitz et Frédérique examinèrent les cahiers des charges, aidées par Mlle Heurteau et par Rémineau, dont l'honnête expérience ne fut pas inutile.

Le 15 septembre, la première équipe d'ouvriers — les terrassiers — prit possession du terrain vague de la rue des Vergers.

M. Duramberty, depuis l'abandon de son terrain, n'avait plus fait, dans ses entretiens avec Frédérique, aucune allusion à l'affaire.

Il avait même repris le ton administratif dont il usait avant la mort de Christine, ce qui étonnait un peu la jeune comptable, mais ne lui déplaisait pas.

Frédérique, quand la résignation volontaire eut fini par cautériser sa douleur filiale, vécut donc dans une de ces douces effervescences qui accompagnent l'enfantement d'une œuvre importante, commencée sous d'heureux auspices. Tout marchait à souhait. On pouvait espérer d'ouvrir les cours dans un an environ. Jusqu'à cette date, les deux sœurs remettaient le souci de décider si elles resteraient à l'usine ou se consacreraient uniquement à l'école.

Trois mois environ après la mort de Christine, un jour que Frédérique vérifiait les comptes de dizaine avec le patron, celui-ci, ayant apposé son visa sur la dernière feuille d'émargement, dit à la jeune fille :

— Mademoiselle Legay-Surier, avez-vous quelques minutes encore à me donner ?

— Certainement, monsieur.

— Je voudrais vous entretenir d'une affaire qui vous concerne.

Frédérique, un peu inquiète, s'assit sur le fauteuil placé à droite du bureau. M. Duramberty recula lui-même le sien et commença, visiblement embarrassé, malgré son aplomb habituel :

— Mademoiselle, je vous vois à l'œuvre ici, depuis longtemps déjà. Je vous... étudie avec un vif intérêt. Il me semble que je vous connais assez bien. Je voudrais vous dire quelle idée je me fais de votre caractère et comment j'imagine votre avenir. Vous me le permettez ?

Frédérique, dont l'inquiétude vague se changeait en malaise, fit un signe de tête affirmatif.

— Mettez-vous dans l'esprit, en tout cas,

que je n'ai nullement le dessein de vous déplaire... de manquer aux égards qui vous sont dus. Nous causons d'homme à homme ; je vous parle franchement, vous me répondrez avec la même franchise... n'est-ce pas... Nous oublions, pour une heure, que je suis votre « patron » ?

Il insista en souriant sur le dernier mot. Puis il reprit :

— Vous avez vingt-quatre ans. Vous êtes orpheline avec une sœur de sept ans plus jeune que vous. Vous n'avez aucune fortune. Vous comptez sur votre travail pour vivre. C'est fort juste, car votre sœur et vous êtes douées de façon à gagner largement votre vie. Vous n'avez, m'assure-t-on, ni l'une ni l'autre, l'intention de vous marier. Bien ! Je crois deviner les motifs qui vous déterminent. Quels qu'ils soient, ils ont été fortifiés par vos relations avec un groupe de femmes à grands projets... J'ai mon opinion sur ces projets, je n'ai pas une foi absolue dans leur réalisation, mais ils sont respectables et je n'en veux pas dire de mal.

Frédérique eut un geste de protestation. M. Duramberty l'arrêta.

— Je vous en supplie, laissez-moi parler. Il est assez difficile, même avec un esprit supérieur tel que le vôtre, d'aborder la question qui me préoccupe. Je vous disais que j'ai compris votre caractère et votre ambition : pas de mariage pour garder votre indépendance et vous consacrer à une œuvre qui peut être jugée utopique, mais qui vous attire. Est-ce cela ?

— C'est cela, en résumé, dit Frédérique après un moment de méditation. Mais, bien entendu, monsieur, nous ne regardons pas ces choses du même point de vue.

— Je sais, d'autre part (vous m'excuserez de m'en être informé), que votre conduite privée est à l'abri du plus léger soupçon. Tout cela m'a beaucoup intéressé à vous, outre que... je ne vois pas en quoi ce que je vous dis là pourrait vous blesser... votre jeunesse et votre extérieur m'ont prévenu favorablement.

A partir de ces mots, le malaise de Frédérique se transforma en une étrange angoisse qui devint peu à peu intolérable. Elle se sentait prise comme dans un cauchemar, fixée sur son fauteuil, sans pouvoir ni remuer ni parler... Ce silence apparut, sans doute, d'un bon augure à M. Duramberty, car il s'expliqua plus clairement.

— J'estime, dit-il, pour ma part, qu'un capital intellectuel tel que vous ne doit pas demeurer improductif. J'ai besoin de vous ici. Vous pouvez me rendre de grands services. Vous me connaissez. Je suis un peu autoritaire. Je ne saurais changer à mon âge. Je vais vous proposer une véritable association : une part de quatre pour cent sur les bénéfices nets de la maison, ce qui, présentement, équivaut à une dizaine de mille francs par an et peut s'accroître.

M. Duramberty s'arrêta quelques secondes... Ses yeux, fixés à terre pendant les derniers mots qu'il avait prononcés, se relevèrent et regardèrent Frédérique, comme s'il attendait une réponse.

Frédérique ne pouvait pas répondre. Ses lèvres refusaient de s'ouvrir. Et cependant elle devinait ce qui allait suivre : elle eût voulu à tout prix empêcher que ce fût dit. Elle soupira avec effort. M. Duramberty reprit :

— Je comprends votre trouble. Je le comprends fort bien, parbleu !... Mais je fais appel à votre intelligence, à vos idées libérales, affranchies de préjugés. Est-ce que vous n'avez pas compris le néant des conventions sociales ? D'ailleurs, vous êtes éprise des nouvelles doctrines féministes. Elles ne me sont pas familières... mais je sais que le mariage n'y est pas en faveur... et que la liberté de l'union est un principe fondamental.

L'angoisse de Frédérique commença à paraître dans l'élargissement de ses yeux. Elle put articuler ce seul mot :

— Monsieur !...

— De grâce, ne vous alarmez pas, reprit M. Duramberty. Vous êtes libre de faire à ma proposition l'accueil et les objections que vous voudrez. Je suis seul. J'ai été malheureux dans mon premier mariage. J'ai des habitudes de célibat qui me conviennent et que je ne veux pas rompre. Vous avez, de votre côté, une façon de vivre à laquelle vous êtes attachée. Vous ne la changeriez pas sans peine, probablement. Eh bien ! loyalement, en collaborateur qui vous apprécie, je vous propose d'unir ce que nous pourrions appeler l'excédent de notre liberté ?...

Il y eut un silence. Frédérique se taisait toujours. Elle ne pensait en ce moment qu'à une chose :

« Si cet homme se lève et vient à moi, comment fuir ? »

Comme à travers une porte sourde, elle entendait les paroles que prononçait le patron. Ses yeux s'attachèrent, hypnotisés, à la capsule d'argent de l'écritoire ouverte.

— Je vous prie de croire, mademoiselle, continua M. Jude, que la franchise avec laquelle je vous parle est une marque d'estime pour votre intelligence et votre caractère. Hors des opinions artificielles, vous êtes capable de vous créer à vous-même une morale d'accord avec votre conscience.

Frédérique baissait un peu la tête ; l'usinier crut à un acquiescement.

— Vous consentez ? dit-il.

Sa voix s'étrangla sur ce mot. Il se leva et, hésitant encore à s'approcher, car l'émoi de Frédérique se marquait au tremblement de tous ses membres, il se pencha vers elle et dit, la respiration embarrassée, la parole hachée par la fièvre qui le gagnait :

— Vous ne pouvez pas vous imaginer... combien je souhaitais... combien j'avais envie !... Mais votre attitude... votre air sévère... ma foi ! je n'osais pas. Ah ! vraiment, vous êtes charmante... et je vous assure que vous n'aurez pas à regretter... Votre avenir... et celui de votre sœur... et l'école à laquelle vous vous intéressez... Je me charge de tout... ma chère petite... ma chère petite !

L'aveuglement de son désir l'empêcha de voir ce qui était manifeste : Frédérique immobile, contractée par l'effroi. Une main de la pauvre fille pendait sur sa robe, il la saisit en disant encore, à mots balbutiés :

— Ma chère petite...

Mais la main se retira.

Frédérique, subitement debout, galvanisée par le rappel d'une sensation qui, une fois déjà, lui avait été odieuse, repoussait le fauteuil avec ses jarrets raidis.

Le patron, étonné, s'arrêta :

Mais je sais que le mariage
n'y est pas en faveur.

— Quoi! dit-il... je vous... je vous fais peur ?

Non, il ne lui faisait plus peur. Elle regardait, maintenant, avec une surprise peu à peu mêlée de dédain, cet homme qu'elle avait cru fort et bon, et qu'elle voyait devant elle, congestionné, ridicule : le mâle ordinaire, le déloyal ennemi haï depuis l'enfance.

— Je pensais... avoir parlé... ne m'être pas départi... enfin... être resté dans les bornes...

Toute son assurance tombait. Il n'avançait plus. Frédérique, devant ce désarroi, reprit courage. Sa voix fléchissait à peine quand elle répondit :

— Monsieur, je vous prie, ne parlons plus de cela.

— Mais enfin qu'y a-t-il de blessant... pour un esprit comme le vôtre ?

— Je vous en prie, monsieur !...

Il comprit que la partie était perdue. Il reconquit, d'un violent effort, la maîtrise de soi et le ton ferme dont il usait d'habitude.

— Alors, mademoiselle, je cesse de m'expliquer vos doctrines. Je croyais que vous autres, féministes, proclamiez l'égalité des deux sexes... ce que je vous proposais était l'expression même de cette égalité... Chacun de nous conservait son indépendance... c'était un contrat d'association.

— Non, monsieur, dit Frédérique redevenue tout à fait calme. C'était un contrat de vente.

— Mademoiselle !

— Rien ne vous autorisait à me le proposer... rien, puisque, dites-vous, vous connaissez ma vie. Enfin, j'ai le malheur d'être pauvre et d'être femme. Vous êtes riche, vous êtes homme et vous me payez. Cela vous donne des droits... ou du moins vous le jugez ainsi. Permettez-moi de me retirer, monsieur...

Les larmes montaient à ses yeux et les sanglots à sa gorge ; mais c'était l'indignation, non la faiblesse qui les suscitait.

Duramberty retourna brusquement vers son bureau, haussant les épaules. Frédérique gagna la porte, sortit sans hâte. Mais, dès qu'elle fut seule dans le corridor, elle courut comme une folle jusqu'au petit atelier de sa sœur.

Léa, effrayée, la reçut dans ses bras.

— Fédi ! ma Fédi !... Qu'est-ce qu'on t'a fait ?

— Reste... reste près de moi, sanglota l'aînée... Reste près de moi... et laisse-moi pleurer... Je te dirai... Je te dirai...

Léa questionnait.

— Mais qui t'a fait du mal ?

— Lui !... dit Frédérique, montrant la direction du bureau du patron.

— M. Jude ?

— Oui.

Elle conta tout, lambeau par lambeau.

Pour comprendre l'exaltation indignée où les mit l'une et l'autre cette aventure, il faut songer que Frédérique et Léa étaient exactement l'opposé de l'ordinaire ouvrière des grandes villes.

Toute leur jeune pensée s'était, depuis l'enfance, accoutumée à envisager comme la pire catastrophe pour une femme, ce que M. Duramberty venait de proposer à Frédérique.

Au récit de sa sœur, Léa fut bientôt la plus bouleversée des deux.

— S'il allait venir ici, murmura-t-elle... s'il allait te poursuivre ?...

Gagnées par la peur, elles se barricadèrent dans l'atelier. Elles attendirent anxieusement le soir et n'osèrent sortir elles-mêmes qu'après avoir vu M. Duramberty quitter l'usine dans son coupé. Un fiacre les ramena rue de la Sourdière. Elles reconquirent un peu de calme auprès de Pirnitz. Elles lui contèrent l'événement.

— Hélas ! leur dit l'apôtre... Je ne suis pas étonnée... A moins d'être difforme comme Mlle de Sainte-Paradé ou moi, qui ne sommes pour ainsi dire pas des femmes, on est exposée à de pareilles attaques de la

Elles attendirent anxieusement le soir.

part du sexe maître. Méprisez les hommes qui croient pouvoir acheter les femmes, mais songez que bien des femmes se prêtent à de pareils marchés. Là est la honteuse excuse de leur audace. Duramberty a agi en homme, ni plus ni moins.

— Jamais... plus jamais, murmura Frédérique, je ne pourrai lui parler.

— Ni moi, dit Léa ; il me semble que si je le voyais venir à moi je me sauverais ou je me trouverais mal.

— Oui, fit Pirnitz ; voilà évidemment le plus fâcheux de cette sotte affaire : comment les relations quotidiennes vont-elles pouvoir durer maintenant entre vous et lui ? L'homme, tel que je l'ai compris, ne pardonnera pas qu'on l'ait vu dans une posture ridicule. Et il est trop intelligent pour n'avoir pas rougi, après...

— Pourvu, dit Léa, que cela ne nuise pas à l'Œuvre !

— Que peut-il contre elle ? répliqua Frédérique, qui avait eu, sans l'exprimer, la même pensée. Les actes sont signés... Nous n'avons rien à lui demander, n'est-ce pas, Romaine ?

Pirnitz haussa les épaules.

— Qu'il soit un ennemi pour nous, c'est possible. Mais nous en aurons tant d'autres !

— Pourquoi ?

— Notre œuvre, nos doctrines contrarient des appétits comme celui de cet homme. Soyez assurées que la coalition des égoïstes tels que Duramberty est d'avance et d'instinct contre nous. Qu'importe ! Herminie et moi, nous en avons bien triomphé à Bude et à Londres. Ecoutez, ajouta-t-elle avec quelques minutes de méditation... Il y a peut-être, dans ces événements, une indication de la Destinée... Le lien qui vous attachait à la maison Duramberty est coupé inopinément, malgré vous... N'est-ce pas un signe providentiel que vous devez tout abandonner et nous suivre ?...

— Oh ! oui... Romaine... je vous en prie, dit Léa suppliante, ne laissez pas retourner Frédérique dans cette horrible usine !

— Peut-être, en effet, dit Frédérique, la Destinée m'a-t-elle avertie.

— Demain est dimanche, répondit Pirnitz. Ne m'accompagnez pas rue de Grenelle. Je parlerai, après le conseil, à Mlle de Sainte-Parade, en tête à tête.

Frédérique et Léa eurent, dès cette minute, la conviction qu'elles ne travailleraient plus chez Duramberty. Effectivement, le lendemain, vers midi, quand Pirnitz rentra rue de la Sourdière, elle leur dit :

— Voici ce qui a été décidé : Mlle de Sainte-Parade est heureuse de vous associer directement à l'œuvre. Elle se charge de vous... vous savez comment : on ne fait pas fortune en notre compagnie, la vie y est assurée, voilà tout.

— Quel bonheur ! fit Léa. Mais qu'allons-nous faire ?

— Nous avons décidé que vous partiriez immédiatement pour Londres. Léa y étudiera le style décoratif anglais dans la grande fabrique Clariss and Sons, où Mme Sanz a des relations. Elle complétera ainsi les connaissances dont elle a besoin pour enseigner dans notre école. Frédérique se mettra à la disposition d'Herminie à Free College et, tout en lui donnant une aide précieuse, apprendra l'administration.

— Et vous, demanda Frédérique, vous ne viendrez pas ?

— Non, ma présence ici est nécessaire, vous le comprenez ; mais je veillerai sur vous de loin, je vous le promets... Quelques mois d'épreuve sont bientôt passés ! Etes-vous décidées ?

— Nous ferons ce que vous nous direz de faire.

Pirnitz les embrassa.

— Maintenant, leur dit-elle, vous êtes vraiment mes filles. L'Œuvre est jalouse ; elle vous a voulu tout entières.

Dès le soir même, Léa écrivit à M. Duramberty une lettre où, sans aucune expression d'acrimonie, elle le prévenait que des raisons de famille les forçaient, elle et sa sœur, à abandonner leur service à l'usine et qu'elles ne s'y présenteraient plus.

Pour toute réponse, M. Duramberty envoya le compte des deux jeunes filles arrêté au samedi soir.

Leurs préparatifs de départ furent vite terminés et, dès le jeudi suivant, elles quittaient Paris pour Londres.

LIVRE II

I

« Mademoiselle, vous nous restez ?

— Oh ! mademoiselle, vous lunchez avec nous ?...

— D'abord, nous ne vous laisserons pas partir...

— Essayez un peu de vous en aller, s'il vous plaît !

Autour de Frédérique, dont le grave visage souriait, les jeunes mains un peu rouges, quelques-unes encapuchonnées de mitaines, se joignirent ; une chaîne de bras s'unit en cercle ; la maîtresse fut réellement prisonnière de ses joyeuses élèves.

Le quart après midi venait de sonner au carillon de Free College ; c'était samedi, jour de demi-vacance ; la classe qui s'achevait était la dernière jusqu'au lundi suivant ; et la liberté grisait un peu les têtes, blondes de toutes nuances, des fringantes demoiselles qui s'intitulaient *French junior latinist*.

— C'est que je comptais rentrer bien vite chez moi et travailler, objecta Frédérique. Enfin, je veux bien... Je prendrai le lunch avec vous.

Les *junior latinist* poussèrent des hurlans et Frédérique, escortée de cette troupe alerte, gagna le réfectoire gothique où, le soir de son arrivée à Londres avec Léa, elle avait écouté la conférence de miss Smith.

Près de cinq mois s'étaient écoulés depuis lors. Insensiblement, autour d'elle, les choses étrangères avaient modifié leur aspect, à mesure qu'elle les pénétrait plus avant et les comprenait mieux. Les impressions isolées s'ordonnaient peu à peu ; une explication de la vie ambiante, des âmes ambiantes, s'élaborait, tandis que les objets eux-mêmes et les mots de la langue lui devenaient plus familiers.

Tout exil est d'abord une sorte d'enfance qui commence, évolue, s'achève, aussi mystérieuse, aussi imprécise que l'autre.

Après cinq mois de séjour à Londres, Frédérique se sentait affranchie de la détresse passagère qu'elle avait d'abord éprouvée dans ce pays, dont les mœurs, les traditions, les idées, diffèrent si radicalement des nôtres.

— Mademoiselle, un peu de bière ?

— Une tranche de rosbif, mademoiselle ?

Les *junior latinist*, ayant enfin réussi à faire asseoir leur professeur à table, la servaient à l'envi.

— Merci, Mary ; merci, Kate... Oh ! Sarah ! ne vous donnez pas la peine, chère enfant...

Frédérique, trop choyée, ne savait plus qui remercier.

A cette heure matinale, Kate, Sarah, Mary et toutes les autres étaient encore vêtues d'une sorte d'uniforme : un costume « tailleur » en drap brun, assez analogue à un vêtement religieux, et un tablier de soie no...

La seule fantaisie habituelle était la rose ou le camélia dans les cheveux, à la boutonnière du corsage, à la ceinture, — ces fleurs qui exercent sur les Anglais, comme par une sorte de nostalgique symbole de soleil et de printemps, un si impérieux attrait.

Le groupe nommé *French junior latinist* avait été formé à Free College depuis l'arrivée de Frédérique. Celle-ci, d'abord, devait uniquement aider Mme Sanz dans son travail d'administration. Mais, le bruit s'étant répandu assez vite dans l'école que la demoiselle française savait le latin, une députation de *junior latinist* — première année d'études classiques — était venue trouver la directrice, et, avec la décision habituelle aux petites Anglo-Saxonnes, avait fait cette proposition :

— Puisque Mlle Frédérique connaît le latin, celles d'entre nous qui désirent se perfectionner dans la connaissance du français voudraient qu'on organisât pour elles un cours spécial de latin qui serait professé sans un mot d'anglais... Nous apprendrions de la sorte deux langues d'un coup.

On encourageait trop, à Free College, l'esprit d'initiative pour ne pas acquiescer à cette demande raisonnable. Frédérique se trouva donc, presque au lendemain de son arrivée, appelée à enseigner le français, le latin et les notions générales de littérature à près du tiers des *junior latinist*, qui prirent dès lors le titre de *French junior latinist*.

Elle s'en réjouit, d'abord parce qu'elle était tourmentée du désir de gagner vraiment sa vie, et que son apprentissage administratif l'humiliait un peu... Puis elle allait connaître de plus près ces jeunes âmes britanniques.

Les élèves l'aimèrent bientôt ; c'étaient naturellement quelque-unes des plus intelligentes et des plus actives qui avaient cherché ce surcroît d'effort d'un cours en langue étrangère. Leur curiosité était insatiable : elles assaillaient la maîtresse, en classe et hors de classe, d'innombrables questions.

— Mademoiselle, parlez-nous encore des pensions françaises.

— Alors, mademoiselle, à Paris, une jeune fille ne peut pas sortir seule en cab ?

— Est-ce vrai que chez vous les jeunes filles qui n'ont pas d'argent ne se marient pas ?

— Toutes, malgré leur vœu d'être courtoises, laissaient percer cet orgueil anglo-saxon, si insolent, si désagréable à l'étranger, et cette inquiétude fervente que la France suscite au delà de ses frontières.

Frédérique s'efforçait de répondre en peu de mots, de rectifier les erreurs fondamentales auxquelles l'esprit anglais a tant de peine à renoncer.

Mais elle éprouvait la difficulté de vaincre les préventions de ses élèves contre la « légèreté française », admise comme un dogme. Les *French junior latinist* croyaient lui avoir fait le plus grand compliment quand elles...

— Oh ! vous, mademoiselle, vous êtes tout à fait comme une Anglaise ! Les autres Françaises ne sont pas pareilles à vous !... elles ne le sont pas !

Et en disant ces paroles qui blessaient un coin secret du cœur de Frédérique, devenu sensible à l'excès depuis qu'elle avait passé le détroit, les fillettes aux cheveux blonds, aux yeux pâles, aux formes minces et garçonnières, la comblaient de caresses.

Au moment où Frédérique achevait sa collation, la plupart des élèves étaient déjà remontées dans les cabinets de toilette attenant aux vestiaires, et s'habillaient pour l'après-midi.

Cet après-midi du samedi était un congé : elles en profitaient pour sortir, ou pour se livrer à de longues lectures, ou pour faire de la musique en commun. Quelques-unes gagnaient la porte extérieure en costume de cyclistes ; tout à l'heure, par bandes, elles allaient parcourir la campagne de Londres ; d'autres prendraient le train pour Weybridge ou Richmond, où elles organiseraient un canotage.

Toutes, à partir de seize ans, disposaient de leur liberté jusqu'au dimanche soir, libres comme ne le sont pas des collégiens de France. Elles devaient être rentrées le dimanche pour la prière en commun, et rendre compte à Mme Sanz de l'emploi de leur temps, si on le leur demandait.

QUELQUES-UNES GAGNAIENT LA PORTE EN COSTUME DE CYCLISTES.

Des maîtresses et des élèves, aucune ne couchait à Free College. Seule, Mme Sanz — *lady president* — avait son appartement dans l'immeuble. Les cent trente élèves se logeaient comme elles le pouvaient, chez leurs parents s'ils habitaient Londres, sinon chez les maîtresses qui tenaient pour elles de petits « boardings » dans les environs.

Après avoir serré les mains, toutes les mains de ses *French junior latinist*, Frédérique s'habilla à son tour pour sortir.

Le temps était assez beau et surtout, pour un jour de la fin de février à Londres, exceptionnellement clair. L'air s'avivait d'une fraîcheur aiguë. Frédérique voulut marcher un peu, par Kensington et le bord de Hyde Park, quitte à prendre au passage un omnibus pour atteindre Piccadilly, si en route elle sentait quelque fatigue.

En passant devant la salle d'attente qui servait de buffet les soirs de conférence ou de fête, Frédérique questionna une petite femme vêtue de noir, assise derrière un bureau :

— Personne ne m'a demandée, Mrs Hornhay ?

— Personne, mademoiselle.

— Si M. Ortsen venait, par hasard... vous le connaissez ?

— Oui, un gentleman grand, avec une moustache blonde et de beaux yeux bleus ?

— C'est cela. Eh bien ! si ce gentleman venait me chercher, dites-lui que j'ai dû partir et que je suis rentrée chez moi directement.

Elle sortit ; elle gagna, par Allen Street, Kensington Road et les grilles de Hyde Park.

Jusqu'aux environs de Hyde Park Corner, la voie n'est pas encombrée. Frédérique marchait et méditait. Cette fraîcheur saine, annonciatrice du printemps, cette netteté du jour, si rare à Londres en pareille saison, et qui dure si peu d'heures, excitaient son cerveau et l'activité de son sang. Tout, pour ce vif et curieux esprit, était encore, après cinq mois de séjour, matière à réflexion dans la ville-monstre. Chaque instant suscitait une observation nouvelle, fournissait un nouvel anneau de cette chaîne ininterrompue qui constitue, à la longue, la connaissance d'un peuple.

Maintenant, la maison britannique, à visage si différent de la maison française, elle la connaissait. Elle devinait derrière la façade de brique ou de pierre, ornée d'un portique à colonnes, le couloir étroit, l'escalier d'un mètre de large avec son tapis, sa rampe de bois, le salon du rez-de-chaussée, le « drawing-room », le « sitting-room », les chambres à coucher simples et confortables, la salle de bains indispensable aux installations même les plus pauvres.

Ces gens qu'elle croisait sur son chemin, affairés et sévères, ils couraient aux distractions du samedi, au foot-ball, au tennis, au petit voyage dans la banlieue de Londres, qui dure jusqu'au lundi et coûte un prix dérisoire. Elle savait un peu l'âme de ces types nouveaux pour elle, la vieille demoiselle qui vit en dépensant à peine une livre par quinzaine, la fille de boutique qui s'en va rejoindre son « doux-cœur » dans l'un des parcs, donnera ses lèvres sans compter, avec le fervent espoir du mariage, et ne donnera rien de plus ; le commerçant aux joues animées, qui se hâte vers un bar du voisinage où il demeurera hébété d'alcool et de fumée jusqu'au soir.

Frédérique longeait Hyde Park, arbres nus, pelouses dévorées par les gelées et pas encore reverdies, — les plus proches perspectives envahies déjà par le brouillard bleu qui, rapidement, allait s'épaissir, faire la nuit à trois heures. Elle était libre, elle se portait bien, le temps était beau ; elle avait travaillé de son mieux. Elle s'étonnait de ne pas ressentir un plein contentement.

« Pourquoi, se demandait-elle tout en marchant, pourquoi ne suis-je pas parfaitement heureuse ? »

Entraînée à l'examen particulier, elle divisait l'analyse de son état suivant des chapitres accoutumés de longue date.

« Le travail ? Je fais ce que je peux. Je m'applique à exécuter ce qui m'est ordonné. Il me semble que Mme Sanz est satisfaite de moi et que mes élèves progressent.

« Le perfectionnement intellectuel ? Jamais, depuis mon enfance, tant de notions nouvelles n'ont afflué vers mon esprit. J'apprends une langue et un peuple. J'assiste à la réalisation de ce rêve : la femme enseignée par la femme dans l'absolue indépendance.

« Le perfectionnement moral ?... »

L'examen de la jeune fille fut ici dérangé par la traversée de Hyde Park Corner. Des voitures de maître, simples, de modèles anciens, mais soigneusement attelées, entraient par la triple brèche des grilles : surtout des landaux ouverts avec des laquais poudrés sur le siège, et, dedans, de vieux couples respectables qui prenaient le soleil.

Au delà des portes du parc, vers le coin de Park Lane, les omnibus multicolores s'arrêtaient en groupe compact, et les conducteurs clamaient le nom des quartiers de Londres, actifs, raccrocheurs, tandis que les cochers, bien tenus et dignes, une fleur au revers mastic du pardessus, attendaient, les rênes en main.

Les *hansom-cabs* filaient dans toutes les directions, lestes, pivotant au tournant sur leurs roues couplées, les petits chevaux irlandais haut bridés, relevant nerveusement la tête et le col.

Frédérique, un peu lasse, monta dans un des omnibus qui gagnaient Piccadilly. Pendant le court trajet de Hyde Park Corner à l'église de Saint-James, elle resta plongée dans une réflexion morose.

« Etre chaque jour meilleur que la veille ! » C'était le principe qu'elle avait entrevu dès son enfance. Pirnitz l'avait ensuite formulé et confirmé pour elle.

« Eh bien, suis-je vraiment meilleure qu'hier, meilleure que je n'étais à Paris ? Fallait-il venir si loin pour découvrir en moi des sentiments à ce point laids et vils, que je n'ose pas les appeler par leur nom ? »

Elle soupira. Elle s'attarda à penser qu'elle allait retrouver Léa, cette sœur adorée dont elle ne jouissait maintenant qu'à la fin de chaque semaine. Ce soir, toutes deux dîneraient avec Georg et Tinka Ortsen. Après, Georg, au piano, accompagnerait Tinka, qui fredonnerait des chansons du Nord.

« N'est-ce pas la fraternité la plus enviable ? l'union délicieuse et innocente des êtres purs ? Cette intimité rend Léa si simplement joyeuse ! Pourquoi y apporté-je, moi, un esprit aigri, qui soupçonne ? Suis-je jalouse du plaisir de ma sœur ? »

Non. Son anxiété venait d'une source plus saine. Dès le premier soir de leur arrivée à Londres, elle avait eu le sentiment du péril auquel la présence d'un homme jeune, séduisant, artiste, exposait l'âme innocente et sensible de Léa.

Rien, à vrai dire, n'avait depuis justifié cette appréhension. Si étrange que cela parût à Frédérique elle-même, Parisienne accoutumée aux façons des Parisiens c'était le mot de « candeur » qui définissait le caractère de Georg Ortsen.

L'observation avisée de la jeune fille ne pouvait s'y tromper ; cet homme de vingt-six ans regardait les femmes comme des compagnes de conversation, d'art et de jeux; sans plus. Georg incarnait ce frère d'élection que toutes ont rêvé. Il traitait Léa et Frédérique comme des sœurs. Que de fois, en sortant d'une leçon qu'il donnait aux environs de Free College, il venait chercher Frédérique et rentrait avec elle à Apple-Tree-Yard, causant amicalement, sans jamais glisser à la moindre apparence de flirt !

En lui prêtant les intentions ordinaires des hommes sur les femmes jeunes et jolies, Frédérique sentait qu'elle lui faisait une injure imméritée. De telles pensées n'occupaient pas plus Georg que Léa ; elle seule, Frédérique, imaginait un péril auquel ils ne songeaient guère... Par là, elle se sentait inférieure à eux, inférieure à cette paisible Tinka, inexplicable, elle aussi, pour des esprits déductifs de Latins : Tinka, ménagère adroite en même temps qu'artiste, calme et capable des plus violentes résolutions, puisqu'un jour, apprenant que son mari, le professeur Ebner, avait une fille naturelle non reconnue, elle avait quitté le foyer conjugal en compagnie de son frère...

Descendue devant Saint-James-Church, Frédérique regagna d'un pas vif la petite maison jaune de l'Apple-Tree-Yard. Autour d'elle, c'était le prélude mitigé du terrible repos dominical. Nombre de magasins déjà étaient fermés. Londres se préparait au dimanche, et ce dimanche londonien, avec ses rues vides, les façades mornes et closes, attristait Frédérique. Elle le passait toujours chez elle, préférant encore aux rues funèbres la mélancolique chambre d'Apple-Tree-Yard, où un étrange crépuscule tombait du plafond vitré...

Sur le bureau qui ornait un des angles de la chambre, elle trouva une lettre de France... Cher timbre du pays absent ! chère lettre de la plus chère amie ! Pirnitz écrivait :

Ma Frédérique, ne soyez pas triste ! ne vous laissez pas vaincre par ce mal de Londres, que je connais pour l'avoir ressenti.

Je sais quel trouble envahit l'âme quand, au milieu du jour, une lueur fausse se répand dans la rue, une clarté qu'on dirait échappée d'une lointaine fusion de soufre !... Ne vous laissez pas abattre par le mal de Londres : que votre soleil soit au dedans de vous !

Tout ce qui diminue la volonté, tout ce qui diminue la joie d'agir est mauvais, tout cela doit être rejeté comme pensée coupable... Je vous en conjure, ayez l'espoir : faute d'espoir, la charité s'éteint...

Ce que vous voyez à Free College n'approche pas de ce que nous avons conçu ensemble ? Comptiez-vous donc trouver l'Eve prochaine, rien que pour avoir passé un bras de mer et changé de pays ?

Ce ne sont, me dites-vous, que des fillettes plus énergiques, plus garçonnières, plus pratiques. Et vous vous demandez si le meilleur de leurs qualités ne tiendrait pas — plutôt qu'au mode de l'éducation — à leur race, à leur tempérament d'Anglo-Saxonnes.

Ma Frédérique, un excessif souci de perfection vous rend injuste. La perfection n'est pas à Free College ; mais l'œuvre de Mme Sanz est cependant haute et utile, et devance de dix ans, peut-être, le système scolaire de l'Europe.

Où trouverez-vous, ailleurs qu'à Free College, le principe de l'égalité des sexes devant l'éducation, reconnu non comme une théorie abstraite, mais comme le ressort même de l'enseignement ?

Dans quel milieu, mieux que là, une enfant pourrait-elle acquérir les moyens de lutter à égalité d'armes contre la concurrence des hommes ? Où prendrait-elle mieux conscience de sa propre force morale ? D'où sortirait-elle plus inattaquable par les bas procédés ordinaires de la domination masculine ?

Songez que, chaque année, une cinquantaine de jeunes filles ainsi préparées se répandent dans le Royaume-Uni, convaincues qu'entre elles et les hommes la différence sociale est artificielle, et capables de le prouver. Songez que plusieurs seront à leur tour des apôtres, bâtiront des écoles, feront fructifier la bonne semence... Ah ! croyez-moi, Fédi, l'œuvre de Mme Sanz est belle, elle n'est point inférieure à celle que nous entreprenons à Paris. Méfiez-vous d'un sentiment naturel et périlleux qui nous porte à juger les choses accomplies sur la mesure de nos rêves.

Vous pensez surtout, vous, aux pauvres filles, aux enfants du peuple qu'il faut défendre, prémunir. Elles sont plus touchantes, soit ! Mais il nous faut aussi les autres, les riches, les intellectuelles, celles qui exerceront l'autorité sur beaucoup de femmes dans la vie.

Ce que vous faites à Londres, Fédi, vaut ce que vous ferez à Paris !...

Ainsi s'exprimait Pirnitz en encouragements précis et tendres. Frédérique, à mesure qu'elle la lisait, sentait vraiment le baume de cette parole respectée descendre sur son cœur, y rafraîchir la cuisante anxiété du « mieux faire » qui la dévorait...

Rêver d'agiter les foules, de créer une religion nouvelle dans l'humanité, et n'arriver qu'à enseigner le français et le latin à de petites Anglaises, quelle déchéance ! Pourtant, Pirnitz disait : « C'est le chemin qu'il faut suivre dans l'espérance et dans la foi ! » Pirnitz ne pouvait pas se tromper.

La lettre continuait ainsi :

J'ai bien médité sur vos confidences au sujet de la chère Léa. Léa est un lys blanc. Comme vous, je suis jalouse de sa blancheur et de son parfum ; il me semble qu'on profane ce lys rien qu'à le contempler ou à le respirer.

Pourtant, Mme Sanz est trop perspicace pour se porter garante des Ortsen sans raisons sérieuses. D'ailleurs, j'ai vécu dans les pays du Nord, je connais pour l'avoir souvent rencontré, ce type d'homme-enfant, cette candeur virile qui paraît invraisemblable, presque ridicule, aux Français.

Et puis, vous êtes là, chère Frédérique, et vous veillerez... Aucune défaillance coupable n'est à redouter de Léa ; mais je pense, comme vous, qu'il serait désolant de laisser troubler son cœur. Votre rôle sera d'empêcher cela. Dieu ! que la vie est compliquée !... Rien n'est moins conforme à nos idées sur l'éducation, n'est-il pas vrai ? que d'entraver les sentiments purs... Et voilà que pour cette enfant que nous aimons, nous souffrons déjà de nos principes mêmes !...

Frédérique relut la lettre de Pirnitz aussitôt après l'avoir lue. Elle baisa les lignes tracées par la chère main. Elle médita. Les paroles de la grande amie répondaient à toutes les inquiétudes qu'elle lui avait avouées. Mais l'anxiété n'était pas abolie.

« Si elle était là, la Sainte, elle me consolerait !... »

Comme elle se fût jetée dans ses bras débiles, si forts pour la serrer !...

« Hélas !... elle est si loin, et mes lettres ne savent pas, n'osent pas tout lui dire. Si j'étais près d'elle, elle m'expliquerait à moi-même... elle verrait en moi ce que je ne sais pas y voir... »

— Fédi... On peut entrer ?

La porte s'ouvrait doucement ; un visage de poupée jolie, aux yeux vert-de-mer, aux blondes frisures, apparut dans l'entrebâillement.

— Entrez, chère Tinka !

— Fédi, regardez ce que je viens de faire... pour notre souper... pour ce soir.

Avec un rire radieux de gamine, Tinka, en tablier à bavette à petits carreaux blancs et roses, lui donnant l'aspect d'une soubrette de comédie, apporta triomphalement à Frédérique, sur la tourtière de métal, une tarte aux pommes odorante, qui sortait du four.

La croûte avait des reflets d'acajou clair ; la purée de pommes était couverte d'un glacis de caramel sur lequel se croisaient des baguettes de pâte dorée.

— Est-ce bien ? Fait-on mieux à Paris ?

— C'est superbe, répliqua Frédérique, très indifférente à toutes les gourmandises, mais amusée par le sérieux de Tinka.

— Vous n'imaginez pas quel mal cela m'a donné, dit la jeune femme en contemplant son œuvre avec satisfaction. Nous ne connaissons pas ces pâtes légères dans le Nord. Heureusement que j'ai un livre de pâtisserie française.

D'une comique gravité, elle regardait la tarte posée sur le bureau de Frédérique. Puis, brusquement :

— Léa n'est pas rentrée ?

— Non, répondit Frédérique. Je m'en étonne un peu... Il est deux heures, bientôt.

— Oh ! je vais vous dire... Que je suis sotte !... J'ai une commission de Georg pour vous... Il avait l'intention d'aller chercher Léa chez Clariss and Sons, aujourd'hui, comme il fait si beau, et de revenir avec elle en se promenant.

— Il a été chercher Léa à son atelier ?...

— Oui, fit Tinka en regardant Frédérique de ses yeux d'ingénue. Cela vous contrarie ?

Frédérique faillit dire : « Assurément ! Et s'il m'eût consultée, je m'y serais opposée. »

Elle ne dit rien, pourtant. Jamais, jusqu'à

présent, Georg n'avait ramené Léa, dont l'atelier, éloigné du centre, était dans le quartier de Walworth. Mais comment lui reprocher d'avoir fait pour Léa ce qu'il faisait souvent pour elle-même ! Il n'y mettait aucune gêne, et personne à Free College, pas plus que Léa, ne songeait à s'en offusquer.

Frédérique se maîtrisa donc :

— Georg a bien fait, dit-elle... mais a-t-il eu quelque raison particulière d'aller chercher ma sœur aujourd'hui à l'atelier ?

— Non... Il a vu le soleil en se levant ; il a eu envie de chanter et de gambader comme un petit garçon. « Je vais aller à pied jusque chez Clariss, m'a-t-il dit. Je ramènerai Léa. » J'ai trouvé l'idée excellente.

— On ouvre la porte de la maison, dit Frédérique. Ce sont eux qui rentrent, sans doute.

Léa parut la première, toute rose de visage et fraîche de peau, sentant bon l'air printanier... Elle courut embrasser sa sœur.

— Je suis en retard : tu n'es pas fâchée ?

Puis, embrassant Tinka :

— Georg a été si gentil !... Figurez-vous que je l'ai aperçu à la porte de l'atelier comme je sortais. Et nous sommes revenus ensemble. La bonne surprise !

Tout en défaisant son chapeau, son collet et la fourrure nouée autour de son cou, elle parlait, animée, vibrante.

— Notre retour a été délicieux, à pied, par Westminster Bridge et Saint-James Park... Là, comme Georg était fatigué, nous nous sommes assis sur un banc. Le printemps venait de partout, malgré les apparences de l'hiver. Positivement, les arbres craquaient. De gros merles sautillaient sur les pelouses, dans les branches nues, sans siffler. Oh ! c'est la première journée vraiment belle que nous ayons eue à Londres. N'est-ce pas, Fédi ?

— Oui, répondit Frédérique avec un sourire qui ne laissa rien paraître du tumulte de ses pensées... C'est un peu, aujourd'hui, le printemps de France...

Tinka, subitement absente de leur entretien, laissa tomber ces mots, comme pour elle-même ; elle avait oublié sa pâtisserie, Frédérique, Léa et le monde :

— Dans nos contrées, dit-elle, le printemps n'arrive pas lentement, lentement, à pas de voleur, comme ici ou comme en France... Il y a un magicien qui frappe de sa baguette la neige, la glace, la parure scintillante de la nature, et d'un coup l'habille en soleil, en verdure, en fleurs... C'est le réveil en sursaut, dans un palais resplendissant, d'un mendiant assoupi la veille sur un grabat. Et nos âmes sont comme notre pays... d'un coup, elles sursautent dans leur léthargie hivernale et se réveillent en plein printemps. Plusieurs fois déjà nous avons senti venir ce réveil, Georg et moi ; et puis le sommeil de l'hiver nous a repris. Ce n'était qu'un épisode du rêve... En réalité, nous dormons toujours, lui et moi... Nous n'avons pas encore tressailli dans le printemps.

Tinka se tut.

De la poupée folle occupée de la dînette du soir qui, tout à l'heure, avait fait irruption chez Frédérique, il semblait qu'il ne restât plus rien, dans la prêtresse inspirée qui venait de parler sous la dictée d'une voix intérieure.

L'entrée de son frère la rappela à elle :

— Ah ! Georg !

Il la souleva comme une fillette jusqu'au plafond, et l'on vit ses jambes rondes, les percales simples et blanches de ses jupons.

— Bonjour, Frédérique, dit Georg en tendant la main... Vous savez que j'ai promené la petite sœur ? Vous a-t-elle dit que nous avons joué à cache-cache dans Saint-James Park ?

— Oh ! Georg, dit Léa, vous osez raconter cela !

— Léa court bien mieux que moi, continua Georg... Seulement, quand elle va être prise, elle perd la tête... Elle ne sait plus où elle va. Elle a pensé culbuter un clergyman de province qui traversait la Serpentine et s'en allait le nez dans son Murray, à menus pas...

— Qu'il était drôle ! s'écria Léa... Son Murray lui en est tombé par terre. Il a juré : *By Jove !* Il s'est retourné furieux. Puis, quand il m'a vue, me reconnaissant tout de suite pour une Française, il a voulu montrer son savoir... Il a dit : « Aoh ! très drôle... très amusant courir... comme à Paris... comme Touileries, très drôle... très content. » J'ai balbutié : « Pardon, monsieur ! » et je me suis sauvée... Ce méchant Georg s'était caché... J'ai vu le moment où le clergyman me proposerait de m'emmener, de me reconduire chez moi.

Tinka, Georg, Léa, égayés par le soleil qui réussissait à illuminer même cette chambre en façon de puits, continuèrent leur bavardage de collégiens. Frédérique les écoutait en souriant :

« Pourquoi douté-je d'eux ? Ce sont de véritables enfants. Ils ont le rire, la joie facile, la pureté de cœur des enfants... Moi qui les soupçonne de mauvais projets, je ne les vaux pas. Ils ne se soucient guère de ce qui m'effraie pour eux. Cet homme de vingt-six ans a une âme plus nette que la mienne... O triste passé qui m'a enseigné des terreurs qu'un homme de mon âge ne comprend pas ! »

— Allons, conclut Tinka, tout cela est bel et bon, mais il faut que je travaille...

Georg répondit :

— Tu montes, Tinka ? Je vais avec toi. Il doit y avoir, aujourd'hui, un peu de lumière dans mon atelier... Je vais essayer de travailler aussi.

— A ce soir, dit Tinka aux deux jeunes filles. Nous dînons à six heures et demie... Soyez exactes... Ah ! ma tarte aux pommes que j'oubliais.

Quand Frédérique et Léa furent seules, Léa vint embrasser longuement sa sœur aînée.

— Oh ! Frédérique, murmura-t-elle, comme je suis heureuse !

Frédérique la serra contre sa poitrine. Elle caressa les cheveux châtains, qui exhalaient une odeur de sève printanière. Le cœur vaguement douloureux, elle n'avait pas le courage d'alarmer cette innocente !...

II

Toute la colonie fraternelle d'Apple-Tree-Yard, accrue d'Edith Craggs, invitée par un message, se réunit le soir, comme il était convenu, autour de la table des Ortsen.

Pendant les premiers services, Tinka, affairée, soucieuse de l'excellence de sa cuisine, s'assit à peine. Elle n'avait pour l'aider que la bonne de la maison, une petite Anglaise aux grosses joues, aux yeux affleurants, désespérément lente. Georg fit les honneurs pour Edith et celles qu'il appelait ses deux sœurs françaises. La chère fut d'ailleurs très fine : un potage de riz et d'huîtres, un homard chapeluré, rissolé dans le beurre, un canard rôti et la fameuse tarte aux pommes. L'habitude de tous les convives était de boire de l'eau ; mais Georg exigea qu'une bouteille de champagne fût débouchée en l'honneur du printemps. Frédérique, Léa et Tinka, enfin attablée avec ses hôtes, vibrante d'activité et de plaisir, lui firent raison.

Seule, Edith s'abstint. Elle émit comme explication suffisante ce verset du psalmiste :

« *Il boira en route de l'eau du torrent ; et pour cela il lèvera la tête !* »

La gorgée de champagne eut pour effet de rendre Tinka extraordinairement loquace. Elle-même l'avait annoncé à l'avance.

— Tu te rappelles, Georg, le jour de mes fiançailles avec le professeur Ebner ?... Mon père me versa deux grandes coupes de vin mousseux. Je n'en avais jamais bu. On me grisa tellement que je montai sur une table et que je jouai toute une comédie improvisée, dont je faisais tous les personnages... Cela amusa tant les invités !

— Et cela les scandalisa aussi, dit Georg. Frau Reuben, la tante d'Ebner, déclara que tu étais folle et qu'il fallait t'enfermer au plus vite dans l'asile d'Elsingfors.

— Et votre fiancé ? demanda Edith, qu'en pensa-t-il ?

— Il trouva cela charmant. Il applaudit ; il m'embrassa de toutes ses forces. Plus tard, le lendemain de mon mariage, il me dit : « Je vous défends de boire jamais une goutte de champagne en public, Tinka ! Vous avez été si inconvenante, le jour des fiançailles ! Mais quand nous serons tous les deux, je vous apporterai souvent du champagne... » Tel était le professeur Ebner, — ajouta-t-elle avec une moue divertissante.

Et, trempant encore ses lèvres dans la liqueur blonde :

— C'était un homme soumis à deux influences : ses passions et l'opinion des voisins. A part cela, il n'était pas méchant. J'ai été très heureuse auprès de lui pendant plus de sept ans...

— Sept ans !... fit Léa. Comme vous vous êtes mariée jeune !

— A dix-huit ans. Le professeur Ebner en avait vingt-huit. Il me semblait tout à fait vieux, avec son vaste front luisant et son lorgnon d'or... On me fit tant rire quand on me dit qu'il voulait m'épouser et que je serais la « Madame Professeur » ! Papa me demanda si j'étais contente, je dis oui : si contente que je prétendais me marier le soir même. On m'expliqua qu'il fallait attendre... Une chose me préoccupait cependant : je ne voulais pas être séparée de Georg. D'où quelques difficultés, car mon fiancé ne se souciait pas d'avoir toujours mon frère auprès de nous. Je montrai un tel entêtement que l'accord faillit être rompu.

— Chère Tinka! dit Georg en rebroussant du bout des doigts les boucles frisées de sa sœur. C'est qu'elle a une énergie de fer quand elle veut !

— Quand tu veux, corrigea Tinka... Moi, tout m'est égal, au fond, pourvu qu'on me laisse m'occuper du ménage et écrivasser... Il est indispensable que j'aie près de moi quelqu'un que j'aime — (elle tira la moustache blonde de son frère) — qui me dise ce qu'il faut penser, ce qu'il faut vouloir... Alors, par exemple, je pense ces choses très clairement, je les veux très fort. Vous n'imaginez pas comme il est doux pour une femme, faible petite femme, de puiser hors de soi le principe de son activité, en un être qu'on admire et qu'on aime.

— Si, dit Léa, je l'imagine !

Elle prit la main de sa sœur aînée et la baisa.

— Tinka exagère, dit Georg. Elle n'est pas, loin de là, une simple annexe de moi, de mon esprit... La vérité, c'est qu'ayant vécu ensemble, dans une intimité de jumeaux, malgré nos deux années de distance, — nous pensons souvent les mêmes choses en même temps... Mais combien nous différons par ailleurs ! Elle est active et minutieuse ; je suis désordonné et paresseux...

— Parce que tu es souffrant, objecta Tinka.

— Non... parce que le mouvement et le travail me pèsent... Le peu que je réalise dans mon art ne rend qu'une infime partie de ce que j'éprouve, tandis que Tinka sait fixer ses idées, ce qu'elle observe, ce qu'elle éprouve, en traits ineffaçables. Je suis un amateur qui ne créera jamais rien : toi, tu as déjà écrit un livre immortel. Le jour prochain où notre langue ne sera plus un idiome presque inconnu, le monde saluera ton génie.

Georg regardait Tinka, et une telle foi l'échauffait qu'elle gagna Frédérique, Edith et Léa.

Tinka était devenue sérieuse ; ses yeux bleus, si chargés de méditation, contrastaient avec les lignes puériles de son visage, ses cheveux aux courts frisons et son costume de soubrette à tablier blanc brodé.

Frédérique demanda :

— Comment avez-vous commencé d'écrire, Tinka ?

— Tout simplement le jour où j'ai eu besoin de gagner ma vie... Vous savez sans doute dans quelles circonstances j'ai dû quitter le professeur Ebner ?... Il avait eu une fille d'une pauvre servante, quand il était célibataire. Il l'avait fait élever, sans la reconnaître, et, la servante étant morte, il laissa la petite en apprentissage, comme une ouvrière. Le jour où nous apprîmes cela, Georg et moi, nous dîmes à mon mari : « Il faut que votre fille aînée vienne ici, avec nous. » Il commença par mentir, par dire qu'il n'avait pas de fille... Puis, quand il vit que nous savions tout, il déclara qu'il ne pouvait pas la reconnaître et la prendre avec lui, que cela lui ferait du tort dans la ville... que nous étions, Georg et moi, deux fous... Alors, toute l'affection que je portais à mon mari tomba, et je me mis à moins chérir mes deux petites, Carola et Ida, parce qu'elles me faisaient songer à cette autre, leur sœur, qu'on leur sacrifiait... « Oh ! Georg, dis-je à mon frère, que devenir ? Cette maison est une maison d'iniquité, je ne puis plus y vivre. » — « Soit, répondit-il. Partons. Moi non plus, je ne saurais avoir sans cesse cet homme devant les yeux ? Et le soir même, nous quittâmes ensemble la maison et la ville par le bateau qui mène à Copenhague.

— Vous ne regrettiez rien ? demanda Léa, à qui l'idée des deux fillettes abandonnées rendait Tinka presque odieuse, malgré ses yeux purs et sa voix sincère.

— Si !... Mais Georg m'a soutenue. Et la nécessité de travailler me fut la meilleure distraction. Georg trouva vite à gagner quelque argent avec ses portraits... Moi, j'essayais bien de peindre des éventails et des boîtes, mais je n'arrivais pas à vendre ce que je faisais. Georg me dit : « Tu devrais raconter ton histoire dans un livre. » Le jour même, je me mis à l'œuvre. Je n'inventai rien : je ne sais pas inventer. Je contai la vérité en changeant seulement les noms de la ville et des personnes... Comme mon pays natal m'est cher, je m'attardai beaucoup à décrire ses plaines, ses coteaux et ses lacs ; je pleurais tout en évoquant la maison et les champs où j'avais été enfant en compagnie de mon frère. Je pleurais aussi sur Carola et sur Ida, qui étaient si jolies et m'entouraient si tendrement de leurs bras.

— Tu te souviens, Tinka ? murmura Georg. Quand tu avais fini un chapitre, tu me le lisais : que de fois, moi-même, j'ai pleuré à l'entendre ! Oh ! chère vieille maison de Copenhague, avec ses boiseries naïves et les petits carreaux bombés de ses fenêtres... Comme nous nous sentîmes là, forts de notre conscience et forts de nous aimer. Oh ! cher temps de combat !...

Ils se tenaient par la main et se regardaient dans les yeux. Ils étaient vraiment l'un pour l'autre tout l'univers.

Léa en conçut une tristesse vague. Frédérique en fut réconfortée. Edith énonça ce verset :

— Le Lord a dit :

« *Lorsque tu croiras que tu es seul, c'est moi qui serai debout auprès de toi.* »

— Et après, demanda Léa, les yeux humides et brillants, les joues animées, pourquoi avez-vous quitté Copenhague :

— Le climat, dit Tinka, ne valait rien pour Georg. En automne, il souffle de la Baltique une brise âpre, qui pénètre dans les os et y gèle la moelle. Au dernier mois d'octobre, je pris peur, en entendant Georg tousser si cruellement qu'il semblait chaque fois rendre l'âme. Mon livre : *L'autre Fille*, venait de paraître. Il faisait grand bruit chez nous et dans les pays scandinaves... La première édition s'était vendue en quelques jours ; nous avions donc un peu d'argent. Nous résolûmes d'aller dans une grande ville, où le climat nous serait moins redoutable et où nous pourrions consulter d'illustres médecins. Certes, nous aurions préféré Paris, les bords de la Riviera ou cette Italie dont, pendant toute notre enfance, nous rêvions sans l'avoir vue, parce qu'il y avait au musée une Vierge de l'école siennoise que nous aimions tant ! Notre bourse était trop légère. Une circonstance nous décida pour Londres. Je reçus, à Copenhague, une lettre de Mme Sanz. Elle ne me connaissait pas, mais elle avait lu mon livre — elle lit tout — et m'avait aussitôt écrit des choses gracieuses, en m'engageant à la visiter si jamais je venais à Londres. Je m'adressai à elle ; elle nous attendit à la gare. Tout de suite, par son entremise, Georg eut quelques leçons... Nous pûmes vivre.

— Georg est guéri, n'est-il pas vrai, maintenant ? — demanda Léa.

— Oui, dit Georg, je vais bien. Jamais de ma vie je n'ai passé un aussi bon hiver ; aujourd'hui, l'air printanier me donnait de la force comme un cordial.

Il se leva, redressant sa taille qui parut, en effet, délivrée du poids invisible sous lequel elle fléchissait naguère.

— Allons dans mon atelier, dit-il, nous y serons plus à l'aise.

Il entraîna tout le monde dans la pièce en forme de couloir qui lui servait d'atelier. Elle mesurait environ un yard de plus, en hauteur, que le reste de l'appartement, et prenait jour, par un vitrage, sur la cour de la maison.

Un lustre juif, dont chaque branche projetait une flamme de gaz aiguë, éclairait d'une vive lumière les murs tapissés d'esquisses, le divan oriental chargé de coussins. Un piano d'acajou occupait une extrémité du couloir ; à l'autre s'élevait la table à modèle.

Le café fut servi sur un tabouret, dans de toutes petites tasses. Tinka et Georg fumèrent des cigarettes. Léa s'était installée auprès de Tinka et la regardait de ses grands yeux bleu clair, toute son idéale figure comme en extase devant elle.

— Parlez, Tinka, j'aime tant à vous entendre... Racontez-nous encore des choses sur Georg et sur vous.

— Mais je n'ai plus rien à raconter, mon ange chéri... Vous connaissez à présent toute notre histoire, qui n'est ni longue ni compliquée.

— Je voudrais lire votre livre.

— Vous le lirez bientôt... D'abord, la traduction anglaise va paraître. Et puis, si vous continuez, vous le lirez bientôt en finlandais.

Léa, en effet, commençait à comprendre et à prononcer quelques phrases de l'idiome finnois. Elle chantait aussi, de sa jolie voix, quelques chants du pays, que lui apprenaient Georg et Tinka.

— Le nouveau livre, celui que vous faites à présent, demanda-t-elle, sera-t-il bientôt fini ?

— J'espère l'achever d'ici à un mois environ, et alors nous serons un peu riches ; peut-être pourrons-nous partir pour l'Italie.

Georg intervint.

— Son nouveau roman est très beau, dit-il. Il sera jugé, par quelques-uns, moins touchant que *L'autre Fille*, mais il est plus noble encore, il défend mieux la liberté de la conscience féminine... Je crois qu'il retentira plus loin.

— C'est toujours, questionna Frédérique, une question féministe, que vous avez choisie ?

— Mon Dieu, je ne suis pas très ferrée sur ce qu'on appelle les questions féministes. J'en ai beaucoup entendu parler, durant mon enfance, par mes compagnes d'école, par mes maîtresses. Dans le Nord, c'est un sujet qui passionne... Georg et moi, nous ne faisons point là-dessus de théories. Nous voyons clairement que la femme et l'homme ont les mêmes droits, que d'asservir l'une à l'autre est un abus de la force. Et moi, je fais des romans où cette vérité est peut-être mise en évidence.

— Dites l'histoire de votre prochain livre, insista Léa.

— Eh bien ! c'est encore une aventure prise dans la réalité. C'est le récit d'un mariage mystique dont j'ai seulement imaginé le dénouement.

— Qu'appelez-vous mariage mystique ?

Comme Tinka, son front puéril froncé, cherchait une définition, Georg lui dit :

— Raconte ton livre... Rien n'explique mieux ce qu'est un mariage mystique.

— Tu as raison, répondit, Tinka. Voilà. Cela se passe en Finlande, naturellement, non loin du lac Ladoga. Ce pays est moins froid que le nôtre. Beaucoup de Russes y ont leurs châteaux, leurs villas, leur séjour d'été et d'automne. C'est une région de petits lacs et de faibles coteaux très verts, et le ciel même s'y réchauffe d'une couleur méridionale. Dans un gros bourg de cette contrée vit un entrepreneur de bâtisses, riche et impérieux, nommé Lindstrœm, qui est veuf et habite avec sa fille Hilda. Cet homme a des mœurs indignes ; il fréquente une mauvaise femme du bourg, et la présence d'Hilda, grandie dans la pureté de ses vingt ans, le gêne. Il prétend la marier au percepteur Wichmann, lequel est un de ses amis, taré comme lui. Hilda refuse ; mais Lindstrœm insiste et, finalement, pour la contraindre, lui déclare que cette femme perdue du bourg viendra habiter leur maison. Et il exécute sa menace.

— Alors, que fait Hilda ? demanda anxieusement Léa.

— Hilda, le soir où elle aperçoit cette femme chez son père, s'enfuit et va tout droit trouver un homme qu'elle estime, le professeur Miklewitch, qui fut son maître de sciences et d'allemand. C'est un savant personnage de trente-cinq ans, d'une figure agréable et d'une saine réputation. Il n'est pas peu surpris de voir entrer chez lui son élève préférée, un simple manteau jeté sur ses vêtements d'intérieur. — « Serge Miklewitch, lui dit Hilda, je vous ai toujours considéré comme un homme d'honneur, craignant Dieu et respectant tout ce qui est respectable... Me voici dans la cruelle alternative ou d'épouser quelqu'un que je méprise ou de demeurer chez moi en contact avec l'iniquité... Voulez-vous m'épouser ? — Vous épouser, Hilda ! moi, pauvre professeur, épouser une jeune fille riche et belle comme vous ! — Attendez, Serge Miklewitch... Je n'ai point d'amour pour vous, et d'ailleurs les tristes événements dont j'ai été le témoin m'ont fait prendre la résolution de ne jamais me marier... Je serai votre femme seulement pour le monde... C'est votre protection désintéressée que j'implore. Nous serons des époux mystiques... »

— Et Serge accepte ce pacte ?

— Il l'accepte. Ne croyez pas que j'aie rien inventé là. L'union de deux êtres qui donnent l'un à l'autre leur esprit et leur tendresse, sans plus, qui se chérissent l'un l'autre comme un frère et une sœur d'élection, n'est point chose rare en notre pays et dans toutes les contrées scandinaves.

— On en connaît plusieurs exemples illustres, fit observer Georg ; entre autres, celui de Sophie Kovalewska. Elle et ses deux sœurs, désireuses d'être libres et de vivre à leur gré, allèrent ensemble trouver leur maître de mathématiques, exactement comme Hilda Lindstrœm, et le prièrent de choisir une femme parmi elles — une femme purement de nom — afin que toutes trois se trouvassent émancipées du même coup. Kovalewski s'y prêta : il choisit Sonia, qui depuis est devenue célèbre.

— Vous approuvez de telles unions ? demanda Edith Craggs, qui gardait depuis quelque temps un silence un peu boudeur.

Georg répondit :

— Je les juge, Edith, autant supérieures aux mariages ordinaires que l'esprit est au-dessus de la chair... Il est naturel que l'homme s'associe à la femme à travers la vie ; mais si vous regardez de près tous les ménages, vous verrez que les hontes, les discordes, les misères y sont nées de ce que les époux ont marié, en même temps que leurs esprits et leurs affections, les plus bas instincts de leur corps... C'est ce qu'a illustré l'immortel Tolstoï dans la *Sonate à Kreutzer*.

Sans comprendre exactement le sens des paroles de Georg, Léa se sentait en harmonie avec la pensée qu'il exprimait, et les mots qu'il disait lui faisaient du bien : elle en goûtait la douceur, elle les aimait.

Pour la première fois, elle désira demeurer toujours auprès de cet ami fraternel qui venait d'énoncer si clairement un noble idéal. Les yeux de Georg, rencontrant ceux de la jeune fille, y lurent une approbation passionnée.

Tous deux se sourirent.

— Moi, dit Edith rompant enfin son mutisme, je blâme de pareils mariages. Ils sont dangereux et propres avant tout à exciter la tentation. Christ a toujours proclamé que le mariage signifie la procréation des enfants. Se marier pour ne point procréer, ce sont des jeux de papistes, tel cet Aloysius ou celui qu'ils appellent le bienheureux Robert d'Arbrissel.

Cette homélie fut proférée debout par la petite bonne femme falote, avec une telle énrgie, une conviction d'apostolat si peu en harmonie avec le milieu, que Léa, Tinka, Georg et même Frédérique, ne purent s'empêcher de rire gaiement. Edith, à qui le ridicule était indifférent, se rassit.

— Edith, répliqua Georg, il y a du vrai dans votre sermon, et le livre même de Tinka vous donne raison en quelque manière. Le mariage mystique est admirable, mais il excède les âmes médiocres.

Léa supplia :

— Tinka, dites-nous la fin de votre livre.

Tinka reprit :

— Ce que je vous ai conté jusqu'à présent forme la première partie. Dans la seconde partie, on retrouve le couple de Serge et de Hilda en Allemagne. Ils sont mariés et ils ont quitté leur pays. Ils sont heureux. Ils ont l'un pour l'autre une profonde tendresse.

Serge, vivifié par la présence de sa femme, ou, si vous voulez, de sa sœur d'élection, devient un être moral supérieur, moins égoïste, plus digne d'elle. Et Hilda, en face d'un esprit d'une plus forte culture, progresse dans la science et devient une savante elle-même.

— Oh ! murmura Léa... De telles unions sont possibles ! Vous les avez vues, Tinka ?

Frédérique, pensive, fut sur le point de parler, mais elle s'abstint. Regardant avec attention Léa et Georg, elle écouta la narratrice qui continuait.

— Or (ceci est la troisième et dernière partie du livre), il arrive qu'insensiblement Serge Miklewitch s'assombrit et s'aigrit. Sa femme essaye de le distraire, de le conforter. D'abord, il se renferme dans un silence farouche. Puis, un jour, brisé par la fièvre, il se confesse : il aime sa compagne, non seulement d'un amour mystique, mais de l'amour vulgaire des hommes pour les femmes. Il l'a toujours aimée ainsi, depuis le jour où il commença de l'enseigner. Il l'aime, il la désire. Il lui ordonne de céder ; il veut user de ses droits. Hilda s'efforce de le ramener à l'observation du pacte juré : elle parle avec douceur, elle supplie... Rien n'y fait. Le monstre mâle est déchaîné. Alors Hilda déclare qu'elle quittera la maison conjugale comme elle a quitté la maison paternelle. — « Vous ne le pouvez pas, dit Serge. La loi est avec moi. La police vous ramènera dans cette maison si vous la quittez. Et si vous osez porter devant un tribunal le sujet de notre discorde, vous savez bien que vous serez condamnée. »

— Mais, objecta Frédérique, est-il vrai qu'Hilda ne pût réellement se soustraire aux prétentions de son mari ? Que n'invoquait-elle la promesse formelle, base de leur union ?

— Aucun tribunal n'aurait accueilli sa plainte, dit Georg. On l'eût probablement taxée d'immorale.

Edith s'écria :

— On aurait eu raison ! Celui qui marie sa fille fait bien, a dit l'apôtre Paul ; mais celui qui ne la marie pas fait mieux. Pourquoi Hilda se mariait-elle si elle était résolue à garder la chasteté d'une vierge ? Qui dit mariage dit le contraire de virginité.

— Ne pouvait-elle pas, au moins, divorcer ? insista Frédérique.

— Non, dit Tinka. Aucune législation d'Europe, à la connaissance de Georg et à la mienne, ne contient la licence du divorce dans un cas pareil. La lutte soutenue contre la loi des hommes par une femme forte de sa conscience et de son droit fait l'objet de la troisième partie de mon livre. Hilda, pour être défendue contre son mari indigne, s'adresse au prêtre et au magistrat ; et l'homme de la loi divine et l'homme de la loi humaine la repoussent pareillement, la rejettent à la sujétion conjugale. Alors, se sentant emprisonnée dans le réseau des règles que les hommes ont tissé contre les femmes, — lois iniques, Edith ! car le don de soi-même, de sa personne, est impur et odieux lorsqu'il n'est point volontaire ! — Hilda s'en va seule, sur une barque, en mer, et, au large, saute dans les vagues.

Il faut imaginer le lieu où Tinka prononçait ces paroles, l'atelier long et étroit avec son vitrage masqué par un rideau de toile grise, la vive lumière du lustre juif sur les murs, sur les esquisses, sur le groupe des auditeurs amassés vers le canapé d'angle — le *cosycorner* des intérieurs anglais.

A l'angle même, Tinka, le dos appuyé sur un coussin droit, si mignonne que ses pieds ne touchaient pas à terre, dans sa robe raide de piqué blanc, ornée au corsage d'une touffe de bleuets, avait l'air d'une petite magicienne, d'une sorte d'enfant-prophète.

Frédérique et Edith, bien qu'hostiles à ses doctrines, ne pouvaient s'empêcher de la regarder avec un étonnement admiratif, mêlé de révolte ; Edith, étrange et ridicule, dans son costume olive, avec sa pauvre face de couperose, ses cheveux de chanvre, son corps de singe empaqueté ; Frédérique, le menton dans sa main, aucune rougeur n'altérant le mat savoureux de son teint, ses magnifiques yeux sombres brûlant de la flamme de sa pensée.

Léa, nerveuse et haletante, tendait tour à tour vers Tinka et vers Georg sa jolie bouche mobile, ses prunelles souvent brumeuses de larmes. Ces récits bizarres la passionnaient et pour le dévouement à un frère d'élection, et pour l'héroïsme d'une tendresse parfaitement pure. Georg l'observait. Il forçait les yeux de la jeune fille à se tourner vers les siens, et il s'étonnait sincèrement de goûter à cette caresse de la vue, une profonde volupté. Une langueur délicieuse l'envahissait, après cette journée de printemps passée presque entière auprès d'elle. A la fois plus robuste et moins calme, il eût souhaité que cette veillée ne finît jamais ; il redoutait la solitude et l'insomnie de la nuit prochaine.

La petite servante Ellen, qui avait desservi la table dans le salon, vint annoncer :

— Tout est prêt, Ma'me !

Dehors, dans la cour des écuries sur laquelle donnait le vitrage de l'atelier, des chevaux rentrèrent... Une querelle de palefreniers mêla des jurons aux jaillissements de l'eau, au bruit des seaux sur les pavés... Puis tout rentra dans le silence ; par intervalles, on entendit seulement le choc sourd des sabots sur le bois des boxes, ou sur le sol feutré de paille.

Léa demanda :

— Dites, Tinka. Vous avez connu la vraie Hilda, l'héroïne de votre livre ?

— Oui, fit Tinka... La vraie Hilda fut une de mes compagnes d'enfance, et toute la première partie du livre est son histoire. Mais, grâce à Dieu, le malheur de mon héroïne lui fut épargné. Elle demeure parfaitement heureuse auprès de l'homme qu'elle aime, et qui, pas plus qu'elle, ne songe à rien changer à leur fraternelle affection.

Les yeux de Léa et ceux de Georg se rencontrèrent encore, et ils devinèrent qu'ils avaient eu en même temps la même pensée.

Mais Tinka brusquement bondit, et riant de son joli rire de gamine :

— Ah ! fit-elle... laissons toute cette littérature... Elle nous donne de quoi vivre, voilà tout... Dépêchons-nous de chanter et de pianoter un peu... Demain dimanche, on ne pourra pas.

Elle alla elle-même ouvrir le piano, y jeta quelques arpèges et dit :

— Viens, Georg... Joue-nous quelque chose de bien triste, pour nous remettre en train.

Georg vint au piano ; Léa le suivit et s'assit à une courte distance. Tinka, debout, se haussant sur la pointe des pieds, tournait les pages.

Georg joua d'abord une mélodie de Tchaïkowsky, puis dévia sur une variation mélancolique, une sorte de commentaire d'une chanson finlandaise :

Reprends le chemin de la maison,
Reprends le chemin qui va tout contre le lac,
Marche sans regarder derrière toi,
Jusqu'à la première maison, où la lumière
[s'est éteinte.

Heureusement doué pour la musique, comme pour tous les arts, Georg restait un exécutant imparfait, mécontent de lui-même, son rêve trop ample pour la mesure de son talent.

— Léa, murmura-t-il, venez chanter.

Léa avait très vite appris et retenu les chansons finlandaises, notées dans un cahier par Tinka. Elle obéit.

Maintenant que Tinka n'avait plus de pages à tourner, elle s'était juchée sur la table à modèle, allongée comme un sphinx : elle se laissait hypnotiser par la musique.

— Les sons, disait-elle, se traduisent pour moi en images. Rien ne me suggère, rien ne me donne envie d'écrire comme la musique.

La pure voix si claire et à la fois si profondément timbrée de Léa se mêlait au fredonnement grave de Georg... Une étrange mélopée évoquait dans ce coin de Londres la terre lointaine, pauvre et noble, où les nuits et les jours n'ont pas la succession moyenne de nos contrées, où les saisons sont violentes, où les cœurs des hommes, eux aussi, sont différents des nôtres, et nous paraissent, quand nous y pénétrons, de bizarres régions inexplorées.

Edith, immobile, fixait son regard intelligent, mais insensible aux impressions de l'art, sur ces deux enfants artistes, Georg et Léa, dont les voix s'harmonisaient, dont les visages, la taille, la grâce analogues, imposaient l'idée de l'amour et de l'union. Peut-être cette idée, qui travaillait la petite Wesleyenne, tourmentait-elle aussi Frédérique. Le front de celle-ci se creusait d'un pli d'inquiétude, tandis que la tristesse se répandait sur son cœur.

Pour la première fois depuis des années, Frédérique ne retrouvait plus intact le ferme ressort de sa volonté. Elle ne distinguait plus la vraie route du devoir. Il lui semblait que dans son désir de préserver sa sœur, de ne pas laisser abolir en elle le type sacré de la vierge forte, se cachait un sentiment sournois et condamnable — comme une vilaine envie ou comme une basse suspicion.

Maintenant, Léa ne chantait plus... La romance achevée, Georg était parti en improvisations, et la mélodie qu'il improvisait, après avoir été tendre et douce, puis passionnée, s'alanguissait dans des sonorités décrues et désespérées.

Léa, le sein agité, écoutait retentir au fond de son cœur la mélancolie de ces accents. La mort passait dans les notes écloses sous les doigts de Georg, et, sauf peut-être l'insensible Edith, chacun sentait poindre en soi l'émotion nerveuse que suscite si aisément la musique triste.

Quand Georg cessa de jouer et se remit debout, Léa, des pleurs aux paupières, appuya d'un geste irréfléchi sa tête sur l'épaule du jeune homme, et Georg caressa le front de sa sœur d'élection. Ce fut, de leur part à tous deux, si naturel, si fraternel, que même Frédérique n'en fut pas alarmée.

Il était onze heures; Edith se leva, serra successivement, d'un geste brusque, les mains des hôtes d'Apple-Tree-Yard, dit à Léa :

— A demain...

Puis elle partit. Le signal de la dispersion était donné. Tinka ne parlait presque plus, n'entendait qu'à demi ce que l'on disait autour d'elle : elle avait « envie de travailler », selon son expression. Grisée de musique, aussitôt que Frédérique et Léa seraient descendues, elle allait se mettre à écrire, durant une partie de la nuit.

On se quitta presque en silence. Les deux Françaises, rentrées dans leur grande chambre carrée, se couchèrent vite. Elles avaient coutume, depuis que leurs lits étaient voisins, de se tenir les mains quelques instants, jusqu'à ce que l'une d'elles sentît venir le sommeil, ce qui d'habitude ne tardait guère, car, pour toutes les deux, les journées étaient dures... Alors, celle qui allait s'endormir entourait l'autre de ses bras, avant de s'abandonner au repos, et un baiser de tendresse unissait leurs bouches délicates.

Ce fut Léa qui, ce soir-là, enlaça le cou de sa sœur. Elle demeura plus longtemps que d'habitude nichée dans la chaleur des cheveux de Frédérique.

— Ah ! ma Fédi ! murmurait-elle. Comme je t'aime ! Comme je t'aime !

Frédérique percevait une fièvre légère animant ce front, ces lèvres si fraîches à l'ordinaire.

— Dors, fit-elle, dors, ma Léa !

Longtemps après qu'elles se furent séparées, Frédérique demeura les yeux ouverts fixés sur la nuit, toujours cherchant en elle-même le secret de son inquiétude, du mécontentement qu'elle éprouvait de soi, et n'en trouvant pas l'explication suffisante dans le souci, probablement imaginaire, que lui causait sa sœur cadette. Minuit sonna à l'horloge d'un club voisin ; puis, à des intervalles qui parurent courts à son insomnie, tintèrent les trois coups isolés, qui s'espacent de demi-heure en demi-heure, jusqu'à une heure et demie de la nuit... Comme le dernier venait de retentir, la voix de Léa murmura :

— Dors-tu, Fédi ?

Cette voix inattendue troubla Frédérique... Léa, elle aussi, ne dormait donc pas ? Le cœur de l'aînée se mit à battre violemment : elle ne répondit pas. Elle sentit qu'elle ne pouvait pas, en ce moment, parler à sa sœur. Ce tacite mensonge était le premier qu'elle eût fait à Léa, qu'elle eût fait de sa vie... Pourtant elle continua de se taire.

Il lui semblait qu'un fil, un fil ténu de confiance et d'amour, entre Léa et elle, venait de se rompre.

III

Chaque matin, à neuf heures moins dix, Léa et Edith, l'une venant de Kensington, l'autre de Piccadilly, se rencontraient sur la place Elephant-and-Castle et faisaient route ensemble jusqu'aux ateliers Clariss and Sons, qui s'élevaient à trois minutes de marche environ de la place, dans Hampton Street.

Matins de boue et de pluie, où les mendiants balayent des passages sur les chaussées et jettent des ponts de planche sur les ruisseaux gonflés ; matins où la neige fraîche craque comme un velours sous les semelles, tandis que les étoiles blanches voltigent en l'air, se fixent sur les voilettes, fondent dans l'ouverture des gants ; matins de brouillard crépusculaire, les plus fréquents, prolongeant la nuit jusqu'aux environs de midi, dans une atmosphère roussâtre, âcre à respirer ; parfois aussi — rarement ! — clairs matins de fin d'hiver, la terre de nougat et le ciel de verre, avec un soleil vaporeux argentant les rues : d'octobre à avril, les deux ouvrières assistèrent à ce défilé des matins que le bourgeois ignore, frileusement terré au coin de son âtre, pendant que les pauvres gens s'en vont gagner leur pain.

A neuf heures, elles signaient un registre à la porte de l'usine et, déposant manteaux et chapeaux au vestiaire, commençaient le travail du jour.

Léa avait d'abord été placée avec les apprenties et, par conséquent, séparée d'Edith, qui surveillait un atelier de glaçage. Mais au bout de la première quinzaine, mise au courant du mode spécial de travail de Clariss-House, on l'avait fait passer successivement par les ateliers de bloquage et de dorure. Enfin, après un mois de séjour aux aides dessinatrices, elle était dessinatrice-inventeur, c'est-à-dire chargée de combiner et de proposer des modèles. On avait reconnu son goût et son expérience. Elle reçut une livre par semaine dès le premier mois, et, par augmentations successives, elle parvint à deux livres par semaine, un des plus hauts prix payés chez Clariss.

Le séjour à Londres, pour Léa, se résumait en ceci : une arrivée douloureuse, suivie de cinq mois de quiétude, presque de bonheur.

Léa se rappelait comme une espèce de cauchemar la cour étroite et puante de Fresh-Wharf, la traversée du Strand, l'entrée dans la chambre sans fenêtres d'Apple-Tree-Yard. Même la visite à Free College et le mouvement joli, agile, des robes de mousseline autour des tables à thé, et la bonne grâce de Mme Sanz, n'avaient pas tout de suite effacé cette impression hostile : dans l'omnibus qui la ramenait chez elle avec Edith et Frédérique, son cœur était si gros qu'elle dut se tenir pour ne pas fondre en larmes. Pourtant, ce même soir, elle s'était couchée calmée ; l'entrevue de Tinka et de Georg, si brève, avait marqué la fin du cauchemar.

Dès le lendemain, elle avait supporté vaillamment la séparation d'avec sa sœur et l'isolement dans l'atelier... Puis les jours, les jours s'étaient succédé ; elle restait bien portante, courageuse, malgré la fatigue quotidienne. Elle était heureuse. Son cœur était comblé dans la paix. Peu curieuse d'analyse, elle ne s'inquiétait pas de deviner pourquoi. Frédérique, plus perspicace, s'étonnait. Le travail accepté, aimé, ne suffisait pas à expliquer la sérénité joyeuse de Léa.

Ce travail, d'ailleurs, était intéressant, dirigé par un principe esthétique qui le vivifiait. Les théories de Ruskin inspiraient la décoration des papiers et des étoffes chez Clariss and Sons. Ruskin, c'est le retour à l'imitation, à l'interprétation immédiate des formes de la nature. Toute chose d'art exécutée mécaniquement cesse d'être une chose d'art. Donc, il faut, autant qu'on le peut, même dans les arts industriels, supprimer l'uniformité qu'impose la machine.

Ainsi, chez Clariss and Sons, au moins pour les tentures les plus riches, l'impression se faisait au bloc, directement manœuvré par la main de l'ouvrier. On obtenait ainsi des motifs un peu divers comme ton, comme contour ; et l'effet d'ensemble, grâce à cette absence de régularité mathématique, était plus agréable à l'œil. Toutes les feuilles d'un chêne sont feuilles de chêne, et cependant toutes sont différentes, et le chêne bi-centenaire n'a jamais porté deux feuilles identiques.

Le génie de Léa surprit les autres dessinateurs-inventeurs. Dans ce milieu étranger, elle subissait une sorte de fécondation artistique. Elle avait compris sur-le-champ le principe d'imitation directe de la nature ; elle y apportait une mesure, une science innée de l'arrangement qui distinguèrent aussitôt ses inventions.

« Goût français, » avait-on murmuré d'abord avec un peu de dédain.

Mais le chef de l'usine apprécia rapidement la supériorité des conceptions de Léa, et, peu à peu, cette supériorité fut reconnue par tous.

La tenue parfaite de la jeune fille dissipait les préventions que sa beauté, son élégance et sa qualité de Française inspiraient à l'avance à des Anglais. Elle recueillait maintenant les marques de l'étonnement naïf de tout ce monde, à la voir si sage et simple, d'une telle hauteur morale. Comme les élèves de Free College parlant à Frédérique, les compagnes de Léa lui disaient, convaincues qu'elles lui adressaient le meilleur compliment du monde :

— Vous n'êtes pas une vraie Française. Dans quelques mois, vous serez tout à fait de façon britannique...

La société des dessinateurs et dessinatrices des ateliers Clariss n'offrait guère d'attraits à Léa ; elle préférait le milieu wesleyen, où Edith Craggs l'avait introduite dès le premier jour de leur travail commun.

Le « Wesleyen-working-ladies-Club » s'élevait dans Walworth Road, grande bâtisse en briques, assez laide, malgré les intentions architecturales qui se manifestaient par des fenêtres à meneaux, des gargouilles, des balcons cintrés, un perron de pierre.

Là, toutes les ouvrières affiliées, quelle que fût leur religion ou leur secte, trouvaient pour six pence un lunch abondant et un véritable club avec salles de réunion, bibliothèque, hall pour conférences, chapelle. Aucune pratique pieuse n'était imposée par les règlements ; seulement, pendant le lunch, une lecture chrétienne était faite aux jeunes filles. Le lunch fini (il durait environ une demi-heure), les convives étaient libres ou de s'en aller ou de se répandre dans les divers appartements du club.

Ce milieu et la société d'Edith impressionnèrent Léa. Elle était plus sensible que Frédérique au mysticisme religieux. Or, le groupe que fréquentait Edith, recruté parmi les plus charitables et les plus dignes adhérentes du Walworth-Club, témoignait d'une telle vertu qu'on se sentait incité par l'émulation, selon leurs propres termes, « à se rapprocher de Christ ».

Léa comprit mieux, dès l'abord, cette doctrine de dévouement appuyée sur une foi positive, que les théories de Pirnitz fondées

Ces promenades a deux étaient des heures ensoleillées.

sur un pur idéal abstrait. Elevée dans un catholicisme modéré, elle avait fait sa première communion avec ferveur, mais sans échapper à l'influence rationaliste de Frédérique. Aussi ne trouvait-elle rien, dans les doctrines de ses nouvelles compagnes, qui choquât une croyance.

Elle aimait les sobres agapes du milieu du jour, parmi des filles pauvres, vêtues sans grâce, presque avec une recherche d'inélégance... Elle aimait les récits que la lectrice versait du haut d'une chaire : vies de notables personnages méthodistes, histoires minutieuses, pratiques, bourrées de chiffres, racontant la fondation de chapelles, de clubs, d'écoles.

Ainsi, un travail nouveau où elle réussissait, — le plaisir de gagner sa vie largement, de façon à ne rien coûter à l'œuvre, — son amitié pour la falote et douce compagne qu'elle ne quittait guère, — une atmosphère mystique, — le charme lumineux de Tinka et de Georg Ortsen contrastant avec l'austérité de la Société wesleyenne, tout s'unissait pour entretenir la jeune fille dans une profonde quiétude. Et souvent, le soir, comme après le dîner où Tinka avait conté l'histoire de ses livres, elle murmurait, blottie dans les bras de sa sœur.

— Oh ! Fédi... je suis heureuse !

Elle se rapprochait de Georg, cependant, par degrés insensibles. Georg conservait l'habitude d'aller, plusieurs jours par semaine, chercher Frédérique à Free College. Mais depuis ce samedi où, pour la première fois, il avait attendu Léa chez Clariss and Sons, la jeune dessinatrice le retrouvait infailliblement, les après-midi de demi-vacance, à la porte de l'atelier.

Ils partaient alors tous les deux, Georg donnant le bras à Léa, pour l'un des parcs immenses de Londres, pour quelque point des environs où le chemin de fer du district les transportait en peu de minutes. D'abord, ils voulurent emmener Frédérique, mais celle-ci inventa chaque fois des raisons pour s'y refuser. Et, à la fin, ils n'insistèrent plus.

Ces rencontres du samedi, ces promenades à deux étaient des heures ensoleillées dans la vie laborieuse de Léa ; elle y rêvait toute la semaine. Certes, elle voyait Georg au moins quelques instants chaque soir dans le drawing-room de Tinka ; on prenait le thé, on faisait de la musique ensemble... Mais quelles joies plus ardentes, ces folles échappées du samedi !... Comme des écoliers lâchés par l'école, ils osaient alors être tout à fait puérils, se poursuivre, courir, s'abattre haletants l'un contre l'autre. Même s'ils restaient sages et silencieux à marcher côte à côte, leur isolement, loin de tous les regards les ravissait.

Jamais éclosion d'un sentiment tendre entre deux êtres jeunes ne fut plus innocente, plus insoupçonnée d'eux-mêmes. Aucun d'eux ne trompa l'autre, et aucun ne sut deviner ce qui, dans l'autre, se passait. Si Frédérique eût entendu les paroles qu'ils échangeaient, elle eût été rassurée et se fût dit :

« Décidément, ce sont deux enfants. »

...Mais, à leur insu, par les voies d'une fraternelle amitié, leurs âmes peu à peu se pénétraient. Ils s'étonnaient avec sincérité de tant se complaire ensemble.

— Tout de suite, disait Léa à Georg, quand, le soir de notre arrivée, je suis entrée avec Frédérique, Edith et Tinka, dans la chambre où vous lisiez, quand vous vous êtes retourné sur votre fauteuil pour nous voir, il m'a semblé que je vous reconnaissais.

— Moi, disait Georg, je ne vous ai pas reconnue ; mais jamais visage ne m'a tant ravi, à le contempler pour la première fois...

De samedi en samedi, l'hiver devenait plus clément, la léthargie passagère des parcs déjà se désengourdissait... Même s'il tombait une pluie légère, Georg et Léa partaient bravement à pied, serrés l'un contre l'autre sous des manteaux de caoutchouc. Le mystérieux esprit qui distribue du ciel la pluie et le soleil, et que les Anglais appellent « le Clerc du Temps », favorisa leurs promenades. Presque toujours, ils eurent des après-midi sèches et grises. Parfois même, vers le milieu de la journée, un pâle glacis de soleil illustra les pelouses.

De semaine en semaine, ils guettèrent le progrès de la saison dans les parcs de Londres.

Celui qui se réveilla le premier fut Hyde Park. Les giroflées, les pensées, n'avaient pas cessé de fleurir le long des plates-bandes de Park Lane, et dès la fin de février une tendre verdure naquit. En avril, un bosquet de lilas blancs commença de fleurir dans Green Park. Régent's Park, Battersea Park, Victoria Park se couvrirent de bourgeons ; puis vint une gelée qui grilla tout et rendit à la nature son triste visage de novembre... Il neigea ; il gela par-dessus la neige. Quelques jours de froid vif et sec se succédèrent.

Oh ! le joli samedi que passèrent Léa et Georg, dans ce parc lointain de Londres qui s'appelle Victoria, aimé de Léa parce que c'est le parc des pauvres gens, et qu'une invraisemblable quantité de marmots y prennent leurs ébats sans être surveillés par personne.

Toutes les pelouses étaient blanches de neige durcie, les étangs congelés emprisonnaient les gondoles. Des aiguilles de glace chargeaient les arbres, et la fontaine gothique versait dans ses vasques une eau immobile opaque, comme sculptée dans du marbre.

Léa demandait :

— Georg, est-ce que votre pays de Finlande ressemble à ce parc gelé ?

De ses yeux clairs qui voyaient si loin les moindres objets, Georg parcourait l'espace blanc coupé de noirs massifs, de ramures nues, et l'horizon où tous les contours s'estompaient dans la fumée.

— Non, Léa, mon pays ne ressemble en rien à ce parc, pas plus que notre jour polaire ne ressemble à cette lumière. D'abord, même par un temps comme celui-ci, vous ne savez pas ce qu'est le froid, le vrai froid qui vous force à porter sur vous une maison de fourrure, d'où les yeux seuls regardent le monde par une lucarne. Et puis le paysage hivernal, là-bas, est vraiment mort, enseveli sous une telle couche de neige qu'il n'y a plus de chemin du tout... Rien, pour qui ne les a pas vus, ne peut évoquer l'image d'une plaine de Finlande, quand un convoi de rennes, avec leurs petits traîneaux et les petits Lapons qui les mènent, traverse, comme de grêles fourmis, en file sinueuse l'immensité blanche.

— Je voudrais, dit Léa, aller avec vous dans votre Finlande.

Elle levait vers son ami un visage rosé par la piqûre du froid, mais d'un rose de fleur, toujours délicat et uni.

— Ce n'est pas là, répliquait-il, que je souhaiterais aller avec vous. C'est dans les pays du Sud, dans l'Italie dont je ne connais rien et dont je rêve... Toujours, au coin de nos durs foyers d'Abo et d'Helsingfors, ou bien dans nos forêts de sapins et de hêtres, toujours j'ai désiré ces contrées où l'hiver même est un sourire.

Il médita un instant, puis :

— Dans notre musée municipal de Larmsoë, legs d'un collectionneur du pays, il y avait une vierge de l'école siennoise, œuvre de Matteo da Bartolo, je crois, si fine, si pensive, avec le Bambin dans ses bras et les deux anges agenouillés à droite et à gauche... Nous chérissions ce tableau primitif, Tinka et moi, parce qu'il représentait pour nous l'Italie... Et ce mot, Italie, évoque toujours pour moi la grâce frêle, un peu soucieuse, de cette vierge de Sienne... L'Italie ! Je la convoite comme tous les barbares du Nord. Si je pouvais m'y rendre avec Tinka et avec vous, il me semble que je guérirais tout à fait !

— Oh ! Georg... que dites-vous ? N'êtes-vous pas tout à fait guéri ?

Elle avait crispé ses mains sur le bras du jeune homme.

— Ne me dites point que vous êtes malade, je vous en supplie... Ou, si vraiment vous avez besoin de guérir, partez tout de suite. Frédérique, Tinka et moi, nous réunirons bien assez d'argent pour votre voyage.

Georg sourit :

— Non, Léa, je ne veux pas quitter Londres tant que vous y serez. Vous m'avez fait aimer cette ville de fumée et de boue. Et ne voyez-vous pas que je me porte bien à présent ? Quand vous retournerez en France, je ne resterai pas ici une heure de plus.

Léa, reconnaissante, appuya sa tête contre la poitrine de son ami. Leurs cœurs étaient échauffés et attendris, mais leur sang demeurait calme. Et l'idée ne leur vint même pas de se donner un baiser.

Le soir de ces promenades fraternelles, Léa en racontait scrupuleusement tous les détails à Frédérique. Elle ne s'apercevait pas que son récit obscurcissait le visage de l'aînée.

Jamais conflit moral plus aigu n'avait torturé ce noble esprit. Tandis que Léa parlait, les joues et les yeux vifs, agenouillée aux pieds de sa sœur ou accroupie près de sa chaise sur un tabouret, Frédérique, s'efforçant de sourire, pensait :

« Où est le devoir? Où est la vérité? Si je dis mes terreurs à cette enfant, ne vais-je pas la contrister inutilement, la rendre malheureuse, elle si sensible?... Ne me trompé-je pas? Georg est venu cent fois, souvent il vient encore me chercher moi-même à Free College ; et je sais, par expérience, que je n'ai pas le droit de suspecter ses intentions... »

Oui, le soupçon était horrible. Il la blessait, l'irritait contre elle-même, comme si, à craindre un danger pour Léa et Georg, elle eût sali l'amitié d'un frère et d'une sœur. Pourtant, il ne voulait pas s'abolir. Comment s'en délivrer? Et si vraiment il était fondé, comment préserver Léa? De plus en plus, la colonie d'Apple-Tree-Yard arrivait à ne plus former qu'une famille... Une seule domestique servait les deux étages ; les repas se prenaient en commun dans le « drawing-room » de Tinka.

Toutes ces âmes étaient tellement franches, désintéressées, affectueuses, que la sévère Edith elle-même en avait subi la séduction. Elle expliquait le plaisir qu'elle y goûtait en citant gravement ce verset :

« *Voici comme il est bon et agréable que les frères et les sœurs habitent ensemble. C'est bon comme le parfum qu'Aaron mit dans sa chevelure, et qui descendit dans sa barbe.* »

Quant à Frédérique, tout en se sentant supérieure, par la maturité de l'esprit et la conscience sereine de sa force, à des êtres d'instinct tels que Georg et Tinka, elle les enviait pourtant.

Etre comme eux des harpes sonores

émues par le vent, porter en soi des cœurs de cristal aux formes élémentaires, mais que rien ne peut ternir ni entamer ! Ne vivre que pour la charité, comme Edith, ou, comme Léa même, être une sensibilité de femme et rien de plus, sans tourment d'âme, sans inquiétude de sens ! Ignorer ! Ignorer ! Ne pas chercher ! Ne pas prévoir ! Ne pas vouloir s'expliquer les rapports des êtres par des lois générales, impérieuses, dont l'évolution est pleine de menaces !

« Que me manque-t-il pour être comme eux, ou qu'ai-je en moi qu'ils n'ont pas ? Simplicité parfaite ! combien ils sont heureux de la posséder ! combien je les envie ! »

. . . .

Trois fois l'an, sans aucun motif de fête

LÉA FUT EN CACHE-CORSET, LE HAUT DE LA GORGE NUE.

religieuse, l'Angleterre s'accorde trois jours de congé. Les affaires sont suspendues depuis le samedi jusqu'au mardi suivant. Les banques chôment dans toute l'étendue du Royaume-Uni ; aussi ce congé s'appelle-t-il « les vacances des banques ».

Celles du mois d'avril ne laissèrent à Frédérique que peu de loisir. On organisait à Free College une section de physiologie, et Mme Sanz eut alors, plus que jamais, besoin de sa précieuse acolyte. Edith ne quitta guère le club weysleyen, où, par des fêtes d'un caractère religieux et moral, on tâchait de retenir les jeunes ouvrières, afin que, livrées à elles-mêmes, elle ne fissent point de leur liberté un usage de perdition.

Tinka, qui achevait l'histoire d'Hilda et du professeur Miklewitch, était en proie à une fièvre de composition qui lui faisait oublier de manger, et lui ôtait le besoin du sommeil. Elle apparaissait dans les actes de la vie usuelle comme le fantôme d'elle-même.

Tout contribua à isoler Léa et Georg ; ils ne furent pas moins seuls à Apple-Tree-Yard que dans leurs promenades communes, durant ces jours de printemps, aux alternatives d'ondées et de soleil.

Georg en profita pour associer Léa à son travail. Il lui demanda de monter sur la table à modèle et la fit poser pour le tableau qu'il projetait.

C'était le premier panneau d'un triptyque qui devait représenter l'Aïno légendaire, l'héroïne des premiers *runes* du Kalevala finlandais. On y voyait Aïno au moment où, ramassant des feuillages dans la forêt, elle est surprise par le vieux héros Vaïnamoïnen.

Georg ne peignait guère depuis l'arrivée des deux Françaises, et se gourmandait de son inaction. Quand Léa, rougissante, apparut debout sur l'estrade, il fut emporté par un élan d'enthousiasme, il se crut sûr de son œuvre et ne put se tenir d'aller chercher Tinka, de l'arracher à son roman, pour lui demander de coiffer Léa à la mode des paysannes de la Carélie, la raie partageant les cheveux sur le milieu du front.

Tinka, d'abord absente et obsédée par ses propres pensées, bouda contre cette fantaisie ; mais peu à peu elle s'y intéressa elle-même et y donna toute son ardeur. Elle fit asseoir Léa, ôta le peigne et les épingles qui attachaient sa coiffure : l'onde châtaine des cheveux, avec de belles courbes molles, submergea le dos et les épaules de la jeune fille.

— Vois, Georg, disait Tinka, soulevant les longues boucles et les laissant couler lentement au travers de ses doigts ; regarde ce bronze fluide... Aïno, va ! n'avait pas un tel manteau. Elle avait les cheveux de chanvre des filles de Carélie, secs et pauvres, collés sur les tempes... Donne-moi vite un peigne...

Armée du peigne, Tinka divisa les cheveux de Léa bien exactement, aplatit leurs mèches rebelles, les tressa par derrière en tresse unique, les remonta en un chignon serré. Assis sur un escabeau à quelque distance, Georg regardait, le menton dans sa main.

Maintenant, Tinka se divertissait beaucoup.

— Il faut l'arranger tout à fait en Carélienne, s'écria-t-elle, avec la guimpe à bretelle, la jupe courte et le petit tablier. Prestement, elle déboutonna le corsage de Léa, et, sans que celle-ci eût le temps ni la pensée de résister, le lui enleva... Léa fut en cache-corset, le haut de la gorge nue, les bras nus... Un flot de honte empourpra son visage et toute cette chair virginale sur laquelle s'attachaient les yeux de Georg.

Mais Georg ne s'émut, ne s'étonna pas plus que Tinka... Fils de ces régions patriarcales où, dans l'étuve commune, hommes et femmes se baignent nus sans penser à mal, il observait, amusé, Tinka drapant sur la blanche brassière de Léa un morceau de velours noir, fixant par-dessus les épaules deux rubans pareils... Toujours avec la même impérieuse prestesse, elle dégrafa la robe, laissa la jeune fille en jupon court, puis s'écria :

— Eh bien, Georg, que dis-tu de cette

Aïno ? N'est-elle point assez belle pour ensorceler tous les héros du Kalevala ?

Georg hocha la tête approbativement, il alla, sans rien dire, chercher une toile neuve, et commença d'ébaucher la silhouette.

Léa, que Tinka avait posée, son tablier relevé plein de feuillages, l'oreille aux écoutes, guettant derrière elle le bruissement des ramures sous les pas du vieux guerrier, sentait peu à peu son trouble se calmer. La tranquillité de Georg et de Tinka la gagnait... Elle aima ce qui demeurait en elle de pudique souffrance.

Comme la fatigue de la pose engourdissait le modèle, Georg se leva et montra à Tinka l'esquisse qu'il venait de tracer.

— Cette fois, voilà vraiment Aïno ! fit la jeune femme. Oh ! frère, pourquoi ne me crois-tu pas quand je te dis que tu es un grand artiste ?

A son tour, Léa regarda.

Sur le fond lumineux d'un ciel d'automne, la noire colonnade des troncs de sapin se dessinait... Le visage à barbe neigeuse de Vaïnamoïnen, sa silhouette trapue sous la simarre, s'ébauchaient à gauche du cadre en quelques traits rapides... Au premier plan, sur la droite, Aïno prêtait l'oreille au bruit insolite de la forêt.

Léa se reconnut et sourit. Elle avait de la joie que son image eût passé par les yeux de Georg et guidé sa main pour en reproduire les contours. Sans aucune gêne à présent, elle se penchait devant lui, regardait l'esquisse de plus près ; elle livrait ses bras blancs, sa nuque ronde et le chignon bronzé de ses cheveux.

— Compare ce que tu viens de faire à l'ébauche de Copenhague, dit Tinka.

Georg alla chercher un cadre oblong où il avait esquissé naguère les scènes de la même légende. Tinka et lui considérèrent attentivement ce triple dessin. Le premier représentait la surprise d'Aïno, la scène même que Georg venait de retracer, avec Léa pour modèle.

Comme le mouvement était moins net, dit Tinka, et comme le type d'Aïno était indécis !

— Oui, avoua simplement Georg, c'était bien mauvais. N'est-ce pas, Léa ?

Il se tourna vers Léa, qui ne put prononcer une parole. De nouveau, elle frémissait sous l'angoisse de cette honte mystérieuse, ignorée d'elle : la honte du sexe... C'est que les deux derniers panneaux du tryptique montraient, l'un, Aïno, sur un rocher, en face de la mer ; l'autre, Aïno, les cheveux dénoués, se précipitant dans les flots pour échapper au héros qui la poursuit.

Dans ces deux scènes, Aïno était nue...

Maintenant qu'elle s'était identifiée avec la vierge de Carélie, il semblait à Léa que c'était elle-même, cette blanche nudité étalée devant Georg et Tinka. S'ils eussent paru deviner sa pensée, elle se fût évanouie sous leurs yeux. Mais ils ne la soupçonnèrent même pas... Et peu à peu Léa méprisa sa pudeur devant ces deux âmes que l'art seul occupait, tandis qu'elle, au fond de son âme de Latine, sentait fermenter les troubles de l'Eve ancienne.

Durant toute l'après-midi du samedi et aussi toute la journée du dimanche, Georg travailla. Les doigts ingénieux de Tinka avaient confectionné à la hâte un costume exact de Carélienne ; c'était vraiment l'Aïno du Kalevala qui offrait au pinceau de Georg sa taille virginale, ses yeux innocents, son teint de fleur et ses cheveux clairs.

Ces deux jours où Léa et Georg se sentirent unis, dans le silence, pour une même œuvre, les rapprochèrent plus que n'avaient fait tant de semaines. Ils se parlaient peu. Georg, de temps à autre, consultait Léa, dont l'intuition, l'expérience dans l'art du dessin, l'étonnaient. Elle lui disait franchement : « Je n'aime pas ce ton » ; ou bien : « Ce mouvement n'est pas juste. » Elle avait toujours raison.

Georg s'écriait :

Mais vous êtes artiste, Léa !

— Oh ! non, répliquait-elle... Seulement, j'aime les tableaux, et je crois que si j'avais appris autre chose que le dessin ornemental je n'aurais pas été trop maladroite.

Frédérique, à qui, le soir même, quand elle rentra de Free College, on avait raconté la scène de l'après-midi et montré l'esquisse, approuva l'idée de faire poser Léa. Au fond, elle préférait savoir Tinka présente : ce qui l'effrayait, c'étaient les longues promenades en tête à tête :

« Dire que ma Léa, d'une de ces promenades, rentrera peut-être le cœur chargé d'un secret... et ne me le confiera pas ! »

Elle regardait Léa au fond des prunelles ; elle s'inquiétait de n'y plus lire aussi aisément que naguère l'intime pensée. C'est que déjà Léa n'avouait plus tout à Frédérique. Elle n'osa point lui confesser ses alarmes, quand elle s'était vue dévoilée aux yeux de Georg et de Tinka, — et quand elle s'était identifiée avec l'image nue d'Aïno.

Le lundi matin, dernier jour des vacances de banque », un épais brouillard recouvrait Londres. Après le déjeuner, Georg se mit à l'œuvre ; Léa, infatigable, posait.

Mais au bout d'une demi-heure l'artiste jeta sa palette et ses pinceaux.

— Décidément, il n'y a pas de lumière. Sortons !

— Par ce brouillard ?

Le brouillard ne durera pas. Voici déjà qu'il s'éclaircit...

Sans s'en rendre compte, Léa obéissait déjà à Georg comme une épouse. Elle descendit dans la chambre du rez-de-chaussée, se vêtit pour la promenade. En remontant, elle trouva Georg assis à côté de Tinka qui lui lisait ce qu'elle venait d'écrire.

C'était le passage où, dans le roman, s'établissait l'accord de Serge Miklewitch et de Hilda, l'accord pour l'union mystique...

La scène était simple, non sans grandeur ;

— « Serge Miklewitch, disait Hilda, puisque vous consentez à me faire part de cette liberté, de cette autorité supérieure que les lois attribuent à l'homme, je vous livre en échange toutes les puissances d'affection de mon cœur, l'affection que je donnais à des êtres qui s'en sont rendus indignes, celle que j'aurais donnée aux enfants qui seraient nés de moi, si j'avais rencontré l'homme destiné par la nature à me féconder... O mon ami ! recevez le dépôt de ce cœur désolé, meurtri, presque agonisant, mais qui peut revivre et battre si vous le réchauffez contre vous. Aimez-moi, Serge, aimez l'être faible que je suis et que votre force rendra fort ! Je n'ai point le droit d'être toute à vous, car je ne vous aime point d'amour, et vous n'accepteriez pas l'holocauste de ma chair. Mais je vous offre ma pensée assidue, ma fidélité inébranlable, toute la chaleur de mon cœur et de mon cerveau. Serge Miklewitch, mon ami, mon frère, mon mari, embrassez-moi : pour la vie, je suis votre femme !... »

Des larmes coulaient sur les joues de Léa quand Tinka repoussa le manuscrit et se retourna vers ses deux auditeurs.

La jeune fille se précipita aux genoux de Tinka, prit dans ses bras la tête frisée, la baisa avec passion.

— Oh ! Tinka ! Tinka ! murmurait-elle... que c'est beau... que c'est noble !

Georg, de l'autre côté de la chaise, s'était agenouillé à son tour ; lui aussi frôlait de ses lèvres les courts frisons blonds de Tinka.

— Chère petite sœur de génie, ton rêve habite des régions si hautes que rien qu'à vivre près de toi on se sent exalté !

Il y eut un court silence. Tinka, les yeux à terre, méditait.

Puis elle écarta doucement son frère et Léa :

— Maintenant, dit-elle, laisez-moi... j'ai besoin d'être seule et de travailler... J'entends répondre Serge Miklewitch !... Allez !

IV

Dès que Georg et Léa furent dans la rue et surtout quand ils eurent gagné Piccadilly, ils s'aperçurent que le brouillard se dissipait : et ce qui en restait au zénith se cuivrait de soleil.

Il était environ dix heures.

Georg, d'un geste qui lui était familier avec Tinka comme avec Frédérique, tenait de sa main droite le coude de Léa. Et, l'humidité légère qui flottait encore les pénétrant au travers de leurs habits, ils se serraient l'un contre l'autre.

— Comme Londres est triste, murmura Léa, par ces jours de fête !

Toutes les boutiques montraient le masque de leurs stores baissés derrière les larges glaces descendant jusqu'au sol. Des passants vêtus de noir se croisaient, plus rares qu'aux jours de travail, sans l'affairement accoutumé.

On ne voyait presque pas de cabs ; en revanche, de grands breaks frôlaient la bordure des trottoirs, attelés de deux ou de quatre chevaux ; le cocher, coiffé d'un chapeau gris, les menait doucement ; des gens s'empilaient, graves et patients, sur les banquettes, cependant qu'un postillon criait éperdument, à l'arrière :

— Hampton Court! Sir ! Hampton Court... Richmond... Hampton Court !...

L'un de ces chars à bancs s'arrêta pour guetter au passage Georg et Léa, qui pressèrent le pas, poursuivis par les appels forcenés du postillon, tellement volubiles qu'on n'y distinguait que quelques consonnes :

— P'ton Court... sir... Tchmond !... P'ton Court.

— Les jours sont trop brefs, dit Georg à sa compagne, le printemps est trop peu avancé pour faire la promenade qu'ils nous proposent. Je me promets de la faire avec vous dans quelques semaines. Elle est admirable.

— Où irons-nous donc aujourd'hui ?

— Voulez-vous aller à Hampstead Heath? On peut s'y rendre par le chemin de fer du District ou par les omnibus et les tramways. Que préférez-vous ?

— Sortons de la ville le plus vite possible.

Ils marchèrent jusqu'à la gare métropolitaine voisine de Charing-Cross. Leur train arriva au moment où ils atteignaient le quai, dans le souterrain fumeux, mal éclairé par de pauvres papillons de gaz. Il était bondé, mais il se vida en partie à Charing-Cross même.

Léa et Georg montèrent dans un compartiment où ne se trouvaient que deux gentlemen. A Blackfriars, ceux-ci descendirent.

— Cette nuit m'accable, murmura Léa. Le trajet dure-t-il encore longtemps ?

— Dans une dizaine de minutes nous débarquerons à Finchley Road.

Georg prit la main de Léa et la garda dans les siennes.

Il murmura :

— Je voudrais que ce voyage fût long, bien long encore, afin qu'il nous emportât très loin de Londres, et qu'au moment où nous débarquerons nous fussions l'un et l'autre isolés de tous ceux qui nous connaissent.

Il parut à Léa que Georg ne lui avait jamais parlé sur ce ton. Elle eut un peu peur ; sa main frémit dans la main de son compagnon. Elle répondit, si brusquement troublée que sa voix se faussa :

— Que feriez-vous loin de Tinka ? Et moi, pourrais-je vivre sans Frédérique ? Ne soyons pas ingrats pour le bonheur présent : d'être réunis tous ensemble dans la même maison.

Georg dit :

— C'est vrai.

Il abandonna la main de la jeune fille.

L'interminable couloir, aux parois visqueuses, où se mouvait lentement le convoi, les offusquait par son exiguïté, par l'atmosphère de houille qui, malgré les glaces levées, envahissait le compartiment. Jusqu'à l'arrêt, ils ne parlèrent plus. Mais à la station de Finchley Road, quand ils furent sortis du souterrain, la lumière les surprit et les enchanta.

— Oh ! fit Léa. Le soleil !...

Tandis qu'ils roulaient vers le nord, dans ce chemin de mine, la brume vaincue par le jour méridien s'était sublimée... Une vive clarté inondait la place polygonale, irrégulière, de Finchley Road.

Ils se sourirent des yeux, joyeusement, Georg, reprenant le coude de Léa, lui dit :

— En avant !

La courte mélancolie, le désaccord furtif de tout à l'heure étaient oubliés. Ils grimpèrent le raide chemin de Hampstead, large voie assez morne, sillonnée au milieu par une ligne de tramways, bordée à droite et à gauche de modestes pavillons. Leurs pas sonnaient, alertes, sur l'asphalte des trottoirs ; leurs jeunes poitrines aspiraient l'air déjà plus mobile, plus cordial que celui de Londres.

Quelques groupes montaient aussi, à peu de distance : des ménages paisibles, des escouades d'enfants menées par une *nurse*. Georg et Léa dépassèrent un couple sans doute des fiancés, la fille, blonde, très jeune, seize ans peut-être, l'homme, déjà mûr, courtaud, congestionné, une main à la taille de sa compagne, l'autre lui tenant les doigts.

La petite blonde levait des yeux d'extase vers le visage rouge de son fiancé qui la couvait d'un œil concupiscent. Ils n'étaient beaux ni l'un ni l'autre ; l'impudeur évidente de leur désir, leur insouciance à le montrer choquèrent Léa et Georg. Ils se disjoignirent instinctivement et continuèrent à marcher côte à côte vers le sommet de Hampstead.

Déjà l'horizon s'ouvrait, la ligne du plateau se dessinait sur le ciel vaporeux. Encore quelques pas, et ils l'atteignirent.

Un étroit vivier, presque une mare, bordé de gazon, en occupait le centre ; les pentes herbues, sauvages, dévalaient au sud jusqu'à la plaine. On s'apercevait alors que Londres était déjà loin, vers l'ouest, relié à Hampstead par cette longue rue de villas et de pavillons qu'on venait de quitter. En face, une ligne bleue marquait le faîte des coteaux du Surrey.

Il y avait, à l'entour du vivier et sur les pentes, assez de monde. Des hommes et des femmes se vautraient sur l'herbe. Beaucoup mangeaient.

— Allons plus loin, dit Georg, que tout ce populaire offensait. Du côté de Highgate, on est plus tranquille. Highgate est moins habité, et les buveurs de thé ne peuvent s'y procurer leur précieuse eau chaude.

Ils reprirent le chemin qui prolongeait au nord celui par où ils étaient venus. Un rassemblement les arrêta quelques instants autour d'un banc sur lequel un homme était debout, moustaches blanches, chapeau haut de forme, très vieux ; il gesticulait d'une façon uniforme, projetant le bras en avant, puis le ramenant comme un discobole. Sa voix suivait les mouvements de son bras, s'élevait et retombait en psalmodies

— Le lord Jésus, disait-il, connaît le nombre de vos cheveux ; il sait d'avance quel geste vous allez faire et quel péché vous commettrez demain. Vous montez tous les jours dans un train de railway qui est conduit quelquefois par un ivrogne, complètement saoul, et vous hésitez à vous confier à ce train de votre destinée dont Christ est le mécanicien ?

— C'est un calviniste, dit Léa, qui prêche sur la prédestination.

Dans la fréquentation d'Edith et du Club wesleyen, elle avait appris à démêler un peu le chaos des sectes, qui, les jours fériés, mènent campagne contre l'indifférence du public.

Georg murmura :

— La parole sacrée me choque dans ces bouches sans éloquence et sans beauté.

Ils marchaient de nouveau sur une route plate d'où, à droite et à gauche, la vue allait s'élargissant.

— Regardez, Léa !

Il la fit se retourner ; elle poussa un cri d'étonnement. On voyait, maintenant, ou on avait au moins l'illusion de voir Londres tout entier.

Son atmosphère noire l'emprisonnait, trop étroitement mêlée au brouillard pour que l'on pût distinguer avec certitude les monuments qui, çà et là, soulevaient le crêpe fumeux. Mais la masse de cette brume habitée était émouvante, rien que par son immensité confuse.

— Tout à l'heure, dit Georg, j'espère que le soleil finira par nettoyer l'horizon. D'ici, parfois, pendant quelques instants, Londres se découvre. Et c'est un spectacle extraordinaire.

Ils quittèrent la route et prirent une des allées latérales qui s'enfonçaient dans les pelouses entre de beaux arbres. La région montrait alors un aspect bossué, âpre, tout à fait inattendu si près de la ville.

Le soleil donnait pleinement, Léa s'arrêta.

— Oh ! Georg... que j'ai chaud !

Elle défit sa cape, que Georg prit sous son bras.

— Nous trouverons des bancs par ici, dit-il, pour nous reposer.

Un de ces groupes d'arbres centenaires qui glorifient les parcs d'Angleterre les attira. Quand ils s'en approchèrent, ils virent un banc abrité sous un bosquet d'érables et de chênes ; ce banc tournait le dos au chemin, et le rideau du bosquet l'en séparait.

Que de fois, dans leur promenades à travers les parcs londoniens, lorsqu'ils apercevaient un banc tel que celui-ci, Léa s'était échappée vivement, avait couru s'y asseoir, poursuivie par Georg, comme une pensionnaire ! Aujourd'hui, plus graves, ils gagnèrent le banc d'un pas mesuré ; Léa s'assit. Debout, Georg la considérait.

— Pourquoi me regardez-vous ainsi ? dit-elle.

Georg répondit :

— Je cherche à m'expliquer quel attrait s'exhale de vous, et pourquoi, depuis que je vous ai vue, mon désir est chaque jour plus fort de vous voir, de vous voir sans cesse...

— C'est vrai, Georg, vous éprouvez cela ? Oh ! je suis heureuse !

Il n'y avait pas plus de coquetterie dans la réponse qu'il n'y avait eu de flatterie dans la phrase de Georg.

Georg reprit :

— Quel mystère, la beauté ! Les traits de Frédérique sont plus classiquement corrects que les vôtres... A dire vrai, Frédérique est plus belle que vous, Léa...

— Frédérique seule est belle.

— Non ! vous êtes belle aussi. Votre visage est une joie pour les yeux... supérieure à celle que donne le visage de Frédérique. Ce n'est pas moi seul qui pense ainsi : Tinka, Mme Sanz, même cette fille niaise qui nous sert à la maison, Ellen, toutes sont d'accord. Moi, peu à peu, le besoin de vous contempler m'est devenu impérieux, et, quand de longues heures ont passé sans que je vous voie, j'éprouve cette angoisse impatiente que nous avions tout à l'heure, faute de lumière, dans le souterrain de Blackfriars.

Ces mots charmèrent Léa. Elle, dont la pudeur avait été effarouchée, la veille, quand Georg voyait sa gorge et ses bras, ne souffrait pas de s'entendre louer. Si sincèrement Georg cherchait lui-même à s'expliquer, comme un problème d'esthétique, le charme qu'il subissait !

Ils laissèrent fuir des minutes sans plus parler. Georg regardait Léa, et sa puissante intelligence rayonnait sur elle, pour elle, et réellement la réchauffait comme un foyer. Elle sentit se fondre en elle des brumes vagues, comme celles que tout à l'heure le soleil avait dissipées sur la ville. Elle fut lucide comme elle ne l'avait jamais été

Dans la nuit du souterrain, elle avait dit : « Jamais je ne pourrais vivre sans Frédérique. »

Maintenant, elle n'aurait plus prononcé les mêmes paroles.

« C'est loin de lui que je ne saurais vivre », pensa-t-elle.

Elle pensa cela sans remords, comme on reconnaît une loi inévitable. Une haleine profonde souleva sa poitrine. Elle eut l'impression d'une libération, d'un affranchissement. Toute sa vie glissa comme un cinématographe rapide sous ses yeux.

Elle revit les êtres et les lieux : Paris, l'usine, Londres, — Pirnitz, Mlle de Sainte-Parade, Edith... Dans ce raccourci soudain, tout lui parut plus net et plus explicable. Elle eut conscience de commencer une période nouvelle où Georg était nécessaire.

Léa, dit Georg appuyé du coude sur le tronc d'un chêne.

— Georg, dit-elle sérieusement, vous m'avez révélé la joie de la vie.

— Que voulez-vous dire ? demanda le jeune homme.

Elle essaya de trouver une explication, un commentaire ; mais elle se perdit dans son propre esprit. Elle put seulement répondre :

— Je suis une autre femme depuis que je vous ai rencontré. Je fais les mêmes choses qu'avant; mais au lieu de les faire avec un triste sentiment d'obligation, j'éprouve de la joie... Depuis que vous êtes dans ma vie, la pluie, le brouillard, la neige, tout ce qui m'accablait autrefois de mélancolie, tout cela me donne, plus aiguë, l'émotion puissante de vivre.

Si réservée d'ordinaire, presque timide, elle ne ressentait aucune gêne à cette profession hardie. Elle parlait comme elle aurait prié, comme si ce jeune homme aux prunelles claires, au front magnifique, couronné de cheveux blonds, eût été un dieu sorti de ces chênes et de ces érables pour répandre la lumière, rendre des oracles et provoquer la Foi.

Une chaleur enivrante descendait à présent en nappes d'or du ciel purifié : elle dilatait à la fois les tiges menues des graminées et l'écorce des troncs qui craquaient doucement. Les ombres un peu violettes du printemps découpaient, sur le vert ingénu des pelouses, l'image oblique des groupes d'arbres... Ce coin de la bruyère de Highgate était, en ce moment, silencieux et oublié. Georg et Léa se sentaient vraiment seuls dans la nature frémissante.

— Léa, dit Georg appuyé du coude sur le tronc d'un chêne, je vois que réellement vous vous réveillez, selon le mot de Tinka : vous tressaillez aujourd'hui dans le printemps ! Cela m'apparaît manifeste comme ce réveil des choses autour de nous. Tinka disait vrai : elle et moi, notre printemps, notre réveil ne sont pas encore venus, mais je sens en moi déjà comme une fermentation secrète : mon âme s'étire, il me semble, à la veille de vivre. Léa, il faut que vous ne me quittiez pas, ou je dormirai toujours dans ces limbes qui m'oppressent.

Il quitta l'arbre énorme contre lequel il s'accoudait, vint s'asseoir auprès de Léa, lui prit les deux mains.

— Léa ! ma sœur ! plus chère que ma

sœur Tinka ! L'idée que vous m'avez suggérée tout à l'heure, dans la nuit du tunnel, m'est odieuse. Je ne puis pas accepter que vous quittiez Londres un jour et que je ne vous revoie plus. Promettez-moi que vous ne partirez pas — ou que vous m'emmènerez avec vous. Léa ! Léa ! Promettez !

— Je vous obéirai, Georg. Vous me direz ce que je dois faire et je le ferai. Moi non plus, je ne saurais accepter désormais l'idée de vivre là où vous ne seriez pas.

Comme elle prononçait ces paroles, elle eut le désir de se rapprocher de son ami ; elle se pencha vers lui et réfugia sa tête contre l'épaule du jeune homme.

— Léa, murmura-t-il, ma sœur choisie !

Ils se turent quelque temps, puis Georg entendit Léa répéter lentement, gravement, les paroles que tantôt Tinka avait prêtées à sa mystique héroïne.

« Je vous offre ma pensée assidue, ma « fidélité inébranlable, toute la chaleur de « mon cœur et de mon cerveau. »

Il tressaillit. Lui parlait-elle ou se rappelait-elle seulement les paroles d'Hilda ? Elle dit encore, levant des yeux clairs vers lui :

« — Aimez l'être faible que je suis et que « votre force rendra fort. »

Cette fois, il n'y avait plus de doute. Elle lui parlait, à lui seul.

— Est-ce possible, Léa ? s'écria-t-il en écartant le visage de Léa et en la regardant dans les prunelles. Vous consentez à être à moi, comme Hilda à Serge ?

— Je suis à vous tout entière, Georg. Ce que Hilda interdisait à Serge, et pourquoi elle a préféré mourir que de l'accorder, je l'ignore. Je ne tiens pas à le connaître. Quand on en parle autour de moi, il me semble que l'on parle de la mort. Vous ne me le demanderez jamais, je le sais. Vous ne seriez plus vous. Mais, cela à part, je vous appartiens tout entière. Je vous donne à guider ma vie et j'entourerai la vôtre de ma tendresse éternelle. Voulez-vous ?

— Vous êtes ma femme... pour toujours... répondit Georg.

Leurs yeux, unis par ce serment, ne pouvaient se quitter. Ils avaient la sensation du prix des minutes surhumaines que leur dispensait la destinée. Toute leur vie exaltée les y avait préparés. Lui, du fond des steppes d'un pays boréal, d'un peuple proche encore des pasteurs et des guerriers de légende, — elle, de la Ville par excellence, symbole de la civilisation extrême des peuples trop anciens, — ils étaient venus l'un à l'autre, comme l'Ève et l'Adam de l'union future.

Ils eurent conscience de cette prédestination merveilleuse et du choix dont ils étaient l'objet.

— Léa, dit Georg, je voudrais que cette heure ne finît jamais. Quelque chose de miraculeux et de divin fut dans l'événement qui nous a conduits ici, vers ce lieu désert, au milieu d'une foule qui nous y laisse seuls, comme à l'écart de tout ce qui vit.

Il se tut ; elle disait : « Oui » de la tête. Il reprit :

— Hélas ! le monde est là, à côté de nous, et nous entendons sa rumeur. Tout à l'heure, nous y rentrerons.

— Qu'importe, si nous rentrons ensemble ?

— Ensemble ? Nos deux vies ne sont point unies, il s'en faut. Et vous acceptez l'idée de les continuer séparées, comme elles le sont !... Vous irez à votre atelier, vous peinerez tout le jour, moi, je donnerai mes leçons à travers Londres, nous ne nous verrons que le soir... nous n'aurons à nous que le congé de la fin de la semaine... Voilà ce que vous rêvez !...

— Georg, je ferai ce que vous m'ordonnerez de faire, puisque vous êtes mon maître. Mais, si vous voulez que je sois heureuse, ne m'arrachez pas à ce qui est mon devoir, du moins mon devoir présent.

Il protesta d'un geste de la main. Elle prit cette main rebelle, et, doucement :

— Oui, Georg, il faut que je reste dévouée à mes sœurs douloureuses, les autres femmes, moins privilégiées que moi, et qui n'ont pas rencontré, pour les guider, une Romaine Pirnitz, une Frédérique, une Tinka... Georg, permettez-moi d'être ce que j'étais, plus forte et plus utile seulement, puisque je serai appuyée sur vous.

Georg murmura :

— Vous avez raison. Vous êtes la vérité et la sagesse.

Et, après un silence :

— Mais qui vous inspire en ce moment ? Vous n'êtes plus la Lea d'hier, et vos paroles, et votre visage même, sont changés.

— Je ne sais pas... Quelque chose est, en effet, changé en moi : je vois clairement des nécessités qui ne m'apparaissaient pas ce matin même. Ne croyez-vous pas, Georg, que c'est parce que j'ai compris que je vous aimais ?

— Sans doute, dit Georg. Une grande lumière nous a illuminés.

Tous deux se levèrent, et debout contemplèrent ce site rustique, qui n'avait rien de très beau ni de très rare, mais où la révélation de leur destinée s'était manifestée. La terre bossuée, herbue, les érables majestueux, le bosquet de chênes où pendaient encore, du vieil automne, quelques bouquets de feuilles jaunies, les rideaux de lilas tendrement verts, et sur les pelouses l'ombre violette des arbres, — tout cela se fixa dans leur mémoire comme un site sacré, visité par le souffle de l'Esprit. Leur vie entière, l'un et l'autre devaient sans cesse en évoquer l'image, — Horeb vénérable où était née, où avait été proclamée la loi mystique de leur union.

— Partons, dit Léa, dont l'émotion devenait presque craintive.

Ils regagnèrent le chemin, et, aussitôt, dès qu'apparurent le paysage de Hampstead-Heath, les vils promeneurs, et Londres au fond de l'horizon, ils sentirent avec tristesse que le charme du lieu sacré les désertait. Plus que jamais, la vulgarité agressive des choses les offusqua.

Ils se serrèrent l'un contre l'autre :

— Je t'aime, murmura Georg.

— Je t'aime, répondit Léa.

— Vois, dit Georg... à peine nous rentrons dans la réalité, parmi les hommes, et déjà leur vue nous fait souffrir.

— Oh ! Georg, répliqua-t-elle, cela est mal. Si nous n'aimons pas les humbles, que deviendrons-nous ? Puisque tu m'aimes, tu chériras les humbles que j'aime...

Une petite fille d'une dizaine d'années, longue et blonde, dans un fourreau de persale bleue, vint vers eux poliment, et, levant ses grands yeux innocents sur Georg, demanda :

— S'il vous plaît, monsieur, quel temps est-il ?

Georg consulta sa montre et dit :

— Deux heures trois quarts.

— Seulement ! ne put s'empêcher de dire Léa, tandis que la fillette, avec un : « Remerciements, monsieur ! » s'éloignait.

Il semblait à Léa que sur le banc enclos d'érables et de chênes, ils avaient vécu de longues heures.

— Resterons-nous ici encore ? demanda Georg.

Elle répondit :

— Je voudrais revoir Tinka et Frédérique, et leur dire ce qui est advenu de nous aujourd'hui.

Ils descendirent, par un des chemins tournoyants qui contournent l'étang, vers le monticule appelé Parliament Hill. Soudain, ils s'arrêtèrent les mains unies.

Une de ces clartés singulières, comme électriques, qui parfois, au printemps londonien, subliment brusquement le brouillard, découvrait maintenant l'horizon, au-dessus et au delà de Londres, jusqu'à des limites fantastiques. La ville étendait son infinie et sombre agglomération de maisons, commandée par le dôme de Saint-Paul, le Monument, une innombrable quantité de clochers de chapelles, et les tours de Westminster. Par delà, c'étaient les vertes collines du Surrey et le toit étincelant du Palais de Cristal... A droite, on distinguait le château de Windsor et la colline Harrow-on-the-Hill, surmontée d'une tour. A gauche, on retrouvait le coteau de Highgate et, se perdant dans l'éloignement, le cours de la Tamise jusque vers son embouchure.

Une telle immensité donna aux deux fiancés mystiques ce désir des départs, des voyages, qui tourmente l'âme humaine, au cœur même de ses brèves félicités. Georg, tendant son bras droit vers le sud, montra la direction de Gravesend, la trouée de la Tamise.

— Voilà par où tu es venue jusqu'à moi, dit-il. Il faudra que tu me prennes par la main, un jour, et que tu m'emmènes, par là, vers la Lumière.

Ils regardaient ensemble le même horizon, anxieux de s'envoler, comme des oiseaux migrateurs, vers une contrée de rêve qu'ils ignoraient, mais qu'ils pressentaient, plus loin que cette île froide, plus loin que cette mer brumeuse, peut-être en d'autres continents, peut-être au delà de la vie...

L'éclat fugitif qui avait illuminé Londres et le paysage environnant décroissait avec rapidité. Un rideau se tirait, ou plutôt c'étaient comme des rideaux successifs de gaze qui masquent les décors de féerie pour figurer les nuages et la nuit.

— Déjà le crépuscule, murmura Léa. Et il n'est que trois heures !

Georg répondit :

— Rentrons vite.

La lumière baissait, baissait ; la terre exhalait de nouveau cette odeur de fumée mouillée particulière aux parcs de Londres. Le sortilège d'un premier soleil de printemps ne transformait plus Hampstead-Heath, qui redevenait une lande herbeuse, pelée par places, avec des bouquets d'arbres pour la plupart défeuillés. Quelques prolétaires se vautraient sur les pelouses, au milieu des journaux graisseux, des papiers d'étain ayant contenu le thé, des croûtons de pain dévorés à demi. Un ivrogne, la tête appuyée contre un tronc de platane, rêvait, dans une mélancolie dyspeptique... Les deux amants hâtèrent le pas.

Bientôt, au pied de Parliament Hill, apparurent les petites maisons londoniennes. Elles dégringolaient la pente, comme l'arrière-garde de l'immense armée des rues de la ville, en fuite vers le sud ; petites maisons, dans leur uniforme de briques et d'ardoises, dont on ne voyait que les dos identiques : le pignon en angle aigu flanqué d'un appentis perpendiculaire, le jardinet ceint d'un mur bas, abritant des linges qui séchaient.

Sans se parler, étroitement serrés l'un contre l'autre, les deux fiancés descendaient par l'allée déclive. Des fils de fer la limitaient ; de gros moutons, couleur de suie, erraient lentement au delà, broutaient d'un geste mécanique ; quelques-uns posaient sur les fils leur bouche camuse.

Mais, à un tournant, Léa serra nerveusement le bras de son compagnon. Un couple obstruait l'allée deserte. C'était celui qu'ils avaient rejoint en montant la côte, après avoir quitté la station de Finchley-Road. L'homme et sa compagne étaient debout près d'un banc d'où sans doute ils venaient de se lever. Ils se tenaient enlacés ; les bras courts de l'homme ceinturaient les reins de la fille, qui se suspendait à lui, ses deux mains nues et rouges croisées sur l'énorme nuque. Ils se baisaient sur la bouche, et, en même temps, ils se serraient l'un contre l'autre avec une violence si désordonnée que leurs spasmes semblaient douloureux. Ils ne virent même pas Georg et Léa, qui, après une hésitation, passèrent vite. Georg soutenait Léa défaillante.

— Léa, ma chérie, ma sœur, murmura le jeune homme... revenez à vous.

— Oh ! dit-elle... Ces deux êtres sont horribles. Oh ! cette fille et cet homme... N'est-ce pas pire que la mort ?... N'est-ce pas la mort?... N'étaient-ils pas en agonie?...

Sur Hayerstock Grove, aux façades muettes derrière la grille des pauvres jardinets, un cab roulait, égaré dans ce quartier désert. Georg le héla. Ils y montèrent. Léa appuya sa tête contre l'épaule de son ami. Et contre cette épaule fraternelle la houle de son cœur se calma peu à peu. La légère voiture gagnait Piccadilly, à travers les rues du Nord-Ouest. Et, comme c'était la fin de cette journée de vacances, les bars et les boutiques de provision se rouvraient.

....

Frédérique, ce lundi-là, rentra vers quatre heures dans sa chambre d'Apple-Tree-Yard, et, n'y trouvant pas Léa, ne voyant pas le paletot de Georg pendu aux patères, elle comprit que les deux jeunes gens étaient sortis ensemble, comme de coutume.

Elle résolut aussitôt d'écrire à Romaine Pirnitz sans se donner le loisir de songer. Tel était le régime volontaire qu'elle avait résolu de suivre : s'interdire de penser à Georg et à Léa. « Il est certain qu'ils ne font rien de mal, qu'ils ne rêvent à rien de mal. Ils sont purs comme des enfants. Donc, mon mécontentement vient de ceci : que je suis irritée, jalouse, disons le mot, qu'on me prenne Léa. Je suis jalouse de Georg comme naguère je le fus de Pirnitz. Eh bien ! c'est là un vilain sentiment, je l'étoufferai... »

Elle avait à peine commencé sa lettre quand elle entendit la porte de la maison s'ouvrir, se fermer, et des pas monter vivement l'escalier qui menait au premier étage. Les voix de Tinka, de Léa et de Georg parlèrent avec animation, puis le silence se refit.

« Ils sont dans l'atelier », se dit Frédérique.

Elle posa sa plume, elle se laissa envahir par une sorte de délectation morose.

« Je ne compte même plus pour Léa, maintenant... Elle sort, elle rentre, sans prendre garde à moi. Sa famille d'élection n'est pas où je suis. »

Les paupières de Frédérique se crispèrent, mais elle résista aux larmes... Toute son énergie fut un moment absorbée par cet effort.

« Pourquoi faut-il que nous soyons venues dans cet horrible Londres ? J'y souffre tant, et j'y fais si peu de bien ! »

Elle dressa mentalement le bilan de son séjour, cet inventaire consciencieux où l'accroissement, le décroît de la personnalité étaient scrupuleusement enregisrés.

« Peu, très peu de bien. J'ai à peine agi sur mes élèves de Free College ; je leur ai appris quelques mots de français et de latin ; peut-être ai-je dissipé quelques erreurs, quelques préventions qu'elles nourrissaient contre ma race... Mais qu'est-ce que cela ? C'est elles, plutôt, qui m'ont modifiée. La force de leur esprit pratique me comprime, me pénètre. J'ai moins de foi dans l'avenir idéal. Finirai-je, comme Mme Sanz, par croire que la cause de l'Eve prochaine est servie principalement en organisant des laboratoires et des amphithéâtres ?... Oh ! l'esprit à la fois sain et chimérique de Pirnitz!... »

Avec un sentiment d'invocation vers l'apôtre absente, elle reprit la plume et finit rapidement sa lettre. Tout en écrivant, elle décida, pour s'imposer une diversion, de sortir aussitôt la lettre achevée et de la porter elle-même à la boîte de Charing-Cross : de cette façon, elle partirait par la malle de la nuit.

L'enveloppe écrite et timbrée, Frédérique mit son chapeau, couvrit ses épaules de son collet. La glace enchâssée dans l'armoire lui renvoyait sa noble stature, son visage mat où les sombres yeux brillaient d'un peu de fièvre.

« Pourtant je suis belle », pensa-t-elle.

Et aussitôt elle fut confondue, humiliée, d'avoir pensé cela, — vraiment pour la première fois !... Toute allusion à sa beauté l'avait toujours intimidée, mécontentée. A quelles secrètes questions de son cœur répondait donc cette constatation spontanée : « Je suis belle » ?

Elle se railla elle-même, et dit tout haut : « Je perds le sens commun... Allons respirer un peu d'air. »

Elle ouvrit la porte de sa chambre.

« Le devoir est de me rendre libre, d'arranger ma vie dans la solitude où Léa m'abandonne. »

Mais Tinka appelait de l'étage supérieur :

— Frédérique !

— Tinka ?

— Vous êtes là, ma chère ? Nous ne le savions pas... Montez avec nous... vite, montez !

Frédérique monta, un peu inquiète, bien que la voix de Tinka sonnât joyeusement. Tinka se jeta à son cou.

— Oh ! Fédi ! quel bonheur ! Georg et Léa se sont fiancés... venez !...

Le choc fut si rude pour Frédérique qu'elle n'entendit pas bien ce que Tinka voulait dire. Léa fiancée ?... avec Georg ?... ce n'était pas possible... Elle se laissa entraîner jusqu'à l'atelier. Léa vint à sa rencontre, l'embrassa passionnément, mouillant ses joues de larmes.

— Mais que s'est-il passé, enfin ? demanda l'aînée.

— Georg, murmura Léa... Dites-le à Fédi.

— Nous nous sommes juré aujourd'hui, dit Georg, d'être l'un à l'autre : nous nous sommes liés pour la vie. Comme ce Serge et cette Hilda dont Tinka écrit l'histoire, nous nous sommes fiancés mystiquement... Frédérique, je veux que vous en soyez heureuse avec nous ; j'espère que, vous aussi, ni Tinka, ne nous quitterez jamais. Notre communion fraternelle d'Apple-Tree-Yard durera toujours.

Frédérique écoutait Georg... De même que, tout à l'heure, elle s'était vue pour la première fois dans la glace de sa chambre, il lui parut qu'elle le voyait, qu'elle l'entendait pour la première fois. La grâce souveraine, virile, de son visage, le timbre émouvant de sa parole, furent pour elle ce qu'ils n'avaient jamais été : des réalités présentes. Elle comprit l'autorité cachée sous des dehors d'artiste amateur, de convalescent nerveux. Comme toujours, en présence de la conjoncture difficile, elle avait recouvré son sang-froid.

— C'est bien, dit-elle. Vous avez fait selon votre conscience. Pourquoi vous dirais-je que je ne suis pas émue, Georg ? Songez que Léa est comme mon enfant. Je l'ai vue naître, je l'ai élevée. Je ne sais pas très clairement ce que sera votre union. Le mariage mystique n'a point de loi, n'est-ce pas ? et, par conséquent, il se fait ses lois à lui-même. Mais assurément vous me prendrez beaucoup de Léa... Que ce soit pour le bien et pour la vérité, mon cher Georg !...

Georg répondit :

— Je vous le promets.

Il saisit la main droite de Frédérique et la porta à sa bouche. Léa prit l'autre main.

— Chérie ! chérie !... Non, je ne serai pas moins à toi, va ! Nous t'aimerons tant !... Réjouis-toi, avec nous ! Je t'en prie. J'ai tant de bonheur !

Une fine blessure commençait à faire souffrir Frédérique sous le sein gauche, mais elle se raidit dans le ferme espoir de n'en rien trahir. Il lui semblait vivre dans un nimbe qui la séparait des choses ambiantes. Seulement, elle sentait que ce nimbe protecteur allait s'évanouissant, et que, tout à l'heure, face à face avec les choses, elle faiblirait.

Tinka s'écria :

— Pourquoi êtes-vous si graves, si dramatiques, tous ? C'est une fête de joie, aujourd'hui, et non de larmes. Ce soir, on soupera ici gaiement, l'on boira du champagne. Et je serai grise le soir des fiançailles de mon frère, comme je le fus le soir de mes fiançailles avec le professeur Ebner. Ces mots allègres résonnaient comme un glas dans le cœur de Frédérique.

« Alors, pensa-t-elle, c'est vrai ? Ils sont fiancés ? Qu'est-ce que cela veut dire ? Qu'est-ce que ces fiançailles, au bout desquelles on ne s'épouse point ?... »

Elle ramassa son courage :

— C'est cela, ce soir, nous fêterons les fiançailles... Laissez-moi seulement porter à Charing-Cross cette lettre pour Pirnitz ; je reviendrai aussitôt.

Elle sortit en hâte. Georg, Tinka et Léa étaient trop exaltés pour remarquer cette sortie brusque. Ils restèrent à faire des projets, tandis que Frédérique descendait l'escalier, gagnait Apple-Tree-Yard, puis s'en

CES HAUTES VERDURES, DONT LA FRAICHEUR RAJEUNIE...

allait à travers Pall-Mall et Trafalgar Square, jusqu'à Charing-Cross.

Quand elle eut jeté sa lettre dans la boîte monumentale érigée sur le quai de la gare, toute raison d'agir, de marcher ou de s'arrêter, de se diriger dans un sens plutôt que dans un autre, lui manqua subitement. Elle demeura quelque temps debout, regardant le débarquement affairé d'un train qui stoppait sous le hall... Puis elle s'éloigna, faillit être renversée par un cab, dans la cour de la station, avança au hasard. Un instinct, au bout de Trafalgar Square, l'orienta à droite, pour ne pas se rapprocher d'Apple-Tree-Yard. Dès qu'elle eut conscience de s'en écarter, son pas se pressa naturellement ; elle marcha allégée d'un poids.

Il était près de six heures. Passé le centre lumineux et animé de Piccadilly Circus, le calme d'un soir de vacances se refaisait autour de Frédérique. Regent Street, ses hautes façades closes, ses larges trottoirs presque vides, puis la sévère chaussée, les palais monumentaux de Portland Place, escortaient sa marche en une vive fantasmagorie. La courbe de Park-Crescent la retarda un instant, avec le violent mouvement de Marylebone Road, car Londres offre une alternance singulière de quartiers léthargiques et de voies bruyantes. Elle contourna le square. Londres, ensuite, se pacifiait, reculé pour ainsi dire au delà des verdures, des prairies immenses de Regent's Park.

Une large allée nommée Broad-Walk, coupe le parc en deux parties inégales... Frédérique s'y engagea. Broad-Walck était tranquille, sinon désert, à l'approche de la nuit. Quelques bandes d'enfants assez sales, du quartier commerçant de Marylebone, y traînaient encore. Presque sur chaque banc un couple se tenait les mains, ou s'embrassait avec impudeur. Un policeman pensif, les yeux sur le sol, attendait l'heure de la relève, indifférent à tout ce qui se passait autour de lui.

— Le chemin le plus court vers la station d'Euston ? Pourriez-vous me dire ? Pourriez-vous ?...

C'était un homme entre deux âges ; sa vêture dénonçait un contremaître, un employé surveillant de second ordre, malgré le paletot confortable et le chapeau de soie.

Il fixait sur la jeune fille, brusquement arrêtée dans sa marche et dans son rêve, deux yeux chauves de cils et de sourcils, perçants, enquêteurs.

— Le chemin vers Euston-Station? répéta Frédérique réfléchissant.

Elle donna l'indication clairement, correctement; mais son accent étranger la trahit.

— Vous, Française ?... dit aussitôt l'homme en français, riant de ses dents blanches.

Et il ajouta :

— Je vivais à Paris deux ans derrière... Gentilles Françaises... Folies-Bergère, le Moulin-Rouge; joli, très joli...

La main frôleuse de l'homme s'abattit sur le bras de la jeune fille et le serra. Elle le repoussa d'un coup de poing si rude, si inattendu, qu'il faillit culbuter. Le chapeau de soie roula dans l'avenue.

Il grommela un souhait de damnation, ramassa son chapeau sans plus rien oser, craignant sans doute le policeman, et s'en alla, d'abord à un pas de gymnastique assez vif, puis de sa même allure respectable d'avant.

Frédérique continua sa route le long de Broad-Walk. Des larmes coulaient de ses yeux. L'horrible injure du désir masculin, à cette heure de crise, faisait déborder la source intérieure des rancœurs accumulées.

« J'ai mal... j'ai mal... » dit-elle tout haut, soulagée un peu à prononcer ces paroles, dans le silence qui, maintenant, l'environnait.

Ces hautes verdures, dont la fraîcheur rajeunie parfumait de sève le crépuscule ; ces larges espaces de prairies, tout embrumés d'une vapeur âcre, où parfois sonne le piétinement précipité d'un troupeau ; ce vide, cette paix autour d'elle... Ah ! si tout cela eût pu reculer à jamais, écarter d'elle, infranchissablement, les êtres qu'elle avait aimés, qu'elle aimait encore, qu'il faudrait revoir ce soir, tout à l'heure, auxquels il faudrait présenter le mensonge d'un visage serein ! Tinka !... Léa !... Georg !...

« Non, décidément, je ne peux pas, j'aime mieux quitter Londres. J'irai retrouver Pirnitz. »

Et, tout à coup, comme elle imaginait son arrivée à Paris, et Pirnitz l'accueillant de ses bras ouverts, de son sourire tendre, elle s'arrêta, le cœur serré.

« Qu'est-ce que je lui dirais ? »

Avec une cruauté violente, comme un cancéreux las de souffrir, qui meurtrirait son sein malade, elle s'obstina à fouiller la plaie secrète, qu'elle n'avait pas voulu voir jusqu'à présent. Et elle se harcelait d'invectives, de reproches, en fuite dans le soir humide.

« Oui... je me suis menti. J'ai menti à Léa et à Pirnitz. La sécurité de Léa!... Le danger de Léa! J'ai pu écrire ces choses-là, me persuader que je les pensais! J'ai menti, menti! La lettre même que je viens de jeter à la poste est pleine de mensonges...

« ... Il m'a vraiment quittée pour elle. Il venait me chercher souvent à Free College, les premiers temps. Puis il s'est rapproché de Léa. Je ne sais pourquoi. Il devait bien voir que ses visites me donnaient du bonheur. S'il était ici, près de moi, ce soir! »

Elle se surprit en plein dans ce rêve trouble.

« Oh! voilà donc où j'en suis! »

Elle frappa du pied, tamponna ses yeux avec son mouchoir. Elle n'avait plus d'énergie : le ressort s'en était cassé d'un coup. Les sentiments qui l'avaient toujours dégoûtée chez les autres entraient en elle maintenant, comme par la brèche d'une digue rompue... Elle évoqua la figure, l'allure de Georg. Qu'il serait doux de traverser la vie appuyée sur lui! Assise sur un banc aux environs du Jardin zoologique, et sans trop savoir comment elle était venue là, elle s'abîma mollement dans sa douleur. Elle s'avoua tout ce qu'elle s'était jusqu'alors refusée à soupçonner même : elle était jalouse, — non pas que Léa lui fût ôtée, — mais simplement, comme une fille ordinaire, jalouse d'un homme, jalouse de Georg.

Se reposer sur cette poitrine mâle, avoir le droit de regarder ce visage et de l'adorer... être proche de Georg, comme le serait désormais Léa! Son vœu n'allait pas au delà, et aucun désordre des sens, certes, ne ravalait son chagrin.

— Oh! Pirnitz! Pirnitz!... Venez à mon secours! Ayez pitié de moi!...

Elle l'invoquait comme une sainte, une patronne fidèle, qui, malgré la distance, pouvait l'entendre, la secourir.

— Pirnitz, chère Pirnitz! Ayez pitié de moi...

Ce souvenir de la Sainte, n'était-ce pas le seul recours qui lui restât dans la faillite imprévue de sa volonté, de sa raison?

— Pirnitz, Pirnitz!...

Elle redisait fiévreusement les syllabes, et la suggestion de la prière opérait, le miracle s'accomplissait... La figure de l'apôtre apparaissait. La voix au timbre miséricordieux résonnait dans le cœur de la pauvre enfant, échouée sur ce banc d'exil... Elle parlait, dans le froid du crépuscule, la chère voix de Pirnitz, — elle s'exhalait de cette conscience imprégnée de son enseignement.

« Oui, ma Fédi, je suis là, disait la voix; je suis là près de toi, dans toi. Prends courage. Ta part est la meilleure. Il fallait que ton cœur fût ainsi brûlé par la flamme des passions humaines pour que tu devinsses vraiment la Vierge forte. Léa sera plus heureuse? Peut-être!... mais elle sera moins près de la vérité et de l'harmonie. Tout ce qu'elle donnera d'amour à l'homme qu'elle aime, elle le prendra à l'œuvre de rédemption pour laquelle je la destinais...

« Sois forte, Frédérique, fortifie-toi de ta souffrance. Tu n'aimeras pas. Tu ne seras pas aimée... Tu seras seule... mais tu seras seule avec toutes tes pauvres sœurs déchues, persécutées, qui espèrent en toi. Du

Le fleuve clapote a peine.

courage, prédestinée!... Lève-toi et retourne bravement à la tâche. Souris au bonheur des autres qui n'est pas fait pour toi. Ton sort est celui des apôtres... Est-ce que j'ai aimé moi? Est-ce que j'ai été aimée? Eh bien! tu seras supérieure à moi, car tu vivras pareillement sans joie, et tu es belle. Belle, tu vivras comme si tu avais mon misérable corps... »

La nuit était tout à fait venue. Frédérique se leva du banc où elle était assise. Le ressort de sa volonté, de nouveau tendu, rendit sous le ploiement qu'elle essaya.

— Allons!

Elle ne voulut pas rentrer par cette allée de Broad-Walk, où elle s'était sentie si débile.

Elle sortit du parc par l'Outer-Circle et revient à Marylebone en longeant les grilles extérieures, les magnifiques demeures à cariatides de Gloucester et de Cumberland-Terrace.

Avant de prendre, à Marylebone, l'omnibus qui la ramènerait à Piccadilly, elle entra chez un marchand et acheta, au prix d'une couronne, des camélias, des roses blanches, des œillets blancs. C'était le bouquet qu'elle allait offrir aux fiancés.

V

Léa et Georg, sans même soupçonner le mal secret de Frédérique, connurent la joie des fiançailles londoniennes, libres, fleuries de gaieté.

Rien, dans le fait, n'était changé à leur condition. Léa partageait toujours la chambre de Frédérique ; Georg occupait toujours avec Tinka l'appartement du premier étage. Même, malgré les instances de Georg, Léa continuait d'aller chez Clariss and Sons. Elle aurait rougi devant Frédérique, toujours admirée et obéie, de rompre ses engagements, d'abandonner l'Œuvre. Seulement, chaque soir, Georg venait chercher sa mystique fiancée à la porte des ateliers ; ils passaient en tête à tête les congés, les dimanches, dînaient ensemble dehors, parfois. Heureux du présent, ils marchaient vers l'avenir qui les unirait plus étroitement encore, les mènerait aux épousailles mystiques d'Hilda et de Serge.

Ce que serait ce mariage, aucun des deux fiancés n'aurait pu le préciser à l'avance : « Le mariage mystique n'a point de lois », avait dit très justement Frédérique... L'avenir rêvé, pour eux, se résumait en ceci :

— Nous vivrons l'un près de l'autre, et nous ne nous quitterons jamais.

Il faudrait donc abandonner Tinka et Frédérique ?

Ni Georg ni Léa ne le souhaitaient. Ils s'en remettaient à la destinée du souci de tout concilier : la précieuse solitude et la communauté fortifiante, l'action altruiste et l'amour. On vivrait au jour le jour, attendant pour prendre un parti que la mission des deux jeunes Françaises à Londres s'achevât. Alors seulement ils aviseraient ; et tous prévoyaient que Tinka et Georg passeraient la Manche avec Frédérique et Léa.

....

Le printemps, autour des deux amants, peu à peu devenait l'été.

Au début de juin, il y eut quelques chaudes journées, avant-courrières des torrides semaines de la canicule londonienne. Puis le vent d'Est ramena la fraîcheur, et ce fut de nouveau délicieux ; la vie britannique s'anima de tout le jeune désir humain qui s'affichait librement dans ses rues, dans ses parcs, dans sa banlieue verdoyante.

Douces promenades du soir, les bras joints parmi la foule qui se délasse du travail diurne, — un couple entre tant d'autres couples — et si fraternel, si joyeux !

Comme ces paysages de Londres leur furent chers ! Celui qu'ils aimaient le mieux, où ils revenaient presque chaque soir, c'était le bord de la Tamise, aux environs du pont de Westminster, près de l'édifice des Communes.

Le fleuve clapote à peine. Des barrages indistincts le coupent çà et là, dans le sens du courant... Les réverbères sphériques de Victoria Embarkment éclairent de leur lumière incertaine les passants, rares et silencieux le long du quai, plus nombreux, plus bruyants, plus « foule », aux abords du pont.

De l'autre côté de la Tamise, vers le sud, quelques wharfs besognent toute la nuit, baignés par la lumière oxhydrique.

Sur le pont lui-même, on croise un peuple de promeneurs, animé et méthodique, troublé parfois dans sa marche paisible par les bordées d'un ivrogne... Voici un immense « guardsman » rouge qui enlace la taille de son amie ; et l'amie est si petite que le bras du garde atteint avec peine la taille ronde de l'enfant qui se hausse... Voici les vendeuses de fleurs, avec leurs têtes spirituelles ou abêties, leurs yeux bleus d'Irlandaises; elles ont des chapeaux de paille garnis d'extravagants bouquets, un châle qui n'est souvent qu'une couverture pliée en triangle, un sale tablier blanc...

Léa et Georg s'avançaient sur le Westminster Bridge, hypnotisés par la lueur des wharfs, d'un jaune ardent, qui flambait sur la berge sud, et dans laquelle on voyait, à mesure qu'on approchait, s'agiter les ouvriers, comme des diables... Les promeneurs devenaient plus rares, les gens du West-Centre ne franchissant guère la ligne médiane du pont. Plus seuls, les fiancés s'appuyaient au parapet, regardaient Londres du côté de Charing-Cross et de Lambeth, vers la descente du fleuve. Les berges noires dormaient; toute la ville s'harmonisait en une ébauche délicate. Elle exhalait ses clameurs de plus en plus assoupies, éteignait ses lumières, s'apaisait pour la nuit... Et déjà, par le silence accru, on entendait l'eau s'écraser contre les murailles du quai ou se déchirer aux piles du pont.

Alors, Léa et Georg, — comme naguère à Hampstead-Heath, tournés vers ce mystère qu'est la trouée d'un fleuve roulant son onde à la mer, rêvaient de voyages. Où est le bonheur ? S'arrêter dans un coin de la terre, y fixer son foyer et n'en plus partir ? Ou bien, au contraire, s'en aller à travers le large monde, voir chaque jour des pays, des visages nouveaux ! Oh ! la magie des villes devinées par l'imagination débridée, galopante !... Villes du Nord aux toits aigus, aux dômes dorés surgissant du velours immaculé de l'hiver ! Villes du Midi latin aux pures arcades, aux sobres lignes, aux amples perspectives, aux arbres d'un vert sombre, immortel!.. Et l'Orient, tout blanc de craie sous le ciel indigo...

Ces rêves s'évoquaient dans leurs conversations ; leurs deux imaginations se mêlaient tellement qu'ils pensaient les mêmes choses en même temps et qu'ils ne savaient plus, après, lequel avait rêvé, lequel avait conté son rêve à l'autre...

Ils revenaient vers la rive gauche, et alors, juste au bord du fleuve, debout, confus, sévère, le gothique édifice de Westminster dressait ses hautes tours, ses créneaux, ses meneaux perpendiculaires et les mille clochetons de son faîte, — pointus comme des crayons. L'eau moirée, piquée de lueurs dansantes, en rasait les assises. La tour Victoria était la plus haute : elle se dissimulait à gauche dans le brouillard ; la tour centrale était la plus basse ; mais la plus visible des trois était le Big-Ben, ouvrant tout rond l'orbe jaune de son horloge qui, aux quarts des heures, parlait à la foule de sa grosse voix de cloche familière, amie du peuple.

... Par Whitehall, par la caserne des Gardes, par le mystère humide de Saint-James Park et le palais du prince de Galles, les fiancés, chargés de bonheur, ivres de projets, regagnaient Apple-Tree-Yard. Leurs mains, durant toute la promenade, ne s'étaient pas desenlacées. Rentrés dans la maison, au pied de l'étroit escalier, ils se quittaient ; Georg baisait Léa au front, d'un baiser si tendre et si calme qu'elle se sentait toute réconfortée, et qu'elle allait, sans le moindre remords, rejoindre Frédérique. La sœur aînée, elle, ne sortait guère, usait ses soirées comme ses jours au travail, et, maintenant victorieuse d'elle-même, accueillait sa cadette avec un amical sourire, ne laissant rien deviner.

Pendant la première dizaine de mai, les dessinatrices de la maison Clariss and Sons se mirent en grève ; elles réclamaient un meilleur salaire, justifié, disaient-elles, par un léger changement des procédés qui rendait l'ouvrage plus difficile. Grève paisible, pratique, sans cris, sans violences, qui fut bientôt réglée par un accord entre les déléguées et les patrons.

Georg accompagna Léa dans les deux meetings tenus par les dessinatrices au Wesleyan-Club. Epris des idées plus que de l'action, ils ne s'y plurent guère. Ils furent frappés, blessés, par l'âpreté terre à terre des revendications, par la médiocrité des ambitions, par le positivisme absolu dont témoignaient les discours. L'individualisme actif de tous les membres du club leur parut, en revanche, admirable, leur aisance à parler en public, l'absence de digressions, d'effets superflus. Bien qu'il y eût des pères, des frères, des fiancés de dessinatrices à ces réunions, la haine de l'homme y éclatait. En effet, les dessinateurs de l'usine, jaloux de leurs camarades femmes et désireux de tuer d'un coup leur concurrence, avaient refusé de revendiquer avec elles. Ils offraient de continuer les travaux sans augmentation de salaire : ce qui fit avorter partiellement la tentative des grévistes.

Les quatre jours de chômage firent des loisirs aux fiancés. Hors des meetings, ils les passèrent presque tout entiers dans l'atelier de Georg, qui achevait le premier panneau de son triptyque dans la joie d'une création facile, heureuse, imprégnée d'amour. L'Aïno légendaire, n'était-ce pas sa Léa ? La regarder, fixer ses traits et son sourire sur la toile, n'était-ce pas une caresse encore, caresse épurée par l'Art ? Cette caresse mystique, Léa la sentait délicieusement, et jamais elle n'était lasse des longues séances.

A d'autres heures, Georg enseignait sa fiancée, apprenait à cette jolie main frêle, si adroite, à dessiner le visage humain. Mais Léa était surtout incomparable par son imagination du décor ornemental. Elle déviait vers le rêve, vers l'imprévu, les formes observées dans la nature, créait des styles harmonieux, des flores, des architectures de féeries, folles et pourtant coordonnées dans leur fantaisie par un goût sagace.

Parfois, las de travailler, ils s'asseyaient côte à côte sur le divan, au fond de l'atelier ; Georg appuyait sa tête sur la poitrine de Léa, et, sans parler, ils se contemplaient. Leurs yeux se pénétraient, cherchaient leur âme. Leurs mains se joignaient comme des mains d'amants ; parfois, les lèvres de la jeune fille effleuraient les cheveux ou les yeux de son fiancé ; mais ils n'étaient même pas sollicités par un instinct obscur d'aller au delà des caresses d'un frère et d'une sœur, et aucun de leurs gestes ne profitait de la solitude. Ils étaient chastes sans contrainte, ne souhaitant rien de plus que ce qu'ils possédaient maintenant l'un de l'autre. C'était bien l'Eve et l'Adam de l'union mystique, dédaigneux ou ignorants de la loi des sens.

Pendant le chômage des ateliers Clariss, ils vécurent d'ailleurs libres comme des époux, ne voyant Tinka qu'aux heures des repas, car le travail de celle-ci, approchant de sa fin, l'absorbait; elle ne parlait plus, elle ne vivait plus que de son œuvre. Quand ce fut le dernier soir de ces jours bénis, quand les deux sœurs, au moment du coucher, se levèrent pour regagner leur chambre, Léa se jeta dans les bras de Georg et pleura contre lui :

— C'est fini, murmura-t-elle... Nos chères vacances sont finies. As-tu goûté ces jours, mon ami ?

— Oui, répliqua gravement Georg. Pendant ces quatre jours, tu as été ma femme, véritablement !...

A ce moment, Tinka, pensive, regardait Frédérique. Elle remarqua le visage bouleversé, les yeux fixes, la bouche convulsée de l'aînée.

Elle fut sur le point de lui dire :

— Qu'avez-vous, chère ?

Elle ne dit rien. Seulement, en l'attirant pour lui donner le baiser du soir, elle écouta ce grand cœur douloureux. Elle ne sut pas pourquoi Frédérique souffrait, mais elle fut certaine qu'elle souffrait.

Les dessinatrices avaient obtenu, comme unique bénéfice de la grève, leur congé pour l'après-midi du mercredi, sans retenue de salaire : l'ouvrier anglais est surtout friand de loisirs. Un tel résultat fut particulièrement goûté de Georg et de Léa. Désormais, ils eurent, chaque semaine, deux « demi-vacances », et ils comptèrent par ces deux journées, les étapes de leur vie... Quelques-unes devaient, plus tard, demeurer présentes dans leur mémoire, presque à l'égal de Hampstead Heath.

L'une fut certaine après-midi du commencement de juin... Un jour gai, gai et cordial sans qu'on sût pourquoi, avec quelque chose de nouveau dans la couleur de la lumière et dans le goût de l'air, qui suggère à tout le monde, pauvre ou riche, artiste ou bourgeois, ce naïf élan : « Qu'il fait bon vivre ! » D'un ciel à moitié couvert, mais sans menace de pluie, le soleil descendait, filtré par les nuées qui ne faisaient point d'ombre, et des souffles de vent d'été, brefs, volages, chatouillaient les joues et les narines. L'envie d'être hors des villes chantait dans cet appel de l'air et de la clarté; l'envie des arbres denses, des sentiers humides, des bêtes ruminantes, du toit sur la pente d'un coteau ou du profond parc bordant la route vide, avec le château heureux qu'on devine parmi les massifs de fleurs, par delà les bouquets de cèdres et de châtaigniers.

Georg et Léa prirent un train, le premier qui partait, à la station de Victoria. Descendus à South-Croydon, aussitôt ils s'éloignèrent. D'un pas leste et ferme, parfois animé de courses folles, ils gagnèrent les limites de la grosse ville de banlieue, les faubourgs meublés de villas. Ces villas, avec leur jardinet bien ratissé, leurs gazons rasés de près et taillés en arêtes vives, portaient leur nom sur la grille de façade : *Eastbourne*, *Wellington-house*, *Waverley*, *Glenchurch*. Tout le vocabulaire familier des homes anglais défilait ainsi sur les plaques de cuivre ou d'émail minutieusement polies ou lavées....

Les faubourgs dépassés, ce fut la grande

Les maisons britanniques s'alignaient paisiblement

route déroulant son tapis poudreux entre de vastes domaines à belles portes monumentales, les pelouses coupées de barrières blanches, décorées de chênes en groupes vénérables. Puis, voici que le paysage, à droite et à gauche, s'ouvrit sur les vertes prairies, sur ce grand jardin ombragé qu'est le Surrey.

La joie d'être libres, de s'aimer, de se mouvoir, faisait vibrer les nerfs et les muscles harmonieux des deux piétons alertes. Ils allaient, ils allaient, sans souci de l'heure. Ils étaient mari et femme à présent. Les mots : « mon mari — ma femme » revenaient à chaque minute sur leurs lèvres, et ils y goûtaient, chaque fois, comme la saveur d'un fruit.

Léa disait :

— Mon cher mari, regardez sous ce pommier comme il y a une foule de petites bêtes ailées... On dirait d'un nuage suspendu dans l'arbre.

Et Georg répliquait :

— Ce sont des moustiques trop pressés... Ils voient le soleil chaud et clair et s'imaginent qu'on est en été... L'humidité et le froid, ce soir, les surprendront dans leur gaieté et les tueront.

— Pauvres insectes !

— Ne vous en approchez pas trop, ma femme chérie... Ils vous piqueraient; ils sont très méchants.

Gais, puérils, ramenés à l'adolescence par la jeunesse de la saison, ils firent des milles sans compter, au hasard, se perdirent, crurent revenir sur leurs pas, ne voulurent pas demander leur chemin à un vicaire qui passait parce que Léa trouvait qu'il avait l'air hostile... Au moment où le jour baissait, ils finirent par atteindre un village à cheval sur deux routes qui se croisaient en son centre, — calme village d'une contrée agricole, point agité de mouvement commercial, point noirci par la fumée des usines.

Les maisons britanniques à saillie demi-hexagones s'alignaient paisiblement, offrant leurs boutiques modestes; derrière les vitres apparaissaient de vieux visages, qui semblaient vieux comme les maisons, vieux comme la vieille Angleterre.

Léa avoua l'espoir d'un abri et d'une chaise; Georg déclara qu'il avait faim. Ils trouvèrent vite la meilleure auberge — *Rutland Arms* — si respectable avec son enseigne en forme d'écu, sa façade jaune clair et ses croisées sans persiennes, drapées à l'intérieur de stores en calicot imprimé et de rideaux en fausse dentelle.

Le vestibule franchi, une jeune femme les reçut au guichet du bar luisant de cire, et, sur la demande d'un « thé d'après-midi », sonna la bonne.

Celle-ci, en costume noir, colletée et coiffée de blanc, mena les voyageurs dans une salle donnant sur la route... Les murailles racontaient des légendes bibliques, des paraboles, et s'ornaient de phrases cueillies aux Livres Saints :

« *Malheur aux machinateurs d'iniquités, à ceux qui forgent le mal.*

« *Ayez foi en Dieu !*

« *Bienheureux ceux qui ont le cœur doux !...* »

En attendant qu'on les servît, Georg et Léa s'amusaient à lire ces pieuses exhortations, admiraient les gravures anciennes et précieuses qui, comme dans la plupart des auberges d'Angleterre, prouvent le conservatisme persistant de la nation.

Il y avait aussi des portraits de souverains et de grands personnages de la noblesse : George III, un duc de Devonshire. Il y avait le témoignage qu'un Roberts — le nom du propriétaire — avait été élève diplômé à Cambridge vers 1843. Ainsi, dans ce coin ignoré d'une campagne britannique, s'affirmait cette force traditionnelle qui frappe l'étranger et lui impose.

La nappe, par les soins de la bonne, avait recouvert la table carrée du parloir.

Le beurre, les confitures, le pudding, les petits cakes bizarres au gingembre, à la menthe, à la rhubarbe, jouaient aux quatre coins sur cette nappe. Léa et Georg s'assirent devant les tasses vides, grignotant des miettes. Ils savaient qu'il eût été superflu de bousculer le service, — que tout se ferait sans hâte, mais sûrement, à son heure.

Le thé vint en effet, dans une haute théière de métal, décorée de glands figurés, et le pot au lait, et le pot à l'eau chaude, et le bol évasé où l'on jette les brins de feuilles de thé passées avec la liqueur odorante. La bonne sortit après s'être informée gravement « si le gentleman et la lady ne désiraient rien de plus ».

— Non, dit Georg. Tout va bien.

A mesure que l'heure inclinait vers le soir, on eût dit que la lumière devenait plus éclatante. Les nuages se volatilisaient; les fenêtres à petits carreaux versèrent une clarté orangée, réfléchie dans les glaces des gravures. Sous les guillotines levées, le vent estival vint remuer les bords de la nappe et chuchoter autour des cheveux de Léa.

Léa fut d'abord pénétrée du bien-être de ce « home » de hasard, ancien et pourtant confortable, où ils étaient côte à côte, dans de la lumière et de l'air savoureux, devant le joli, frugal repas de gâteaux et de thé. Puis, insensiblement, un tristesse vague s'infiltra dans son bonheur : comme l'entrevue, dans ce bonheur même, des autres joies qu'elle n'aurait jamais en partage.

Elle dit :

— Georg... Aurons-nous un jour une maison... où nous serons seuls, ensemble ?

Georg sourit. Il demanda :

— Et Frédérique ?

Léa ne répondit pas. Pourquoi ici, à cette minute, devant la table d'un parloir d'auberge, avait-elle l'impression aiguë de la contradiction de sa vie ? Pourquoi cette certitude furtive qu'elle allait à des douleurs, à des catastrophes, si elle ne se hâtait de choisir entre ces deux pôles de son âme : Georg et Frédérique ?

Elle se réfugia contre l'épaule de son fiancé.

— Oh ! Georg, dit-elle. Prenez garde !... Prenez garde que nous ne soyons malheureux !...

— Pourquoi, chère ? Quelle menace vous effraie ?

— Je ne sais pas, mais j'ai peur. Que deviendrons-nous ? Je veux demeurer toujours près de vous.

Georg s'étonna de son anxiété. Il n'avait pas d'anxiété, lui, et, tout en la caressant comme une enfant, il le lui dit. Le calme de ses sens s'accommodait fort bien d'un avenir pareil à ce présent délicieux, de cette existence entourée de femmes. Léa, la plus chère de toutes, la fiancée, l'épouse mystique. Et, encore, auprès de sa beauté rayonnante, la gaieté inspirée de Tinka, — et le grave sourire de Frédérique, — toutes deux à l'arrière-plan du bonheur quotidien.

Il expliqua cela à Léa, en l'engourdissant du frôlement de ses doigts, sur ses cheveux et sur ses joues... Le rêve de ce phalanstère intime s'éclairait, transporté dans les pays méridionaux. Elle se laissait bercer, et le vague désir des joies plus précises, plus poignantes, qui tout à l'heure avait brûlé son cœur, s'évaporait.

Quand ils eurent achevé leur goûter, ils se préoccupèrent du retour. Un indicateur local était disposé sur la cheminée. Ils le consultèrent : ils lurent qu'un train pouvait les ramener à Londres aux environs de sept heures. Comme Léa se levait pour sonner la bonne, elle poussa un cri léger.

Georg accourut près d'elle.

— Qu'est-ce que vous avez, ma chère femme ?

— Je ne sais. Une douleur... comme une piqûre d'aiguille... ici.

Retombée sur la chaise, elle touchait le dessous de sa jambe droite, un peu plus bas que le genou...

— Laissez-moi voir, dit Georg.

Il s'agenouilla à ses pieds, attendit qu'elle souleva sa jupe. Elle ne bougeait pas. Le sang lui couvrait les joues. Elle ressentait une fois de plus cette angoisse faite de pudeur et aussi de honte de sa pudeur, que lui inspirait souvent la simplicité fraternelle de Georg.

— Vous ne voulez pas que je regarde ? demanda Georg. Comme vous voilà devenue Anglaise pour un si bref séjour en Angleterre !... Soit, je vais appeler la bonne, qui vous soignera.

— Non, fit brusquement Léa, irritée contre elle-même. — Tenez !

Elle se força à lever ses jupes jusqu'au genou, dégrafa sa jarretière, abaissa son bas... Elle dut se retourner à demi pour que Georg pût voir, juste à la naissance du mollet, l'ampoule rosée d'une piqûre d'insecte sur la blanche soie de la peau.

— Ce ne sera rien, absolument rien, dit Georg. Nous pourrions tout de même demander à la propriétaire un peu d'alcool camphré ou d'ammoniaque.

— Bah ! ce n'est pas la peine. Une piqûre de moustique n'est rien. Cela s'apaise déjà. Il m'avait semblé d'abord, tant la douleur était vive, que je m'étais blessée.

Georg restait agenouillé aux pieds de Léa.

Les chastes jupes étaient retombées jusque sur la cheville, ne laissant plus voir qu'une pointe de soulier, poudreux de la poussière des routes. Le crépuscule du soir envahissait la pièce. Les lumières orangées s'éteignaient dans les glaces des gravures.

Georg murmura :

— Comme vous êtes belle, Léa ! L'artiste ne rêve pas ce que vous réalisez.

Elle ne répondit pas. Elle éprouvait une émotion un peu trouble, mais savoureuse. Une secrète communication de leurs esprits lui fit deviner que Georg pensait à l'Aïno légendaire, assise, nue comme une nymphe, en face de la mer...

Ils revinrent silencieusement à Londres, — silencieusement et tendrement. Léa ne souffrait plus. Ils arrivèrent à Apple-Tree-Yard juste pour l'heure du souper. A table, Tinka, qui avait bien travaillé toute la journée, fut gaie et bavarde. Frédérique conta son après-midi laborieuse, cita les répliques de ses élèves. Les deux fiancés dirent l'histoire de leur promenade. Mais ils ne parlèrent ni de la piqûre de l'insecte ni de cette minute où Léa avait souhaité vivre éternellement seule avec Georg. Attaché sur eux, le grave regard de Frédérique sondait leur âme.

VI

Cette promenade dans le Surrey marqua une date pour les deux fiancés. Désormais, ils jouirent plus encore de leur amour : mais ils ne connurent plus la même innocente cordialité, la même ardeur de libre adolescence. Ils parlaient moins, et malgré le mutisme de leurs bouches, ils sentaient la communion de leurs pensées. Ils ne se réfugiaient plus, comme naguère, l'un contre l'autre. Etant moins fraternels, ils semblaient moins amants. Léa surtout vivait dans une ferveur singulière, que ni le labeur ni le sommeil ne dissipaient. Sa parfaite pureté ne savait pas la cause ni le nom de cet alanguissement de douleur et de joie, qui la rendait en même plus imaginative, plus nerveuse, plus pensive, plus tendre pour Frédérique, insomniaque et vibrante, autre en un mot.

Elle travaillait davantage, se passionnait pour l'Œuvre, écrivait à Pirnitz des lettres d'un féminisme enthousiaste, croyait désormais à la possibilité d'unir Georg à tous les projets désintéressés de Frédérique.

Frédérique, qui la regardait évoluer, reconnaissait cette belle fièvre pour l'avoir éprouvée elle-même : c'était la fièvre du bien, la même qu'avait suscitée en elle, jadis, la rencontre de l'Apôtre.

« Est-il possible, pensait-elle, qu'un homme ait sur Léa l'influence que cette sainte eut sur moi ? »

Pour Frédérique, jusqu'ici, l'influence d'un homme devait être néfaste, amoindrissante, avilissante, en tout cas contraire à l'inspiration d'une Pirnitz.

« Seulement Georg est aussi différent des autres hommes que Pirnitz l'est des autres femmes. »

Et elle le contemplait avec une poignante admiration, si beau, si tranquille, tel un jeune sage descendu du Nord vers les Athènes méridionales pour y enseigner des secrets de sérénité.

Oui, Léa se transformait. Son âme s'ouvrait à des notions insoupçonnées. Elle comprit, dans un élan d'orgueil, la simplicité insexuelle d'une Tinka, d'un Georg, d'une Hilda. Ce qu'il y avait de pudeur tissée en elle avec l'hérédité se modifia, s'épura. Elle entrevit, sans y atteindre encore, mais en s'en approchant peu à peu, ce détachement de la chair, où le corps ne compte même plus comme objet de scandale. Elle espéra qu'un jour elle pourrait, sans trouble, offrir au pinceau de Georg, telle l'Aïno des légendes, sa propre beauté dans la nudité tranquille de l'enfance.

Jours admirables où, par une grâce de la destinée, l'assoupissement des passions hostiles, la joie laborieuse de tous, concoururent à resserrer en une famille fraternelle les hôtes d'Apple-Tree-Yard. Léa, Georg, Frédérique, Tinka, et souvent Edith Craggs, formaient un groupe uni par la noblesse de leurs projets. Tous s'aimaient ; aucun n'avait d'imagination basse. Tinka dans l'achèvement de son livre, s'éclairait d'une félicité intellectuelle, tempérée par sa grâce puérile. Frédérique rayonnait de la victoire intérieure remportée sur elle-même. Edith brûlait de la flamme charitable qui transfigurait sa laideur. Léa et Georg, magnifique couple mystique, faisaient éclater sur ce groupe la lumière sereine de l'amour humain surnaturalisé, — la *libre grâce*, comme disent les apôtres du féminisme.

C'était vraiment, dans ce coin populeux de Londres une cellule enfin organisée et prospère, de la société à venir.

C'était la traversée, par une mer tranquille, d'un beau navire enguirlandé de fleurs, sonore de chansons, — vers la Cité future où l'humanité féminine et l'humanité masculine s'accorderont dans une égalité parfaite.

Mais, comme une pointe d'écueil surgie de la route, un petit événement d'âmes allait briser le navire mystique — et disperser subitement tous les passagers de l'héroïque traversée.

L'avant-dernier dimanche de juin, Georg et Léa exécutèrent le projet souvent formé durant les brumes hivernales : la promenade à Richmond, la perle des excursions aux environs de Londres. Georg avait attendu pour cela un jour de soleil sans nuages, un splendide jour de la fin du printemps britannique, où la lumière a de l'éclat sans éblouir et de la tiédeur sans accabler.

Ils partirent seuls, comme de coutume. Tinka était sédentaire à l'excès ; Frédérique trouvait toujours un prétexte pour s'isoler quand Georg accompagnait Léa. Ils partirent dans la gaieté du soleil — tels deux enfants auxquels on accorde enfin un plaisir depuis longtemps promis.

Georg avait fait dès le matin retenir les *boxseats*, qui sont les places voisines du cocher, à l'un des chars-à-bancs attelés de quatre chevaux. Ils se hissèrent, devant la gare de Charing-Cross, sur ces sièges haut perchés. Déjà les autres banquettes étaient presque entièrement garnies de touristes, — des Anglais, des étrangers reconnaissables à l'impatience qu'ils manifestaient des lenteurs du départ. Car le char-à-banc cheminait au pas de sa « double paire », frôlant le trottoir de Piccadilly ; le cocher, guettant les passants, clamait : « Hampton Court, sir ? Hampton Court ? Kew... Richmond... Hampton Court... » toujours prêt à tirer les rênes, à stopper au moindre signe, tandis qu'un gringalet à béquille bondissait sur la chaussée, raccrocheur, criard, infatigable.

Et le couple des deux amants faisait au *four-in-hand* une gracieuse et tendre enseigne vivante. Georg en chapeau de feutre, en pardessus gris, une large fleur d'œillet au revers ; Léa, dans son deuil atténué, tempéré de quelques rubans, de quelques tulles blancs, coiffée d'une capote de paille noir et argent, sous laquelle ses cheveux châtains luisaient comme de l'or bruni.

Majestueux, vêtu d'un ample corver-coat mastic, un bouton de rose à la boutonnière, ganté de gants rouges qui semblaient découpés dans la même pièce que la rouge et rugueuse peau de son visage, les jambes enveloppées dans un plaid écossais, le cocher ne s'interrompait de crier aux passants que pour converser avec ses chevaux.

« — Go on, Jubi... hip ! good fellow... Toby, rascal !... »

Ce fut seulement après Hyde Park Corner que l'attelage partit au trot.

On suivit d'abord les grilles de Hyde Park et les jardins de Kensington. L'énorme ruche de moellons qu'est Londres rapetissait peu à peu ses cellules. Entre les maisons plus basses, plus modestes, un peuple à la joie tranquille dévalait vers la campagne, — suivant à pied les trottoirs, s'engouffrant dans les sous-sols des gares de district, — se trimbalant en petite voiture attelée d'un poney fleuri au frontail, — ou filant sur des bicycles, les hommes nerveux et longs dans le jersey collant et les culottes, — les femmes droites sur la selle en flottante jupe, hardies, sûres d'elles, et, malgré tout, un peu comiques.

A droite, à gauche, c'était toujours Londres ; à peine, çà et là, s'ébréchait la ligne des maisons, peu à peu diminuées, maintenant pareilles à de frêles joujoux. La Ville se poussait vers l'ouest, débordait des vieux quartiers vers la campagne aérée, comme font toutes les antiques cités encore grandissantes. Cela s'appelait Kensington, Hammersmith, Chiswick, et c'était toujours Londres. Léa regardait courir ce paysage de verdure et de maisonnettes, souriante, silencieuse, aspirant la vue, l'air pur, le soleil.

A Kew, pour la première fois, la Tamise apparut. Le coach s'arrêta longuement à l'entrée du pont ; une place vide restait au dernier banc; il s'agissait de la combler. Les « Hampton Court ! sir, Richmond ! Hampton Court ! »... retentirent pendant de longues minutes, sans décider toutefois aucun des nombreux promeneurs qui s'agitaient au pied du véhicule.

De l'autre côté du fleuve, contre un ponton misérable, un petit bateau haletant débarquait son contingent de fourmis.

Le coach reprit sa course, atteignit Richmond où la Tamise fut de nouveau traversée, gagna les belles routes ombragées, voisines de Twickenham, parcourut le village, et enfin pénétra dans la célèbre allée de châtaigniers du Bushy Park, dont la triple rangée, de Hampton Court à Teddington, couvre près de deux kilomètres.

Les châtaigniers, en pleine floraison, alignaient leurs gigantesques colonnades... Des hardes de cerfs et de chevreuils broutaient l'herbe grasse, dans les féeriques alternances d'ombre et de lumière que marquaient les troncs.

Georg et Léa descendirent à l'entrée du jardin français de Hampton Court, et, touristes consciencieux, se rendirent aussitôt au palais qu'ils visitèrent. Quand ils eurent abondamment contemplé et discuté les Mantegna de la galerie, le désir du soleil et du grand air les ressaisit. Ils revinrent au jardin, criblé de fleurs en cette saison printanière, puis au village de Kingston où une tasse de thé les réconforta. Enfin, par les Woodland, ils entrèrent dans le parc de Richmond.

Toute l'après-midi, ils marchèrent ainsi, conversant comme de vieux amis, les nerfs paisibles, les sens en équilibre, jouissant l'un de l'autre. Il était cinq heures quand ils rejoignirent le pont de Richmond, sur la Tamise. Alors, tandis qu'ils s'attardaient un instant, regardant glisser les barques agiles, Léa avoua à Georg qu'elle se sentait un peu lasse.

— Un peu grise aussi, dit-elle.. Toute cette verdure, toute cette chaleur me montent au cerveau. Il me semble que je dormirais volontiers. Ne restons pas immobiles.

Ils montèrent la longue et âpre rue qui mène aux terrasses de la ville, disposées en jardin public. L'hôtel est situé à l'extrémité de ce jardin. Les promeneurs y affluaient déjà de tous les environs, consacrés aux excursions dominicales. Georg demanda une chambre où la « lady » pût se reposer avant le dîner. On les mena d'assez mauvaise grâce à une petite pièce sans vue, qui sentait le sapin chauffé. Ils y trouvèrent un canapé, un lit, une toilette, un fauteuil et, sur la cheminée, un mince traité méthodiste in-

Elle dormait couchée comme une sainte de chasse.

titulé : *Le Prix d'une Journée de plaisir*.

— Je vous laisse, chère, dit Georg. Moi-même je vais faire un bout de toilette aux lavabos du rez-de-chaussée et commander le dîner pour six heures et demie. Je reviendrai vous prendre dans une demi-heure, à moins que d'ici là vous ne descendiez.

La demi-heure écoulée, comme Georg ne voyait pas venir Léa, il remonta, frappa à la porte de la chambre. Léa ne répondit pas. Inquiet, il ouvrit. Il fut aussitôt rassuré. Léa s'était étendue sur le canapé. Elle avait pris sur la cheminée la brochure protestante ; elle avait commencé de lire en attendant Georg. Bientôt, la fatigue de la marche conspirant avec l'ennui mortel de sa lecture, elle s'était endormie. Elle dormait, couchée comme une sainte de châsse, longue, fine, pudique, à peine inclinée sur le côté droit, un bras contre le corps, l'autre débordant le canapé, la main pendante, d'où avait glissé *le Prix d'une Journée de plaisir*.

Quand Georg entra, elle entr'ouvrit les yeux, sourit d'un charmant sourire d'impuissance, agita faiblement la main et se rendormit. Il s'assit près d'elle, sur l'unique fauteuil, et la regarda.

Une vive crainte l'avait ému, quand, frappant à la porte, il n'avait pas entendu de réponse. Cette crainte, à présent calmée, laissait son cœur houleux ; et lui aussi ressentait l'impression d'alanguissement que donnent à l'organisme les premières journées de chaleur passées en plein air.

Léa dormait, paisible, si jolie, son corps charmant dessiné par le poids des étoffes.

Rien ne trouble davantage l'amant que le sommeil de sa bien-aimée. Le sommeil est touchant, insouciant, sans défense. Il fait apparaître la limite de la personnalité humaine ; regarder dormir, c'est regarder la lutte de la pensée et de la mort, de la conscience et de l'irresponsable.

— Oh ! chère enfant ! pensa Georg.

Un grand besoin de la protéger le tourmenta, de la serrer contre son cœur, cette vaillante fille qui, faite pour régner par sa beauté, s'imposait chaque jour le travail et la rude promiscuité d'un atelier... Des commencements de pensées, des éveils de sensations lui vinrent, qui ne s'achevèrent point. Il lui sembla que son être moral s'étirait, si l'on peut ainsi dire, au dedans de lui, comme s'étire un jeune garçon qui sent grandir ses membres. Puis il éprouva une lourde prostration, le sentiment d'être perdu dans le vaste monde, de s'être trompé de chemin dans la vie ; il eut peur de sa solitude.

Il mit son fauteuil tout contre le canapé où reposait Léa, prit la main qui pendait et qui s'agita doucement à son contact. Il pencha son front vers le profil endormi, respira l'haleine de la bouche. Un peu de place restait sur l'appui du canapé ; il y appuya sa tête, toute proche de celle de sa fiancée.

Alors, il souhaita passionnément une chose singulière : la rejoindre dans son sommeil, mêler son propre rêve au rêve de Léa. Il ferma les yeux et, tout enveloppé du souffle, du parfum des cheveux de la jeune fille, il voulut s'endormir, — il s'endormit.

Quand il sortit de cette léthargie bienfaisante, la lumière, dans la petite pièce, avait changé de nuance. Elle était plus vespérale, plus rousse. Assise sur le canapé, Léa lui souriait de son idéal sourire. Il lui tendit les bras.

— Oh ! je t'aime ... Jamais je ne t'ai aimée comme aujourd'hui. Jamais je n'ai eu de bonheur comme dans ce sommeil, près de toi.

— Moi aussi, dit Léa, je suis heureuse.

Encore engourdis, ils restèrent joue contre joue, se serrant de leurs bras languissants. Mais, à mesure que la perception précise des choses leur revenait, ils se désenlacèrent sans brusquerie. Ils se levèrent, rajustèrent le désordre où les avait mis l'abandon du sommeil. Leurs yeux, maintenant se fuyaient. Léa sentait de nouveau la honte pudique qui l'avait saisie plusieurs fois devant Georg ; Georg, pour la première fois, comprenait cette honte, — primitive honte de l'Ève éternelle et de l'éternel Adam.

— Descendons, voulez-vous ? fit-il. Il est près de six heures et demie.

— Oui, répliqua Léa, descendons.

Leur embarras se dissipa dans le brouhaha des passants, des voyageurs, des dîneurs qui obstruaient le vestibule et les salles. Ils gagnèrent la table qu'on leur avait préparée. Cette table était voisine d'une large fenêtre donnant sur la terrasse de l'hôtel, — terrasse à la française qui surplombait l'immense paysage de Richmond Park : la vallée de la Tamise, entre le village de Richmond et les lointains de Surbiton.

Le soleil déclinait vers la droite, encore chaud sans être aveuglant, changeant de couleur à mesure qu'il absorbait sur son passage les nuées, transparentes comme une vapeur d'or, insensiblement montées de l'Occident.

La salle du restaurant contenait seulement une dizaine de tables. Un groupe de Français et de Françaises, reconnaissables à la vivacité de leurs gestes ainsi qu'au charme piquant des toilettes féminines, occupait au fond deux tables réunies. De sérieux couples britanniques, des gentlemen corrects dînaient aux autres ; sur chacune de celles-ci, la bouteille de champagne montrait, hors du seau de métal, sa tête capsulée d'argent.

A la table voisine de celle où s'assirent Georg et Léa, il y avait un ménage anglais : le mari, haut, bien taillé, ayant l'élégance impersonnelle du Londonien ; la femme, quelconque, blonde fade, mal habillée d'étoffes chères.

Une institutrice allemande dînait avec eux, ainsi qu'une adorable petite fille d'une huitaine d'années, vêtue dans le style des Kate Greenaway.

Tout de suite, cette petite fut intéressée par Léa. Elle se tournait sur sa chaise pour mieux la regarder, malgré les observations à voix basse de la gouvernante et les « Oh ! Mary ! combien impropre !... » des parents.

Tandis qu'on les servait, Georg et Léa promenaient leurs regards sur le paysage ouvert devant eux. C'était une plaine meublée de nobles verdures, un parc infini sillonné par la Tamise. Le soleil poudrait d'or le couchant ; sous ses rayons, la Tamise semblait une coulée de vermeil, criblée de petites taches qui étaient des barques. L'atmosphère particulière de la terre britannique se révélait à cette brume, bleue comme la fumée d'un tabac oriental, qui opalisait non seulement les lointains, mais les plus proches bosquets.

Léa, les yeux sur l'horizon, touchait à peine au repas. Ses prunelles et ses joues étaient un peu fiévreuses :

— Vous n'avez donc pas faim, ma chère ? dit Georg.

— Non, pas faim du tout. Mais je suis bien ici.

Subitement, voilée de tristesse, elle ajouta :

— Comme ces dimanches sont courts ! Georg ; je n'ai plus de courage pour passer tant de journées loin de vous.

L'appétit capricieux de la jeune fille se ranima pour le dessert, les fruits, les glaces ; elle but alors quelques gouttes de champagne, et sa gaieté lui revint.

Rebelle définitivement aux observations de ses parents et de la gouvernante allemande, la mignonne Mary avait quitté sa chaise, rôdait avec une curiosité impudente autour des deux étrangers, que son manège divertissait. A la fin, elle se décida à s'approcher de Léa.

— *You don't speak english ?* demanda-t-elle d'une voix inquiète.

Léa ayant répondu en anglais, l'intimité fut liée tout de suite. Mary voulut savoir la nationalité de Léa, dit qu'elle avait été à Paris « quand elle était petite », qu'elle trouvait Léa très jolie, — lui demanda si elle la trouvait jolie elle-même, — s'informa de ce que les deux fiancés avaient mangé, dit qu'elle n'avait pas bien dîné parce qu'elle n'aimait pas la viande, offrit sa bouche à baiser, et retourna auprès de ses parents qui n'avaient pas bronché, résolus à ne pas aggraver l'*impropriété* de Mary en liant conversation avec des inconnus.

Alors Georg et Léa quittèrent la table pour la terrasse.

Il n'y avait plus de poussière d'or, il n'y avait plus de brume bleue dans le noble paysage de Richmond Park. Un brouillard grisâtre montait des fonds indécis et submergeait tout peu à peu. Le soleil ayant passé à demi l'horizon, on discernait vaguement le creux de la Tamise, les masses boisées, quelques petits clochers piquant çà et là le ciel encore clair.

Puis ce fut la nuit, et des lumières fleurirent, quelques-unes immobiles, d'autres qui lentement se mouvaient par la marée grossie de l'ombre.

Accoudés sur la balustrade, les deux amants contemplèrent cette nuit. Elle leur redonnait l'audace des étreintes, et Léa, réfugiée contre Georg, souhaitait qu'il la serrât à la meurtrir. Leurs mains se cherchèrent, se prirent, entrelacèrent leurs doigts, puis se quittèrent. Léa s'étonnait de ce qui se passait en elle, mélange d'appréhension et de joie : il lui parut qu'elle regardait vivre une Léa nouvelle. Soudain, elle eut peur.

— Partons, dit-elle tout bas à Georg. Ne restons pas dans cette ombre...

Il obéit. Lui aussi brûlait d'une ardeur dangereuse. Ils regagnèrent le vestibule de l'hôtel, vêtirent leurs manteaux.

— La gare est loin ? demanda Léa.

— Nous ne rentrerons pas en chemin de fer. Je vous ai vue fatiguée tantôt ; j'ai commandé une voiture. Elle doit être prête.

— Quelle folie ! s'écria Léa d'un ton de reproche affectueux.

Elle lui sut gré, cependant, de cette attention qui, jusqu'au retour, les préservait de toute promiscuité.

La voiture avança. C'était un landau, bien attelé de deux chevaux.

— J'ai fait fermer les capotes, dit le chasseur de l'hôtel en conduisant les voyageurs. La nuit est humide... Mais si le gentleman et la lady le désirent...

Georg approuva :

— Non, c'est bien.

Quand ils roulèrent, portières closes, dans la voiture confortablement suspendue, Léa joignit ses bras autour du cou de son ami.

— Comme vous êtes bon ! comme vous me gâtez !

Aux lueurs de la rue centrale de Richmond, elle épiait le visage pensif de Georg. Ils causèrent amicalement tant que les lumières des maisons les éclairèrent au passage. Mais quand ce fut, autour d'eux, la route noire, l'obscurité les rendit muets. Léa mit sa tête tout contre celle de Georg et lui dit à voix basse :

— Je t'aime ! Je t'aime ! Je t'aime !

Dans cet abri mouvant qui les emportait ensemble, isolés, à travers la campagne nocturne, elle se laissait envahir par une bienfaisante langueur. Des aspirations se révélaient en elle que ne satisfaisaient plus l'orgueil de l'œuvre ni la protection tendre de Pirnitz et de Frédérique.

— Georg ! Georg ! soupira-t-elle. Emportez-moi ! Gardez-moi !

Ces mots n'avaient pour Georg aucun sens précis, mais ils l'émurent puissamment. Il regardait Léa, distinguant ses traits au reflet dansant des lanternes. Il se sentit devancé par elle dans un chemin ignoré... Que voulait-elle ? Il se rappela le sommeil étrange goûté auprès d'elle, mystérieuse discontinuité de sa conscience, mort passagère qui avait tout aboli, sinon la joie d'une divine quiétude. Il murmura :

— Oh ! si nous pouvions dormir encore l'un contre l'autre, comme tantôt.

Léa répondit du fond d'un songe :

— Je ne veux pas dormir. Je veux savoir que tu es là et que tu m'emportes.

Il s'approcha d'elle, plus encore. Elle l'attira, doucement impérieuse. A son tour, il s'appuya contre elle, leurs fronts se touchant.

Ils allèrent ainsi longtemps, volontairement immobiles, comme anxieux du geste qu'ils feraient... L'ombre, de temps à autre, se coupait de vives clartés, quand la route traversait des villages. Ils se laissaient bercer, à la fois craintifs et charmés de sentir le calme pur de leur amour s'altérer insensiblement. Comme si le léger bercement des roues les eût peu à peu fait glisser, glisser, Georg perçut le frôlement des lèvres de Léa sur ses tempes... Ces lèvres ne donnaient point de baisers, ne bougeaient point, mais elles descendaient lentement, au roulement continu du landau, et l'extase de Georg croissait à mesure... Ce fut infiniment lent, toute la longueur d'un voyage dans la nuit, cette descente mystérieuse de la bouche amoureuse sur le visage chéri... Léa dormait-elle ? Georg ne le savait point ; elle ne faisait pas un mouvement. Cela dura un temps qu'ils ignorèrent. Comme de profondeurs infinies vint la caresse suprême. Lui haletait de joie, mais n'osait bouger, de peur de rompre l'enchantement. Et les lèvres descendirent encore, se posèrent sur ses lèvres, s'y fixèrent, et, dès lors, ne se déprirent plus

Aussi ignorants que deux ramiers joignant leurs becs la nuit, ils mêlèrent leurs haleines, le frémissement de la pulpe juvénile de leurs bouches. Georg eut la sensation, renouvelée, mais plus accentuée, plus souveraine, qu'il sortait enfin d'une léthargie. Il était le prince des contes, endormi depuis cent années : un baiser de femme l'éveillait. Extasié, il se laissait enseigner le baiser par Celle qui l'ignorait et qui l'apprenait à mesure.

Aucun des deux ne rêva même à une autre caresse que ce voluptueux, profond, immobile baiser, où ils goûtèrent ensemble l'apaisement.

La lumière d'une place très éclairée fit irruption par les glaces de la voiture. Alors Léa se dégagea.

Georg la vit se reculer de lui, comme effarée, presque debout contre l'angle du landau.

Ses prunelles, qu'il distinguait aux clartés de Hyde Park-Corner, lui firent peur par leur élargissement inquiet.

— Où sommes-nous ? dit-elle.

Et, sans attendre qu'il répondît, elle retomba, assise. L'extase de ses sens se dissipait. Sa conscience, inerte un instant, se ranimait. Cette joie de chair, qu'un baiser de Georg avait suffi à lui révéler, cette joie violatrice de son être intime, lui apparut soudain comme une déchéance affreuse, irréparable. Plus jamais elle ne serait la Léa d'avant ce baiser...

— Oh ! murmura-t-elle désespérée, nous avons fait une pareille chose !...

Georg s'approcha d'elle et lui prit la main. Elle le laissa faire ; sa main était inerte. Les yeux fixes, elle remuait les lèvres sans parler.

— Léa, murmura Georg, ma chère Léa !...

Elle dit lentement .

— C'est fini. C'est fini. Nous avons brisé notre bonheur.

Puis, levant sur lui ses yeux fiévreux :

— Georg, ajouta-t-elle... *Ces deux*... tu te rappelles ?... Ces deux que nous avons rencontrés à Hampstead-Heath ?... Nous avons roulé aussi bas... Oh ! c'est fini !

Le trouble de la jeune fille gagnait son fiancé. Une morsure lui serrait le cœur, à lui aussi ; lui aussi, en cette minute, eût souhaité que ce qui venait d'être n'eût pas été.

Mais soudain un rappel de l'émotion récente l'électrisa...

— Léa ! supplia-t-il... Qu'importe ce que nous avons pensé avant ?... Qu'importe si nous souffrons après ?... Je veux vos lèvres encore... J'y ai bu la vie... Elles me révéleront la vie...

Il se penchait vers elle. Elle dit, obstinée :

— Jamais ! Jamais ! C'est fini !

La voiture longeait Green Park. Elle regarda Georg bien en face ; son regard était plein d'une tristesse infinie.

— Laissez-moi descendre, dit-elle... Je veux descendre :

Georg allait parler. Elle répéta :

— Je vous en prie... Laissez-moi descendre.

Elle frappa elle-même à la vitre ; abaissant une glace, elle montra de la main, au cocher, le trottoir de droite.

— Vous voulez descendre ici ? demanda Georg

C'était le coin de Duke Street.

— Oui, fit Léa. Je vous en prie... laissez-moi descendre. Oh ! je vous fais de la peine, je le sais ; mais, si je restais près de vous, je dirais des choses qui vous contristeraient davantage.

Elle avait l'air si douloureux et en même temps si résolu que Georg obéit. Elle sauta sur le trottoir et repoussa la portière.

— Où allez-vous ? demanda-t-il.

— Je rentre à la maison... Vous, n'est-ce pas... attendez un moment avant de rentrer... Ne me suivez pas.

Elle descendit, s'en alla vers Apple-Tree-Yard. Ce ne furent que quelques minutes de marche ; mais un monde de pensées, de réflexions s'agita en elle pendant qu'elle parcourait ce demi-mille d'un pas de somnambule.

« Jamais, jamais plus nous ne jouirons l'un de l'autre dans la paix d'autrefois... Nous avons tué notre bonheur. Pourquoi, pourquoi avons-nous fait cela ?... »

Innocente et ignorante comme la plus neuve fillette, elle ne pouvait douter, malgré tout, que ce baiser ne l'eût transformée, initiée, créée femme, en quelque sorte.

Brusquement elle pensa à Georg ; elle le vit tel qu'elle l'avait laissé, seul, triste, dans cette voiture de rêve qui les avait entraînés, comme malgré eux, jusqu'au seuil de l'amour. Elle eut un tel regret de l'abandonner qu'elle s'arrêta. Elle dut s'appuyer contre la devanture fermée d'une boutique : elle défaillait. Elle lutta contre elle-même un instant, se forçant à évoquer les deux êtres ignobles qui s'enlaçaient à Hampstead-Heath... Victorieuse, enfin, elle repartit, reprit sa route presque en courant.

« Frédérique... » murmurait-elle.

Une hâte extrême la tenait de joindre l'aînée ; là seulement elle serait en sûreté ; Frédérique pourrait la sauver, la racheter.

Elle la trouva, comme de coutume, assise au petit bureau, sous sa lampe, écrivant.

— C'est vous, Tinka ? dit Frédérique sans se retourner.

— Non, c'est moi...

Frédérique se leva vivement.

— Toi ? dit-elle... Mais qu'est-ce que tu as ? qu'est-ce que tu as ?

Léa, debout, grelottait de fièvre ; ses yeux étaient secs, sa bouche remuait sans articuler de syllabes intelligibles.

— Oh ! tu es malade, ma chérie ?...

— Frédérique, dit Léa à voix basse, je t'en supplie, emmène-moi. Ne restons pas ici. Allons-nous-en de Londres. Emmène-moi.

Et comme Frédérique s'étonnait, essayait de la questionner, Léa se jeta violemment dans ses bras. L'orage de son cœur crevait en sanglots.

— Partons, Fédi, partons, balbutia-t-elle secouée de spasmes. Si tu savais !... Sauve-moi ! Emmène-moi !

ELLE SAUTA SUR LE TROTTOIR ET REPOUSSA LA PORTIÈRE.

LIVRE III

I

Procès-verbal de la séance du 22 septembre :

« Étaient présentes : Mlle de Sainte-Parade, présidente ; sœur Odile, assistante ; Mlles Pirnitz, Heurteau, Hespel, Frédérique et Léa Sûrier, membres ; Geneviève Soubize, secrétaire.

« Empêchée : Mlle Daisy Craggs.

« Mlles Heurteau et Frédérique Sûrier rendent compte de la visite qu'elles ont faite la veille aux bâtiments de l'école, rue des Vergers, à Saint-Charles. Elles étaient accompagnées de MM. Couderc, architecte, et Michel, homme d'affaires.

« L'architecte a fait visiter aux deux déléguées l'ensemble des constructions. La maçonnerie, le faîtage, la canalisation des eaux sont terminés. Les parquets et dallages seront achevés au commencement de la semaine prochaine. On procède à la peinture extérieure et intérieure.

« Si la température se maintient exceptionnellement chaude, comme en ce moment, on pourra livrer, vers les premiers jours de novembre, la totalité des bâtiments, prêts à l'installation du mobilier.

« Les déléguées ont soumis à l'architecte des observations au sujet de la nécessité d'isoler complètement l'école de l'usine Duramberty. L'architecte a promis d'étudier... »

La voix juvénile de Geneviève Soubize émiettait les lignes du rapport, sur la table au tapis vert, autour de laquelle les figures attentives de Mlle de Sainte-Parade et de son état-major s'éclairaient d'une belle lumière d'automne tamisée par les rideaux de calicot à travers les fenêtres entr'ouvertes.

Une brise tiède agitait les rideaux, qui se gonflaient, se soulevaient, laissant apercevoir les arbres déjà dorés par l'arrière-saison. Rien n'était changé dans la salle où, près d'un an auparavant, Frédérique et Léa, guidées par Pirnitz, avaient pénétré un dimanche matin, si émues... Rien n'était changé, ni l'aspect monastique de la vaste pièce aux baies cintrées, ni l'attitude sérieuse de l'assemblée. Frédérique et Léa s'y retrouvaient, l'une à droite, l'autre à gauche de Pirnitz ; Frédérique plus méditative encore, Léa plus pâle, plus spiritualisée.

L'impassible visage de sœur Odile s'immobilisait, comme naguère, dans la cornette, guettant Mlle de Sainte-Parade, ratatinée sous les volants de Chantilly ; à côté de Mlle Heurteau, coiffée de l'invariable capote à rose rouge, la jolie Duyvecke Hespel offrait son sourire de blonde, ses yeux bleu-gris où l'effort de comprendre se concentrait.

Toutes écoutaient avec un intérêt sincère les paroles proférées par Geneviève... Et nul, sinon Celui qui sonde les reins et les cœurs, n'aurait pu croire que, dans aucune de ces âmes, vécût un autre souci que le souci des moellons et des briques, des ardoises et des parquets destinés à l'école de Saint-Charles. Sans doute la plupart d'entre elles croyaient aussi ne rien vouloir, ne rien souhaiter que la gloire de l'œuvre.

Tant est contagieux pour des esprits de femme l'ardeur apostolique d'une Pirnitz !

Geneviève conclut son procès-verbal en ces termes

« Sur la proposition de Mlle Frédérique Sûrier, Mlles Heurteau et Duyvecke Hespel sont chargées de préparer dès maintenant les listes pour le recrutement des premières élèves.

« Mlle Heurteau a pleins pouvoirs pour les démarches à faire auprès du ministre de l'Instruction publique, afin d'obtenir les autorisations officielles nécessaires.

« La séance est levée... »

— C'est très bien, ma petite Geneviève, clama la voix aiguë de Mlle de Sainte-Parade. Mieux rédigé que quand c'est Duyvecke... On n'a pas d'observations à faire sur le procès-verbal ? Non ? Eh bien ! passons aux affaires courantes. Avez-vous déjà vu le ministre, mademoiselle Heurteau ?

L'intelligent, énigmatique visage de l'ancienne institutrice s'anima :

— Non, mademoiselle... Le ministre est préoccupé, en ce moment, de l'interpellation sur l'enseignement moderne, annoncée pour jeudi. J'ai pensé qu'il valait mieux attendre... D'autant plus que rien ne presse. L'autorisation sera accordée, ce n'est pas le moins du monde douteux.

— Bon. Nous nous en rapportons à vous. J'aimerais mieux, pour mon compte, n'avoir aucune relation avec ce monsieur... Comment l'appelez-vous ? Boislevé ? Painlevé ? oui, Painlevé... le ministre. C'est même étonnant qu'on n'ait pas le droit de faire du bien sans la permission de la République. Enfin !

On rit, autour de la table, avec cette complaisance que les meilleurs, les plus désintéressés, témoignent aux plaisanteries des chefs.

— Et les élèves ? reprit la vieille demoiselle.

— Duyvecke a spécialement étudié la question, fit Mlle Heurteau.

— Eh bien ! qu'elle parle !

— J'ai dressé le tableau des écoles professionnelles gratuites de la Ville, dit, de son ton posé, calme, la charmante fille grasse et blanche, aux cheveux de lin. Elles comptent ensemble environ deux mille élèves apprenties ; chaque rentrée est de trois cents environ, pour toute la ville. Une école ne doit pas prévoir une rentrée annuelle de plus de trente élèves nouvelles.

— Comment, trente ? Nous n'aurons que trente élèves ? Et les bâtiments sont faits pour cent cinquante !

Duyvecke répondit :

— Je ne dis pas, mademoiselle, que nous n'aurons que trente élèves. Je dis qu'il n'y a, par école, chaque année, à Paris, qu'une trentaine de nouvelles élèves appelées par leur vocation vers les arts industriels que nous voulons enseigner.

— Mais on la leur inculquera, la vocation ! interrompit la présidente un peu nerveuse.

Pirnitz prit la parole à son tour :

— Etant donné que nous exercerons sur nos recrues une sélection morale, outre la sélection d'aptitudes, — dit cette douce voix, si bien timbrée qu'elle se faisait écouter aussitôt, malgré sa faiblesse apparente, — je crois que nous ne devons pas chercher le nombre... Je propose de fixer comme chiffre maximum une cinquantaine, pas plus. Et j'aimerais mieux quarante.

— C'est peu, quarante, fit piteusement Mlle de Sainte-Parade.

Il lui fallait la réalisation immédiate de son rêve. Elle voyait l'école toute bâtie, tout habitée, la ruche pleine de laborieuses abeilles en travail.

Frédérique, pour achever de la convaincre, émit l'argument financier :

— Peut-être vaut-il mieux, dit-elle, faire l'expérience du début sur un faible nombre. Les frais de notre apprentissage administratif coûteront, de la sorte, moins cher à l'Œuvre.

Mais la présidente se fâcha presque.

— Les frais ! les frais ! cette petite Sûrier croit toujours, depuis qu'elle est revenue d'Angleterre, que la question d'argent prime tout ! Eh bien ! moi, Française, avec des moyens français, de l'argent français, je me charge de payer l'éducation de toutes les élèves qui nous viendront... Car, vous ne savez pas, Pirnitz — et sur ces mots le visage de la vieille demoiselle s'éclairait — vous ne savez pas ? Nous continuons à devenir plus riches tous les jours ! A la fin de l'année, j'aurai doublé le capital dont je disposais au mois de janvier dernier. C'est alors que nous pourrons faire de grandes choses ! Nous pourrons nous moquer « des frais », comme dit Frédérique.

Personne ne répondit. Depuis plusieurs semaines, il ne se passait pas de séance sans que Mlle de Sainte-Parade fît allusion à cet argent énorme qu'elle était en train de gagner. Elle ne s'expliquait pas sur la source de ces gains. L'opinion des personnes avisées qui entouraient la table verte était que la présidente spéculait. On voyait constamment chez elle le sieur Michel, agent d'affaires, à qui elle accordait toute sa confiance et qui passait pour lui avoir fait encaisser de beaux bénéfices.

Frédérique avait déjà confié là-dessus ses inquiétudes à Pirnitz. Mais que faire ? Comment aborder l'entretien avec l'excellente et irascible présidente ?

Pirnitz dit après un silence :

— Je me permets de rappeler l'importante question de la clôture de notre école, du côté de la fabrique Duramberty.

Ce fut Mlle Heurteau qui répliqua :

— Je me suis rendue, dit-elle, personnellement, chez M. Duramberty, hier matin.

— Ah ! firent plusieurs assistantes, intéressées.

L'ancienne institutrice poursuivit :

— M. Duramberty m'a accueillie courtoisement. Il ne m'a paru animé d'aucune intention hostile à notre œuvre.

— Parbleu ! interrompit la présidente... Il ne pourrait rien contre nous. Il y a des papiers signés.

— Ce sont justement ces papiers qu'il invoque pour nous refuser le droit de remonter le mur de séparation, ou d'édifier au-dessus aucune clôture provisoire.

— Comment! il refuse? s'écria Frédérique.

— Il refuse. Voici l'article du contrat par lequel il prétend justifier son refus :

Art. 38. — *Les concessionnaires ne pourront en aucun cas modifier la nature ou la disposition des clôtures mitoyennes. Les réparations nécessaires à celles-ci seront, le cas échéant, exécutées par les soins et aux frais de M. Duramberty.*

— Nous avons signé cela ? dit Mlle de Sainte-Parade.

— Oui, mademoiselle.

La présidente agita les bras sous ses dentelles noires.

— Mais c'est absurde, il fallait m'avertir, Frédérique ! Vous m'avez laissé signer cette chose absurde ?

— J'avoue, répondit Frédérique, que j'aurais pu, dans l'ancien état de mes relations avec M. Duramberty, laisser signer l'article 38 sans y prendre garde. Cependant je suis certaine qu'il ne figurait pas sur le projet qu'on m'a montré.

— Ah ! s'écria Mlle de Sainte-Parade, je me rappelle, à présent ! On a ajouté cela au dernier moment. Je n'y ai pas fait d'opposition, parce qu'il était dit que M. Duramberty prenait les réparations à sa charge. Est-ce que ça a une grande importance ?

— Ça a l'importance que nous ne sommes plus chez nous, dit Pirnitz. Les fenêtres de M. Duramberty regardent sur nos cours. On verra tout ce qui s'y passera.

Duyvecke objecta paisiblement :

— Il ne s'y passera rien de répréhensible. Alors ?

— Mais oui, mais oui, Duyvecke a raison, conclut Mlle de Sainte-Parade... Nous nous embarrassons d'un tas de choses ; le principal est que les bâtiments soient finis, que les élèves viennent et que les classes, les exercices commencent... Entrez !...

On frappait rudement à la porte de la salle. La cuisinière de Mlle de Sainte-Parade, la grosse Maria Montesnac entra, son tablier blanc arrondi sur son ventre, ses bras polis et dorés hors des manches troussées, son foulard noir, un peu bousculé, découvrant les mèches luisantes de ses cheveux. Sans aucune marque de respect pour le lieu où elle pénétrait, elle dit, du seuil de la porte :

— Mademoiselle, on vous demande.

— Qui ça, Maria ?

— Hé bé ! M. Michel, té !

La vieille demoiselle fut si émue par ce nom qu'elle en oublia un instant son infirmité et fit le geste de se lever.

Sœur Odile la retint.

— Ah ! reprit la présidente, Michel est là. Faites-le entrer dans ma chambre.

Visiblement désireuse de renvoyer son comité, elle ajouta :

— Eh bien ! mais... nous sommes au bout de notre ordre du jour, n'est-ce pas ? Maria, dites à Michel que je viens dans une seconde... Voilà... c'est fini pour aujourd'hui. Dimanche, réunion dans la matinée, après la grand'messe de Saint-François-Xavier. Au revoir !... Ma sœur Odile, aidez-moi.

La religieuse dégagea le fauteuil. Maria Montesnac l'aida à emporter sa maîtresse hors de la salle. Tout le monde fut debout autour du tapis vert. Des groupes se formèrent. Frédérique, Duyvecke et Mlle Heurteau s'isolèrent, causant chiffres ; Léa, pâle et sérieuse, appuyée sur Pirnitz, alla demander à Geneviève Soubize, qui relisait ses notes, des nouvelles de Daisy Craggs.

— Elle ne va guère bien, répliqua la jeune fille, serrant ses papiers dans une sorte d'étui à musique. Elle s'est foulé le poignet, l'autre soir, en voulant relever un homme ivre-mort qu'elle avait rencontré, tombé au pied d'un arbre, au Champ-de-Mars. Depuis, elle ne peut se servir de son poignet.

— Elle souffre ?

— Elle souffre quand elle remue, et, la nuit, la fièvre l'empêche de dormir.

— Que dit le médecin ?

— Il faudra huit jours de repos. Vous devriez venir la voir. Elle s'impatiente tellement de son inaction ! Songez que sa sœur arrive d'Angleterre la semaine prochaine...

Léa, qui avait rougi, interrompit.

— Edith vient à Paris ?

— Oui. Elle est déléguée à un Congrès méthodiste qui se tient ici à la fin du mois.

Pirnitz, qui comprenait, sans avoir besoin de confidences, quelles douleurs ravivaient ce nom d'Edith et l'annonce de son arrivée, serra tendrement le bras de Léa. On quitta la salle. Duyvecke et Mlle Heurteau en tête, puis Frédérique qui rejoignit Geneviève. Léa et Pirnitz sortirent les dernières.

COMMENT ! IL REFUSE ? S'ÉCRIA FRÉDÉRIQUE.

En traversant le vestibule, des bruits de voix parvinrent, par la porte entre-bâillée de la chambre, la voix en chanterelle de la présidente, la voix mielleuse de Michel.

— Vous croyez ? disait Mlle de Sainte-Parade. On peut acheter encore ?

— J'en suis sûr, mademoiselle, Londres achète plus que Paris.

— Mais ça va-t-il durer ?

— Jusqu'à la fin de l'année, au moins...

En bas, tandis que les jeunes femmes reprenaient leurs ombrelles et leurs collets dans le vestibule, Maria, aidant Romaine Pirnitz à endosser son humble mantelet de soie noire, lui dit à l'oreille :

— Vous les avez entendus, tous les deux, hein, mademoiselle Romaine ? Croyez-vous qu'il retourne la présidente, ce coquin-là !

Bou Diou ! si j'étais maîtresse ici, il n'y reviendrait pas souvent, cet oiseau de misère.

Et comme Pirnitz souriait :

— Dè misère ! oui ! mademoiselle Romaine. Je dis de misère. Vous verrez si Maria Montesnac se trompe.

Bougonnant, grommelant des : « Bou diou ! », des « Macquaréou ! », alternés sans malice, la servante reconduisit les membres du comité jusqu'au perron de l'hôtel. La cour aux gros pavés, décorée de fragments de colonnes et de bas-reliefs, une fois traversée, on se sépara sur le trottoir de la rue de Grenelle. Frédérique et Mlle Heurteau se rendaient aux chantiers de la rue des Vergers, Duyvecke accompagnait Geneviève chez Daisy Craggs pour lui faire prendre son mal en patience.

— Tu ne viens pas aux chantiers avec nous, Léa ? demanda Frédérique.

— Non, chérie, répondit Léa. Je suis un peu lasse, je vais rentrer avec Pirnitz, tout doucement.

— A tantôt !

— A tantôt !

Un bateau de bains était amarré juste au-dessous de leurs pieds.

Silencieuses, marchant à petits pas lents, Pirnitz et Léa gagnèrent le boulevard Saint-Germain, puis descendirent vers la Seine, par la rue de Solférino.

Cette après-midi d'octobre était radieuse ; elle enveloppait les sens comme d'une longue caresse. Le doux soleil, encore brillant, mais atténué, parait le paysage du fleuve, ses quais, ses ponts et ses jardins, d'un air de luxe et de joie, — l'air d'une ville où tout serait aménagé pour le plaisir du regard. Les rares promeneurs, sous les platanes jaunissants, ne pressaient point leur marche, sans but, sans affaires. Un fiacre en maraude, mené par un cheval maigre à un trot comique et languissant, invita les deux passantes, du sourire de son cocher qui brandissait son fouet comme un sceptre.

— Hé ! les petites mères ? un tour au Bois ?

Elles gagnèrent le trottoir du quai, s'attardèrent au décor des rives. Les bateaux omnibus, pimpants, coquets comme des yachts de plaisance, glissaient sur l'eau de la Seine, d'un beau vert de malachite. Les ponts enlevaient leur silhouette de pierre ou de fer, toujours élégante et sobre ; les balustrades, les arbres des Tuileries arrêtaient la vue sur d'harmonieuses architectures, sur des verdures nuancées du roux au bleu foncé. Depuis les campaniles du Trocadéro jusqu'aux tours de Notre-Dame, c'était le panorama d'une ville d'heureuses vacances ; — où le labeur se cachait, où seuls avaient droit de cité, par une journée splendide comme celle-ci, le repos, la *promenade*, le loisir aisé.

Pirnitz et Léa, séduites en même temps par cette suprême grâce d'automne répandue sur la ville et le fleuve, s'accoudèrent sur le parapet. Un bateau de bains était amarré juste au-dessous de leurs pieds. La tiédeur de l'air y gardait la clientèle ; entre les bâches tendues que faisait frissonner la brise apparaissaient des clapotis moirés d'eau, et parfois une pâleur de chair humaine.

Pirnitz et Léa regardaient ces choses et ne se regardaient pas l'une l'autre. Pirnitz pensait à tous les êtres de cette immense ville, qui ne pouvaient goûter cette joie de vivre, et son cœur les eût tous souhaités là, respirant avec elle cet air pur, s'enivrant de la sérénité du ciel. Léa, appuyée sur la pierre fraîche, patinée et polie par le temps comme un vieux marbre, rêvait d'une autre ville, auprès de laquelle celle-ci semblait par comparaison, petite et jolie, une ville de brumes éparses, de maisons sombres, — coupée par un fleuve jaune et large, où circulent des navires haletants.

Londres ! Tower Bridge ! Les wharfs plongeant dans l'eau d'ocre leurs murailles de charbon. Big-Ben ! et les innombrables aiguilles de Westminster-Hall ! Et les parcs, sans doute d'une moins belle ordonnance que ces Tuileries, mais combien plus vastes, plus campagne, plus nature, mieux propices aux longues promenades à deux, à l'isolement des étreintes !

Tout cela était hier, et n'était plus.

Les yeux fixés sur un remorqueur poussif qui tirait trois radeaux chargés de barriques, Léa s'attardait en réalité dans le passé, revivait les derniers temps de Londres, après la soirée voluptueuse de Richmond...

Dans la chambre sans fenêtres d'Apple-Tree-Yard, elle se reconnaissait, prostrée trois jours durant sur son petit lit, la bouche scellée, farouche. Au bout de ces trois jours, d'accord avec Pirnitz, consultée à la hâte, le retour en France avait été décidé. Alors Léa était soudain redevenue forte ; elle n'avait plus ressenti que le besoin de partir au plus vite — elle avait eu l'affreux courage de partir sans revoir Georg...

Maintenant, à Paris, elle tâchait passionnément d'oublier, de dompter son cœur, de se donner tout entière à l'Œuvre. Elle tâchait de partager l'émotion de Frédérique, lorsqu'elle voyait les toits de l'Ecole se couvrir d'ardoises. Elle tâchait de chérir les rêves humanitaires de Pirnitz. Son cœur eût souhaité ne battre, lui aussi, que pour le bonheur des pauvres, pour la moralisation, l'enseignement des humbles. Elle ne voulait pas penser à Londres. Elle s'interdisait de demander à Frédérique, qui certainement eût pu répondre : « Où est Georg, à présent ? »

Pauvre Léa ! Elle avait désiré l'opération radicale, le membre tranché d'un coup. Elle se donnait à elle-même l'illusion que tout cet effort était utile, que vraiment elle oubliait, qu'elle guérissait. Et voilà que ces simples mots, prononcés par Geneviève : « Edith va venir », la replongeaient dans le passé.

Une main, douce malgré cette maigreur qui semblait en avoir consumé toute la chair, s'appuya sur le bras de la jeune fille. Léa tourna les yeux vers sa compagne, et ceux de Pirnitz lui répondirent par ce profond regard où la grande âme passionnée de l'apôtre se révélait. Elles ne se parlèrent point. Vaines, les paroles qu'elles eussent pu se dire, et Pirnitz ne prononçait jamais de vaines paroles. La main de l'apôtre glissa jusqu'à la main fine de Léa, la saisit, la détacha doucement du socle de pierre. Ainsi unies par la pression de leurs doigts, elles reprirent lentement leur marche le long du quai.

Ce quai était pour un instant tout à fait désert ; presque vide aussi le pont Solférino, qu'elles traversèrent dans l'haleine fraîche du fleuve. Le mouvement et la vie recommençaient de l'autre côté de la Seine, et le jardin des Tuileries, où elles entrèrent, palpitait de la joie gracieuse de toute une enfance enivrée de soleil, d'air tiède et de jeux.

Toujours silencieuse, Pirnitz conduisit Léa à l'écart de la foule, sur cette terrasse des Feuillants où ne se promènent d'ordinaire que quelques vieillards et des amants en attente de rendez-vous. Un banc solitaire s'offrit, elles s'y assirent côte à côte. Il était enclos d'un cercle d'arbres, et, du réduit qu'ils formaient, l'on découvrait les choses environnantes à travers une colonnade de troncs, un enlacement de rameaux drapés de feuillage.

Léa regardait devant elle, avec des yeux fiévreux ; au bord de ses paupières, les larmes de tout à l'heure s'étaient séchées. Pirnitz observait Léa. Et nul passant n'eût pu manquer d'être frappé du couple étrange formé par ces deux femmes : l'une que sa beauté romanesque, affinée par sa consomption sentimentale, faisait maintenant ressembler aux vierges primitives ; l'autre, à peine femme, par le corps misérable, fondu et tordu, par les pauvres membres grêles et souffrants, toute sa vie réfugiée dans la ferveur passionnée des prunelles. Qu'étaient-elles l'une pour l'autre, se fût-on demandé ? Mère et fille ? Deux sœurs ?... Pirnitz était vêtue d'une robe de cachemire noir et d'un mantelet de soie élimée. Léa restait élégante, comme toujours, sous des vêtements sans recherche. Et cependant l'autorité appartenait visiblement à la petite femme frêle...

Le mouvement et la vie recommençaient de l'autre côté de la Seine.

La mollesse de l'air et le fluide calmant que dispensaient les doigts de Pirnitz apaisaient la jeune fille. Elle put enfin se retourner vers l'amie, lui sourire.

— Ma Léa !

— Vous êtes bonne, dit Léa.

Elle ajouta :

— Cette heure est douce. J'aimerais

qu'elle durât toujours. Je n'ai de repos maintenant que quand je suis seule avec vous.

Tandis qu'elle prononçait ces derniers mots, un écho de sa mémoire lui rappela les paroles échangées avec Georg, touchant de tels projets de solitude, sous les chênes géants et les érables de Hampstead-Heath. Alors elle ne pouvait concevoir la vie sans Frédérique ! Maintenant, elle sentait une barrière invisible, mystérieuse, se dresser entre elle et la sœur chérie. Quelque chose, comme une irritation secrète, inavouée, travaillait à l'écarter de l'aînée... Et il lui semblait aussi que Frédérique s'écartait d'elle.

Jamais, d'un accord tacite, les deux sœurs, entre elles, ne prononçaient plus le nom de Georg. Peut-être était-ce cette contrainte qui embarrassait leur confiance. En sorte que, désormais, auprès de Pirnitz seule, Léa avait le courage de conter sa misère ; auprès d'elle seule, comme elle venait de le dire, elle goûtait encore un peu de relâche.

— Hélas ! murmura Pirnitz, vous voyez bien que je ne vous sers point selon mon envie, puisque je ne parviens pas à vous consoler. Je voudrais tant, ma Léa, souffrir à votre place ! Qu'elle est belle, cette idée chrétienne du rédempteur qui se charge de la peine d'autrui ! Moi, je ne puis pas assumer votre peine !

— Ce que j'éprouve auprès de vous, répondit Léa sans suivre l'idée de Pirnitz, est singulier. A votre côté, j'ai la sensation de me racheter, d'effacer le passé... Vous rayonnez, Pirnitz, une telle quiétude morale ! Je me baigne, je me lave dans votre pur esprit.

Elle poursuivit, après une courte méditation :

— Quand j'étais à Londres, les premiers mois, j'admirais ainsi Tinka... et *lui*, qui vraiment me paraissaient, comme vous, inaccessibles à tout sentiment trouble... Mais... c'est étrange. Mon admiration pour eux était mêlée d'incertitude. Il me semblait qu'ils étaient ainsi parfaitement purs, mais qu'ils ne le seraient pas toujours. Eux-mêmes s'avouaient enveloppés comme de limbes qui, peut-être un jour, se dissiperaient. Ils se sentaient capables d'être autres, ailleurs... Leur innocence était celle d'un enfant que la vie instruira, et qui déjà le présage. Vous, Romaine, vous êtes là noblesse, la pureté inaltérables. Vous êtes la preuve vivante qu'on peut être inaccessible. Ah ! quelle tranquillité s'exhale de vous ! Si je ne vous avais pas retrouvée en revenant d'Angleterre, si je n'avais pas pu me baigner en vous, j'aurais roulé dans le désespoir, sans rémission !

Elle appuya sa joue contre l'épaule maigre de Pirnitz, le visage levé vers la figure de l'apôtre. Pirnitz la contemplait.

— Je vous laisse dire, mon enfant, murmura-t-elle en souriant. Croyez-moi parfaite, si cela vous fait du bien.

— Vous êtes parfaite.

— Non, Léa.

— Alors, qu'est-ce que la perfection? Vous êtes la pureté parfaite et la charité parfaite.

— Non, Léa. Je n'ai point de vraie vertu... car je ne fais pas d'effort... J'ai seulement une foi si puissante en certaines vérités, qu'elle me violente. Si c'est de la vertu, c'est une vertu toute de logique. Je n'y ai pas plus de mérite qu'un savant à poursuivre obstinément ses expériences dans son laboratoire. Qu'est-ce que ma charité auprès de celle d'une Daisy Craggs ?

— La charité de Daisy me touche moins que la vôtre. La charité de Daisy est de la manie. Elle a besoin de soigner des malades. Elle a envie de donner ce qui lui appartient. C'est une manie sublime. Et puis l'âme de Daisy n'a pas le puissant rayonnement de la vôtre. Oh ! ma chère sainte... toute blanche... blanche plus qu'un lys ! blanche comme une lumière !

— Léa, je ne puis pas vous laisser me dire ces choses et vous laisser les croire, répliqua Pirnitz. Je sens que vous vous comparez à moi. Vous vous dites : « Moi, j'ai failli, j'ai cédé à l'amour ordinaire. Un homme m'a troublée en me tenant dans ses bras et en me baisant sur la bouche... »

— Romaine !

— Mais, reprit l'apôtre en caressant les doigts de Léa, savez-vous que j'admire, moi, l'héroïsme par lequel vous vous êtes arrachée à cet homme pour revenir à une abstinence qui est le plus haut degré de l'intellectualité ? Je vous admire, et j'ignore si j'eusse été héroïque comme vous.

— Vous blasphémez contre vous !

— Non ! Car jamais je n'aurai l'occasion d'un tel sacrifice. Vous êtes belle, vous allumez le désir dans les yeux de tous les hommes qui vous rencontrent, le ferment de l'amour est en vous plus qu'en aucune autre femme que j'aie connue. Moi, regardez-moi ! Regardez-moi ! Je suis à peine une femme. On ne saurait dire mon âge... Je suis difforme.

Léa mit sa main sur la bouche de Pirnitz.

— Taisez-vous ! Taisez-vous ! supplia-t-elle ! Je vous aime et j'aime votre visage... Et Frédérique et nous toutes, nous ne pouvons nous lasser de vous regarder.

— Comme on regarde avec pitié une pauvre bête infirme. Je vous disais que je suis à peine une femme. C'est la vérité stricte. Si jamais la pensée démente de m'aimer était venue à un homme, je n'aurais même pas pu me laisser aimer. Tout ce qui fait de moi une femme n'évoque pour moi qu'une idée de misère exceptionnelle, de souffrance et de ridicule physique... Regardez ce corps, Léa, tant bien que mal dissimulé par les vêtements, et pire que ne le révèlent les vêtements ! Et dites encore si nous méritons, l'une et l'autre, la même appellation de « femme » !

— Oh ! pourquoi, pourquoi parlez-vous de la sorte ? gémit Léa lui prenant la main.

Elle souffrait de cet aveu de difformité et d'infirmité de la sainte, comme une épouse dont on insulterait l'époux. Mais Pirnitz, la voix affermie, se dégagea doucement de l'étreinte de Léa, et, regardant le ciel, les arbres, la lumière, poursuivit, comme si elle se fût parlé à elle-même :

— Oui, depuis l'enfance, tout ce qui fait de moi quelque chose d'analogue à une femme a été une source de souffrance et de ridicule physique... Je remercie le hasard qui m'a déformée ainsi dès le ventre de ma mère, et qui m'a préservée, en échange, des défaillances morales de mon sexe. Si j'avais été vraiment une femme, et belle comme cette petite Léa, que serais-je devenue ?... J'ai vécu dans mes chères douleurs... L'idée de l'amour, quand j'essaye de la comprendre, m'épouvante comme celle d'un supplice cruellement raffiné... Tout ce que j'ai d'intelligence et de volonté est protégé contre la passion égoïste par cette infirmité salutaire. Je ne suis vraiment qu'une pensée capable de se mouvoir et de s'exprimer. Je ne veux être rien de plus. Et je me suis juré d'amener mes sœurs, celles qui sont de vraies femmes, à cet état d'insensibilité et d'immatérialité... Mais, hélas ! Elles sont des femmes ! Elles ont des corps de femmes et des sensibilités de femmes ! Elles ont à lutter là où je ne connais point la lutte ! Chère débilité ! Que ma mère soit remerciée pour avoir fait de moi le pauvre animal frêle et sans sexe que je suis ! Je te bénis, chère mère qui m'as enfantée infirme, et, par là, libre !...

Léa écoutait, le cœur battant, cet hymne étrange à l'infirmité féminine. Au point de spiritualisation où elle était maintenant parvenue, elle n'en était point étonnée. Elle désira passionnément l'anéantissement de sa propre beauté. Elle envia la difformité de Pirnitz.

Pirnitz, un instant exaltée, se ressaisit, redevint la simple petite femme affectueuse qui cachait aux yeux des foules l'âme de l'apôtre. Elle regarda Léa. Elle se repentait déjà d'avoir peut-être, par ses paroles, attisé la flamme nerveuse qui la consumait...

La jeune fille, adossée au banc, songeait. Pirnitz se remit debout.

— Allons, ma Léa, venez. Rentrons à la maison, où nous avons à travailler. J'ai une idée nouvelle pour notre programme de seconde année.

Léa se leva à son tour sans répondre ; elle suivit Pirnitz à travers le jardin des Tuileries et le quartier Saint-Roch, vers l'humble, antique maison de la rue de la Sourdière qu'elles habitaient toujours.

Non loin de la grille qui borde la rue de Rivoli, elles croisèrent un couple de jeunes amants qui descendaient à petits pas, les bras enlacés, vers la place de la Concorde. Le rêve de Léa dévia, elle n'en eut plus la maîtrise... Elle regarda des images dans le passé, tandis que, machinalement, elle se laissait guider par Pirnitz... Les lointains de Richmond Park... Les nobles groupes d'arbres embrumés de fumée bleue... La flèche aiguë d'un clocher sur le fond vermeil du couchant...

Sa main serra le bras de Pirnitz... Elle venait de ressentir, par l'impérieuse mémoire des sens, le baiser de Georg sur ses lèvres — l'unique baiser qu'elle eût reçu de sa vie.

II

Le logis de Daisy Craggs, disposé en couronne, comme la lanterne d'un phare, au faîte d'une haute maison d'angle, avenue de Ségur, étincelle de soleil matinal.

Parmi le désordre invraisemblable des quatre pièces qui le composent, les livres couvrant les meubles et les vêtements dispersés par-dessus les livres, Francine, la vieille servante bossue, a réussi à dresser une table à trois pieds, dont un mobile. Elle l'a recouverte d'une serviette pelucheuse, la seule parfaitement propre qu'on ait retrouvée dans les armoires, et maintenant, la voici qui sert le thé aux deux sœurs, Edith et Daisy : car Edith est arrivée la veille à Paris et a déjà dormi une nuit sous le toit de son aînée.

Daisy est en robe de chambre violette, trois boutons boutonnés par en bas, une épingle remplaçant celui du haut, qui manque. Son bras droit, qu'elle porte en écharpe, s'évade de temps en temps de la gaine de lustrine pour ébaucher un geste, secourir le bras gauche ; et alors la douleur lui arra-

LA JEUNE FILLE ADOSSÉE AU BANC SONGEAIT!

che un gémissement qui, pour un peu, ressemblerait à un juron.

Edith, droite et calme, en costume olive à empiècements et manchettes de velours noir, les mouvements anguleux et méthodiques, boit son thé par petits coups. Puis, reposant sa tasse, elle parle avec une volubilité mesurée, sans arrêt, sans saccade, ne s'interrompant jamais aux interpellations de sa sœur.

Deux races sont là, en présence, aussi dissemblables que possible, malgré la parenté du sang et l'identité de la langue parlée. L'aînée, de père et mère irlandais, élevée à Galway jusqu'à dix-sept ans, est bien la fille celte aux vives allures, rêveuse et sceptique à la fois, désordonnée, spirituelle et charitable. Edith, née en Angleterre, après l'émigration du père Craggs compromis dans les ligues agraires, façonnée par une mère anglaise et protestante que Willy Craggs avait épousée en secondes noces, est l'Anglo-Saxonne, nette et raisonnable, d'allures sages et de fermes propos, professant à l'égard de l'Irlande le dédain du fort pour le faible... Toutes ces dissemblances, profondes déjà au temps où les deux sœurs vivaient encore ensemble à Londres, l'absence, le séjour en pays différents, les ont accentuées. Maintenant, après les premiers embrassements de l'arrivée, après une nuit passée sous le même toit, Edith et Daisy s'appliquent, de bonne volonté, à se retrouver, à se comprendre, à redevenir les deux petites camarades dont l'aînée conduisait l'autre à l'école, jadis, dans le quartier d'Albert Road. Et elles constatent de plus en plus, avant même d'avoir abordé aucune discussion de principes, qu'elles n'ont pas deux idées communes.

... Daisy, s'étant versé une tasse de thé, s'aperçut que le pot au lait était vide. Elle interrompit sa sœur qui exposait minutieusement l'organisation du Congrès méthodiste de Paris.

— Francine !

Un fracas de casseroles tombées et de chaises bousculées préluda à l'arrivée au pas de charge de la bossue, qui encadra dans la porte de la salle à manger sa silhouette difforme et sa face de vieille enfant.

— Mademoiselle !

— Il n'y a plus de lait, ma fille.

Le visage de Francine exprima une surprise infinie.

— Oh ! dit-elle, c'est la première fois que je vois Mademoiselle boire tout son lait.

Daisy questionna :

— Avez-vous pensé qu'il en fallait davantage aujourd'hui, à cause de Mlle Edith ?

— Ah ! non...

— Vous n'en avez plus ?

— Non, je vais courir en acheter.

— Non ! non ! ma fille. Ce n'est pas la peine de descendre et de remonter cinq étages pour deux gouttes de lait qui manquent. Edith, tu en as assez ?... Oui ?... Eh bien, moi, je boirai ma tasse sans lait... Allez, Francine... Tâchez d'arriver à faire le déjeuner pour midi et demi, hein ?

Et comme la vieille ne bougeait pas, s'efforçant de comprendre la nouveauté ardue des choses exprimées par ces propos, Daisy s'impatienta.

— Allons ! Fiche le camp, voyons ! A ta cuisine, vite !

Elle se retourna vers Edith, qui, impassible, beurrait sa cinquième rôtie.

— Tu disais, Edith, que tu veux emmener Léa au meeting ?

Edith, d'un ton de prédication qu'elle ne quittait guère, répliqua :

— Cette pauvre âme m'est chère. Elle avait commencé à marcher dans le sentier de vertu quand nous travaillions ensemble à Londres, chez Clariss and Sons. Elle a été troublée par l'amour de la créature, et la peur de choir dans l'iniquité l'a arrachée à tout ce qu'elle chérissait là-bas. Maintenant je suis sûre qu'elle est bien malheureuse. Je voudrais l'amener à Celui qui la consolera. Si je puis la remettre aux mains de nos amis d'ici, elle sera guérie.

Daisy, malgré les efforts sincères qu'elle faisait pour offrir à sa cadette, outre l'hospitalité, un visage souriant, était horripilée par cette phraséologie cléricale. Elle-même, peu à peu, d'un catholicisme ardent, encombré de pratiques et d'images, avait glissé à une indifférence religieuse presque égale à son indifférence politique. Mais le sang de l'Irlandaise s'irritait toujours aux froides prêcheries anglicanes.

— Sérieusement, dit-elle, son bras malade agité dans la gaine noire, tu crois que c'est ton meeting qui consolera Léa ?

Edith répliqua d'un air piqué :

— Je n'espère pas dans mon meeting, comme tu dis, mais dans l'amour de Celui qui console tout.

— Bien sûr, bien sûr, dit Daisy... Si le bon Dieu veut, Léa oubliera ses amours. Mais le bon Dieu n'en fait qu'à sa tête dans ces matières-là, tu sais ! Alors, je me demande si, de te revoir, d'entendre des choses qu'elle a entendues quand elle était près de ce Georg Ortsen, ça ne va pas, au contraire, lui mettre les sens à l'envers ?

— Il faut avoir confiance dans le Christ, dit Edith. Christ ne peut trahir ce qui vient à lui. Il ne peut.

Daisy ne répondit pas. Que répondre ? Elle se contenta de boire d'un trait sa tasse de thé sans lait, fit une grimace en la reposant dans la soucoupe.

— Pauvre petite Léa ! murmura-t-elle.

— Elle est venue trop tard parmi nous, reprit Edith, poursuivant son idée. Elle est Française ; elle a dans le sang la gaieté, le goût de coquetterie, de câlinerie des Françaises.

— Frédérique est Française aussi, répliqua Daisy, et celle-là est aussi forte contre les hommes que n'importe qui.

— Crois-tu ? questionna Edith.

— Qu'est-ce que tu veux dire ?

— Frédérique a plus d'énergie, plus de personnel contrôle que sa jeune sœur, mais je ne la crois pas insensible non plus. Et je suis sûr que Georg Ortsen n'a pas fait moins d'impression sur elle que sur Léa.

— Frédérique amoureuse ! exclama Daisy.

Et, du coup de sa surprise, son bras malade s'émancipa, commença un geste qui se termina sur un « Nom de !... »

Edith baissa les yeux, fit semblant de n'avoir pas entendu.

— Parmi nous, dit-elle après un silence, j'ai toujours recommandé ce précepte de l'apôtre Paul : « Il vaut mieux se marier que de brûler. » Quand je vois une des nôtres qui se consume d'amour pour un homme qu'elle peut épouser, je lui dis : « Mariez-vous ! Vous serez un peu inférieure dans les voies de Christ, mais au moins vous ne causerez pas de scandale. »

— Et cela fait deux misérables de plus, grommela Daisy. Non, décidément, moi, je ne pousserai jamais mes semblables au mariage.

— Cela vaut mieux que de brûler, répéta Edith.

— Bah ! dit Daisy se levant de table ; si on brûle, on s'éteint. J'ai bien brûlé, moi, comme tu dis. Est-ce qu'à vingt ans je n'étais pas amoureuse de Michaël Pratt, le secrétaire de l'*Irlande libre ?* Quand je me suis aperçue que j'étais seule des deux à brûler, j'ai passé le détroit et, au bout de quelques années, je me suis éteinte.

— Michaël Pratt, ma chère sœur, ne t'aimait pas. La vertu est facile dans de pareilles circonstances. Mais Georg Ortsen aime Léa, et, de plus, c'est un grand caractère et un haut esprit. On peut oublier Michaël Pratt, on n'oublie pas Georg Ortsen.

— Est-ce que, par hasard... toi aussi ? demanda Daisy un peu ironique.

Mais Edith, brusquement violette de pudeur, coupa la phrase de sa sœur d'un tel « Fi donc, Daisy ! » que celle-ci n'acheva pas.

Edith, rôdant dans la chambre, lisant le nom des livres qui s'arc-boutaient en piles contre les murailles et s'entassaient sur les chaises, mêlés aux objets les plus divers du ménage et de la toilette, tomba en arrêt devant quelques brochures rouges. Celle du sommet avait un coupe-papier en bois fiché à même les tranches. Avec un accent britannique exagéré, comme tous les caractères de sa comique petite personne, elle déchiffra le titre : « La Société mourante et l'Anarchie, » par Jean Grave.

— Oh ! fit-elle, c'est un affreux livre que celui-ci ! Tu lis cela, toi, Daisy ? Lis-tu ?

— Non ! dit Daisy avec une indifférence parfaite ; ce sont des lectures de Geneviève Soubize.

— La jeune fille qui est venue me chercher avec toi à la gare ?

— Oui.

— Pourquoi lui permets-tu de pareils mauvais livres, ma sœur ? Cette « petite chose » a l'air déjà si exaltée, presque folle ! Oh ! c'est effroyablement dangereux ! Je veux jeter ces livres...

Elle les prenait déjà, vivement, à même le tas.

— Ah ! non, par exemple, déclara Daisy en retenant la main de sa sœur. Ici, la règle, c'est l'indépendance d'esprit : je te prie de l'observer. Je ne critique pas ta religion, Edith ; laisse-moi et laisse à Geneviève la liberté...

Edith reposa silencieusement les livres sur la pile. Les deux sœurs échangèrent un regard où chacune, dans les yeux de l'autre, vit sans doute la profondeur de l'abîme qui séparait leurs façons de penser. Il y eut un moment de silence pénible.

— Alors, tu sors tout de suite ? demanda Daisy.

— Oui, fit Edith.

Elle alla se coiffer dans la pièce voisine, où se trouvait la couchette qui, d'ordinaire, servait à Daisy, et que celle-ci lui avait cédée. Elle revint, tendit ses joues rondes et rouges, sur lesquelles Daisy mit deux baisers affectueux. Déjà l'aînée s'inquiétait d'avoir peut-être froissé sa cadette. Mais celle-ci dit simplement, tandis que sa sœur l'accompagnait jusqu'au vestibule :

— Le lunch est à une heure ?

— Non, à midi et demi. Seras-tu rentrée ?

— Je serai.

Par la porte demi-ouverte, Daisy vit la robe olive empiécée de velours noir et la capote de paille noire disparaître dans la vis de l'escalier... Elle la suivit quelque temps du regard, médita, immobile sur le seuil, secoua sa tête où les cheveux blonds grisonnaient... En se retournant, après avoir refermé la porte, elle se trouva face à face avec Francine, ceinte d'un tablier bleu, congestionnée par le feu du fourneau.

— Qu'est-ce qu'il y a, Francine ?

— Mademoiselle... j'ai oublié... j'ai oublié... si c'est dans la poêle ou au four... le poisson...

Daisy contempla cette figure niaise, cet être infirme tendu à la compréhension des choses élémentaires. Elle frappa amicalement sur l'épaule bossue :

— Pauvre Francine ! lui dit-elle, pauvre buse ! Tu es bien bête. Tu ne comprends rien, tu ne te rappelles pas ce qu'on vient de te dire deux minutes avant... N'importe, j'aime mieux t'avoir toujours près de moi que ma sœur Edith. Allons, je vais t'aider. File devant : je te rejoins.

Geneviève Soubize n'apparaissait guère que le soir chez Daisy Craggs, et, souvent, après le dîner seulement. En même temps qu'elle achevait ses études de sage-femme à la Faculté, elle était dame de compagnie chez lady Mary Jackson, veuve d'un sir Joseph Jackson, grand propriétaire irlandais, qui, aux dernières années de sa vie, avait représenté aux Communes le district de Clifden. Député du parti unioniste loyaliste, sir Joseph, nouveau converti, avait été le plus unioniste, le plus loyaliste, le plus antiparnelliste des membres du Parlement, d'accord en cela avec sa femme. Vers 1890, il avait dû, menacé par la consomption, se rendre avec lady Mary sur les côtes de la Riviera. Il y était mort sans avoir pu retourner en Angleterre. Depuis, sa veuve vivait de la vie cosmopolite des Anglaises libres : ne demeurant en Angleterre que pendant la saison de Londres et le premier mois des chasses, consacrant le reste de l'année aux pays plus ensoleillés, avec une prédilection marquée pour Paris, qu'elle insultait dans chacune de ses phrases, mais dont elle ne pouvait se passer.

Il y avait actuellement trois semaines que Geneviève Soubize était lectrice et dame de compagnie de cette femme sèche, intelligente, dominatrice et bavarde. Le métier, payé deux cents francs par mois, était rude. Il fallait abdiquer toute volonté. On n'avait même pas le droit de penser, sinon l'on s'attirait un : « A quoi rêvassez-vous, petite chose ? » — prononcé d'un ton cinglant comme une chiquenaude... Il fallait lire quelquefois trois heures durant, écrire sous la dictée à n'importe quel moment, même en marchant, car lady Mary notait ses impressions de choix.

Geneviève goûtait une âpre joie à cette domesticité — si excessive qu'elle était presque un esclavage. Chaque heurt avait un contre-coup de haine logique dans son cœur — fait pour aimer. Chaque phrase hostile aux pauvres, hostile aux ouvriers, hostile aux tenanciers d'Irlande, hostile à l'esprit libéral de la France, la confirmait dans sa fringale d'égalité, de révolution, — dans son goût d'anarchie. Un artiste au service d'un bourgeois aurait des joies analogues à le voir agir, à l'entendre parler en bourgeois. De sa main infatigable, Geneviève devait écrire des maximes dans le ton de celles-ci :

Le peuple, à mesure qu'on l'instruit, apprend à haïr ceux qui le gouvernent.

Il n'y a pas d'autorité réelle sans un sentiment d'infériorité morale chez le subordonné.

Puisqu'il existe, paraît-il, une doctrine de

la révolution par la force, nous avons bien le droit de réduire par la force ceux qui la propagent.

En lui dictant cela, en lui faisant lire les livres les plus monstrueux que l'autoritarisme exaspéré ait jamais inspirés, lady Mary se proposait assurément d'inculquer de saines idées à la « petite chose », en même temps qu'elle se berçait d'une musique agréable. Elle guettait pourtant Geneviève, attentive à l'effet que produirait sur une enfant du peuple parisien l'apologie de la tyrannie, dans ce qu'elle a de plus inique, de plus blessant... Mais la figure chiffonnée, spirituelle, tachée de son et tout auréolée de boucles rousses de Geneviève, ne trahissait rien de ses réflexions, tandis

Sir James

qu'elle lisait. Cette enfant avait une énergie imbrisable, une énergie d'apprentie martyre — comme tous ceux qu'anime une grande pitié universelle. Rien ne transparaissait de son bouillonnement intérieur. Que si parfois lady Mary Jackson la forçait à parler, la questionnait sur tel point précis d'une lecture, sur tel événement de l'actualité ou de l'histoire, elle répondait sans varier :

— Oh ! moi, madame, je ne sais pas. Je ne sais rien !

Ou bien encore :

— Dans ma situation, madame, il faut avoir l'opinion de ses maîtres.

Elle ne quittait pas ce terrain, quelque impatience que lui témoignât sa maîtresse, trop intelligente pour ne pas comprendre que la réplique avait deux sens, dont l'un n'était pas précisément l'expression de la docilité.

De ces séances de servitude, où tout ce qu'elle voyait, entendait, lisait, écrivait, — signifiait le contraire de son intime foi et de ses désirs, Geneviève rentrait chez Daisy Craggs avec une réelle frénésie de liberté, de justice, d'amour des humbles et des opprimés, — avec une passion de bouleversement social et d'anarchie. Alors elle forçait Daisy à lui raconter les drames de la lutte irlandaise, les évictions, les crimes agraires. Elle se plongeait avidement dans toute la littérature néo-anarchique, séduite par la forme artiste que revêtent, chez les modernes écrivains du parti, les anciennes revendications. Elle prenait là sa revanche, dans ce foyer de pauvreté, de charité, où le désordre même était aimable. Elle adorait sa bienfaitrice, Daisy Craggs, pour laquelle elle se fût fait tuer sans une seconde d'hésitation, sans même songer qu'elle se dévouait — avec l'irréflexion des mains parant pour défendre le corps. Daisy l'avait recueillie, associée à son existence laborieuse ; Daisy gardait le secret des terribles crises d'hystérie qui avaient agité l'adolescence de Geneviève, et dont, peu à peu, sa maternelle tendresse avait guéri la jeune fille. Pour Geneviève, Daisy Craggs représentait l'antipode de lady Mary. Geneviève évoquait Daisy, sans cesse, à chaque vilenie d'âme que la douairière étalait orgueilleusement.

Assez misanthrope, lady Mary voyait peu de monde à Paris : sa relation la plus étroite était un certain sir James Bartlett, propriétaire dans le comté de Sligo, qu'il avait renoncé à habiter, après avoir à grand'peine échappé à une vengeance agraire.

Sir James, figure rouge, soigneusement rasée, surmontée d'une brosse de cheveux blonds, était son « doux cœur », comme elle le disait elle-même avec une impertinence ironique ; elle le recevait à sa table deux fois par semaine, allait déjeuner chez lui deux fois. Après ces agapes, les deux respectables amis partaient ensemble, pour visiter les curiosités de Paris, qu'ils inventoriaient, de leur inlassable activité d'Anglo-Saxons. Geneviève n'assistait pas à ces promenades dont la dame et le baronnet voulaient sans doute goûter le charme en tête à tête. Elle avait alors congé pour quelques heures de l'après-midi, et elle en profitait pour courir avenue de Ségur, déjeuner avec Daisy et se retremper dans la littérature anarchique, dans les récits révolutionnaires.

Le lendemain de l'arrivée d'Edith fut précisément un de ces congés.

Sa tâche achevée, Geneviève revint en hâte chez Daisy ; — elle y arriva au moment où l'on s'attablait pour le lunch. Frédérique et Léa l'avaient précédée de quelques minutes, troublées et joyeuses de retrouver Edith.

Rien de bizarre comme l'agencement du couvert improvisé pour ce déjeuner d'un nombre inusité de convives. On avait adjoint à l'ordinaire table à trois pieds un petit bureau rectangulaire dont Daisy se servait pour écrire. Un drap de lit masquait le tout, découpait un contour blanc analogue à la forme d'un cerf-volant, sur lequel le couvert le plus disparate — argent, étain, ruolz, et même, pour Daisy, une cuiller en bois, était dressé tant bien que mal. Un écroulement de livres s'amoncelait contre le mur opposé à la fenêtre, et, dans le tas, une niche était pratiquée pour le tabouret de cuisine sur lequel allait trôner la maîtresse de la maison.

Celle-ci, coiffée, corsetée avec soin, sa figure poupine embrasée par la chaleur du fourneau quitté depuis peu, s'écria, en voyant Geneviève :

— Ah ! voilà la môme ! Tu sais que tu nous fais attendre ? On a faim, ici, surtout Edith, qui a bavardé avec ses collègues toute la matinée.

Geneviève répondit :

— L'infâme vieillard n'est arrivé qu'à midi. Ça m'a retardée.

Et, tout en prononçant ces paroles avec simplicité, Geneviève serra les mains. Ensuite, elle ôta son chapeau.

— Qui appelle-t-elle « l'infâme vieillard »? demanda Edith à Daisy.

— L'infâme vieillard ? C'est le baronnet de sa maîtresse...

— Dites : son amant, ajouta Geneviève.

— Oh ! je n'aime pas cette façon de parler ; je n'aime pas, dit Edith.

On s'assit. La lumière qui, maintenant, ne donnait plus de face sur les vitres, mais pénétrait obliquement, plus tiède et plus dorée, par la porte ouverte de la pièce d'angle, échauffait l'intimité de ce modeste repas. L'air était si doux que l'absence de feu, malgré la saison avancée, ne se faisait même pas sentir. Geneviève prit place à côté de Frédérique. Elles se plaisaient, bien que le contraste de leur caractère surpassât encore celui de leurs visages. Edith se mit, naturellement, entre Frédérique et Léa.

Le menu fut insensé. Un poisson tellement desséché qu'il parut impossible de reconnaître, par la vue, quelle chose c'était, précéda des biftecks d'une viande bizarre qui n'était pas, à coup sûr, du bœuf ; le tout couronné par un pâté de foie gras acheté dans le quartier, et dont les bords s'ornaient de légères moisissures vertes.

Heureusement, toutes les convives étaient, on ne saurait plus, indifférentes à la chère. Edith, seule, se montra forte mangeuse, mais, sans exigence, contente pourvu qu'elle pût avaler, à discrétion, des tartines largement beurrées, arrosées d'eau claire. Daisy, ravie de ce monde autour d'elle, déclara que son seul regret, c'était de ne pouvoir, chaque jour, réunir une foule d'amis à sa table.

— Et encore, ajoutait-elle, vous autres, c'est parce que je vous aime, car on n'a pas de plaisir à vous regarder manger. Vous vous moquez de la nourriture. Vous n'avez pas faim. Ce qui est bon, c'est de voir manger des pauvres. N'être pas certain d'avoir son repas du lendemain ou n'avoir pas dîné la veille, — voilà qui inspire le culte de la mangeaille !... Hein, Geneviève, les deux femmes que nous avons « levées » l'autre dimanche au puits de Grenelle ? Tu te rappelles les yeux devant notre reste de bouilli ? Et devant la bouteille de vin ?

— Il y en avait une, dit Geneviève, la blonde à capeline bleue, qui disait : « Quand on a mangé à sa faim, assise devant une table, et bu un fort coup de vin, on peut durer trois jours sans crever. »

— C'étaient des femmes respectables ? questionna Edith.

— Ma foi, dit Daisy, je ne le leur ai pas demandé... Elles étaient jeunes ; si elles n'avaient pas été si mal fichues, peut-être eussent-elles paru jolies... Que veux-tu leur reprocher, quand elles sont si misérables ?

— Celui qui donne seulement au corps ne donne rien, dit Edith.

— Ça, c'est une doctrine, répliqua l'aînée. La mienne est celle du *Pater*, qui demande d'abord le pain quotidien, et ne pense qu'ensuite à la tentation.

Il y eut un silence. Frédérique, pensive, murmura :

— Vous avez raison toutes deux. Cette vieille société est épouvantable. On ne sait pas où commencer, pour la guérir. C'est comme ces lépreux d'Asie-Mineure dont je lisais l'histoire hier... Pendant qu'on leur soigne le pied, tout à coup les doigts de la main tombent en poussière. Si l'on essaye de sauver ces malheureuses de la faim, on est inquiet, après, d'avoir peut-être empêché de s'éteindre des foyers de vice, de misère morale.

— Il faut s'occuper de l'âme, fit Edith. Sauvez l'âme ; le reste est sauvé par surcroît.

— C'est bon à dire, grommela Daisy... Moi, quand je vois une pauvresse qui meurt de faim, je me hâte d'abord de la faire boire et manger.

— Nous, Anglais, dit Edith, nous nous efforçons de donner les deux en même temps.

— Oui, fit Daisy, je sais... La pitance pour qui va au prêche! Je connais cela. La charité qui demande quittance d'hypocrisie, décidément, je ne puis m'y mettre.

Un mutisme un peu gêné plana sur la table. Heureusement, Francine desservait. Daisy se leva pour l'aider... On versa le café, seule chose que fit bien la Bossue qui l'aimait et en avalait d'énormes tasses en cachette. Cependant, Frédérique exposait sa théorie favorite : la solution de l'horrible antinomie exposée tout à l'heure.

— Ayons le courage de nous décider... Je ne dis pas qu'il faille limiter sa pitié : il faut la concentrer. La société ne peut se refaire d'un seul coup, mais nous pouvons recommencer l'œuvre sociale sur quelques-uns de ses éléments nouveaux : les enfants... L'âme innocente des petites filles nous appartient. Il nous appartient d'en faire des êtres robustes, en même temps que des cœurs exempts de mauvaises passions. Le placement de notre effort sur ces petites têtes est le plus « avantageux » du monde, — si l'on peut parler ainsi.

Là-dessus, toutes tombèrent d'accord. Etre des femmes comme Mme Sanz et Pirnitz, des sortes de religieuses laïques, sans autre famille que les fillettes à élever, c'était la conception qui les séduisait toutes. Et, peu à peu, perfectionner le type féminin, le rapprocher de cette Eve future que toutes entrevoyaient. Pouvait-on imaginer quelque idéal plus noble ?

Geneviève et Daisy, malgré leur sens « peuple » des nécessités pratiques, se grisaient elles-mêmes d'un tel rêve.

Edith, qui, depuis quelque temps, ne s'était plus mêlée à l'entretien, demanda :

— Une question ? L'Eve future est célibataire, selon votre idée, n'est-ce pas ?

Daisy et Geneviève regardèrent Frédérique, qui leur semblait mieux qualifiée pour exprimer la Loi. Frédérique, avec un sourire, répondit :

— L'Eve future est d'abord une jeune fille, comme le fut l'Eve initiale, à son apparition légendaire ; mais, comme celle-ci, elle peut devenir épouse. La Vierge forte, au contraire, est un type d'idéalité, de liberté féminines. Il est certain que les passions émoussent le goût de la liberté, qu'elles ôtent aussi une part de la lucidité intellectuelle... D'ailleurs, rien n'est plus aisé à la femme que de pratiquer le célibat. Rien ne lui coûte moins. En Angleterre, le nombre des filles qui ne se marient pas, des *bachelor-women*, est énorme.

— Près de vingt pour cent, confirma Edith.

— Dans les pays catholiques, d'immenses communautés de femmes vivent éloignées des hommes... Maintenant, nos élèves ne feront point de vœux, bien entendu. Nous leur proposons un idéal. Nous leur donnons, en leur apprenant un état, le moyen de l'atteindre et de le garder. Pour le reste, elles sont libres; soyez sûres que celles qui se marieront apporteront dans le mariage même une dignité qui le restaurera.

Edith murmura :

— L'idée que le célibat est une dignité est d'invention papiste. Toutes les nations prospères honorent le mariage et la maternité.

— Pourquoi ne te maries-tu pas ? dit Daisy avec un peu de brutalité.

Les joues rouges d'Edith devinrent deux bourrelets violacés.

— Fi donc ! dit-elle. Ceci est impropre. Il ne s'agit pas de moi. On ne peut pas discuter avec vous, Daisy !...

Un peu décontenancée, elle prit le bras de Léa. Elle l'entraîna par le balcon, jusqu'à l'angle de la maison. De là, on découvrait toute l'avenue de Ségur, le dôme des Invalides, l'Ecole militaire, le puits artésien de Grenelle, les clochetons du Trocadéro. Les arbres à demi défeuillés semblaient, de cette hauteur, d'infimes jouets, et les passants, les voitures se projetaient sur le sol en bizarres ombres naines, mouvantes dans le clair soleil.

— Chère Léa, dit Edith levant ses yeux brouillés sur la jeune fille, il me paraît que vous avez mal. Oh ! chère Léa, confiez-moi la vérité.

Léa, partagée entre l'anxiété de souffrir davantage et un désir confus de parler de ses souffrances, secoua la tête et murmura :

— A quoi bon ?

Edith reprit :

— J'ai pensé à vous, chère, bien souvent, presque sans relâche, depuis que vous avez quitté Londres. Et je me suis sentie bien perplexe, bien incertaine à votre sujet.

— Pourquoi, Edith ?

— Parce que je n'oserais dire si vous avez bien fait de partir... Non, je n'oserais. De votre départ, n'est-il pas résulté un mal plus grand ?

— Pour moi, oui. Mais cela n'a guère d'importance !

— Pas seulement pour vous.

Vivement, Léa se rapprocha d'Edith.

— Que voulez-vous dire ?...

Edith médita un peu, et, après une pause :

— Georg n'est plus à Londres... Ecoutez, Léa, poursuivit-elle... J'ai bien prié. J'ai demandé la lumière à Celui qui est la lumière même. Et il m'a dit : « Ce qui s'est fait ne s'est pas fait pour le bien. J'avais choisi ces deux êtres pour s'appartenir et demeurer ensemble. Il ne fallait pas séparer ce que j'avais uni. » Voilà ce que m'a dit Christ. Je l'ai entendu comme vous m'entendez à présent, un jour que je l'invoquais dans la chapelle de Walworth Road.

— Bonne Edith ! murmura Léa, en pressant dans ses mains la molle petite main de la méthodiste... Vous me dites cela pour me faire du bien, et vous me faites du mal. Je ne pouvais pas... je ne pourrais pas demeurer auprès de Georg, et c'est par ma faute, parce que je suis un être faible et sensuel... C'est moi qui l'entraînerais au mal... moi seule... Que ne suis-je pareille à Frédérique ? Je ne vaux rien.

Dans un silence, elles entendirent le bruit de la conversation qui continuait entre Frédérique, Daisy et Geneviève Soubize. On parlait de l'école, et ces mots : — « clôture, plancher, cheminée, chauffage à la vapeur, installation du laboratoire », — parvenaient aux oreilles des deux jeunes filles. Léa mesura combien tout cela, au fond, l'intéressait peu. Comme elle restait attachée au passé ! Elle admira la noble sérénité de Frédérique : elle rougit d'elle-même.

— Non, dit-elle, la résolution que j'ai prise, d'accord avec ma sœur était sage. D'autres, plus forts que moi, pourront être des époux mystiques. Hélas ! j'ai fait l'épreuve de ma débilité. Au lieu de la sœur d'élection, j'ai été pour Georg la tentatrice.

— Mais, dit Edith, il y avait un autre parti... Pourquoi n'épousez-vous pas Georg, simplement pour avoir des enfants, comme un ménage ordinaire ?... Vous ne m'en voulez pas de dire cela, chère Léa ?

Léa, qui avait pâli comme une morte, reprit peu à peu la force de répondre :

— Je ne me marierai jamais. C'est le vœu que j'ai fait à Pirnitz et à Frédérique. Je le tiendrai.

— Même si elles vous délient ?... N'avez-vous pas entendu ce que Frédérique disait tout à l'heure, à propos du mariage !

— Si, mais elle le disait pour d'autres que pour elle ou pour moi. Quand on a entrevu la gloire de l'Eve prochaine, on a honte de déchoir d'un tel idéal. Je ne pourrais pas... Le jour où j'ai commis cette faute que je vous ai avouée, j'ai senti une telle horreur de moi que je n'ai pu revoir Georg.

Edith ne répliqua pas. Toutes deux regardèrent quelque temps des enfants qui, se tenant par la main, au milieu de la chaussée, dansaient au soleil une ronde de pygmées. Leurs voix parvenaient claires jusqu'en haut, comme une musique aiguë de fifres.

— D'ailleurs, reprit Léa, il n'a jamais été question de mariage ordinaire entre Georg et moi. Georg a plus de force que je n'en ai... Et je suis sûre que lui s'est déjà ressaisi.

— Non, fit Edith.

La voix tremblante de Léa murmura :

— Il vous l'a dit ?

— Je ne l'ai pas vu depuis longtemps... Il a quitté Londres.

— Avec Tinka ?

— Seul. Tinka est toujours à Londres.

Les joyeux pygmées de la ronde enfantine se dispersaient maintenant et se poursuivaient dans toutes les directions avec des cris perçants...

— Tinka est à Londres, répéta Edith. Georg est parti seul pour l'Italie. Comme vous, il tâche d'oublier. Mais il ne le peut pas plus que vous. Non. Pas plus que vous, il n'oublie...

— Qu'en savez-vous ?

— Il a écrit à Tinka.

Léa comprit qu'Edith avait la lettre sur elle et que Tinka l'avait chargée de la lui remettre. Elle dit seulement :

— Quelle est l'opinion de Tinka ?

— Tinka écoute ce que lui dit Georg, comme elle l'a toujours fait ; elle puise sa foi et sa lumière dans la conscience de Georg : en quoi elle a tort. Il faut un contrôle personnel de la conscience. Mais elle est ainsi.

Léa, les joues maintenant ranimées, allait demander à Edith : « Que disent ces lettres ? » quand Frédérique parut sur le balcon.

— Léa ?

— Fédi ?...

— Voici l'heure d'aller aux ateliers, chérie. Si tu veux, nous marcherons jusque-là. Cela te fera du bien... N'est-ce pas ?

— Je viens, répondit Léa.

Frédérique quitta le balcon et rejoignit Geneviève et Daisy dans l'appartement. Comme Léa se disposait à la suivre, Edith la retint par le bras :

— Vous lirez ceci, dit-elle, lui mettant un paquet de lettres dans la main.

Léa, d'un geste instinctif, sans considérer ce qu'elle faisait, glissa le paquet dans la poche de sa jupe.

III

Sienne, 3 septembre. Villa Tolomei.

Seul, ma Tinka ! Etre seul ici, tandis que l'Angleterre te garde ! Ne voir plus les choses que tu vois, ne plus sentir ta pensée en communion constante avec la mienne ! C'est être deux fois seul que d'être séparé de toi.

Ne me demande pas de te raconter mon voyage, je n'ai de force que pour me plaindre. Ma détresse, loin de toi, est telle que je ne pouvais l'imaginer à l'avance. Plus tard, je tâcherai de débrouiller le songe, actuellement confus, de cette succession d'images changeantes, — bateau, wagon, diligence, — qui m'ont mené en si peu d'heures de l'Angleterre à la Toscane. Pour le moment, je suis meurtri et grisé.

Je suis arrivé, hier, à Sienne, comme un colis qu'un *facchino* a traîné où il lui a plu. J'ai dormi brutalement, et ce matin, réveillé à demi, encore enfumé de sommeil, la tête douloureuse, je n'ose pas sortir de ma chambre. Je n'ai pas même la curiosité de descendre, d'affronter cette ville que j'ai tant désirée, dont le nom séduisait notre rêve quand nous étions enfants, parce que nous aimions cette vierge de Matteo da Siena, dans notre petit musée municipal...

Le croirais-tu, Tinka, il m'en a coûté un effort pour t'écrire.

Je suis demeuré près d'une heure assis devant la table où le papier attendait, avec l'encre et la plume... Je te voyais, je te parlais, et je ne pouvais me décider à commencer ma lettre. Il me semblait que tu devais comprendre ma misère, sans que j'eusse besoin de te la dire. Ne sommes-nous pas les deux moitiés du même être ? Pourquoi, mon Dieu, avons-nous décidé de nous séparer ?

... Sienne !

L'Italie est autour de moi !... Je vois son ciel ardent comme en juillet à la veille de l'automne. Un air parfumé pénètre par les deux fenêtres ouvertes de la pièce où je suis. La terre rougeâtre est tapissée d'herbe grillée ; les oliviers, les mûriers, autour desquels s'enroulent les vignes jaunissantes, alternent avec les cyprès.

Voilà que je respire dans cette Italie que nous avons souhaitée, ma Tinka !

La sensation que je suis vraiment et com-

L'ITALIE EST AUTOUR DE MOI !... JE VOIS SON CIEL ARDENT COMME EN JUILLET.

plètement *seul* a un fond de délicieuse amertume. Je suis seul, mais en plein dans le rêve le plus passionné que nous ayons fait : seul dans le pays de la lumière et de l'art. Je souffre, mais ma souffrance même m'est précieuse.

Ainsi, quand à Londres, après le départ de Léa, nous nous regardions dans les yeux, nous tenant les mains, tâchant de résoudre ensemble le problème de conscience que nous posait la destinée, notre angoisse et le doute qui nous travaillaient nous valaient tout de même de la fierté et de la joie morale. Ensemble, nous avons cherché le chemin de la Vérité ; je ne voudrais pas être de ceux qui n'ont jamais connu l'angoisse d'une telle recherche.

... C'est dimanche, aujourd'hui. Des cloches infatigables tintent çà et là dans la ville qui abonde en chapelles. Le beffroi du Dôme les domine toutes... Je le vois, de la table où j'écris. Ce Dôme ! comme il surprend et heurte mes yeux ! Comme je suis offusqué par cette architecture, toute blanche et noire sous le soleil trop cru ! Elle trouble mes notions d'harmonie, je ne veux plus la voir. C'est un art que je n'imaginais point.

Mon souvenir s'est élancé vers les pierres grises et les formes sveltes de nos cathédrales du Nord, tandis que sous mes fenêtres les gens s'en vont à la messe, mal vêtus et joyeux de vivre, fortifiés par cet air capiteux qui me grise et m'alanguit.

... J'ai fait quelques pas dans la ville, après avoir déjeuné. Au bout d'une demi-heure, j'ai ressenti une telle fatigue, un tel désarroi, que je suis rentré. Tout autour de moi, me surprenait, m'irritait : la forme inusitée des maisons, le pavé dallé des chaussées sans trottoirs, la clameur, l'agitation de ce peuple qui vit dans la rue.

TOUT ME SURPRENAIT, LE PAVÉ DALLÉ DES CHAUSSÉES SANS TROTTOIRS.

Je suis venu ici, décidément, trop brusquement. La transplantation, trop rapide, me fait mal.

J'ai déroulé la toile de mon tableau ; je contemple l'Aïno légendaire, qui a les traits de notre Léa. Et je la souhaite tout contre moi, la Léa réelle, que j'ai tenue un instant contre mon cœur. Oh ! pourquoi n'y est-elle pas ? pourquoi me laisse-t-elle seul, en détresse ? Qui lui enseigna cette pudeur scrupuleuse à l'excès, alarmée de ce qui n'alarme aucune jeune fille ?

Et qui nous a fait, toi, Tinka, et moi-même, capables de comprendre ses scrupules ? La plupart des gens qui m'entourent, ici, si je leur racontais notre histoire, me traiteraient de fou... Est-ce donc le climat qui crée les consciences, et certains scrupules moraux, comme certaines de nos plantes arctiques, seraient-ils incapables de vivre sous le ciel du Midi ?

21 septembre.

J'ai fait connaissance avec le musée de Sienne, et j'y ai retrouvé, cent fois reproduite, la madone au visage affiné, avec le Bambin et les deux anges mystiques, — le Matteo da Siena de notre enfance.

J'avais pénétré là transi d'un respect religieux... J'ai été ému autant que je l'attendais. Ce musée a cela de spécial qu'il est l'histoire complète d'une école... Tout le *quattrocento* de la Toscane y est représenté comme il ne l'est nulle part ailleurs.

Là, j'ai vu, pour la première fois, l'œuvre d'un peintre que j'ignorais, que je n'avais rencontré dans aucun musée du Nord : Giovanantonino Bazzi, dit le Sodoma. Élève de Léonard, il symbolise la transformation de l'art siennois au XVIe siècle. Plus de volupté et moins d'idéalité... Son art me séduit et m'inquiète. Mieux que ses troublantes madones, mieux que ses Eves languides, j'aime toujours la vierge pensive de notre petit musée municipal.

Deux commensaux de la villa, un homme d'âge mûr et une toute jeune femme, qui dînaient à une table voisine de la mienne, ont eu pitié de mon isolement. Maintenant, nous prenons ensemble nos repas. Cet homme, qui m'avait frappé par son visage rude et romantique, cette jeune femme qui le dévore du regard, m'ont choisi pour ami et m'ont conté leur aventure.

L'homme est peintre comme moi. Né dans les Abruzzes, il eut une jeunesse ardue. Après de longs efforts, il finit par s'établir à Rome, où il gagne un peu d'argent en exécutant pour des étrangers, ordinairement Américains ou Anglais des copies de tableaux anciens — et en faisant quelques portraits de gens de la ville.

Le mois dernier, il s'est épris d'une jeune Romaine dont il faisait le portrait : elle ne l'a point repoussé. Mais la famille étant sur le point de quitter Rome pour voyager en France, il a enlevé la jeune fille et est venu tranquillement s'installer à Sienne.

Là, libres comme des époux, ils attendent, dans la ferveur de leur amour, les inévitables catastrophes que leur ménage le destin.

Eh bien ! ils sont admirables ! Ils montrent un dédain de l'argent, des conventions de l'autorité et même de la vie, qui les défend du blâme. Ils ne se parlent, l'un à l'autre, qu'avec les témoignages d'une admiration exaltée :

— *Adolfo è l'unico !* dit à tout propos la jeune femme. « Adolphe est l'unique ! » Adolphe, en retour, appelle Adelina des noms les plus poétiques : « *Mio tesoro, mia gioia, mio paradiso...* »

On sait leur histoire, dans la villa ; elle passionne tout le monde, on s'y intéresse comme à une aventure familiale. Personne ne songerait à les critiquer : ils s'aiment, donc ils ont tous les droits.

Je suis certain que cela te paraît monstrueux : nous avons toujours professé un tel mépris pour quiconque suit aveuglément l'impulsion du désir sensuel ! Mais dans cette ville moyen âge et renaissance où tout raconte les violentes amours d'autrefois et les glorifie, je t'assure que cela paraît naturel et normal.

Même à moi...

Car, déjà, je m'acclimate... L'engourdissement des premiers jours se mue, peu à peu en un étrange bien-être. Je commence, comme un arbuste transplanté, à m'adapter, à pousser des racines dans la terre nouvelle. Dalles sonores des rues, hauts palais aux belles lignes sobres, visages expressifs et mobiles des citoyens, et cette langue, cette divine langue toscane, dépourvue de toute âpreté — tout ce qui m'entoure devient moins étranger au Barbare en exil.

Et je commence aussi à m'évader de cet envoûtement que nous fit subir la vierge de Matteo. Tinka, ces figures immatérielles, ces attitudes hiératiques, — cette pensée peinte, — ce n'est pas tout l'art.

Le Sodoma et Vinci sont grands aussi pour être plus proches de la nature, plus humains, plus voluptueux. Il y a de la noblesse et de la beauté dans l'excès même de l'amour...

Je crois cela à certaines heures. Puis le vent tourne sur mon esprit et me ramène brusquement à la grâce mélancolique, au crépuscule de notre pays, — à la séraphique pureté de ma Tinka.

Et j'invoque la Léa invincible qui m'a repoussé.

27 septembre.

Non, Tinka : je ne veux pas que tu me dises que tu bois mes paroles comme du soleil et qu'elles font fermenter ton cœur et ton cerveau !

Je ne veux plus te raconter ce qui se passe en moi, car le sentiment de ma propre personnalité, ou plutôt de ma propre « continuité », m'échappe. Ce qui se passe en moi est indicible. Jamais afflux plus soudain d'émotions neuves ne m'a pénétré.

Je suis violenté par un climat, un art, une sensibilité que j'ignorais.

Mais toi, ma pure Tinka, j'éprouverais une angoisse mortelle si je te savais soumise à la même épreuve. Ce ne serait plus toi, ma lumière ! Je ne saurais t'imaginer, te rêver autrement que je t'ai connue depuis l'enfance, une âme infiniment blanche, dont la blancheur transparaît à travers l'enveloppe du corps puéril et charmant.

Petite sœur de génie et d'amour, je t'en conjure, reste ce que tu es, ne te transforme pas d'après moi... Je ne sais pas encore, moi, si je me perfectionne ou si je déchois.

Un bouillonnement étrange, à la fois douloureux et délicieux, m'agite : voilà tout ce que je sais... Mais, dans cette crise, je te veux à part, lointaine, indemne... C'est trop déjà que le souvenir vivant de Léa me torture. Oh ! Tinka... Je rêve de Léa, de façon à me rendre indigne de la revoir jamais. Je pense à Léa comme cet Italien pense à son Adelina.

30 septembre.

Je suis vaincu, et je jouis de ma défaite.

Les églises, qui m'ont d'abord tellement choqué avec leur aspect de musée superstitieux, m'attirent... Je connais toutes celles de Sienne, et je cours à de véritables rendez-vous chaque jour, avec telle ou telle chapelle. J'y reste seul, après avoir subi les

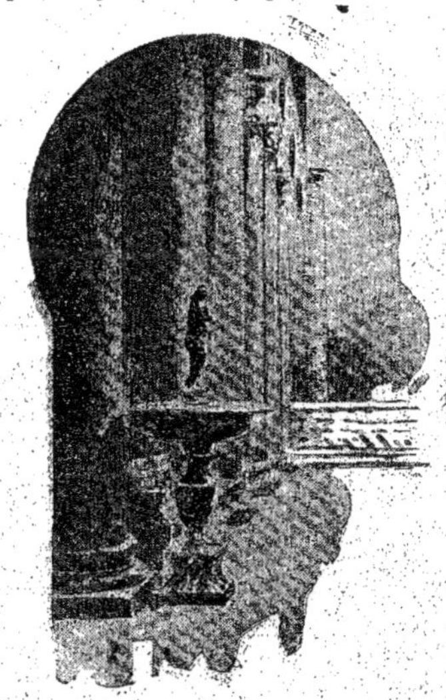

Les églises qui m'ont d'abord tellement choqué m'attirent.

inévitables explications du cicerone, seul avec quelque vieille pauvresse en prière, en face du chœur, merveilleusement sculpté et orné, en face de tel tableau du Sodoma, de Péruzzi, ou de quelque faïence de Della Robbia.

Déjà, je ne suis plus l'homme qui, il y a quatre semaines, débarquait à Sienne, hostile, se demandant s'il n'allait pas, dès le lendemain, reprendre la route vers l'endroit d'où il était venu. Déjà, le désordre mental infligé par le premier choc a fait place à un équilibre nouveau, encore instable, mais qui va s'affermissant. Je m'acclimate au milieu étranger ; des parties de mon cerveau qui demeuraient, ailleurs, incompréhensives, s'émeuvent, s'éveillent.

Le croirais-tu, Tinka ? Parfois, je m'efforce de penser à notre pays, à Larmsoë, à la maison de ton mari Ebner, et déjà je ne les vois plus comme des objets de réalité.

Pays et gens ne m'apparaissent pas plus clairs que tel songe que j'ai fait enfant, ou telles aventures que nous imaginions alors dans nos jeux.

Nous les avons aimés, pourtant, et notre cœur s'en est nourri ; maintenant encore, je me les remémore avec tendresse. Mais, en même temps, une peur angoissante de les revoir m'oppresse, m'étouffe. La nuit, s'il m'arrive de rêver que je reviens à Larmsoë, j'en souffre comme d'un cauchemar.

Même avec toi, Tinka, je ne souhaiterais pas d'y retourner.

Il faut encore que je te confesse une chose extraordinaire, qui, peut-être, te causera quelque peine ; mais notre affection ne vaut rien, si elle n'est appuyée sur l'absolue sincérité. Plus calme, moins en détresse, aujourd'hui, *je n'ai pas eu un besoin extrême de ta présence.*

HIER APRÈS-MIDI DANS LA RUE.

Toi aussi, tu m'apparais fondue dans le rêve, avec le reflet des fiords et la brume des nuits de Larmsoë. Es-tu vraie? Es-tu vivante? Je ne le sais plus, ma Tinka. Peut-être n'es-tu qu'une forme imaginaire, peut-être t'ai-je songée avec ce passé qui se détache de moi.

Seule, dans le passé, Léa m'apparaît vivante. Oui, Léa vit. Elle n'est point une forme de ma pensée. J'ai senti son sein frémir contre ma poitrine et le baiser de ses lèvres a brûlé mes lèvres. La première, elle m'a suscité de mon engourdissement !

Pourquoi, Tinka, m'as-tu ensuite rendormi avec des paroles de magicienne? Léa existe quelque part où je ne suis pas : et non pas la Léa que j'ai vue timide, affolée, parce qu'elle m'avait livré sa bouche, mais la vraie Léa, cachée derrière le masque façonné par Frédérique [illegible] latine pareille à celles de Sienne aux rouges murailles.

... Hier après-midi, dans la rue déserte qui longe le musée, une femme qui me guettait sous le volet relevé d'une persienne m'a souri et m'a envoyé un baiser.

11 *octobre.*

Que t'ai-je dit? J'ai meurtri ton cœur ; je t'ai fait pleurer. Tu as pleuré, Tinka, parce que tu as senti, dis-tu, « qu'un abîme s'ouvrait entre nous ». Et tu ajoutes : « Moi, du moins, je ne cesse pas de te comprendre. Tout ce que tu ressens éveille un écho dans mon cœur. Laisse-moi te rejoindre ! »

Non, Tinka, je ne veux pas que tu viennes, et je me demande si je ne vais pas cesser de t'écrire, puisque mon trouble te trouble à ce point.

12 *octobre.*

Ma sœur bien-aimée, je ne me pardonne pas d'avoir inquiété ta sérénité... Que valent mes confuses sensations au prix de tes intuitions de fée? Demeure pareille à toi-même. Je ne veux pas que Tinka change. Ma Tinka toute blanche, mystérieuse comme nos glaciers et nos crépuscules... Oh ! elle mourrait si elle changeait ! Et son erreur même, et les limbes où végète sa sensibilité me sont adorables.

Moi, je suis retombé dans l'incertitude. J'ai perdu, d'un coup, ma trompeuse sécurité morale et le goût de labeur qui m'était venu ici. L'art que j'ai chéri me semble absurde, enfantin et faux.

. . . .

Je me suis promené, hier, autour des remparts, l'ombre venue, en compagnie d'Adelina et d'Adolfo.

Ils se tenaient étroitement serrés ; ils n'éprouvaient aucune gêne de ma présence, et même ils me disaient qu'ils en étaient ravis, assez fiers l'un de l'autre pour souhaiter un témoin à leurs caresses.

Ils s'entre-baisèrent comme des colombes, le long du chemin en arc de cercle qui va de l'une à l'autre des portes opposées ; moi, je les regardais avec une curiosité émue, mais sans répugnance.

Je me suis souvenu qu'à Hampstead-Heath, le jour même de mes fiançailles mystiques avec Léa, nous vîmes un homme et une fille joindre aussi leurs lèvres dans un délire sensuel. Alors, un dégoût amer nous saisit en même temps ; l'idéale splendeur de l'amour sans caresses nous attira davantage.

« Pourquoi, pensais-je, — tandis que les vagues lueurs d'une nuit lunaire me montraient Adolfo et Adelina enlacés, les lèvres unies, — pourquoi cette même caresse, qui me fut odieuse, m'échauffe-t-elle le cœur aujourd'hui ? »

Et je compris que c'était parce que ceux-ci étaient beaux et qu'ils accomplissaient sous le ciel de leur amoureuse Toscane le geste ancestral avec la grâce héréditaire.

Mais je compris aussi que je ne suis plus le même homme, et que ce ciel, cet air, cette langue sonore m'ont déjà modifié. Des choses meurent en moi et d'autres naissent. Peu [illegible] pays et ces mœurs que notre enfance avait souhaités et qui, d'abord, au lendemain de la transplantation, m'avaient surpris, heurté.

Tel fut toujours le sort des barbares du Septentrion, quand leurs pieds touchèrent cette terre sacrée.

Mais nous deux, Tinka, sans doute une vie antérieure avait laissé au fond de nos âmes le mirage de ce pays, car, je te le répète, je l'ai retrouvé. De plus en plus, le passé réel s'estompe dans mon souvenir, et le non réel efface ce qui a été. Je deviens, comme si vite le devinrent ces barbares, un vrai Toscan. En un mois, j'ai appris à parler la langue, avec une telle exactitude que, l'autre jour, visitant la villa d'été du collège de Sienne, le vieux portier m'a dit :

« Je vous reconnais ; vous avez été élève ici... »

14 *octobre*.

Aujourd'hui, je me suis rendu à ce monastère de Monte-Oliveto, admirable par son paysage et par les trésors d'art enfermés dans son cloître.

Toute l'aventure du moine Benoît y est retracée, depuis le jour où il quitte la maison paternelle pour aller étudier à Rome, jusqu'au temps où, prieur vêtu de bure, il gouverne son monastère. Luca Signorelli et le Sodoma ont peint ces fresques.

La belle richesse de forme et de ton ! La glorieuse humanité qui se meurt dans ce décor claustral ! Et comme la forte vie des muscles et du sang s'affirme malgré la piété du décor !

Tinka, je t'écris ceci de la table modeste que l'unique surveillant de ce couvent abandonné a mise à ma disposition, et je voudrais imprégner ce papier de la fièvre qui me dévore. Mais tu ne peux pas m'entendre, blanche Tinka, sœur réelle de l'irréelle Hilda ! Ton art étrange — minutieux et idéal à la fois — est si dissemblable de celui qui m'attire à présent !

O Tinka, décidément je ne souhaite plus ta présence près de moi. Elle me troublerait. Elle retarderait l'éclosion que je sens poindre en moi. Ne m'écris pas de quelque temps ! Je ne veux plus ta pensée proche de la mienne. J'ai caché tes portraits et je m'impose de ne plus les regarder. Aucun lien ne doit me rattacher à un passé de chimère.

Je vais à la lumière, à la vérité, à la vie.

Si Léa était près de moi, l'éclosion serait déjà consommée. Léa m'offrirait ses yeux à regarder et sa bouche à respirer, et je m'éveillerais tout à fait. Léa est absente : mais j'apprends déjà à me complaire au sourire des femmes qui, volontiers, soulèvent pour moi le volet des persiennes.

Tout moi s'agite et se transforme. Je souffre de la courbature délicieuse, alanguie, des jeunes garçons en mal de croissance. Je suis un arbre qui, pour la première fois, va, de ses fleurs naguère stériles, donner des fruits.

Tinka ! Tinka ! Te souviens-tu de ces paroles que tu disais à Frédérique, un soir, à Londres ?

Moi, elles chantent en moi sans cesse : il me semble qu'aujourd'hui, enfin, voici que « *je tressaille dans le printemps* ».

Ces pages étaient écrites sur du papier écolier plié en quatre. Elles ne portaient aucune des formules ordinaires de la correspondance.

De tout le jour, après les avoir reçues d'Edith, Léa ne put y jeter les yeux. Elle dut accompagner sa sœur à Saint-Charles, visiter les bâtiments, s'occuper de l'aménagement des classes. Le soir, dans sa chambre, elle eut enfin le loisir de lire sans témoins. Elle commença très émue, presque défaillante : mais, quand elle eut fini, elle était calme, un peu déçue.

Non, ces lettres n'étaient pas ce qu'elle

Monte-Oliveto, admirable par son paysage.

attendait. Georg y parlait à peine de sa fiancée, et d'une façon que celle-ci jugeait choquante. Tinka semblait lui manquer davantage. D'autres femmes étaient près de lui, l'intéressaient.

Ces lettres, en un mot, ne lui parurent pas écrites par le Georg qu'elle connaissait. Elle eut un chagrin vague, une rancune confuse : « Le Georg que j'ai aimé, en qui j'ai cru, n'existe plus... » Mais elle se sentit en même temps rassurée : elle ne risquait pas de faiblir pour l'homme qui avait écrit cela. L'orgueil de sa sécurité la fortifia.

Elle s'endormit, quelques larmes séchées au bord de ses yeux. Son sommeil fut paisible.

Le lendemain était le 1er novembre. Huit heures sonnaient quand Frédérique, demi-vêtue, ses cheveux noirs sur les épaules, pénétra dans la chambre de sa sœur, Léa se réveilla sous la caresse de cette chevelure dénouée. Elle embrassa le cou de Frédérique.

— Oh ! Fédi, murmura-t-elle... je n'ai que toi au monde ! Je t'aime... tu es jolie et tu es bonne !

Frédérique la berça, la baisa comme un petit enfant. Elles devisèrent quelque temps ainsi, Léa couchée, Frédérique assise sur le lit. Puis l'aînée se remit debout :

— Il faut se lever, chérie !... Nous allons là-bas... Il fait très beau...

Là-bas, c'était le cimetière de Bagneux, où reposait la pauvre Christine Surier. En ce jour de la Toussaint, les jeunes filles voulaient prier sur la tombe lointaine de leur mère et l'orner de fleurs.

Elles firent leur toilette ensemble. Léa ne parla pas à Frédérique des lettres de Georg, mais elle fut plus que jamais affectueuse... Elle avait la sensation d'être abandonnée, de ne plus posséder que cette sœur, immuablement fidèle et sereine... Vers dix heures du matin, après avoir traversé Paris dans sa largeur, elles descendirent du tramway qui mène à la gare de Montrouge, puis, par des rues d'aspect provincial, atteignirent la porte d'Orléans. — Puis, la zone militaire franchie parmi des cultures, — les maisons se groupent de nouveau, forment une longue rue ombragée de platanes.

Elles suivirent cette rue. D'autres visiteurs, presque tous simples et « peuple » gagnaient, parallèlement, le cimetière. Vêtus de noir, ils portaient des chrysanthèmes, des marguerites, des géraniums, des bégonias en touffe. Quelques-uns s'étaient pourvus de modestes couronnes de perles, sur lesquelles on lisait : « *A notre enfant ! A notre père !* »... ou simplement ce mot, vide comme l'absence : « *Regrets !* »

La splendeur de cette Toussaint lumineuse, les tons bleutés de l'air baignant les arbres nus et la façade des maisons, ôtaient à ce pèlerinage tout aspect lugubre. Les pèlerins participaient à la quiétude, à la clarté du jour ; ils étaient sérieux sans tristesse, aucun ne pleurait ; les enfants, leur petit bouquet à la main, se pressaient joyeusement vers la ville des morts, tandis que les parents, un peu en arrière, causaient, réglant sur eux leur marche. Des gens du quartier, qui n'avaient pas de tombes de famille au cimetière, s'y rendaient par promenade.

Léa cheminait, sa main sur le bras de sa sœur aînée. Il lui semblait que chaque pas qu'elle faisait l'éloignait de Georg, et que Georg, dans la distance et le passé, s'effaçait peu à peu, cessait d'être réel. Elle se sentait inondée de grâce volontaire ; elle se retrouvait puissante pour agir, pour suivre Frédérique et l'imiter.

« Ce soir, pensa-t-elle, je montrerai les lettres à Fédi. »

Elle les lui eût montrées tout de suite sans une sorte de pudeur que lui inspirait la date de ce jour et le lieu où l'on se rendait.

— Pauvre maman, dit alors Frédérique, comme une pareille journée de novembre l'eût ravie ! Elle avait tellement horreur de l'hiver !

ON ATTEINT LA PORTE D'ORLÉANS.

— Oui, repartit Léa... Les jours de soleil lui donnaient seuls toute sa bonne humeur. Pauvre maman !

Elles atteignirent la porte du cimetière — large baie monumentale comme l'entrée d'un parc : et vraiment, avec ses allées sablées, ses groupes de bosquets, ses massifs de fleurs soigneusement tenus, le cimetière semblait, sous cette riche lumière d'automne, un parc de château. Les tombes, dans l'immense espace, se voyaient à peine, écartées des allées, abritées par les buissons de plantes vertes, parmi lesquels elles révélaient de blanches apparences de statues, de portiques ou de fontaines.

Le chemin fut long avant d'arriver à la pierre, ornée d'une croix debout, sous laquelle reposait Christine Legay et le père de Léa. Quand les deux jeunes filles y parvinrent, la marche leur avait donné chaud et la caresse de l'air animait leur visage. La tombe était décorée de buis, de fusains, de quelques plants de marguerites. Un rosier rouge, d'une poussée vigoureuse, dominait tout, chargé de fleurs encore en cette arrière-saison.

Elles s'agenouillèrent côte à côte sur le gravier fin. Ce coin du cimetière, entre deux rangs de cyprès parallèles, était presque désert. Une vieille à bonnet, tout près de là, faisait le ménage d'une tombe blanche de nouveau-né. Plus loin, on voyait deux silhouettes noires agenouillées à même une dalle, le paquet de crêpe d'une femme en deuil et les deux petits mollets noirs, les deux bottines noires d'un garçonnet à genoux près d'elle.

et devais-tu être condamnée, punie pour si peu de bonheur ?... »

A cette minute, Léa tourna d'instinct son regard vers sa sœur. Dans les yeux de Frédérique, secs, mais pleins de tristesse, elle lut la même pensée, comme si en même temps les deux sœurs se fussent senti une même parenté de faiblesse avec la morte.

Elles se rapprochèrent et, les bras enlaçant les tailles, joue contre joue, elles murmurèrent les prières de leur enfance, les formules susurrantes auxquelles la force du sentiment prête une ferveur renouvelée et un sens distinct : l'*Ave Maria*, le doux *Souvenez-vous !* de saint Bernard.

ICI REPOSENT

Joachim-Charles-Constant SURIER

Décédé à Paris, le 15 mars 1879

Priez pour lui !

Claire-Valentine-Christine LEGAY

Veuve de Constantin SURIER

Décédée à Paris le 3 septembre 1896

Un *De profundis*, S.V.P.

MAMAN ! MAMAN ! PRONONÇAIT UNE VOIX.

Les yeux de Léa lisaient lentement ces lignes. Tandis que le visage de Frédérique incliné vers le sol, ne laissait rien paraître des émotions intérieures, déjà les traits de sa sœur se troublaient, s'amollissaient, et bientôt des larmes coulèrent le long de ses joues.

« Maman! maman! » prononçait une voix au dedans de la jeune fille.

Christine s'évoquait, et Léa elle-même se revoyait petite fille, et autour d'elle revoyait tout ce qui avait été et ne serait plus : l'enfance insoucieuse et joyeuse, les baisers fougueux de la mère, — cette jolie créature potelée et indolente, à cheveux blonds coquettement dépeignés, encadrée dans la fenêtre basse de la salle à manger...

« Maman ! ma maman !... »

Et c'était le reproche angoissant que semblent vous faire tous les absents, tous ceux que la mort a fauchés, de ne pas les avoir assez chéris, de ne pas avoir assez joui d'eux quand il en était temps encore...

« Maman !... »

Comme Léa se sentait plus proche de l'humble morte cloîtrée sous cette pierre, maintenant qu'elle avait connu la joie de s'appuyer elle-même sur une poitrine aimée et d'être serrée dans les bras d'un frère d'élection !

« Est-ce donc mal, mon Dieu, est-ce mal ? As-tu été coupable, ma pauvre chère mère,

Quitter la tombe d'un être aimé, pour regagner la vie ambiante, — il semble, à qui le fait, que c'est une sorte d'impiété, et que les pauvres morts désespérés nous crient, au moment de retomber dans leur solitude : « Oh ! ne partez pas ! ne nous laissez pas seuls une fois de plus ! »

Léa et Frédérique, s'éloignant de la pierre où elles avaient déposé des bouquets, n'osaient, ne pouvaient se parler, comme si chacune d'elles eût redouté un reproche de l'autre... Côte à côte, elles marchaient dans les allées, parées, pour la fête mortuaire, de ces mêmes fleurs, de ces mêmes verdures qui signifient aussi la joie humaine... Mais la vie les ressaisissait déjà, après ce contact avec la tombe, et leur jeune sang réchauffait leurs veines ; le franc soleil tiédissait l'air qu'elles respiraient, et l'illusion d'exister de nouveau les enchantait, surgie du milieu même de cette partie des morts.

— Mademoiselle Léa !... mademoiselle Frédérique !

Au tournant de la grande allée, une voix les appelait...

Un garçon trapu, vêtu gauchement de drap noir luisant, son chapeau rond roulé entre ses doigts gourds, les rejoignait. C'était Rémineau, l'ami, le voisin de Duyvecke Hespel. Dès qu'il fut près d'elles, il parla, haletant, intimidé :

— Nous étions là-bas... avec le gosse et Mlle Duyvecke... On venait de visiter la tombe de ma pauvre défunte. (Excusez-moi, j'ai couru vivement, ça me coupe le fil...) C'est le gosse qui vou a vues... « Tiens, qu'il a dit, regarde, maman Vecke ! (comme il appelle Mlle Duyvecke) ; il y a les jolies dames, là-bas. » Les jolies dames, c'est vous... Alors on a essayé de courir, vu que vous étiez loin... Mais Mlle Duyvecke est trop forte pour courir, et le gosse a les jambes trop petites... Alors ils se sont arrêtés, et moi j'ai continué. Ça ne vous offense pas, mesdemoiselles ?

— Mais non, Rémineau, pas du tout, dit Frédérique, vous avez bien fait... Ah ! voilà Gaston.

Le fils de Rémineau, en paletot fourré d'astrakan, avec une canne et un chapeau melon qui lui donnaient l'air d'un drôle de petit homme, accourait à son tour, puis se plantait devant les deux jeunes filles, yeux et bouche grands ouverts, sans parler, essayant de glisser ses mains dans ses poches.

— Allons, salue donc ces demoiselles, paquet ! lui dit son père en le poussant.

On l'embrassa. Duyvecke rallia le groupe à son tour. Elle baisa de ses fraîches lèvres les joues des deux sœurs.

— Je ne peux pas, décidément, dit-elle, je ne peux pas courir. Je suis trop grosse. J'engraisse tous les jours ; comment faire ?

Elle souriait d'un air de dépit enfantin. La maturité de ses vingt-sept ans s'épanouissait en belles chairs rebondies, avec l'innocence charmante des yeux et de la bouche, le nez à peine dessiné, le menton souligné d'un pli juvénile, et la couronne d'épis de ses cheveux.

— Mais non, vous êtes adorable, au contraire, dit Frédérique.

— N'est-ce pas ?... s'écria Rémineau dont les prunelles étincelèrent sous les sourcils en brosse.

Et il ajouta, plein d'enthousiasme :

— C'est tellement beau, je trouve, moi, d'être bien portant comme elle !... Bien que, assurément, ajouta-t-il en rougissant et en regardant les deux sœurs, on peut être très belle et très distinguée sans être forte comme Mlle Duyvecke. Mais, j'aime bien, moi, un air de bonne santé...

Léa et Frédérique sourirent. Tout le monde se dirigea, par la voie centrale, vers la porte de sortie. Duyvecke raconta comment Rémineau l'avait priée de soigner la tombe de sa défunte, et comment, de temps en temps, « on allait avec le petit » voir si les fleurs se portaient bien, et si la rouille des couronnes n'avait pas taché la pierre du monument.

— C'est un monument magnifique, disait Duyvecke, tout en marbre : c'est Rémi qui l'a dessiné...

Rémineau, la voix troublée d'attendrissement, reprenait :

— Si vous saviez comme Mlle Duyvecke a bien arrangé le jardin autour... Ah ! elle s'y entend, aux fleurs... comme à tout, du reste... au ménage, à la cuisine, à l'instruction... à tout...

Rien de plus touchant que l'admiration réciproque, fièrement exprimée, de ces deux braves êtres, sinon leur commune tendresse pour l'orphelin. Un peu pâle, un peu délicat, trop long et trop mince, Gaston levait des yeux passionnés sur celle qu'il appelait : « Maman Vecke » et se serrait contre elle. Duyvecke, c'était visible, l'adorait ; Duyvecke, si naturellement destinée à la maternité, avec ses belles hanches, ses beaux seins, son parler volontiers enfantin, sa patience inlassable. Et le pauvre Rémineau, qui traitait Duyvecke avec un respect presque exagéré, devenait par moments distrait et sombre, laissant deviner aux moins avisés son naïf amour.

Comme ils allaient atteindre la porte du cimetière, Rémineau montra à ses compagnes, au milieu du large rond-point qui la précède, un monument en forme d'obélisque, érigé sur un terre-plein tout garni de fleurs, — marguerites, bégonias, géraniums, asters...

— C'est la fosse commune, dit-il.

Rien ne pouvait contraster davantage avec ce nom sinistre, que l'aspect fleuri, parfumé, de ce massif surmonté d'une stèle de pierre blanche.

— La fosse commune ! répéta Frédérique.

Son grand cœur, sensible à l'universelle pitié, s'émouvait à l'évocation des corps usés de labeurs et de misère, enfouis tous ensemble sous cette terre décorée et parée... Hélas ! le rêve d'égalité, qui hante les âmes généreuses, ne pouvait-il donc, dans la société moderne, se réaliser que pour les pauvres et dans le sein même de la mort ?

Suivie de Léa, de Rémineau, de Duyvecke et de l'enfant, elle s'approcha du monument, s'agenouilla, et, dans une sincère et muette émotion, fit communier sa pensée avec celle de tous les humbles qui dormaient là pêle-mêle — âmes oubliées — encore indignées et révoltées peut-être...

Tous sortirent silencieux du cimetière, puis un omnibus les mena jusqu'à Montrouge. Là, on se sépara : Duyvecke, Rémineau et le « gosse » regagnèrent le quartier Latin par le tramway ; Léa et Frédérique rentrèrent en fiacre. Il était une heure environ quand elles furent chez elles. Avant de déjeuner, elles firent un bout de toilette, chacune dans sa chambre. Léa y pénétra plus joyeuse, après cette visite aux morts. Pourquoi ? Le cœur garde ses secrets... Elle entrevoyait l'arrangement des choses, le bonheur possible. « Duyvecke épousera Rémineau », pensa-t-elle, et cette pensée lui plut. Ce serait bien.

« Chère mère, pensa-t-elle encore, je suis toute pareille à toi, ni meilleure ni pire ; *je suis toi...* »

L'idée qu'elle était pareille à sa mère, loin de l'humilier et de l'attrister, lui fut chère. Elle se dit :

« Si ma mère avait eu, comme moi, le bonheur de rencontrer une Frédérique ou [illegible] droit et l'y maintenir, — sans doute elle n'eût pas connu la déchéance. Et moi, sans ma sœur aînée et sans Pirnitz, que serais-je devenue, mon Dieu ?... »

Elle rêvait ainsi, sa toilette achevée, attendant que Frédérique l'appelât... Elle rêvait, assise sur une chaise, les mains sur ses genoux, dans un calme, une quiétude qu'elle ne connaissait plus depuis bien des jours. C'est que la communication de nos esprits avec l'esprit des morts, lorsqu'elle ne nous effraie pas, nous apporte un merveilleux apaisement. Léa sentait toute proche l'âme légère de Christine Sûrier, et cette âme la comprenait mieux, s'apitoyait mieux sur elle que des êtres inaccessibles à la tentation, — tels Romaine ou Frédérique. Léa conversa avec Christine ; elle lui dit ses misères et ses espoirs :

« Vois-tu, mère chérie, j'ai bien souffert ; cependant, je veux vivre pour ta revanche morale, pour que tu voies ici-bas une autre Christine, toute pareille à toi, mais forte de ce viatique d'éducation qui t'a été refusé... »

Frédérique appela :

— Petite sœur !

— Oui, fit Léa... Je viens.

Elle se sentait vaillante, sûre de l'avenir, sûre de triompher d'elle-même. Avant de rejoindre l'aînée, elle rouvrit le paquet des lettres de Georg, parcourut la dernière, s'arrêta sur cette phrase :

« Si Léa était près de moi, l'éclosion serait déjà consommée. Léa m'offrirait ses yeux à regarder et sa bouche à respirer, et je m'éveillerais tout à fait... »

Elle lut aussi la phrase où Georg parlait du sourire des autres femmes et n'en fut point attristée... Elle eut envie de poser ses lèvres sur le papier, n'osa pas, et, glissant le paquet dans un tiroir qu'elle ferma à clé, rejoignit sa sœur.

IV

Une fièvre d'enthousiasme agita l'état-major de Mlle de Sainte-Parade à l'approche du moment où l'Œuvre, depuis longtemps préparée, allait se réaliser enfin.

Frédérique, pour l'installation définitive du matériel scolaire et la mise en état des locaux, avait passé un contrat avec une importante maison de Saint-Ouen qui s'engageait à livrer les bâtiments meublés, prêts à l'usage, dès le 25 novembre. La rentrée fut fixée au 5 décembre. Trente fillettes de huit à quatorze ans avaient été recrutées par Mlles Heurteau et Duyvecke, après une enquête sérieuse, dans les écoles libres de Paris et de la banlieue, plus particulièrement dans les orphelinats.

Trois d'entre elles, Alice Aubry, Georgette Vincent, Lydie Ronacker, furent confiées à Léa. L'activité sentimentale dont fermentait la jeune fille en fut alimentée ; cette maternité factice trompa, pour un temps, la faim de son cœur.

Alice Aubry et Lydie Ronacker étaient deux élèves d'un orphelinat de la banlieue de Paris. Elles avaient des visages indécis qui se ressemblaient dans leur insignifiance. L'éducation des orphelinats avait imprimé sur leurs traits un air de timidité, de gaucherie craintive.

Georgette Vincent était une pupille de l'Assistance publique, fille de père et mère inconnus, placée dans une fabrique de corsets de Saint-Denis. C'était une jolie enfant de onze ans, longue et blonde, avec de beaux yeux gris, des traits délicats, des manières vives et affectueuses.

Léa chérit ses pupilles comme trois filles nées de ses entrailles. En revanche, une divertissante émulation, presque de la jalousie, anima les trois fillettes pour conquérir la préférence de leur maîtresse... Léa s'efforçait d'être pareillement attentive pour toutes les trois. Mais un goût plus vif la portait vers Georgette Vincent ; elle croyait retrouver quelque chose de sa propre enfance chez cet être délicat, sensible et parfois colère.

Georgette, honnête et caressante, gardait dans son cœur un coin ulcéré, d'où plus

Elle lut aussi la phrase où Georg parlait.

tard, peut-être, eussent pu surgir des poussées de révolte. Elle ne pardonnait pas au père et à la mère qui l'avaient mise au monde de l'avoir jetée à l'oubli, aussitôt née. Son sens droit de l'équité et de la bonté lui montrait l'énormité d'un pareil crime. Elle y pensait sans cesse. Elle souhaitait retrouver ce père et cette mère indignes, « pour leur dire des sottises et leur faire du mal... »

Et, sur ces menaces enfantines, les yeux de la petite noircissaient, devenaient mauvais.

Léa s'appliqua à détruire ce levain de rancune et de haine. Elle enseigna d'abord à Georgette cette maxime, — l'une de celles que Frédérique répétait le plus volontiers : « Le passé n'est plus à nous ni à personne, il ne faut pas s'y confiner : on doit marcher les yeux et le front vers l'avenir... »

— Vous voulez vous venger d'avoir été délaissée ?... Vous voulez que l'iniquité qui a été commise sur vous soit réparée ? Réparez-la vous-même... Faites le vœu de répandre parmi vos semblables, grâce à votre exemple et à vos paroles, l'horreur d'un tel crime. Faites le vœu de vous dévouer aux filleules sans parents...

Alice Aubry et Lydie Ronacker ne marquaient aucune violence d'âme ; mais elles se complaisaient au mensonge, à l'hypocrisie, à la délation. Léa eut beaucoup de peine à leur apprendre cette simple attitude : regarder en face la personne à qui elles parlaient. Elle les convainquit, au prix de longs efforts, de la bassesse, de la vilenie de mentir... L'émulation, le désir de n'être pas moins aimées par Léa que Georgette, — laquelle ne mentait jamais, — convertirent peu à peu les deux petites filles à la sincérité.

Ainsi, Léa, réchauffée par l'ardeur de sa charité pseudo-maternelle, se persuada que l'ère des tentations et des défaillances était abolie. Elle n'avait montré ni à Frédérique ni à Pirnitz les lettres de Georg. Non par une résolution méditée, arrêtée : l'occasion avait manqué; et, maintenant, il n'était plus temps. Il eût fallu expliquer le retard de la confidence, ce qui eût été plus pénible que la confidence même.

Elle les relisait, les précieuses lettres, dès qu'elle se trouvait seule, bien qu'à force de les relire elle les sût par cœur. Désormais, malgré l'absence, elle vivait près de Georg. Amoureuse innocente, elle se félicitait d'avoir trouvé la solution définitive de leur amour, — une solution qui ne brisait rien, ne reniait rien du passé, et cependant assurait l'avenir.

Elle pensait : « Puisque nous ne nous reverrons jamais et que tant de lieues nous séparent, que puis-je craindre ? La véritable union mystique que nous avions rêvée et dont nous n'étions pas capables, la voilà réalisée par l'absence même... Loin de lui, qui, peut-être, m'oubliera, je serai jusqu'au dernier souffle sa sœur d'élection !... »

Toute femme a une merveilleuse aptitude à se donner le change sur la nature de ses sentiments ; il suffit qu'elle les nomme d'un autre nom. Ce qu'il y avait en elle d'appétit sentimental, de tendresse pour l'amant absent, Léa l'attribua désormais à l'ardeur de sa charité. Elle crut, en conscience, brûler de la même flamme désintéressée qui consumait les deux principales fondatrices de l'œuvre.

Elle se sentait devenir cette sereine affranchie qui, à son tour, devait affranchir toute l'humanité. Elle irait à travers la vie, son cœur cautérisé par la douleur humaine, veuve mystique, n'abdiquant jamais l'amour de l'époux, mais dispensant à toutes les femmes, les pures et les impures, cette débordante dilection qui coulait d'elle, inépuisable.

Pirnitz et Frédérique, à qui cette crise fervente n'échappait point, ne quittaient pour ainsi dire plus Léa, l'encourageaient, l'entretenaient à leur haute température d'enthousiasme. Et le même vertige gagnait peu à peu toutes les autres. L'hôtel Saint-Parade eût paru à des profanes un véritable cénacle d'illuminés. La régénération de la société par les trente orphelines auxquelles on allait enseigner l'art du dessin, les éléments du français, le calcul et la couture, ne faisait de doute pour personne. Frédérique même, si sérieuse, se laissait convaincre. Seule, Mlle Heurteau, tout en s'adonnant à la réussite de l'effort commun, gardait une certaine mesure, ce qui lui valait les violents reproches de Mlle de Sainte-Parade... Elle les accueillait avec son mystérieux sourire, sans se fâcher jamais.

L'orgueil d'avoir créé une œuvre d'homme — telle qu'une grande école — en si peu de temps et sans avoir même rencontré d'obstacles, enivrait tous ces cerveaux féminins, les confirmait dans leur mépris de l'homme, dans leur certitude de pouvoir mener le monde sans l'homme, contre les desseins mauvais de l'homme.

On avait décidé que toutes les maîtresses principales — l'état major, comme disait Mlle de Sainte-Parade — habiteraient les bâtiments de l'école. Le rêve de Frédérique était de fonder à Saint-Charles une sorte de Port-Royal féminin, où ne seraient admises que les initiatrices et celles qui seraient reconnues, par la suite, dignes de leur être adjointes, parmi les maîtresses recrutées accessoirement. Il avait fallu, en effet, s'aider d'un personnel étranger, bien que les fondatrices eussent l'intention de se réserver la plus grande part de la surveillance et de l'enseignement. Quatre jeunes filles, Mlles Léturc, Weiger, Pouctal, Henriot, furent ainsi affectées au réfectoire, au dortoir, à la lingerie, aux promenades. Tout ce personnel inférieur manœuvrait sous les ordres directs de Mlle Heurteau. Frédérique était administrateur et comptable, et, de plus, chargée de l'enseignement des mathématiques. Duyvecke enseignait la grammaire. Léa, assistée de Mlle Pouctal, s'occupait des classes de dessin.

Pirnitz gardait la formation morale des enfants. Elle n'avait pas voulu être nommée directrice de l'Ecole ; le titre était réservé à Mlle de Sainte-Parade, avec Mlle Heurteau (officier d'Académie), comme administrateur officiel.

Une après-midi que Léa, après avoir, elle-même, vêtue d'une large blouse d'architecte, accroché aux murs des classes les tableaux géométriques et les figures ornementales, remontait par l'escalier central au bureau de sa sœur, elle rencontra Mlle Heurteau, qui lui dit :

— Je vais rue de Grenelle, au ministère, où j'ai une audience, à quatre heures et demie, pour la question de l'autorisation. Il ne m'est pas agréable d'y aller seule. Voulez-vous m'accompagner ?

— Je veux bien ; laissez-moi prévenir Frédérique.

— Frédérique est prévenue. Elle ne bougera pas d'ici jusqu'à notre retour. Venez ; nous marcherons jusqu'au tramway du point de l'Alma. Cela vous fera du bien.

Léa accepta ; les deux jeunes femmes se rendirent ensemble au ministère, où elles arrivèrent un peu avant l'heure qui leur avait été assignée.

On les introduisit dans une antichambre oblongue où se trouvaient déjà un jeune homme d'une trentaine d'années, en redingote noire, son chapeau à la main, et deux dames dont la poitrine rebondie s'ornait d'un ruban violet.

Au bout de cinq minutes, on manda Mlle Heurteau ; un instant après, le même huissier à chaîne vint prier Léa de le suivre. Il la mena dans une pièce meublée en acajou, avec de beaux bronzes empire attenant au cabinet du ministre, — et l'invita à s'asseoir. Léa attendit là environ une demi-heure. La haute pendule à colonnes qui décorait la cheminée monumentale, entre deux vases de Sèvres, battait son tic tac dans la pièce : on y voyait mal ; un seul bec était allumé au lustre du milieu et ronflait doucement.

Deux voix, du cabinet du ministre, arrivaient affaiblies aux oreilles de la jeune fille, car une porte sourde s'interposait au delà de la porte sculptée et dorée.

Léa attendit ; telle était l'activité continue de sa pensée qu'elle ne connaissait plus l'ennui. Elle avait réellement une double existence : l'une occupée des mille soins de l'Œuvre ; l'autre, tout idéale, confinée dans le passé. Elle se plongea dans les souvenirs du printemps dernier, rêva aux promenades innocentes qu'elle avait faites avec Georg... Maintenant elle était veuve, mais sa vie était tout de même parfumée par cet amour mystique. Elle toucha de la main le précieux paquet des lettres de Georg, qu'elle était résolue à ne jamais montrer à personne et qu'elle enfermait chaque jour dans son corsage.

« Qu'il soit heureux, pensa-t-elle, même loin de moi ! Voilà tout mon désir. »

La porte invisible du bureau ministériel s'ouvrit, une voix jeune, spirituelle, prononça :

Allons ! je vois que vous êtes irréductible. Soyez sûre du moins que, malgré mon scepticisme, je suivrai votre tentative avec beaucoup d'intérêt. Mais je n'ai pas de doute là-dessus : vous nous reviendrez... Au revoir, mademoiselle !

— Monsieur le ministre !...

La grande porte s'ouvrit à son tour. Léa vit Mlle Heurteau saluer respectueusement un homme d'une quarantaine d'années, de petite taille, de physionomie intelligente et fine : c'était le ministre.

Les deux jeunes femmes traversèrent de nouveau l'antichambre, descendirent l'escalier et regagnèrent la rue de Grenelle. Il était trop tard pour songer à venir à pied à l'école. Elles hélèrent un fiacre.

En route, Mlle Heurteau dit à Léa :

— C'est fait. Le ministre a accordé l'autorisation. Il m'a même demandé si je voulais qu'il envoyât un fonctionnaire pour présider l'ouverture.

— Oh ! non, n'est-pas ? fit Léa pénétrée des doctrines exclusives de Pirnitz et de Frédérique.

— Ce sera peut-être difficile à éviter, répliqua Mlle Heurteau avec un sourire évasif. Du reste, vous savez que la loi nous impose l'inspection de l'Université. Nous serons bien obligées de les accueillir quand il leur plaira...

Cette phrase de Mlle Heurteau étonna Léa. Elle la rapprocha, et le ton dont elle était dite, de celle qu'avait prononcée le ministre entre les deux portes : « Vous nous reviendrez »

Elle allait demander à sa compagne quelques explications, mais, déjà le fiacre quittait la rue Saint-Charles, et ralentissait son allure au coin de la rue des Vergers.

Un bec de gaz à flamme multiple illuminait le tournant ; sa lueur vive montra à Léa un homme, debout, immobile. Il semblait attendre, posté à ce tournant.

Elle fut si émue qu'elle pensa crier : mais sa gorge convulsée étrangla le son... Si Mlle Heurteau lui eût adressé la parole, ele n'aurait pas pu répondre. L'ancienne institutrice était elle-même trop absorbée dans ses pensées pour remarquer le trouble de sa compagne. Le fiacre parcourut la rue

Léa après avoir accroché aux murs des classes des tableaux géométriques.

déserte, atteignit les vitrages largement éclairés de l'usine Duramberty, et finalement s'arrêta devant la porte de tôle de l'école, au-dessus de laquelle se lisaient déjà ces mots suspendus en un arc de cercle doré, entre deux réverbères : *École des Arts de la Femme.*

— Vous gardez le fiacre ? demanda Mlle Heurteau.

— Oui, répondit Léa... On a tant de peine à en trouver un dans ce quartier. Je vais chez Frédérique, ajouta-t-elle.

En réalité, elle se sauva, comme si on la guettait, courut au vestiaire de la classe de dessin, et, sans même allumer la lampe électrique, s'assit dans l'obscurité sur un tabouret, le dos appuyé contre le mur, comprimant la houle de son cœur.

« C'est lui, » pensait-elle.

Pouvait-elle se tromper, ne pas reconnaître cette haute et mince silhouette qu'elle contemplait sans relâche dans le miroir de sa mémoire ?

« Mais non, voyons ! ce n'est pas possible. Que ferait-il ici ? Je sais qu'il est en Italie... Aucune de ses lettres n'annonçait l'intention de revenir. J'ai rêvé... »

La raison lui disait cela et lui rendait un peu de calme ; puis, brusquement, la certitude irréfléchie s'imposait :

« C'est lui, c'est lui ; je l'ai vu. »

Elle entendit la voix de Frédérique :

— Léa ? Es-tu là ?...

— Oui, fit-elle, je viens.

Elle rejoignit sa sœur. Toutes deux, dans le même fiacre, repartirent pour le quartier Saint-Honoré. Au coin de la rue des Vergers, Léa ferma les yeux pour ne pas voir la silhouette qu'elle devinait debout contre le réverbère.

. . . .

Quelques jours plus tard, Frédérique, Léa et Pirnitz réalisèrent un projet arrêté depuis longtemps. Il s'agissait de quitter la rue de la Sourdière, de transporter une partie du mobilier à Saint-Charles et de vendre le reste. Pirnitz, véritable passante dans la vie du monde, qui ne possédait rien au sens propre du mot et ne considérait rien comme lui appartenant, eût consenti sans difficulté à se séparer de tout, meubles et livres. Mais Léa et Frédérique, à une séance du comité où Pirnitz n'assistait pas, exposèrent que cette humble chambre fut le berceau de l'œuvre ; là fut écrite l'annonce qui avait provoqué le concours de Mlle de Sainte-Parade ; là aussi furent tracés les premiers plans de l'école. On vota à l'unanimité la somme de trois cent vingt-cinq francs par an pour la location et l'entretien de cette sorte de sanctuaire, qui resterait à la disposition des fondatrices comme pied-à-terre dans le centre de Paris.

Dans la chambre de Pirnitz, les deux sœurs déposèrent le plus qu'elles purent des reliques de leur passé. L'ancien appartement du père Legay et de Christine fut vidé par une après-midi de la fin de novembre. Le temps avait enfin changé. Le froid diminuait. La terre devenait humide, engluée de boue, sans qu'il fût tombé de pluie. Le ciel était bas et fumeux, comme tendu de nuées immobiles derrière lesquelles s'amoncelaient des tempêtes. On eût dit que ce firmament noir fléchissait au zénith, allait crever, laisser tomber des tas de neige trop pesants pour lui. Oh ! la tristesse de l'humble déménagement, par cette après-midi de fin d'automne !

Les pauvres objets du ménage Sûrier, l'armoire à glace, le lit d'acajou, le lit de fer de Léa, orné de boules de cuivre, tout cet attirail de la vie d'enfance et de jeunesse s'en allait, sur deux charrettes à bras ; il n'y en avait pas assez pour remplir une voiture attelée d'un cheval ! Frédérique escorta les charrettes jusqu'à Saint-Charles : Léa demeura dans l'appartement, car tout à l'heure on allait venir rafler le résidu du mobilier, les objets cédés au revendeur.

De la fenêtre où, tant de fois naguère, Christine, blonde et potelée, s'était accoudée, pour divertir ses yeux puérils au mouvement de la rue, Léa, penchée, vit s'éloigner ces reliques... Au-dessus du lit démonté, les matelas s'affaissaient avec un aspect grotesque et lamentable. Un fauteuil — le fauteuil du grand-père Legay — en reps bleu, dressait en l'air ses quatre pieds à roulettes ; son ventre de sangles, qui s'était crevé dans la descente, laissait échapper les intestins de bourre grossière et de ressorts fourbus

Les charrettes à bras disparurent à l'angle de la rue : Frédérique les suivait comme un convoi mortuaire.

Frédérique les suivait : grave, résolue, mais sans nul regret pour le foyer qu'elle abandonnait. Dans la maison de la rue de la Sourdière, les seuls souvenirs qui lui fussent chers demeuraient enclos dans la « chambre de Pirnitz » ; et cette chambre était conservée. Les autres, ceux de son enfance, — elle eût voulu les effacer de sa mémoire. Et justement, depuis le retour d'Angleterre, ils s'étaient deux fois imposés à elle, malgré elle, de façon inattendue.

D'abord, au lendemain même de l'arrivée, la concierge informa assez mystérieusement Frédérique qu'un « monsieur bien mis, l'air d'un employé supérieur », avait, tandis qu'elle était absente, demandé des renseignements sur elle. Il se donnait comme un ancien ami de la famille. Or, la famille Legay-Sûrier n'avait pas d'ami répondant à ce signalement. Frédérique eut l'intuition que c'était un émissaire de son propre père, Henri d'Ubzac. Si résolument qu'elle évitât de songer à ce père indigne, elle n'avait pu ignorer la fortune du séducteur de Christine : rapide fortune de magistrat intelligent, actif, aidé par la puissance du nom et de l'argent. Elle voyait parfois, dans les journaux illustrés, le portrait d'un homme d'aspect encore jeune et ro[illegible] malgré la blancheur précoce des cheveu[illegible] et, sous ce portrait elle lisait : « M. d'Ubzac, sénateur du Rhône, président de la Cour de cassation »... Si elle avait pu conserver un doute au sujet de la première démarche, un nouvel incident, l'avant-veille du déménagement, dissipa ce doute. Le secrétaire particulier du président-sénateur vint voir Mlle Heurteau à l'école de Saint-Charles ; assez adroitement, sans annoncer aucune mission de la part de M. d'Ubzac, il cita le nom de celui-ci, disant que cette œuvre lui paraissait digne d'intérêt, que, le cas échéant, il serait disposé à y intéresser les pouvoirs publics.

Frédérique était bien résolue à ne donner aucune suite à de telles propositions. « Jamais je ne veux rien recevoir de lui, ni protection ni secours. Qu'il me laisse en repos. »

Loin d'émouvoir son cœur, le double essai de rapprochement l'irritait par une sorte de circonspection blessante, de prudence tout administrative, révélant que M. d'Ubzac demeurait sur ses gardes, ne voulant pas se livrer.

Elle détestait ces tardives velléités d'une conscience égoïste. Et, tandis qu'elle suivait, le long des quais de la Seine, le convoi mélancolique des meubles enlevés rue de la Sourdière, elle se réjouissait orgueilleusement de briser toute attache avec le vieux foyer souillé, — de commencer ailleurs une vie nouvelle, dans des lieux sans histoires, hors de l'autorité et de l'influence des hommes.

— Madame ? C'est pour les meubles que Mme Dufour a achetés...

Léa, demeurée dans l'appartement de la rue de la Sourdière se retourna.

— Tout est prêt. Tout est là. Prenez, emportez !

Elle ne voulait pas assister à ce pillage suprême. Elle se sauva dans la chambre de Pirnitz, elle-même méconnaissable. Le lit était enlevé et remplacé par le canapé du « salon » de Christine. Des chaises obstruaient les bibliothèques à demi vides. Des paquets s'amoncelaient sur l'ancienne table d'architecte. Léa entre-bâilla la porte, de façon qu'elle pût entendre les déménageurs sans les voir accomplir leur besogne sinistre.

La fenêtre, courte, à carreaux étroits, veuve de ses rideaux d'étamine, découvrait un paysage désespérant : les toits de zinc et d'ardoise d'une très vieille maison voisine, hérissés de cheminées bizarres, de vitrages inexplicables, de mansardes poussées à même le faîtage comme des végétations parasites, tout cela tellement poudreux, tellement incrusté de saleté que toute l'eau suspendue en ce moment dans le ciel eût glissé dessus sans laver...

Léa se détourna :

« Non, je ne regrette pas ce quartier, pensa-t-elle, je ne l'ai jamais aimé. »

Elle ramena ses yeux sur les meubles de la chambre. D'avoir mis là d'autres objets, d'en avoir ôté quelques-uns, il semblait que l'âme des choses, indignée, — eût fui l'asile accoutumé. Cependant, Léa considérait avec une piété fidèle la table où jadis Pirnitz lui montrait des projets d'école, des modèles de dessin ornemental. Le fauteuil d'osier demeurait devant cette table, tourné de trois quarts, paraissant attendre le léger fardeau de ce corps souffreteux, qu'il avait porté durant tant d'heures studieuses. La cheminée n'avait plus pour garniture que ses deux flambeaux de cuivre. L'âtre, ouvert, contenait encore une grille avec quelques ossements de coke à demi consumé. A droite de la cheminée, la table à coiffer était restée, et le miroir mobile, un peu penché sur son axe, s'orientait de telle sorte que Léa y vit reflétés son propre visage et son buste presque tout entier.

Le peu de jour verdâtre qui tombait de la fenêtre lui montra une image d'elle si déprimée, si peu élégante, que son cœur se serra. Elle songea.

« Comme j'ai changé ! »

Veuve volontaire, se dévouant corps et âme à l'œuvre, elle ne prenait plus aucun soin de sa beauté ni de sa toilette. En ce moment, elle était vêtue d'une jupe de drap noir râpée ; un manteau de fourrure commune, à longs poils, un chapeau de feutre, dont une plume était brisée, complétaient son ajustement.

« Il ne me reconnaîtrait plus, » se dit-elle.

Elle fit cette remarque que, depuis quelque temps, les hommes, qui jadis la tourmentaient dans les rues, à lui rendre toute sortie pénible, maintenant ne l'arrêtaient guère, et sans doute — tant elle était enlaidie — ne la voyaient plus. Une fibre saigna au fond de son cœur. Elle sentit que sa beauté se suicidait. Mais l'orgueil de la vierge forte tressaillit.

« Tant mieux ! je ne suis plus une femme, désormais... »

Le passé de rêve et de tendresse était mort ; Georg oubliait sa fiancée mystique. Elle ne reverrait jamais Apple-Tree-Yard, ni Edith, ni, sans doute, la gracieuse Tinka... Et voici que les objets mêmes, témoins de sa jeunesse, se dispersaient. Oh ! ce convoi de meubles morts, avec Frédérique qui les suivait !... Oui : c'était bien l'enterrement du passé. Maintenant, une autre vie commençait, où mieux valait une âme affranchie, un cœur insensible : il ne fallait plus être une femme pareille aux autres.

« Est-ce que Pirnitz est une femme ?

« Est-ce que Frédérique, qui est si belle, est une femme ?... »

L'ombre descendait de la fenêtre : les gros pas hésitants des déménageurs, leurs

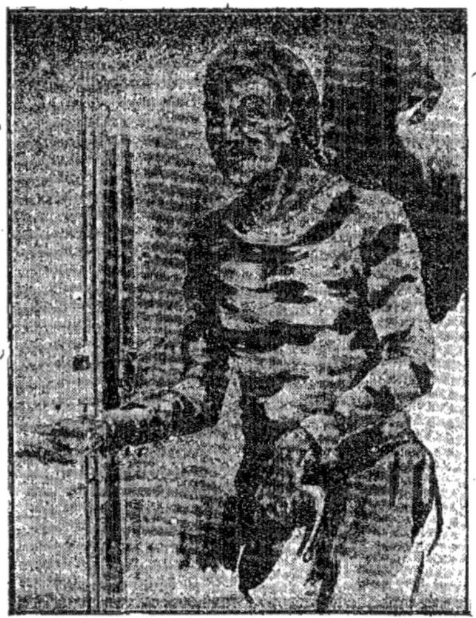

Mais si on pouvait boire un verre ed'vin.

« Attrape !... Tiens coup !... Vas-y !... » faisaient relâche. La glace s'embuait de crépuscule, tandis que sur l'âtre tombait une clarté mourante, venue d'en haut par l'orifice de la cheminée.

— Madame ? On a fini.

C'était le chef de l'équipe qui entrait, poussant gauchement la porte, sa casquette à la main.

— Bien, mon ami, dit Léa se levant. Vous êtes payé, n'est-ce pas ?

— Oui, madame ; mais si on pouvait boire un verre ed' vin ?

— C'est que... je ne puis rien vous donner à boire.. Tenez, voici toute ma monnaie.

Elle mit deux francs dans la main noire et craquelée de l'homme, qui remercia et sortit.

Elle l'écouta s'éloigner. Parmi l'ombre accrue, elle se retrouva seule avec ses pensées.

Le passé était bien mort. Elle venait de donner l'obole aux fossoyeurs. Que serait désormais l'avenir ? Elle essaya d'imaginer sa vie dans les vastes bâtiments de l'Ecole nouvelle où s'accomplirait sa destinée. Elle vit les corridors, les salles aux claires peintures, la large cour bien sablée, plantée de jeunes acacias, le bureau de Frédérique, celui de Pirnitz, sa propre classe de dessin. Les frimousses « peuple » de ses trois petites pupilles rirent et grimacèrent devant ses yeux.

« ... Quelle vie admirable ! Etre toujours entre Frédérique et Pirnitz, enseigner à de jeunes êtres le moyen de sauver leur liberté, quoi de plus beau ?... »

Ainsi méditait-elle : mais soudain une voix parla au dedans d'elle-même, qui lui dit :

« Non ! ce ne sera pas ta vie. Tu n'es pas de la trempe des Frédérique et des Pirnitz ; toi, tu es la fille de Surier et de Christine, qui étaient des êtres très ordinaires, qui ont subi, outre mesure, la faiblesse sensuelle de la moyenne humaine. Tu as déjà failli succomber... Tu succomberas. Quand Georg reviendra !... Et il reviendra. Tu le sais bien. Il est à Paris... »

Depuis le soir de sa visite au ministère, elle n'avait plus rencontré la haute silhouette campée au coin de la rue des Vergers ; mais que de fois elle avait tressailli, croyant la reconnaître dans un passant !... C'était sa hantise : elle en éprouvait une véritable angoisse. Elle finissait par en concevoir un peu d'irritation contre Georg lui-même. Elle eût souhaité apprendre de façon certaine qu'il était loin d'elle, avec le propos définitif de ne plus jamais revenir la troubler de sa présence.

Et cette voix hostile qui, au dedans d'elle-même, lui répétait : « Tu n'es pas pareille à Pirnitz et à Frédérique. Tu es liée à un homme. Tu es mariée, toi... » — excitait son cœur contre l'absent, l'écartait de lui, tel naguère le baiser de Richmond.

Elle pensa :

« Il faut partir. Il faut rejoindre Frédérique... Je n'ai plus rien à faire ici, tout est fini... Allons !... »

Elle frissonna. Comme c'était peu le « foyer », cette bâtisse anonyme où, ce soir, elle allait coucher pour la première fois !

« Allons ! »

Elle se disait cela et ne pouvait se décider ; vraiment elle abandonnait, dans cette pauvre mansarde, le cadavre de sa jeunesse. Son cœur battait à coups lents et douloureux. Elle se sentit guettée par la Destinée.

Des minutes, des minutes coulèrent, dont elle eut à peine conscience, des minutes d'inertie, de lâcheté à vivre et à se mouvoir... Une voix chuchota son nom :

— Léa !

Etait-ce encore la voix intérieure ? Elle se dressa. Dans la porte ouverte, éclairée par le bec de gaz de l'escalier, elle aperçut une haute silhouette.

— Georg !

Prise de peur, elle recula jusqu'à la fenêtre.

Il répéta :

— Léa !...

Il la rejoignit. Mais il rencontra ses mains nerveuses tendues en avant.

— Léa ! C'est moi, Georg... Vous me repoussez ?...

— Non, fit-elle d'une voix entrecoupée... je ne veux pas vous repousser, Georg, mais pourquoi venez-vous si brusquement ?... Je vous en prie, ne restons pas ici ensemble...

Ses bras raidis la protégeaient. Georg ne tenta plus d'approcher. Debout, il essayait de la voir, de distinguer ses traits, mais il ne pouvait y parvenir dans l'encoignure pleine d'ombre où elle s'était réfugiée.

— Pourquoi, demanda-t-il, vous attardez-vous ici ?... Je vous attendais dehors. Quand j'ai vu le déménagement s'achever, et que vous ne veniez point, je me suis décidé à monter. Vous tenez à cette obscurité autour de nous ?

— Non, fit-elle, je vais allumer.

Avec des gestes qu'elle tempérait d'un calme volontaire, elle frotta une allumette et alluma l'une des bougies à demi consumées qui restaient dans les chandeliers de la cheminée. La lueur fut d'abord toute petite, toute bleue, incertaine de vivre ; elle diminua encore comme si elle allait s'éteindre, puis ranimée par le dégel de la cire, elle s'agrandit soudain, montra l'un à l'autre les deux amants.

Ils ne se dirent rien pendant quelques instants. Leurs yeux cherchaient à se reconnaître à travers le voile mystérieux tissé par les jours d'absence. Ils étaient les mêmes et ils étaient autres. Georg semblait plus grand, plus fort. Avec les mêmes traits, il s'était modifié comme un adolescent tardif qui devient homme. Le hâle de son visage faisait ressortir la claire flamme de ses yeux.

Quelque chose de son ancienne grâce alanguie avait disparu. Il était plus beau, mais plus pareil à la beauté des autres hommes. Léa vit cela avec désenchantement ; elle se vit éloignée de cet homme robuste qu'elle n'avait pas connu, — éloignée par tout le recul de sa débilité présente. Et dans les yeux de son amant d'hier elle lut en même temps la pitié attristée de la retrouver si affaiblie, si amoindrie, si déchue de sa jeunesse splendide. Cela lui fut amer et pourtant fouetta son orgueil.

— Je suis changée, n'est-ce pas ? demanda-t-elle.

— Oui, dit simplement Georg. J'étais préparé à vous trouver changée... Tinka me l'avait écrit. Elle le savait par Edith. Mais vous êtes plus changée que je ne l'attendais. Il ne faut pas rester ici, et continuer à mener la vie que vous menez. Vous tomberiez malade.

— Je ne suis pas malade, dit Léa. Jamais je ne fus mieux portante et plus heureuse.

Georg demanda, ému :

— Vous êtes heureuse ?

— Oui.

— Plus heureuse... qu'à Londres ?

Il n'osait pas dire : « Qu'avec moi. »

— Oui, dit encore Léa.

Un nouveau silence plana dans la chambre. Les deux amants, qui ne s'étaient pas embrassés après six mois d'absence, sentaient leur hostilité réciproque près d'éclater en reproches, en paroles douloureuses. Leurs yeux s'évitèrent.

Un pas alerte d'enfant bondissait, montant l'escalier ; un regard épia par la fente éclairée de la porte... Puis l'enfant passa.

— Pourquoi êtes-vous venu à Paris ? dit Léa. A quoi bon ?

— Je voulais vous revoir.

— Mieux valait ne nous revoir jamais.

— Peut-être. Mais moi, je pensais toujours à vous, je ne savais pas que j'étais oublié.

— Georg, je ne vous ai pas oublié. Au moment même où vous êtes entré dans cette chambre, je pensais à vous. Mais vous savez bien que vous devez vivre loin de moi. Vous en êtes tombé d'accord vous-même avec nous à Londres.

Georg s'assit à demi sur la table de Pirnitz.

— Bien des choses ont changé depuis, dit-il. J'ai pénétré ce qui était pour moi un mystère. J'ai rencontré la lumière de l'esprit dans la terre lumineuse d'où je viens... Léa, ajouta-t-il en s'approchant d'elle, maintenant je vous reconnais. Tout à l'heure, j'ai eu une cruelle surprise : celle que je voyais n'était plus vous. Léa, reconnaissez-moi.

— Moi aussi, dit Léa, je vous reconnais, Georg.

— Hélas ! reprit-il. Vous ne m'aimez plus.

Elle hocha la tête et dit :

— Je vous aime de tout mon cœur.

Il poursuivit :

— Je suis votre mari, Léa. Laissez-moi vous reprendre et vous emmener avec moi. La vie que nous ne connaissions ni l'un ni l'autre, la vie de la vérité et de la nature, je l'ai enfin comprise. Je ne suis plus le même homme.

Il s'arrêta. Une expression d'angoisse altérait les traits de son épouse mystique.

— Ne dites pas, murmura-t-elle faiblement, ne dites pas que vous avez changé...

Imaginer que Georg n'était plus le même lui était aussi douloureux que si, devant ses yeux, elle l'avait vu soudainement mourir.

Georg fit un geste découragé. Non, il n'avait pas prévu une lutte pareille à celle-ci, contre cette jeune femme désarmée, inerte. Après s'être un instant rapprochés, voilà qu'ils s'éloignaient de nouveau et ne s'entendaient plus.

— Pourtant, fit Georg, nous avons été heureux quand nous étions unis. Pouvez-vous l'oublier ?

— Je ne l'oublie pas ; ce passé, c'est mon trésor.

— Recommencez-le ! Léa, ma femme, revenez à moi. Laissez-moi vous emporter.

Mais elle recula doucement.

— Non, dit-elle, c'est fini. Il ne faut plus...

— Ah ! fit Georg avec colère. Les folles qui vous entourent vous mettent dans l'esprit de pareilles idées... Vous êtes ma femme, je suis votre mari ; toutes les rêvasseries de Pirnitz ou de Frédérique ne...

— Taisez-vous, dit fortement Léa. Ou je vous détesterais.

Il se tut. Lui-même se rendit compte qu'il ne savait plus parler à Léa. Elle reprit :

— Georg, ne me torturez pas.

— Vous me repoussez ?

Des sanglots soulevèrent sa poitrine. Il arpenta la chambre, puis vint s'abattre, le front dans ses mains, sur le canapé.

Elle le regardait, étonnée qu'il fût si faible, si humain, lui qu'elle avait considéré comme inaccessible aux passions des hommes. Elle-même se sentit grandie. C'était elle, maintenant, femme isolée et débile, qui, des deux, représentait l'héroïsme, l'esprit de sacrifice, la maîtrise suprême de soi. Son cœur s'échauffa d'une fierté heureuse.

— Vous me repoussez ? murmurait Georg. Comment pourrai-je vivre maintenant ?

Elle le vit si prostré qu'elle comprit combien il était inoffensif. Elle en eut pitié comme d'un enfant qui pleure. De sa main

Mais elle recula doucement.

nue, elle lui toucha le front. Il tressaillit. Aussitôt elle recula, l'abandonnant.

— Votre main, dit-il. Ne m'ôtez pas votre main. Elle lui tendit sa main. Il eut encore quelques révoltes ; il voulut encore tenter le geste de la saisir et de l'attirer. Mais, chaque fois, elle se dérobait. Alors il céda, et, pour la garder près de lui, demeura immobile, goûtant la caresse légère qu'elle lui accordait. La main de Léa l'effleurait à peine et pourtant lui versait le bonheur. Parfois, elle se soulevait, ne le touchant plus, et, dans ces intervalles, il attendait le retour de la caresse, les yeux fermés dans une anxiété délicieuse.

Mais un intervalle fut plus long que les autres, si long que la durée lui en parut intolérable... Avec lenteur, craignant d'effaroucher la bien-aimée, il ouvrit les yeux, releva le front, regarda. La chambre était déserte. La porte à demi ouverte laissait voir l'hélice de l'escalier vide. La bougie s'écrasait sur le chandelier. Georg était seul.

Ce même soir, Léa rentra à l'école de Saint-Charles vers sept heures. Elle s'assit à la table commune des maîtresses ; mais il lui fut impossible de manger. Elle dut, avant la fin du repas, monter dans sa chambre, où Frédérique, inquiète, la suivit bientôt. Elle la trouva déjà blottie dans son lit, la figure rouge et les mains chaudes. Dans la nuit, le délire visita ce cerveau meurtri par trop de chocs... Elle parla, parla... Les noms de Tinka et de Georg se mêlaient à des divagations sur Londres, sur l'Italie. Léa semblait hantée par l'idée que Georg emportait avec lui tout le mobilier de la rue de la Sourdière et qu'on la laissait seule et nue dans la chambre vide.

Oh ! l'horrible angoisse de cette première nuit que Frédérique passait à l'école, auprès de sa sœur délirante ! Qu'avait Léa ? De quoi parlait-elle ? Pourquoi, en plein triomphe de l'œuvre, cette explosion de fièvre et ce retour inattendu des souvenirs d'Angleterre ? Nul indice ne guidait les réflexions de l'aînée. Ni Léa ni Edith ne l'avaient renseignée sur le voyage de Georg. Frédérique n'écrivait jamais à Tinka et ne recevait d'elle aucune lettre. Comment eût-elle soupçonné l'arrivée de Georg ?

Dès le lendemain, on manda le médecin qui, vers dix heures du matin, visitait l'usine Duramberty. Il fut évasif : « La fièvre typhoïde courait dans Paris... aussi la fièvre muqueuse. Peut-être cependant n'était-ce rien, simple effet du changement de lieu et de vie, de la fatigue ou même de l'enthousiasme... »

La journée fut mauvaise, et la seconde nuit pire. Frédérique, qui ne quitta pas la malade, sentait l'ardeur de ce corps brûlant rayonner à distance... Vers le matin seulement le délire cessa : un calme morne détendit les muscles de Léa. Le médecin, cette fois, eut des affirmations rassurantes... « Le danger est passé... ce n'était décidément qu'une sorte de fièvre « traumatique », comme celle d'un blessé, d'un être qui a reçu un choc violent... » Le même jour, Léa se leva quelques heures, faible, mais guérie : surtout plus sereine qu'avant. Cette longue crise fébrile avait été le dernier sursaut d'une émotion extrême : la crise, disparue, emportait l'émotion. La convalescente garda son secret, elle ne dit pas à Frédérique ni à Pirnitz qu'elle avait revu Georg, qu'elle avait subi victorieusement l'épreuve et repoussé la tentation. Elle prévoyait qu'il s'efforcerait encore de la voir, qu'il viendrait la chercher jusque dans l'école.

Mais elle n'avait plus peur de lui, n'ayant plus peur d'elle-même.

Elle était sûre désormais de ne point faiblir. Ce qui restait en elle de la femme, de l'amoureuse, avait été consumé par les soixante heures de fièvre, et maintenant elle n'était plus un être féminin de chair, de sang et de nerfs : elle était la Vierge-forte, que les sollicitations de l'homme ne sauraient détourner de ses voies.

VI

L'inauguration eut lieu le 5 décembre. Cette date avait été fixée depuis longtemps, et ce n'était pas une des moindres fiertés des fondatrices que d'y arriver sans aucun retard.

Ainsi l'œuvre admirable, conçue et élaborée dans la modestie et l'obscurité, était enfin édifiée. Déjà elle excitait la sympathie. Sans aucun effort de publicité ni de réclame, il s'était produit pour l'Ecole des Arts de la Femme un phénomène parisien assez fréquent : Paris s'en était engoué, et, d'un incident d'éducation, faisait un petit événement de sa vie. Pour la séance d'inauguration, toutes les places disponibles dans la grande salle étaient d'avance retenues.

Des reporters avaient frappé, tous les jours précédents, à la porte de l'Ecole. Mlle Heurteau s'était chargée de les recevoir. Ils écrivirent des articles aimables, parfois tempérés d'ironie. Les Français, par galanterie, ne sont pas hostiles au féminisme ; mais ils se refusent à le prendre au sérieux et croient montrer par là un scepticisme avisé.

La bienvenue de l'œuvre riait dans les yeux, dans les propos de tous. Il arrivait des dons qu'on n'avait jamais sollicités. Une inconnue envoyait dix mille francs « en souvenir de sa petite Aline, morte à onze ans ». M. Duramberty lui-même dépêcha son secrétaire auprès de Mlle de Sainte-Parade, déclarant qu'il se chargeait d'une élève tant que l'œuvre fonctionnerait. Il offrit même le concours de ses contremaîtres pour aider à l'enseignement technique des élèves : proposition qui fut poliment refusée.

Le matin, à neuf heures, une messe fut dite à l'église de Saint-Charles par l'abbé Minot, premier vicaire. Toutes les élèves et toutes les maîtresses de l'Ecole y assistèrent. Cette mesure avait été arrêtée à l'avance, sur la proposition de Frédérique. On vivrait en bonne intelligence avec la paroisse ; mais aucun ecclésiastique ne serait particulièrement attaché à l'établissement. L'abbé Minot fit une courte allocution où il encouragea la tentative nouvelle, la compara aux institutions religieuses des couvents, et, tout en attribuant, comme c'était naturel, la supériorité aux pensionnats religieux, donna son approbation et son encouragement à la jeune entreprise, « si noble, si désintéressée, si digne de la protection divine ».

La véritable fête de l'inauguration occupa toute l'après-midi. Dès deux heures, les voitures commencèrent à affluer dans la rue des Vergers.

La grande salle, décorée par Pirnitz et Léa de sobres ornements, fut bientôt emplie par le public. Public singulier, où se coudoyaient des notabilités de l'Université, des membres de l'Institut, des journalistes, des augures du parti socialiste, des parlementaires et même des gens du monde, séduits par cette idée d'une école fondée, bâtie, administrée par des femmes, quelques-unes jeunes et jolies, disait-on. On avai installé une estrade où présidait Mlle de Sainte-Parade, ayant à sa droite le délégué du ministre de l'instruction publique, M. Roudier, à sa gauche, Romaine Pirnitz. Les autres maîtresses les entouraient.

Le délégué du ministre ouvrit la séance. Il fit un petit discours extrêmement officiel et vague, montrant clair comme le jour aux fondatrices qu'il n'avait rien compris à l'œuvre. On sentait, d'ailleurs, que la chose lui était indifférente ; il en parlait par ordre, avec ponctualité et dédain, au lieu d'aller à son bureau comme à l'ordinaire. Il rendit hommage aux « vaillantes femmes » qui avaient mené à bout leur projet, déclara que le gouvernement était toujours prêt à favoriser l'initiative privée, et la preuve en était qu'il fût là, lui, Roudier, sous-directeur au ministère, pourvu de la rosette violette, et débitât gratuitement des lieux communs devant les bâillements mal étouffés de l'auditoire.

L'ennui que distillait ce discours fut un peu secoué lorsque Roudier, se tournant vers Mlle de Sainte-Parade, après une phrase où il célébrait, dans la personne de la vieille fille infirme, le ralliement des anciens partis à une République « sage et libérale », déclara que le gouvernement voulait récompenser les services qu'elle rendait à l'instruction publique en lui décernant les palmes d'officier d'académie.

Il procéda lui-même à cette opération avec assez de maladresse, tandis que la brave demoiselle pleurait de joie, et que l'assistance, debout, applaudissait à faire vibrer les vitres.

Mlle Heurteau prit ensuite la parole, que la présidente, dans l'émoi de son ruban violet, oubliait de lui donner. Elle fut très écoutée. Elle parlait bien, du ton un peu magistral d'une institutrice habituée à la chaire : elle disait des choses lumineuses, précises, convaincantes.

Elle laissa de côté, comme à dessein, tout ce qu'il y avait de spécialement féministe dans l'œuvre. On eût dit qu'elle s'efforçait de n'en rien dire, d'assimiler l'école à une école professionnelle quelconque, seulement dirigée suivant des méthodes supérieures et avec un personnel plus désintéressé, plus dévoué à son œuvre éducatrice. Du célibat volontaire des fondatrices, pas un mot. Les journaux n'avaient fait que trop de commentaires ; il était convenu que rien ne serait prononcé officiellement là-dessus.

Il s'agissait, disait Mlle Heurteau, d'apprendre aux femmes de nouveaux métiers, de les armer pour la concurrence économique.

— Quand je dis « nouveaux métiers », fit-elle observer, je ne prétends pas que nous ayons inventé pour l'activité humaine des formes nouvelles. Nous avons seulement, de parti pris, choisi des métiers où l'affluence des femmes ne soit pas excessive, comme elle l'est à Paris, par exemple, dans les travaux de couture et de mode. L'art de l'ameublement, le dessin des papiers, des étoffes de décoration, nous ont paru un choix heureux.

Elle cita les résultats obtenus par diverses écoles analogues à l'étranger, principalement aux Etats-Unis d'Amérique. Elle convia les auditeurs à suivre cet exemple, à fonder des œuvres ailleurs, dans Paris ou en province. Chaque initiateur imprimerait à son entreprise son génie particulier, ainsi que cela se pratiquait dans les milieux anglo-saxons.

Le discours de Mlle Heurteau récolta des applaudissements. Les journalistes goûtaient cette claire éloquence qui leur permettait de prendre des notes et fixait les souvenirs. Une fillette de onze ans s'avança ensuite sur l'estrade. Elle était vêtue du costume noir de l'Ecole, très simple, mais conçu et taillé non sans grâce. Léa l'avait dessiné. Une ceinture rouge lui ôtait cette apparence de deuil, si pénible dans l'uniforme de la plupart des pensionnats.

L'ABBÉ MINOT FIT UNE COURTE ALLOCUTION.

L'enfant, d'une voix nette, récita une cinquantaine de vers sur la « Femme moderne ». C'étaient de sages vers d'Université, sans éclat et sans envolée, des vers de manuel civique. L'idéal qu'ils célébraient n'était ni très exalté ni très distinct. La femme moderne y apparaissait comme une sorte d'institutrice modèle, pratiquant l'ordre, la bonne tenue, respectant la science et les pouvoirs publics. On leur fit néanmoins un très beau succès, pour la gentillesse de l'interprète. Le nom de l'auteur fut demandé. La fillette parut un instant embarrassée. Puis elle courut se jeter dans les bras de Mlle Heurteau. Les applaudissements redoublèrent.

Cependant, autour de Mlle de Sainte-Parade, les fondatrices, sur l'estrade, s'entre-regardaient. Léa, Frédérique, Daisy Craggs, Geneviève et Duyvecke [illegible] taient un peu de gêne et de tristesse. Elles savaient bien que cette fête d'inauguration était indispensable, qu'il fallait à l'Ecole une sorte de baptême officiel. Tout de même, elles eussent souhaité que cette solennité montrât au public un visage de l'œuvre moins défiguré, moins banal. Insoucieuses de publicité, cette publicité-là, qui déformait leur idéal, leur répugnait.

C'est alors que Frédérique se leva. Avec autorité, elle s'approcha de la présidente :

— Mademoiselle, ne serait-il pas nécessaire que Pirnitz prît la parole ?

La présidente eût été bien embarrassée de dire en quoi cela était nécessaire. Mais elle éprouvait, comme le reste de son état-major, un malaise dont le rayonnement de son ruban violet ne parvenait pas à la distraire.

Elle répondit :

— Certainement ! certainement ! Il faut que Pirnitz parle. Pirnitz, je vous donne la parole. Allez vite !

— Mais tout a été dit ! répliqua Pirnitz en souriant.

— Non ! non ! ma chère... Allez ! allez !... je vous en prie !

Pirnitz obéit.

On vit, de la salle, avec une curiosité un peu étonnée, s'avancer vers la tribune une silhouette maigre et déformée, qui disparut presque entièrement derrière la table, ne laissant voir que le visage tourmenté, pâle, les épaules débiles et les longues mains de souffrance posées sur le bord du tapis.

On chuchota vivement :

« Qui est-ce ? Qui est-ce ?... »

Les gens du monde trouvèrent que celle-ci vraiment n'était pas digne de la réputation de beauté qu'on avait faites aux fondatrices...

Mais très vite tous les chuchotements, tous les ricanements étouffés cessèrent. Les yeux de Pirnitz, ces prunelles célestes qui semblaient regarder d'un mystérieux au-delà, avaient pour ainsi dire parcouru l'assistance, ou plutôt s'étaient attachées un instant sur diverses régions de l'auditoire, avaient rencontré çà et là d'autres yeux, les avaient électrisés de leur singuliers magnétisme, les ralliant à elle faisant passer dans ces curieux et ces indifférents le frisson de l'attente, de l'imprévu.

Les prunelles bleues, après ce ralliement des regards dispersés, s'arrêtèrent sur le groupe un peu agité et impatient des trente petites têtes enfantines, que la fatigue de tant de discours commençait à énerver.

Et soudain les petites têtes se fixèrent, les yeux s'élargirent, les bouches bavardes ne remuèrent plus qu'en silence, suivant le mouvement des lèvres de Pirnitz...

Ces lèvres disaient :

Je vous parle à vous, mes enfants. C'est vous les héroïnes de la fête... Toute cette grande maison que nous avons bâtie autour de vous, tous ces efforts que nous ferons pour vous élever et vous enseigner, tous les sourires du monde officiel et de l'opinion, tout cela n'est rien au prix de ce que nous apporte la plus petite d'entre vous : l'âme blanche d'une enfant qui sera une femme. Vous êtes cette chose admirable et un peu effrayante : l'avenir. Oh ! que serez-vous ?

« Nous ne le savons pas nous-mêmes. Nous tendons vers un idéal encore confus. Avec quelques certitudes, nous apportons bien des doutes... Vous apportez, vous, la force infaillible de la nature... Les vraies maîtresses de notre tentative, c'est vous. Penchées sur le secret de votre enfance, nous regarderons, nous écouterons. Vous nous enseignerez... »

Pirnitz n'avait encore prononcé que quelques paroles, et déjà l'assistance était gagnée. La voix, d'un timbre unique, musicale et prenante, contribuait, certes, à cette conquête des âmes, et aussi ce regard, qui ne ressemblait à aucun autre regard. Mais ce fut surtout la spécialité des paroles dites qui fixa l'attention, et la résonance profonde que l'on sentit, de ces paroles, dans l'âme de celle qui les prononçait. L'éloquence officielle de Mlle Heurteau, goûtée des journalistes, n'avait pas — il s'en fallait ! — cette sonorité, cet écho... Pirnitz poursuivit :

« Mais qui sommes-nous donc, nous qui entreprenons cette œuvre audacieuse : ensemencer la terre de semences nouvelles, donner à la récolte des soins nouveaux, hors de la tradition et de l'usage ? Pourquoi nous rendons-nous ce témoignage : espérer faire mieux que d'autres en faisant un peu autrement ? Enfants, quelles garanties vous apportons-nous ? Vos jeunes âmes ont-elles quelque raison de se confier à nous ?

« Mon Dieu, nous sommes assurément de très humbles femmes. Nous ne prétendons ni à plus d'intelligence, ni à plus de savoir, ni à plus de moralité, ni même à une bonne volonté exceptionnelle ; — bonne volonté, moralité, savoir, intelligence, tout cela se trouve abondamment parmi les éducatrices de l'enfance à Paris, soit dans les écoles libres, soit dans celles de l'administration.

« Alors, était-ce la peine de vous bâtir une maison, de cueillir chacune d'entre vous, petites filles, dans le milieu où déjà elle s'acclimatait, de la transplanter ici, d'entreprendre sur elle une culture qui n'a pas de brevet, pas de diplôme, qui n'a pas fait ses preuves encore, du moins sur aucune de vos compatriotes ?

« Je réponds hardiment : Oui.

« Oui : c'était la peine. L'argent que des mains généreuses ont donné, le concours que des efforts désintéressés nous prêtent, tout cela n'aura pas été dépensé en vain. Nous sommes de très humbles femmes, absolument comparables, pour leurs facultés, à la moyenne des éducatrices : cependant nous apportons à l'éducation de la jeune fille une idée bien à nous, une idée nouvelle en laquelle nous avons une foi absolue.

« Nous ne condamnons aucune méthode d'enseignement. Qui dit méthode dit ordre, et tout enseignement ordonné est fructueux.

« Mais notre méthode a ceci pour elle qu'elle est fondée sur la nature même de la femme, sur les nécessités sociales de l'heure présente, sur des faits d'observation incontestables. Nous sommes des femmes qui avons regardé autour de nous ; nous avons consciencieusement cherché ce qui était bon. Ce que nous avons trouvé, nous vous l'offrons, sans arrogance, mais non sans confiance. La tradition est chose précieuse et sainte : s'emmurer dans la tradition comme dans un invariable rite est une inertie périlleuse. Toute éducation qui oublie la tradition est frappée d'impuissance. Toute éducation qui s'y tient jalousement et ne se transforme pas selon les temps successifs est caduque.

« Nous sommes donc traditionnelles, en ce sens que nous n'arrivons pas avec un système tout fait, prétendant l'appliquer n'importe où, sur n'importe quelles pupilles.

« Nous avons horreur, au contraire, de ce propos trop souvent entendu en France : « Voici une méthode d'éducation qui réussit à merveille aux Etats-Unis, ou bien « en Allemagne, — vite, appliquons-la à de « petites Françaises. » Nous jugeons cela périlleux et absurde. Autant vaudrait dire : « Voici une plante qui réussit merveilleu« sement aux Antilles — le caféier, par « exemple : — plantons-la hardiment à « Paris, cultivons-la comme aux Antilles : « nous aurons du café des Antilles... »

« Avec ce beau calcul, on n'aurait point de café, et la plante mourrait. Pas un agriculteur, heureusement, ne commet pareille sottise. Mais bien des éducateurs en conseillent d'aussi graves.

« Ils nous disent, par exemple :

« Les jeunes Anglo-Saxons sont une « plante humaine supérieure. Elevons nos « jeunes Français comme de jeunes Anglo« Saxons. » Et cette belle méthode appliquée, ils s'étonnent d'obtenir de jeunes Français sans qualité de race, et qui, dans la vie française, sont désarmés et désorientés...

« C'est que nulle plante n'est plus diverse, selon les climats, que la plante humaine. Donc, regardons d'abord avec attention à quelle variété nous avons affaire, quelles sont ses racines, quelle fut sa culture traditionnelle. Là est le premier grand secret à surprendre : car, si nous ignorons ou si nous nous trompons, la plante mourra : je veux dire que l'éducation sera manquée.

« Une race est un ensemble de faits qui a pour lui d'*exister*, d'avoir de la durée antérieure et des aptitudes à durer. Respectons cette vertu de durée, qui sans doute résulte de tant d'essais infructueux de la nature !... Demandons à la race *pourquoi elle fut*, d'où lui vinrent et sa spécialité et sa persistance. Si nous arrivons à le connaître, nous saurons ce qu'il faut à tout prix conserver et cultiver dans les qualités de la race, afin qu'elle persiste en s'améliorant. Une éducation qui étouffe les qualités spécifiques d'une race est une éducation de mort.

« Mes chers enfants quelles sont vos qualités héréditaires ? Nous croyons le savoir un peu : mais nous sommes convaincues que nous l'ignorons encore en partie. C'est vous qui nous l'apprendrez. N'avais-je pas raison de dire tout à l'heure que les vraies maîtresses de notre entreprise, c'est vous, ô petites âmes toutes neuves ? Notre effort tendra, d'abord, à vous découvrir.

« Afin que les qualités héréditaires apparaissent bien nettement, nous tâcherons d'encourager, parmi nos élèves, l'initiative personnelle et la franchise. Elles détesteront la dissimulation et le mensonge ; nous voulons instruire et gouverner des êtres réels, non des ombres. Nous exalterons l'énergie individuelle : il faut qu'une Française moderne n'ait pas peur d'être seule en face des hommes, et qu'elle ne s'imagine pas que, dépourvue de parents, de maîtresses, ou d'un mari pour la guider et la défendre, il est périlleux pour elle de faire un pas.

« Quand de telles idées leur seront entrées dans l'esprit, nos élèves seront bien près de nous indiquer elles-mêmes le meilleur système d'éducation : ce sera celui dont

C'EST QUE NULLE PLANTE N'EST PLUS DIVERSE.

elles auront l'envie, — celui qu'elles inventeront... Tout naturellement, les plantes trouvent un chemin vers l'air et vers le soleil. Il faut seulement ne pas contrarier leur pousse : il faut aussi avoir de l'air et du soleil à leur donner.

« Ainsi, nous arrivons à l'enseignement, pourvues de principes directeurs très fermes, très nets, — mais sans aucun préjugé concernant telle ou telle méthode spéciale. J'ai appliqué ailleurs ce mode de procéder : j'ai constaté que c'est le meilleur. Il a pour lui de copier les façons de la nature elle même.

« Nous n'avons aucune doctrine invariable et préconçue en matière d'éducation ; en revanche, nous avons étudié soigneusement, et dans beaucoup de pays, les divers systèmes en usage. Toutes les fois que nous avons vu réalisé sous nos yeux ce type admirable : une vraie jeune fille — en quelque contrée que ce fût, nous avons tâché d'apprendre, de comprendre comment il s'était formé. Car si la plante humaine se diversifie extrêmement selon les pays, c'est cependant partout la plante humaine : certaines lois de son développement sont universelles. Tant qu'on ne les a point surprises, on marche au hasard... »

Pirnitz se reposa un instant au milieu du silence religieux de l'auditoire. Puis elle reprit :

« A cette heure de l'histoire du monde, qui précède de bien peu, sans doute, celle où sera défini l'idéal commun, les procédés d'éducation féminine sont très divers selon les contrées. Une Américaine du Nord, une Slave, une Allemande, une Anglaise, sont élevées suivant des principes fort dissemblables. Pourtant, il y a, entre toutes les éducations méthodiques, un trait commun que l'on découvre à la longue, à force de les pratiquer : c'est l'idée-mère qui les inspire, et qui, hautement proclamée ici, ailleurs admise implicitement fait converger les méthodes vers une limite identique.

« L'idée-mère est que la femme a le droit d'être élevée, éduquée *pour elle-même*, — et non pas seulement pour être agréable ou serviable à un homme hypothétique qu'elle ne rencontrera peut-être jamais.

« C'est, en un mot, que la femme est une *personne*, qu'elle doit offrir à la société, non pas une sorte de cire molle que le premier venu, après certaines formalités d'acquisition, aura le droit de pétrir, — mais bien une figure dessinée, fixée. Faire de la jeune fille, faire de la femme une *personne*, avec la liberté, la volonté, l'initiative individuelle que signifie ce simple mot : voilà le trait essentiel de l'éducation dans les contrées du Nord, en Angleterre, aux Etats-Unis.

« La personne, ainsi dégagée, se différenciera assurément selon les lieux d'origine, les hérédités, les formes constitutives de la société ambiante.

« L'Allemande naît dans un pays de belle et ancienne culture intellectuelle : elle apporte à la vie un tempérament affectueux, sensible à la poésie et aux arts, mais tempéré par une certaine mollesse de muscles et de caractère. Un double idéal la sollicite dès que sa pensée se débrouille : l'idéal militaire et féodal s'est substitué à l'ancien idéal légendaire, philosophique, scientifique.. L'Allemande existe entre ces extrêmes. Qui l'attirera ? Le soldat ou le savant ? l'artiste ou l'homme d'action ?... Elle hésite ; elle voudrait tout connaître, tout comprendre, tout aimer. Aussi l'idéal féminin est-il bien moins net en Allemagne qu'il ne l'est dans les contrées analogues par la race et les mœurs, — par exemple dans les pays scandinaves. Cependant, une robuste discipline scientifique règne dans les écoles germaniques, enseigne à la plus humble écolière, avec un peu de pédantisme inutile, le goût et le respect du savoir humain. Et puis l'Allemande naît dans une contrée où règne un art national : la musique. La musique, pratiquée et goûtée par tout le monde, en Allemagne, — quel admirable excitant de la sensibilité, quel interprète précieux des légendes, des aspirations d'un peuple ! On pourrait ajouter : quel merveilleux instrument d'éducation !... Par la musique allemande, véhicule des traditions, l'âme allemande communie, se fond, s'unifie... Par elle, la jeune fille d'Allemagne, encore incertaine de son idéal, tend vers cet idéal, infailliblement.

« Mais quelle conscience supérieure du but à atteindre, quelle sûreté dans l'emploi des moyens nous manifeste l'éducation de la femme anglaise !

« S'il est une contrée au monde où l'on sache bien quelle femme on veut obtenir par l'école, c'est l'Angleterre. Ces mots : une véritable Anglaise — ont un sens précis pour tous les Anglais, un sens respecté. Ils y enferment un idéal de santé, de souplesse, de hardiesse physique, — du bon sens pratique, le goût de la liberté et du contrôle personnel, la loyauté et la fidélité vis-à-vis de l'homme choisi pour compagnon, la résolution de fonder une famille ample et féconde.

« Tout cela est, pour l'Anglais, contenu dans ces mots : « Une femme vraiment Anglaise... »

« L'éducation britannique réalise-t-elle tout cet idéal ? Sûrement pas tout entier. De puissantes qualités de race aident l'éducateur : ces qualités d'énergie et d'initiative, honneur de tout Anglais. Mais dans ce vieux pays conservateur, bien des routines sont encore à combattre. Une tendance à un esprit pratique excessif, une certaine hypocrisie dans l'énoncé et l'application des principes moraux, quelque insuffisance dans l'enseignement proprement dit, et surtout un dangereux penchant à encourager chez la jeune fille la course au mari, — à tout prix, sans réflexion dépassant le mariage : — voilà des défauts bien anglais, terriblement enracinés dans l'âme de la jeunesse anglaise... De louables éducatrices se sont vouées à les réformer, tout en conservant à la femme d'Angleterre ses qualités distinctives.

« Je sais un collège féminin à Londres où toute idée de *flirt*, même honnête et, si l'on peut ainsi dire, « conjugal », est soigneusement combattue. On s'y efforce de prouver à la jeune fille que son bonheur et sa sécurité sont en elles-mêmes, non dans l'époux problématique qu'il faudra disputer à vingt concurrentes. On s'y applique également à faire la jeune Anglaise plus détachée des nécessités immédiates de la vie, plus idéaliste, plus artiste — tout en développant en elle les magnifiques aptitudes d'honnêteté et d'énergie qui sont le fonds national.

« Ailleurs, sur une terre plus neuve et plus large que la vieille Angleterre, la même race, perfectionnée par d'heureux croisements, nous montre quels superbes spécimens féminins peut fournir l'Anglo-Saxonne.

« Les Etats-Unis d'Amérique sont par excellence le champ d'essai des nouvelles cultures, et, déjà, les résultats obtenus y sont surprenants.

« Seule de toutes les contrées du monde, l'Amérique du Nord a organisé l'éducation de la femme sur ce principe de l'égalité des sexes. Seule, elle a créé des universités féminines prospères et nombreuses, où d'un seul coup l'ensemble des vieux préjugés masculins est balayé, remplacé par une méthode rationnelle.

« Pour se rendre compte de la beauté absolue de la vierge nouvelle ainsi créée, il faut avoir visité Willesley, Vassar ou Bryn-Mawr ; il faut y avoir assisté à la genèse de celle que le doux prophète Tennyson définit : « Maîtresse d'apprendre tout, « de devenir tout, sans sortir de sa nature de femme. »

« Assurément l'on pourra railler, ici, la fringale un peu désordonnée de science, de toutes les sciences, qui possède ces jeunes filles en robes de docteur... Assurément, il est aisé de relever l'extrême surcharge des programmes, de signaler le péril de surmenage, de montrer que des nerfs de femmes ne résistent pas toujours à un afflux de pensées si fortes et de sensations si neuves.

« Mais que valent les objections et les ironies contre la réponse inéluctable des faits ? Ces jeunes filles, instruites dans les universités de femmes, arrivent à la vie armées comme les hommes, capables de lutter contre eux et de les vaincre. Ces doctoresses soignent et guérissent des malades ; ces avocates plaident devant le tribunal et gagnent leurs causes ; ces ingénieurs en jupons inventent ou perfectionnent des machines... Elles sont la preuve vivante que tout assujettissement d'un sexe à l'autre est inique et absurde, qu'il suffit de donner à des femmes les mêmes armes qu'aux hommes pour qu'elles combattent sans désavantage.

« Elles sont la preuve d'autre chose encore : du respect imposé à l'homme par une femme qu'il sent *son égale*. Nulle part, la jeune fille, la femme, ne jouissent d'une liberté aussi absolue qu'aux Etats-Unis : mais, nulle part au monde, la femme et la jeune fille ne sont mieux respectées. Dans ce peuple trop robuste et trop actif, enclin à la violence, à la concurrence brutale, — la femme, reconnue l'égale de l'homme, a cependant gardé sa place privilégiée, d'autre manière, assurément, que parmi les peuples latins, mais de façon plus enviable, il me semble, et en tout cas plus digne.

« Il faut proclamer ces magnifiques résultats de l'éducation féminine en pays anglo-saxons. Gardons-nous, cependant, de l'aveuglement spécial qui ne consent à rien voir d'utile, de généreux, en dehors de cette race.

« On s'efforce ailleurs aussi ; je ne dis pas que l'on fasse mieux, mais l'on fait autrement, et c'est le devoir des éducateurs de considérer ces autres efforts.

« Un des endroits du monde où la transformation des idées sur la femme, sur la jeune fille, sur l'enfant, a été singulièrement prompte et digne d'intérêt, c'est l'ensemble des pays septentrionaux.

« En Suède, en Norvège, en Danemark, en Finlande, l'affranchissement de la femme a trouvé des apôtres parmi les écrivains de génie ; il en a trouvé aussi parmi les hommes d'Etat. En Russie, pays d'oppression intellectuelle, la femme a été naturellement sollicitée par la cause de la liberté ; son émancipation a été surtout politique. Elle a montré ce que sa faiblesse musculaire comporte de courage viril. Elle a aidé l'homme dans les tâches libératrices, tout en restant fière et indépendante en face de lui.

« Cependant, dans les contrées boréales de l'Europe, un être vraiment nouveau venait à la lumière, à la vie ; un type inconnu de femme se créait.

« La Scandinave réfléchie, méditative, un peu mystique, anxieuse de vérités et de scrupules moraux, apparaissait à la fin de ce siècle comme une incarnation inattendue de cette splendeur d'âme, conservée, dans les temps les plus obscurs, par certains êtres féminins privilégiés, au milieu de l'avilissement des hommes... Il fallait qu'à notre époque de scepticisme pratique, de désenchantement religieux, quelques femmes d'élite entretinssent le feu du sanctuaire.

« Les Scandinaves nous donnent l'exemple d'un culte vraiment pieux pour les vérités éternelles de la Morale, pour les droits sacrés de la conscience humaine... Elles seules ont osé proclamer que ces droits de la conscience individuelle priment tout, qu'on doit leur sacrifier toutes les commodités, toutes les nécessités de la vie pratique, et même les prétendus devoirs sociaux.

« La femme a d'abord le droit d'être *une conscience indépendante*, et son premier devoir est de défendre cette conscience ; telle est la vérité radieuse proclamée par l'enseignement et par la vie de tant de nobles femmes du Nord.

« Elles ont ainsi fourni un avertissement et un exemple précieux aux modernes éducateurs. Elles ont affirmé que tout l'avenir de la femme n'est pas d'exercer des métiers d'homme, de conquérir les privilèges sociaux des hommes, de posséder la même science et d'exercer les mêmes fonctions.

« Elles ont élargi l'avenir devant les pas de la Femme nouvelle. Elles ont, comme il convenait, dépassé d'un bond l'idéal masculin... »

Tandis que Pirnitz parlait, l'auditoire qui l'écoutait était passablement curieux à observer. La prise de possession en avait été immédiate ; mais on pouvait attribuer cette conquête aux dons physiques extraordinaires du regard, du geste et de la voix... Ce qui était vraiment notable, c'était la patience attentive avec laquelle ces gens, la plupart indifférents ou sceptiques en face du problème de l'éducation, écoutaient une thèse si nouvelle pour eux.

Oui, tout ce monde avait subitement ressenti ce que les apôtres seuls savent communiquer : la Foi. Tous, au moins pour le temps où elle parlerait, croyaient en Pirnitz. Ils étaient sûrs de ce guide, ils avaient confiance. Ils voyaient bien que cette petite souffreteuse en humbles vêtements noirs ne les induirait pas en erreur. Ils sentaient que réellement elle avait parcouru le monde, penchée sur l'âme des jeunes filles ; qu'elle avait couvé de son regard magnétique la délicate plante féminine, étudié partout ses conditions de germination, de croissance, de prospérité ; qu'elle avait tout vu, tout lu, tout réfléchi, et qu'elle distribuait maintenant avec simplicité le trésor de ses observations.

Quand elle eut ainsi caractérisé brièvement les principaux systèmes de l'éducation contemporaine, Pirnitz s'arrêta un instant pour reprendre haleine... Aucun bruit, aucun chuchotement ne se fit entendre durant cette pause. Elle continua alors à voix plus basse, comme si elle eût voulu entrer, avec ses auditeurs, plus avant dans la communion de confidences.

« Ainsi, dit-elle, dans les deux mondes, et diversement selon les contrées, la femme moderne prend conscience de ses destinées.

« L'égalité de ses droits avec les droits des hommes n'est déjà plus en question. Elle veut, partant de là, égaler véritablement, pratiquement, l'homme en activité intellectuelle, en influence morale. Elle veut la même science, le même labeur, la même participation au progrès universel... Et de ces principes s'est formé un système d'éducation qui peut varier de l'Amérique à l'Angleterre, de l'Allemagne à la Norvège, mais qui est Un dans ses aspirations, — divers seulement par l'expansion plus grande ou moindre de d'appétit idéal, par le plus ou moins d'importance attachée aux conquêtes pratiques.

« Dissemblables comme les espèces des roses, les jeunes filles des deux mondes s'offrent à la nouvelle culture.

« Toutes ?... Non pas.

« Il en est une qui semble réfractaire, ou du moins indifférente à l'action de l'Esprit nouveau. Et, chose merveilleuse, c'est précisément celle qui fut longtemps, et à si juste titre, considérée comme le type le plus parfait de la plante féminine, — la fleur par excellence, que l'univers admirait, respirait, enviait : la fleur latine.

« Disons-le hardiment : la jeune fille latine, la jeune fille française, ne participent point encore au puissant mouvement qui emporte un sexe tout entier vers l'avenir... Tandis que ses sœurs d'Europe et d'Amérique tressaillent, s'émeuvent, s'agitent, impatientes de grands lendemains, la jeune Latine s'assied obstinément devant le grand foyer, sans s'apercevoir qu'aucun feu n'y brille plus et que les cendres mêmes en sont refroidies... Se croit-elle donc encore à l'époque où le monde entier avait les yeux fixés sur elle pour la célébrer et tâcher de l'imiter ?

« Certes, la Française fut, pendant deux siècles, le modèle offert par les philosophes, par les éducateurs de l'humanité... Une Mme de Lafayette, une Sévigné, une Mme Dacier ou une Mme Roland furent à bon droit des reines de l'espèce ; elles primèrent leurs contemporaines par leur intellectualité ou leur énergie supérieures. La Française fut longtemps la plus pure, la plus loyale, la plus instruite ; et sa grâce, sa modestie, tempéraient, alors, l'éclat de sa perfection.

« Pourquoi sa royauté est-elle abolie ? Pourquoi les éducateurs de l'humanité la négligent-ils, pourquoi cherchent-ils ailleurs la parfaite jeune fille ?... Loin de la citer comme modèle, ils la présentent comme le type des vieux errements qu'il faut à tout prix éviter... Et ici je me hâte d'affirmer qu'ils la calomnient, mal renseignés comme on l'est si généralement sur ce qui se passe hors des frontières de son propre pays... Allez en Angleterre, en Allemagne, dans les contrées du Nord, aussi bien qu'en Amérique, on sourira un peu dédaigneusement quand vous parlerez de la jeune Française.

« C'est pour l'étranger, une petite personne qui s'habille très bien, bavarde énormément, ne songe qu'à danser et ne sait rien de sérieux.

« Voilà ce que signifie la moue de dédain des Anglo-Saxonnes, par exemple. Et ce dédain est absurde, je ne l'ignore pas, et il est mêlé d'un peu d'envie — car la grâce et la politesse de la jeune Française n'ont tout de même pas été égalées. Mais, sachons le dire, il y a, comme dans toute rumeur universelle, un écho de vérité en celle-ci.

« La vérité, c'est que l'éducation de la jeune fille, en ce pays, n'est ni bonne ni mauvaise : elle n'existe pas. Le hasard et la fantaisie y président. Il n'y a aucune éducation nationale, rationnelle, en France. On retient, soi-disant, les anciens principes, savoir : la jeune fille élevée absolument à l'écart de la vie, ignorant ses devoirs futurs, ignorant la lutte qu'elle aura à soutenir contre les hommes... On prétend faire de la jeune fille une page blanche sur laquelle l'époux écrira ce qu'il voudra — comme au temps où la petite Française quittait le couvent juste pour ses noces...

« On prétend cela ; mais l'éducation réelle contredit ces prétentions.

« Rien n'est tenté, dans le fait, pour aveugler d'une façon si anormale la compréhension de la jeune fille. Vivant de la vie de tout le monde, et cela, *quel que soit son milieu* — elle a tôt fait de deviner ou d'apprendre ce qu'on prétend lui cacher ; seulement, l'hypocrisie sociale la contraint à ignorer en apparence ce qu'elle sait en réalité.

« Affreuse conception de la pureté virginale ! Fausse pudeur qui corrompt les sources mêmes de l'honnêteté et de la modestie !... Enseigner à dissimuler, masquer l'âme de la vierge au moment où elle devient femme, quel contresens ! Quel crime !...

« De cette menteuse pudeur, nous ne voulons à aucun prix. La première qualité que nous exigeons de la jeune Française, comme de toute autre jeune fille, c'est la sincérité et la confiance. Si elle connaît les réalités de la vie, — qu'elle ose regarder les gens en face et dire : « Je les connais... » Si elle les ignore, qu'elle préfère une loyale et prudente explication à des investigations sournoises.

« Arrière la jeune fille dont les yeux et les lèvres affectent une innocence qui n'est point dans son cœur... On ne fonde rien sur le mensonge ! »

Ces fortes paroles, si peu habituelles dans un milieu scolaire, firent une puissante impression. Peut-être même eussent-elles provoqué quelque révolte, si Pirnitz les eût prononcées au début de son discours... Mais cette espèce de voyage autour du monde entrepris tout à l'heure avec l'auditoire avait préparé celui-ci à entendre des doctrines neuves ; une émulation pour le bien fermentait dans ces âmes indifférentes, momentanément excitées par un verbe d'apôtre... Loin de choquer, Pirnitz provoqua les applaudissements.

Tranquille, ses beaux yeux fixés en avant comme sur une lumière visible pour elle seule, elle attendit que le calme se rétablît. Elle poursuivit alors :

« Le mensonge, la fausse ignorance, voilà un vice fondamental que les éducateurs philosophes ont raison de reprocher à la mode française d'élever les jeunes filles. Il n'y a pas à discuter là-dessus : il faut hardiment bouleverser les doctrines caduques et mettre à la base de tout la sincérité, la vérité.

« Est-il exact, d'autre part, que la jeune Française soit plus coquette, plus galante, — disons le mot, — que les jeunes filles de tels autres pays, les pays anglo-saxons, par exemple ? L'homme qui la choisit est-il dupe ? La fidélité, l'honnêteté de la Française, sont-elles fragiles ?

« Je réponds hardiment : Non. La calomnie commence ici.

« Des qualités admirables de femme de foyer sont l'apanage de la Française, à tel point qu'aucune étrangère ne peut lui être comparée. Au régime désordonné auquel est soumise la jeune fille en France, — nulle étrangère ne donnerait une compagne aussi stable, aussi sûre. L'âme de la petite Française est pleine de générosité, de fidélité, de grâce, d'idéal et de dévouement. Elevée sans principes définis, elle se reprend, presque toujours, s'éduque elle-même pour la réalité et y apporte une énergie, une endurance qu'on ne lui a pas enseignées.... De celles qui cèdent devant la vie, qui ploient, qui succombent, — l'éducation insuffisante, non sincère, non adéquate à la vie vraie, est, le plus souvent, responsable. Il n'est point d'âme plus éducable, plus aisément conduite à la perfection que l'âme de la petite Française.

« Et cependant l'étranger a raison, — en partie raison, — lorsqu'il prétend que la petite Française court des dangers spéciaux à sa race. Oui, la petite Française, plus généralement la petite Latine, sont plus sensibles que d'autres races à la crise morale subie par toute jeune fille, à l'heure de choisir son compagnon d'existence. C'est qu'elles sont nées, c'est qu'elles ont vécu dans des pays où la galanterie est traditionnelle, où elle est en honneur, où il est dit couramment (sinc... pensé), que rien n'est plus digne d'une femme que d'avoir beaucoup de courtisans.

« Elevez une jeune fille avec tous les soins possibles : si vous lui laissez croire que son rôle providentiel consiste à séduire les jeunes hommes, tout votre effort d'éducation est compromis. Surtout si, comme en France, votre jeune fille est destinée à rencontrer des hommes dont précisément la galanterie est la grande affaire.

« Quelle terrible aventure, cette rencontre d'une innocence troublée, à demi renseignée, et d'un séducteur professionnel, fier de son métier de séducteur ! Contre cette aventure doit tendre le plus énergique effort de quiconque élèvera la jeune Française. Pour l'y préparer, il ne faudra pas craindre de lui dire toute la vérité sur les périls imminents. Il faudra lui dépouiller à l'avance de toute parure sentimentale ou romanesque ces mots : galanterie, séduction, — *qui sont de vilains mots*. Il faudra développer son énergie et exercer sa volonté, afin qu'elle ne se laisse pas convaincre par de mensongères et funestes glorifications de la faiblesse féminine. Enfin, il faudra lui extirper du cerveau, presque dès l'enfance, cette idée que la femme est élevée pour l'homme, — pour un homme. La femme est élevée pour elle-même, ou, si l'on veut, pour l'humanité.

« Il faut que la jeune Française soit élevée pour l'humanité — non pour un homme : tel est le principe de l'éducation que nous nous proposons d'appliquer à nos élèves. Vit-on jamais un éducateur de jeunes hommes s'attacher uniquement à préparer ses disciples au mariage ? Une telle entreprise ferait rire. On estime qu'un homme est suffisamment préparé à faire un mari, s'il est honnête, loyal, sain, et capable de gagner sa vie.

« Eh bien ! nous le proclamons hardiment : *il n'y a pas lieu de procéder différemment pour les jeunes filles*... Saines, honnêtes, instruites, laborieuses, elles sont suffisamment aptes au mariage. D'ailleurs, il importe que ces jeunes filles nouvelles soient indépendantes de l'argent masculin, qu'elles comptent uniquement sur elles-mêmes pour gagner leur vie : c'est la condition de leur liberté ; à cette condition seulement, elles seront de véritables *personnes* humaines.

« Elevez une jeune Française en de tels principes : vous pouvez vous fier aux qualités héréditaires de la race, pour qu'elle soit épouse et mère parfaite. Elle comprendra toujours son mari, car elle n'est, de race, que trop intelligente ; elle saura lui rendre la maison agréable, car elle est, par tradition, à la fois, gracieuse et ménagère.... Elle sera mère passionnément : ce n'est pas elle, mais bien l'égoïsme et la lâcheté des hommes qui inventèrent les familles courtes !... Elle sera mère avec une passion excessive ; et peut-être là encore l'éducation pourra-t-elle efficacement s'exercer.

« A la jeune fille, qui déjà tressaille au lointain espoir de la maternité, il conviendra de faire entendre que l'enfant né de ses entrailles sera, comme elle le fut, un être libre, une *personne humaine*, — et que la pire façon de l'aimer serait d'entraver, par une affection trop jalouse, le libre développement de cette personnalité. Comme la jeune fille fut élevée pour l'humanité, la mère devra élever ses enfants pour l'humanité. Dès que l'aube de leur compréhension s'éveillera, nous tâcherons d'inculquer à nos élèves ces vérités primordiales.

« Il faut qu'elle soit épouse et mère, la petite Latine ; mais il faut qu'elle le soit avec conscience et sang-froid, sans sacrifier à une sorte d'emportement maternel ses devoirs envers le pays et l'espèce.

« Enfin, à côté de celles qui se marieront, il convient de ne pas perdre de vue la troupe déjà nombreuse, toujours croissante, des jeunes filles qui *ne se marieront pas*.

« Grave problème : négliger de le prévoir serait bien mal connaître les nécessités de l'heure présente. Le célibat, certes, est peu goûté des femmes en général, des Françaises en particulier... Avec raison, la Française estime que la majorité des femmes doit se marier, mettre au monde des enfants et les élever.

« Loin de moi la chimère de plaider contre ce sentiment. Il faut l'encourager, au contraire, et le glorifier... Mais peut-il prévaloir contre l'évidence de certains faits économiques indiscutables ? Ces faits, les voici dans leur simplicité redoutable :

« Premièrement, il naît plus de femmes que d'hommes dans tous les pays européens, notamment en France. Secondement, la mort frappe plus vite les hommes que les femmes : résultat de la jeunesse moins réglée, et aussi des excès de travail des hommes. Enfin de plus en plus, par la concurrence au gain, par l'âpreté croissante de la bataille pour vivre, l'homme hésitera à se charger, seul, de deux bouches à nourrir, sans compter celles des enfants. De plus en plus, l'homme hésitera devant les devoirs du mariage.

« Il convient donc que l'éducation s'occupe des jeunes filles qui, volontairement ou non, ne se marieront pas ; et, comme nul ne saurait dire à l'avance laquelle se mariera, laquelle restera fille, il convient que la jeune fille moderne prévoie le célibat, comme elle prévoit le mariage. Il convient que les délaissées du mariage ne se considèrent pas comme d'irréparables déshéritées ; on leur doit une parole d'espérance... Non, les femmes célibataires, les *bachelor-women*, comme on dit en Angleterre, où elles occupent une large place, fort enviable, — non, ces délaissées du mariage ne sont pas, par là, exclues de toute influence dans la société de l'avenir. Elles y ont un rôle bien marqué ; ce rôle est si important, si noble, que beaucoup le choisiront, j'en suis sûre, de préférence au mariage : et cela est désirable, puisqu'il faut, ne l'oublions pas, *il faut* des femmes célibataires.

« Le rôle des vierges contentes de leur célibat, des *bachelor-women*, est grand dans la société de l'avenir : peut-être est-il plus grand encore dans cette société en transformation qui est la nôtre.

« Tant que la cause de la femme n'est pas entièrement gagnée devant l'humanité, il importe que certaines femmes prennent spécialement cette cause en main, s'en fassent à la fois les avocates et les prêtresses... Et qui donc s'adaptera mieux à ce double objet que la femme volontairement exclue du mariage et de la famille, ou du moins acceptant avec sérénité, sans arrière-pensée, une exclusion imposée par les circonstances ?

« Pour celle-ci, toutes les femmes seront des sœurs, et toutes les jeunes filles seront une famille immense, à laquelle elle donnera son dévouement désintéressé. Sorte d'idéal mélange de la femme forte et de la vierge sage de l'Ecriture, cette célibataire fière de son célibat traversera la vie sans en connaître pour elle-même les p[illegible] : elle montrera la voie de liberté et de s[illegible]nité.

« Elle sera vraiment la femme nouvelle prévue par Tennyson, ou l'Eve prochaine que toutes les sociétés contemporaines devinent, annoncent, sans oser ni pouvoir la définir.

« Elle sera plus que l'Eve prochaine : elle sera la Vierge Forte, offrant à ses sœurs la grâce innocente de sa virginité et l'appui de sa force.

« Certes, la foule la jugera toujours une exception grandiose, et il n'y a pas de péril qu'une telle exception se change en règle. Mais je persiste à croire qu'elle apparaîtra peu à peu comme une sorte d'aristocratie féminine, indispensable agent de liaison, pour ainsi dire, entre les divers groupes sociaux, annonciatrice, inspiratrice, consolatrice de l'humanité. La Vierge Forte, telle que je la conçois, se trouvera naturellement investie, parmi l'humanité de demain, d'une sorte de magistrature souriante. »

La voix de Pirnitz, sur ce thème qui lui était cher et familier, s'éleva, dépassa le ton de l'insinuante causerie qui avait déjà capté l'auditoire :

J'entends, fit-elle, j'entends ou du moins je pressens cette réplique à nos espoirs : « Rêverie !... Utopie !... » Les sages lèvent les épaules ; les docteurs raillent... Nous sommes de chimériques, paraît-il... Pourquoi ? Parce que nous amplifions notre rôle, non seulement à égaler celui de l'homme dans la vie sociale, mais encore à le surpasser ? Parce que nous comptons sur la femme libre, instruite, pour hausser l'étiage moral de l'homme, pour être, à son tour, son éducatrice ? Une pareille ambition est-elle donc insensée ?

« Est-ce que, même dans cette société vieillissante où l'on omet de nous enseigner l'énergie, la volonté, la liberté, — nous ne demeurons pas cependant les gardiennes des plus nobles vertus humaines, pureté, fidélité, abnégation, foi spiritualiste ? Lorsqu'elle est dévoyée, j'en conviens, la femme roule plus bas que l'homme ; mais ne devons-nous pas admirer précisément la rareté relative de ces chutes, alors que l'éducation donnée à la jeune fille semble la destiner à déchoir ?

« Est-il chimérique d'espérer que ce rôle de gardienne et d'observatrice des lois morales, la femme le prendra plus à cœur encore lorsqu'on l'y dirigera ? Est-ce une utopie, — ce rêve d'une humanité nouvelle recevant une suprême impulsion, accomplissant un progrès suprême, par l'effort de la femme, de celle qui, par excellence, est la séduction et le dévouement ?

« Et n'est-ce pas en France, plus que partout ailleurs, qu'on a le droit d'attendre cette rénovation morale, cette résurrection par l'influence adorable de la jeune fille chaste et forte ?... La France n'a-t-elle pas enfanté la Vierge Forte symbolique ? Quel autre pays peut se glorifier d'une Jeanne d'Arc ? Et quelle autre qu'une vierge forte eût pu, au temps de Jeanne d'Arc, sauver ce pays ?... »

Les applaudissements éclatèrent sur tous les rangs de l'assistance. Pirnitz les apaisa d'un geste de la main.

« La terre qui a fait germer Jeanne d'Arc n'a pas épuisé sa vigueur. Il peut paraître imprudent, dérisoire, que d'humbles femmes comme nous osent l'affirmer : pourtant je l'affirme avec confiance, je le crie à cette foule qui m'écoute : je connais ici, à Paris, je connais parmi les collaboratrices mêmes de notre Œuvre, des jeunes filles qui sont la parfaite expression de la féminité supérieure.

« Elles ont la pureté, la sérénité, la force et la grâce. Elles ne demandent rien à l'humanité en échange de ce qu'elles accomplissent pour le bien de l'humanité. Elles ont la science d'un homme d'élite et n'ont rien perdu pour cela de leur séduction. Elles sont la gloire de notre entreprise et le gage du succès.

« Nous vaincrons par elles... Par elles, nous ferons germer la moisson de l'avenir...

« Ces têtes blondes, levées vers ma parole qu'elles n'entendent pas encore clairement, mais dont leur instinct pressent la vérité fraternelle, — ces fillettes que nous allons enseigner, — qu'il plaise aux passants ironiques d'y compter seulement trente petites filles destinées à vivre d'un art industriel !

« Il est vrai que nous donnerons tous nos soins à leur enseigner cet art : on arme, on munit le soldat avant la bataille. Un métier pratique, pour une femme, c'est la condition de la liberté.

« Mais ce serait étrangement restreindre notre rôle que le limiter à un enseignement professionnel. Nos élèves apprendront leur métier d'ouvrières d'art ; mais en même temps, surtout, elles apprendront à être des femmes. On leur définira leur rôle idéal ; on le leur fera aimer : soyez certains que la plupart d'entre elles, sorties des portes de cette école, s'efforceront au moins d'y atteindre...

« Et plusieurs y atteindront...

« Oui, parmi ces petites âmes neuves offertes à nos soins, je devine, je sais qu'il se prépare des femmes nouvelles et des vierges fortes, pour l'œuvre de la rédemption prochaine. Les unes arriveront au mariage, à la maternité, conscientes de leurs devoirs, mais sans rien abdiquer de leur dignité personnelle. Elles choisiront l'homme qui leur plaira, et non celui qui consentira à les entretenir dans une paresse luxueuse ; car elles auront acquis l'horreur de l'inaction, et l'outil qui gagne le pain quotidien, nous le leur aurons donné.

« Les femmes que le mariage délaissera ou qui, volontairement, délaisseront le mariage, n'iront pas pour cela s'imaginer que leur vie est brisée et que l'avenir ne leur garde qu'amertume

« Sachant dès l'enfance que cette destinée est fréquente et pouvait les attendre, elles seront à la mesure de leurs nouveaux devoirs... Chastes prêtresses de la féminéité nouvelle, elles traverseront le monde en faisant le bien, en incarnant la moralité la plus haute, le désintéressement le plus absolu... Qu'il y en ait, de celles-ci, une abondante armée, qu'importe ? C'est la loi de l'avenir qu'il y en ait beaucoup, — et, ne craignez rien, elles ne seront jamais trop.

« Plus nombreuses que nous, épurées sans doute par l'inévitable sélection, façonnées par l'inévitable progrès, elle seront éducatrices, à leur tour : meilleures éducatrices, car elles auront coordonné ce que nous allons observer au hasard des découvertes.

« Elles seront plus proches que nous de la femme nouvelle. Elles enseigneront mieux que nous... Et parmi celles qu'elles enseigneront, ce type idéal de l'Eve prochaine se reproduira encore en s'épurant. De nouveau, la sélection et le progrès feront le triage des êtres ; d'autres éducatrices plus parfaites apparaîtront pour enseigner de plus parfaites élèves. A mesure qu'elles se multiplieront, comme un froment épais et vigoureux, elles étoufferont, rien que par la force de végétation, les mauvaises pousses féminines autour d'elles.

« L'Eve ancienne, l'Eve perverse, hypocrite, sournoise, vénale et perfide, créée par d'infâmes choix de l'égoïsme masculin, — peu à peu, comme une herbe nuisible dans un champ bien sarclé, — s'abolira ; sa fleur se fanera, sa tige sera coupée, ses racines mêmes étoufferont faute d'air.

« L'Eve prochaine apparaîtra rayonnante, maîtresse de la terre.

« Petites âmes d'enfants, vous êtes la semence. Germez, grandissez, prospérez pour la moisson bénie de l'avenir... »

Une émotion puissante, à mesure que Pirnitz avançait vers sa péroraison, s'était emparée de l'auditoire. Des femmes pleuraient. Des curieux qui, d'abord, avaient raillé, se taisaient, étonnés de leur propre attendrissement. Une acclamation unanime salua les derniers mots. Le délégué du ministre, M. Roudier, vint serrer, avec effusion, les mains de l'apôtre, et, après lui, d'autres mains, des centaines de mains, cherchèrent cette main souffreteuse.

Pirnitz, doucement, insensiblement, se dérobait, entourée de petites élèves qui, magnétisées à leur tour, se pressaient contre elle, comme une couvée de poussins. Mlle de Sainte-Parade, sur le conseil de Frédérique, déclara la séance levée. Et tandis que le public se retirait, encore tout vibrant, les surveillantes conduisirent les élèves dans la cour de récréation, plantée de jeunes acacias. L'état-major de l'école se rendit dans la salle destinée aux séances du comité.

— Quel triomphe ! dit Mlle de Sainte-Parade. Je crois que voilà une inauguration réussie ! Ce M. Roudier, le délégué du ministre, comme il a bien parlé !... Et vous aussi Heurteau... Quant à Pirnitz, c'est de l'enchantement. Elle a convaincu les plus sceptiques.

Dans la cour aux acacias, les voix joyeuses des fillettes, libérées d'un long silence, faisaient explosion, s'alliaient en fraîches clameurs de ronde.

Mlle Heurteau dit pensivement :

— Je ne connais rien de plus touchant qu'un discours de Pirnitz, ni de plus persuasif. Elle a un don merveilleux. C'est la vraie éloquence, faite on ne sait de quoi.

On avait servi sur la table, ornée d'une nappe pour la circonstance, du thé et quelques tartines beurrées : le menu habituel des réunions chez Mlle de Sainte-Parade. Les groupes se formèrent autour de ce goûter frugal. Léa, quand tout le monde fut engagé dans des conversations particulières, prit Pirnitz à part.

— Oh ! je vous remercie, dit-elle. Vous m'avez réconfortée ! J'avais besoin de vous entendre, d'entendre votre chère voix redire la bonne doctrine.

— J'ai beaucoup pensé à vous, tandis que je parlais, répondit Pirnitz. Ma chère fille ! je sais combien vous avez souffert... Je ne vous demande pas d'aveux ni de confidences ; je sais que vous me les ferez un jour ; aujourd'hui il vous en coûterait trop...

— C'est vrai, dit Léa.

— Et puis, votre conscience s'exerce mieux, à lutter dans la solitude. Vous vous approchez sans cesse de cette Eve prochaine dont je parlais tout à l'heure. Quand je nommais ces jeunes filles qui réalisent un type de féminéité supérieure, ne vous êtes-vous pas reconnue ?

Léa sourit, les yeux brillants de fierté. A ce moment, une petite élève toute blonde, envoyée par la surveillante de la récréation, entra, après avoir frappé, et, figée par la timidité, s'arrêta sur le seuil.

— Que veux-tu ? mon enfant, lui demanda Pirnitz.

La petite, déconcertée, détourna le regard, n'osa répondre. Pirnitz lui posa la main sur l'épaule.

— D'abord, il ne faut pas baisser les yeux. Regarde-moi... en face... allons ! bien en face. On doit toujours parler les yeux dans les yeux quand on a une conscience droite !

L'enfant murmura :

— On demande Mlle de Saint... Mme... Mme la présidente. Il y a sa voiture, à la porte.

Pirnitz embrassa l'enfant.

— Bien ! tu vois que la langue se délie quand les yeux regardent en face. Va jouer, mignonne, tu as très bien fait ta commission. Je vais prévenir Mlle de Sainte-Parade...

Mlle Heurteau et sœur Odile accompagnèrent la présidente. Duyvecke remonta dans sa chambre ; elle avait du travail en retard, car, même à l'école, elle continuait à poursuivre ses diplômes d'enseignement supérieur. Daisy Craggs et Geneviève Soubize, qui habitaient encore pour quelques jours l'avenue de Ségur, partirent à leur tour. Il ne resta plus, dans la grande salle, que Pirnitz, Léa et Frédérique.

A se sentir seules, toutes trois ensemble, après cette journée de foule, elles éprouvèrent une sorte de joie recueillie. Le soir était venu. Comme de bons ouvriers qui ont accompli leur rude besogne en commun, elles resplendissaient d'une joie si intense, que le souci de leur propre bonheur — d'un bonheur égoïste — n'aurait pu avoir de prise, à cette heure, sur aucune d'elles. Pirnitz sourit à ses deux disciples, qui, d'un geste filial, l'entourèrent de leurs bras et la couvrirent de caresses.

Frédérique dit :

— Romaine, vous nous avez créées, autant que notre mère. Où allions-nous sans vous ? Nous souhaitions le bien, mais nous marchions dans la nuit.

— Romaine, dit Léa, toutes les fois que j'ai été troublée j'ai pensé à vous comme à une sainte, et j'ai retrouvé de la force.

Frédérique, se rappelant sa fuite tragique à travers Regent's Park, songea :

« Elle aussi ! »

Pirnitz, souriante, se débattait sous les caresses de « ses deux grandes filles », comme elle les appelait. Elle finit par s'asseoir dans un fauteuil, à l'angle de la cheminée de pierre qui figurait un âtre campagnard. Léa et Frédérique, chacune d'un côté, s'assirent auprès d'elle sur des chaises plus basses, lui tenant une main. Elles formaient un groupe adorable de grâce, la douceur souffrante de l'apôtre contrastant avec la grave beauté de Frédérique et le charme romanesque de Léa.

La porte de la salle s'entr'ouvrit doucement, et la même petite blonde qui, tout à l'heure, avait annoncé la voiture de la présidente, s'approcha, le pas décidé, et, levant cette fois franchement les yeux, dit à Pirnitz :

— Madame... il y a un monsieur qui veut entrer.

— Un monsieur ? il se trompe. C'est sans doute pour l'usine, dit Pirnitz.

L'enfant répliqua :

— Non, il demande à voir Mlle Léa.

Calme par l'effort concentré de sa volonté, Léa dit simplement :

— C'est Georg. Il est à Paris... Je le savais. Si vous voulez, nous le ferons entrer ici. Il importe que je l'entende et que je lui parle ; et j'aime mieux que ce soit devant vous.

Joie ou peur, Frédérique reçut de ces mots : « Georg est à Paris » une telle commotion qu'elle dut garder le silence. Pirnitz, après une minute de réflexion, dit à la fillette :

— Conduis ce monsieur ici, mon enfant.

VI

Aucune des trois femmes assises auprès de la haute cheminée ne changea de posture. Léa et Frédérique gardèrent chacune l'une des mains de l'apôtre.

Quand Georg entra, amené par l'enfant, quand il s'avança dans la clarté vive de la salle, il se sentit appelé devant un tribunal, prêt à le juger.

Il vint en pleine lumière, observé par les trois femmes. Sa haute stature, que Léa avait mal entrevue, quelques jours auparavant, dans la pénombre de la chambre de Pirnitz, s'était élargie, comme redressée, pendant les mois d'absence. C'était le même visage de héros septentrional, aux cheveux blonds, aux moustaches fauves, au front ample, aux lèvres rouges, aux yeux bleus... Et c'était un autre homme cependant : le héros transformé par l'amour, redevenu accessible à l'émotion, aux désirs, aux passions de l'humanité.

Il était vêtu d'un costume de velours noir côtelé, qui, porté par tout autre, eût semblé presque celui d'un ouvrier, mais qui prenait, sur lui, on ne savait quoi d'héroïque et d'artiste à la fois, sans rien qui fît songer à l'apprêt, au déguisement.

Georg s'arrêta contre la cheminée, à quelques pas des trois femmes. Pirnitz le couvait de ses yeux mystérieux, apaisant ce qui peut-être grondait en lui de colère, à trouver deux gardiennes auprès de Léa. Léa et Frédérique fixaient, elles aussi, leurs prunelles anxieuses sur ce visiteur inattendu qui, pour toutes deux, représentait l'Homme, c'est-à-dire l'adversaire, et le plus dangereux, puisqu'il s'offrait comme un appui, un refuge de tendresse... Mais elles se savaient fortes contre lui, — et d'être unsemble à l'accueillir, et de la présence de celle dont on ne triomphait pas : de Pirnitz.

Tous quatre étaient trop en dehors de l'habituelle convenance pour s'attarder à des présentations ou à des formules de courtoisie. Georg jeta son chapeau de feutre sur la table et s'adressa directement à Léa.

— Léa, dit-il, je viens vous chercher.

— Je ne puis pas vous suivre, répondit Léa absolument calme. Vous n'ignorez pas, Georg, que tous mes devoirs sont ici.

— Vous le croyez, répondit Georg. J'étais là pendant la séance, j'ai entendu le discours de Romaine Pirnitz... Elle a dit des choses très belles ; elle a dit quelques choses vraies. Mais elle a conclu contre la vérité. C'est cela que je viens vous dire, Léa... Je viens vous reprendre à l'erreur.

Les mains de Léa et de Frédérique serrèrent celles de l'apôtre, comme pour protester :

« Non, vos paroles n'enseignent pas l'erreur. Nous sommes avec vous, nous croyons en vous, on ne nous prendra pas à vous ! »

— Georg Ortsen, dit Pirnitz avec douceur, à quoi bon revenir troubler cette enfant ? Vous la voyez heureuse, abritée contre les orages, décidée à se dépenser pour ses sœurs. Quel sort plus noble et plus heureux venez-vous lui offrir ? Et de quel droit ?

— Je suis son mari. Je lui offre d'être ma femme : ce qu'elle avait choisi librement.

— Oh ! Georg ! murmura Frédérique, qui, jusque-là, n'avait pu prendre sur soi de parler. Vous vous donnez donc le change à ce point ? Quoi ! c'est vous, le Georg que j'ai tant admiré, c'est vous qui voulez corrompre la conscience de Léa ? Etes-vous bien l'homme que nous avons chéri, le frère de Tinka ?

Georg répliqua :

— Tinka n'est plus tout à fait la même Tinka. Comme elle l'annonçait déjà dans nos entretiens d'Apple-Tree-Yard, elle s'éveille aujourd'hui dans le printemps. Pour moi, grâce à Dieu, vous dites vrai : je ne suis plus, oh ! non ! le jeune homme... ou plutôt je ne suis plus l'enfant indécis qui vivait sans trouble parmi les limbes crépusculaires, séparé de la vie. Non ! Frédérique, vous ne vous trompez pas : je ne suis plus le même... L'adolescent indécis s'est transformé dans l'absence, il s'est virilisé. Seule, ma sincérité n'a pas changé. Je vous parle aujourd'hui d'aussi bonne foi qu'au temps d'Apple-Tree-Yard. Seulement, je vous parle en homme. Je connais ce que je ne connaissais pas.

GEORG S'ARRÊTA CONTRE LA CHEMINÉE.

Frédérique et Léa, malgré leur propos de résister à Georg, écoutaient sa parole avec joie. Pirnitz comprit-elle que cette influence menaçait Frédérique autant que Léa ? Avertie pour Léa, perçut-elle l'émotion anormale de l'aînée ? Elle arrêta successivement sur les deux sœurs le magnétisme de ses yeux, puis regarda en face le dangereux messager qui venait lui disputer la proie de son dévouement. Elle se résolut à l'affronter seule.

— Georg Ortsen, fit-elle, vous savez que notre œuvre est l'œuvre de volontés libres. Des femmes se sont réunies pour élever des petites filles. Elles n'ont pris d'engagement qu'envers elles-mêmes. **Chacune de nous, à** chaque heure, peut s'affranchir. Léa est libre comme les autres ; il n'est pas question parmi nous de vœux ni de contrat. Donc, si Léa désire vous suivre, elle le peut à l'instant même.

— Léa, dit Georg, je vous en conjure, venez avec moi.

— Attendez, interrompit Pirnitz sans laisser à la jeune fille le temps de répondre... Léa est libre ; mais je pense que vous rougiriez de la capter à l'improviste, dans une surprise de sa sensibilité ? Je pense que vous voulez la tenir de sa conviction et de sa volonté résolue, consciente ?...

Léa, réconfortée, avait noué ses bras autour du bras de l'apôtre. Georg hésita un instant

— Léa est ma femme, déclara-t-il. Qu'elle me suive parce qu'elle m'aime, — je n'en demande pas davantage. Pourtant, si elle ne voit pas aussi nettement que moi où est son bonheur, si elle croit avoir ici des devoirs, eh bien !... je me charge de l'éclairer. Qu'elle m'écoute seulement, et elle me suivra.

— C'est justement, répliqua Pirnitz, ce que j'allais vous proposer. Parlez, convainquez Léa, convainquez-nous. Dites-nous par quels chemins vous avez été amené à un point si éloigné de celui d'où vous êtes parti... Nous vous écoutons toutes les trois, de tout notre cœur.

— Soit, dit Georg.

Avec une grâce négligente, il prit une chaise, s'y assit, médita un instant, puis releva la tête. Il était charmant de virilité et de poésie. Il s'opposait harmonieusement au groupe étroit, attentif, des trois femmes.

Tribunal étrange, devant lequel allait parler le représentant de l'autre sexe, du sexe ennemi, — tribunal partial et pourtant sympathique, où deux des juges aimaient l'accusé !...

Georg s'exprima lentement d'abord, avec réflexion, comme un voyageur qui conte ses aventures. Et c'était, en effet, l'aventure de son cœur qu'il racontait, le voyage de sa pensée entre deux pôles extrêmes, l'exploration de la vie par une âme.

— Romaine Pirnitz, dit-il, bien que nous ne nous soyons pas connus, quand vous êtes venue à Londres, il y a deux ans, — vous savez par Mme Sanz et par Léa un peu du passé de Tinka et du mien. Nous sommes nés à Larmsoë : je suis l'aîné d'une seule année. Larmsoë est un pauvre bourg de Finlande. Notre père était juge ; c'était un homme timide et bon. Notre mère, qui nous éleva, Tinka et moi, jusqu'aux environs de la douzième année, possédait un esprit rare et un grand cœur.

« Dans le ménage de nos parents, nous n'avons jamais rien vu qui pût ressembler à de l'amour. Le mot cependant y était quelquefois prononcé et aussi ceux d'amant et de maîtresse, et l'on ne cherchait aucunement à faire mystère pour nous, même [illegible] des rapports des sexes entre eux... [illegible] agissait généralement d'une fille abusée par un séducteur ou de quelque drame intime causé, chez des voisins, par l'inconduite du mari ou de la femme.

« Ainsi, nous fûmes élevés, Tinka et moi, dans cette idée que l'amour est ou bien un devoir extrêmement rigoureux, ou bien une mauvaise action. **Tout attrait de curiosité** vers cette chose mystérieuse et tentante pour d'autres nous fut ainsi enlevé.

« On maria Tinka alors qu'elle n'était encore qu'une enfant ; mais, comme elle avait consenti au mariage à la condition de n'être point séparée de moi, je vécus auprès d'elle et de son mari pendant sept années. Elle continua de se confier à son frère plus volontiers qu'à son mari. Ce qu'elle me révélait ingénument de ses devoirs d'épouse confirma mon dédain pour le mariage. J'ajoute que Tinka et moi, nous avions un tempérament plus calme encore que celui de nos calmes compatriotes. Positivement, durant toute ma jeunesse, j'ai ignoré la tentation qui peut venir d'une femme. Quelques efforts de coquetterie qu'essayèrent des femmes plus âgées m'inspirèrent seulement du dégoût... L'amour eût pu glisser en moi par la tendresse, par le besoin de société féminine ; mais l'ardente affection de Tinka me suffisait... Vous savez, Léa, et vous aussi, Frédérique, combien est étroite notre union. Elle va presque jusqu'à unir nos cerveaux par des liens invisibles, et souvent, sans nous parler, nous pensons les mêmes choses, à la même heure... Au fond, j'étais le véritable mari de Tinka. Son mari selon la loi, qui cependant n'était ni meilleur ni pire que la masse des hommes, ne fut jamais pour elle qu'un compagnon accidentel. Léa vous a-t-elle raconté, Pirnitz, dans quelles circonstances nous le quittâmes, Tinka et moi ?

— Oui, dit Pirnitz.

Il se fit un silence. Les voix joyeuses des rondes s'étaient tues. Les élèves regagnaient les études avec un piétinement de troupeau. Des quarts sonnèrent à l'horloge de l'usine Duramberty.

— Nous avons accompli cet acte avec sérénité, reprit Georg. Nous avons laissé ces âmes — le mari et les enfants — sans nul remords. Au contraire, l'allégresse de la bonne action accomplie a chanté au dedans de nous. C'est vous dire quels principes inflexibles nous gouvernaient. Aujourd'hui, je distingue et je hais l'extravagant égoïsme intellectuel caché sous ces inflexibles principes.

— Georg ! Georg ! supplia Léa, désolée de voir briser ses idoles par celui même qui les avait édifiées.

Mais Georg répéta, s'adressant à elle, cette fois :

— Si, Léa, ce fut un égoïsme extravagant, encore que noble, j'en conviens. Nous nous conduisîmes comme des passants qui trouvant un blessé tombé dans la boue de la route refuseraient de le toucher pour ne pas salir et ensanglanter leurs mains.

Il médita un moment, regardant, dans sa mémoire les images de cet étrange passé.

— Quand je repense, dit-il, à la vie que nous avons menée à Copenhague, Tinka et moi, j'éprouve pour nous deux la pitié qu'on donnerait à des êtres qui vous seraient très chers et que la folie aurait dévoyés. L'histoire de l'Eglise catholique est pleine de tels faits, qu'on admire en même temps qu'ils irritent la raison : saint Siméon Stylite passant vingt ans au faîte d'une co lonne, — saint Aloysius abandonnant, le soir de ses noces, sa femme pour se faire mendiant et vivre dans la chasteté. Nous fûmes, comme eux, des hallucinés de sacrifice. Nous fûmes intoxiqués par des idées trop simples sur la vertu et la dignité humaines. D'instinct, nous avions poussé à l'extrême les doctrines qu'on nous enseignait, enfants, et qu'on interprétait plus libéralement autour de nous, les accommodant aux nécessités réelles. Nous étions, ma sœur et moi, comme enchantés, dans un palais de rêve, par de surhumaines conceptions de la loi morale... Si Frédérique et Léa n'étaient jamais venues à Londres, il est probable que tous deux nous dormirions encore dans nos limbes.

« Une révolution fut provoquée dans l'esprit de Tinka et dans le mien par cette venue providentielle. Durant les mois d'Apple-Tree-Yard vous avez cru, Fédi, et vous aussi, Léa, subir notre influence ; en réalité, nous subissions la vôtre... Vous arriviez, vous, de ces terres heureuses où le sens de la vie a été compris depuis tant de générations ! Malgré les bandelettes dont on avait essayé d'envelopper votre adolescence, vous apportiez parmi nous l'attrait vigoureux de la femme qui veut, qui doit être aimée !... Je vous ai d'abord chéries toutes les deux, d'une égale ardeur. Je ne sais encore laquelle de vous deux est la plus belle. Mon cœur s'est peu à peu incliné vers Léa ; sans doute ce fut parce que Léa demeure la plus proche de son type primitif : elle est plus femme...

Léa pâlit. Frédérique pensa : « Je ne veux pas être troublée... Je ne veux pas qu'il me voie troublée... Ne sais-je pas qu'il aime Léa ?... »

Georg poursuivit :

— Durant le temps de fraternité amoureuse qui nous avons passé à Londres, Léa et moi, — durant nos fiançailles de libre grâce, — je me suis laissé délicieusement transformer par elle. Elle était, sans le savoir, plus avancée que moi-même dans la compréhension de la vie ; moi, j'ignorais le nom de cette force obscure qui me modifiait. Mais en vain nous essayions de décorer d'apparences mystiques ce qui était l'amour le plus naturel. L'amour a pris sa revanche... Et c'est vous, Léa, qui me l'avez révélé, cette nuit où nous revînmes ensemble de Richmond... Vous vous souvenez ?

Léa détourna le visage et ne répondit pas.

— Alors, reprit Georg, Léa voulut m'abandonner. Elle trouva un appui, un conseil de révolte dans Frédérique. J'étais encore tellement plongé dans mes limbes, que je n'osai pas la retenir. Je ne savais pas si, elle et moi, nous avions commis une faute. A coup sûr, nous avions failli contre notre idéal, et cela suffisait à m'ôter la sérénité. Dans ce désarroi moral, je vous laissai partir, Léa... Je me laissai arracher la promesse solennelle de ne pas vous écrire et de ne pas vous rechercher. Mais, quand je me retrouvai seul avec Tinka, nous ressentîmes tous deux une grande détresse. Nous étions deux croyants, presque deux martyrs d'une même foi, en train de perdre cette foi.

« Oh ! Romaine Pirnitz, vous dont l'âme est haute, éprise des idées, vous imaginerez assurément nos tortures. Au nom de certains principes absolus, nous avions deux fois bouleversé notre vie, et voilà que nous doutions de ces principes ! Un coin de notre conscience s'éveillait à l'angoisse, à la douleur, un coin jusque-là insensible et presque insoupçonné de nous... La critique de tout notre passé s'imposait à notre intelligence dessillée.

Car nous sentions bien, entre l'acte de Tinka abandonnant, pour un scrupule, son mari et ses enfants, et l'acte de Léa me délaissant par farouche pudeur, nous sentions bien une étroite analogie ! Pourquoi, cette fois, souffrions-nous davantage, même Tinka, qui, elle, pourtant, n'était point abandonnée ?... C'est que vous nous aviez déjà réveillés l'un et l'autre, et réchauffés, — vous, Léa, et vous, Frédérique. Tandis que vous croyiez être conquises par les froides chimères de l'esprit, ces chimères s'exilaient de nous-mêmes. Vous nous aviez, à votre insu et malgré vous, apporté la Vérité.

Bientôt, Londres me devint odieux. Ma santé, faible depuis de longues années, s'altéra. Tinka prit peur. Elle m'ordonna de voyager. J'hésitais à la quitter ; au moins, je voulais qu'elle m'accompagnât. Elle refusa. — « D'abord, dit-elle, l'argent que nous possédons tous les deux suffit à peine à ton voyage. Puis, tu as besoin d'être seul pour voir clair dans ta conscience... Et peut-être, moi-même, en ai-je besoin autant que toi. » C'était vrai, nous n'osions plus nous parler l'un à l'autre. Nous hésitions à nous confier nos doutes.

« J'obéis ; je vendis toutes mes ébauches, toutes mes études, à un brocanteur de Haymarket. Tinka demanda une avance à l'éditeur anglais qui allait publier la traduction de son deuxième roman. Elle ne garda que l'argent strictement nécessaire, et me donna le reste... Je partis...

Ne cachez pas votre visage, Léa ! Regardez-moi !... Je vous apporte la vérité. Nous nous sommes trompés de chemin dans la vie, ou, plutôt, nous n'avions pas encore vécu.

« Je partis... Les lettres que j'écrivis à Tinka pendant les premières semaines de mon séjour en Italie, vous les avez lues, Léa, je le sais. Elles vous ont raconté mes angoisses, la détresse de ma solitude ; elles vous ont fait assister à la révolution morale que je subis presque aussitôt après mon arrivée à Sienne.

« Souvent, depuis, j'ai médité sur cette crise. Et j'ai compris qu'elle n'avait été violente et brusque qu'en apparence. Ce qui est arrivé pour moi, exilé en Italie, ne pouvait pas ne pas arriver. Que de fois auparavant, Tinka et moi, nous avions pressenti une telle éclosion ! Les mains unies, les yeux fixés sur le ciel, que de fois, en Finlande comme en Danemark, comme en Angleterre, nous étions soudain entraînés vers une Terre promise inconnue, mais devinée, où la lumière de la nature et la lumière de l'art nous pénétreraient enfin, dissiperaient nos brouillards... C'étaient de brèves visions, des perceptions fugitives aussitôt évanouies... Le reflet qu'elles laissaient après elles suffisait à inquiéter notre sérénité... Nous ne vivions pas réellement. Nous attendions la vie. Et parfois nous en avions la sensation aiguë.

Il s'arrêta. Léa répondit lentement, comme si elle se parlait à elle-même :

— « Oui, Tinka m'a dit ces choses à Londres, bien souvent, et vous aussi, Georg, vous me les avez fait entendre. Tinka disait : « Georg et moi, nous n'avons pas encore tressailli dans le printemps... » Vous, Georg, quand, sur les bruyères de Hampstead-Heath, l'après-midi de nos fiançailles, ou bien, tant de fois encore, le soir, accoudés sur le Westminster Bridge, quand nous

LA GRANDEUR DU PASSÉ LATIN N'EST PAS UN MENSONGE

regardions la trouée du fleuve vers la mer, vous souhaitiez d'autres contrées, où une plus grande lumière ferait éclore votre cœur.

Elle disait ces paroles à mi-voix. Frédérique et Pirnitz se taisaient, laissant les deux amants révéler leurs âmes, — conscientes que des choses devaient être dites par eux, sans lesquelles l'avenir ne s'éclaircirait point.

— Vous vous rappelez cela ? dit Georg s'approchant de Léa... Nos paroles à Hampstead-Heath ?... Nos aspirations confuses, le soir, devant le fleuve ?... Oh ! chère... comme je vous remercie de les avoir gardées en vous !... Eh bien ! Léa, ces contrées que je pressentais, « où une plus grande lumière ferait éclore mon cœur », je les ai atteintes, enfin ; j'ai connu la clarté du grand soleil et de l'art superbe.

« Comme à tous les étrangers venus du Septentrion, l'Italie m'a révélé la vie. Ainsi fit-elle à Gœthé, à Shelley, et à notre Bjoernson. J'y apportais d'ailleurs une âme toute préparée, labourée par la souffrance, prête pour l'ensemencement. Jamais Barbare ne se laissa plus aisément conquérir. Dès que j'eus touché du pied la terre sacrée, le passé m'a semblé un songe puéril ! Ce que j'avais appelé noblesse d'âme, fermeté de conscience, m'apparut mériter d'autres noms : ignorance, égoïsme, impuissance à sentir... J'avais agi jusque-là comme un enfant qui se glorifierait de ce qu'il ne sait rien et de ce que ses bras sont débiles... Et tous les deux, Léa bien-aimée, comme des enfants encore, nous avions joué avec l'amour ainsi qu'avec une arme ignorée.

Les yeux de Léa s'extasiaient. Frédérique et Pirnitz la devinèrent à demi conquise.

Pirnitz dit :

— Alors, Georg, c'est l'Italie qui vous a transformé ? Dans cette nation en pleine anarchie politique, vous avez trouvé plus de vérité, de virilité, de grandeur que dans cette active Finlande, ou dans cette majestueuse Angleterre d'où vous veniez ?

Elle parlait d'un ton tranquille de controverse, brisant à dessein l'émotion suscitée par les derniers mots de Georg.

Georg répondit :

— Le désordre politique de l'Italie n'est rien. Qu'importe qu'un peuple politiquement, souffre de sa vieillesse, si l'histoire de sa grandeur vit encore, écrite sur tous ses monuments et dans toutes ses traditions ? J'ai entendu, là-bas, des Italiens même prétendre que l'Italie d'aujourd'hui n'est qu'une fausse grande nation. Qu'importe ? La grandeur du passé latin n'est pas un mensonge, ni la violente splendeur de la Renaissance !... C'est avec ce double passé que j'ai vécu. Mais j'ai vécu aussi parmi le peuple, qui, lui, n'a pas changé, du moins dans ses mœurs élémentaires. J'ai compris par lui la beauté de l'amour, la grâce de la jeunesse qui se désire, se cherche à travers les obstacles, s'aime et s'unit.

Il s'approcha de Léa qui, peu à peu, enfin gagnée par cette parole fervente, se redressait et levait vers lui un visage anxieux.

Il répéta :

— Léa, Léa, nous nous sommes trompés. La vérité est qu'une loi impérieuse, adorable, nous a destinés l'un à l'autre. Notre erreur fut de la méconnaître, de nous désunir quand elle nous unissait. Notre crime serait de persister à vivre séparés, maintenant que l'un de nous possède la vérité. Viens, Léa, laisse-moi t'emmener... Maintenant je sais, je vois. Nous sommes faits pour vivre côte à côte, chacun pour la joie de l'autre. Viens. Tu seras ma femme et tu seras mère. Comprends-tu cela, Léa ? Tu seras mère par moi ! Il y aura de jeunes êtres qui seront notre pensée et notre amour faits chair...

— Oh ! Georg... murmura Léa.

A demi soulevée, elle le suppliait de ne plus la tenter ; elle s'épouvantait de se sentir reconquise.

Il continua :

— Si les femmes qui t'environnent ici prétendent que tu seras déchue et que tu pécheras par égoïsme, ne les crois pas... Il faut être aveugle et infirme d'âme pour croire que le célibat est une gloire. La gloire de la femme est d'être mère... Viens ! ce que tu voulais dépenser d'efforts pour élever de petites inconnues, tu le donneras plus utilement à tes propres enfants. Viens ! notre chère vie d'Apple-Tree-Yard recommencera, renouvelée et élargie, car je m'en vais à Londres détruire le mal que j'ai fait : je vais rendre Tinka à son mari et à ses filles. Nous vivrons tous unis dans la sérénité, dans la vérité, non plus dans de froids limbes d'erreur. Viens ! je t'aime, je t'aime, je t'aime, ma Léa... ma femme...

Il lui tendait ses bras. Léa, tout à fait dégagée de l'étreinte de Pirnitz, ne regardait plus que lui. La parole de l'aimé la réveillait, rompait l'enchantement. Être femme !... Être mère !... Toute son hérédité devenait soudain complice du tentateur... A ce moment, si elle eût été seule, elle eût suivi Georg vers lequel elle s'avançait lentement. Frédérique le comprit. Comme on appelle un être cher proche d'un précipice, elle cria :

— Léa !...

— La jalousie, simple et horrible, lui mordait le cœur. C'était Léa que Georg allait emmener et non pas elle. Il lui parut que quand Georg serrerait Léa dans ses bras et l'emporterait, elle-même mourrait de douleur.

— Léa !... répéta-t-elle.

Léa ne se retourna pas. Georg reculait, les bras tendus. Il semblait vouloir, avant tout, l'éloigner de Frédérique et de Pirnitz. A son tour, Pirnitz prononça doucement ce nom :

— Léa !

Léa s'arrêta. Elle baissa la tête, indécise, n'osant regarder ni Pirnitz ni Georg.

— Mon enfant ! reprit Pirnitz.

Et chaque syllabe prononcée par cette voix touchait une fibre sensible dans le cœur de la jeune fille. Léa revint sur ses pas, Pirnitz lui reprit la main.

— Mon enfant !

— Oh ! Romaine, murmura Léa... Que faire ? Je ne sais plus où est la vérité... Je ne connais plus mon devoir.

— Le devoir n'a pas changé.

— Romaine, vous êtes toujours pour moi l'exemple de la vertu suprême... J'adore vos paroles... Mais ce que Georg nous disait m'a remuée toute ; a-t-il donc entendu par sa bouche parler une autre vérité contradictoire ?...

— Je t'ai dit la vérité, interrompit Georg, écoute ton cœur et suis-moi.

— Ne puis-je pas le suivre, implora Léa, et cependant travailler encore pour le bien des autres femmes ? Romaine, je vous en conjure, dites-moi que je ne fais pas de mal en m'en allant où il veut me conduire.

Frédérique, un peu à l'écart, regardait cette lutte singulière de deux forces contraires se disputant une même âme. Elle ne s'y mêlait point, sentant qu'elle n'y aurait aucune action ; et elle souffrait d'être ainsi inutile.

« Ainsi, songeait-elle, j'ai élevé cette enfant, j'ai pour ainsi dire façonné son esprit, je lui ai donné le meilleur de moi... et je ne compte même plus pour elle ! Pirnitz d'abord, puis Georg Ortsen l'ont conquise : leur double influence occupe maintenant toute sa pensée... Elle va suivre Georg, et, en le suivant, elle ne souffrira que de quitter Pirnitz. »

Un vent de sécheresse souffla sur le cœur de l'aînée. Elle eut cette révolte que tous les apôtres connaissent, et dont ils ne confient à personne la douloureuse violence. Elle se sentit infiniment solitaire. L'Œuvre accomplie autour d'elle lui fut un instant indifférente.

« Tout quitter... comme Léa... pour vivre de la vie naturelle... suivre celui qu'on aime... Mais personne ne m'aime, moi ! »

Personne ne venait la tenter dans le sanctuaire, elle ! Aucune bouche d'homme ne la provoquait par des paroles et des baisers...

« Soit ! je vivrai, je mourrai sans joie. Mais, du moins, je n'aurai pas déchu. »

Elle releva hardiment les yeux vers Georg et vers Léa. Pirnitz, tenant la main de celle-ci dans les siennes, lui disait :

— Mon enfant ! vous êtes libre. Vous pouvez quitter la tâche que nous avons entreprise en commun. Georg Ortsen le sait comme vous : nous ne vous retiendrons pas de force ; et, si les engagements que vous avez pris vous pèsent, moi, la première, je vous en délie.

— Tu le vois, Léa, dit Georg... Tu es libre de venir avec moi...

— Attendez, Georg Ortsen, reprit Pirnitz. Léa est libre de vous suivre, je vous l'ai dit aussitôt que vous êtes venu la réclamer. Mais je vous ai averti qu'elle doit prendre son parti en pleine connaissance.

— N'ai-je pas tout dit, loyalement ? fit Georg.

— Il y a une chose que vous n'avez pas entièrement expliquée, et dont l'importance est grande.

— Laquelle ?

— Vous me jurez de répondre la vérité sans détour ?

— J'aimerais mieux perdre Léa que de mentir.

Tous sentirent que les mots décisifs, les paroles de la Destinée allaient être prononcés.

— Georg Ortsen, reprit Pirnitz, vous nous avez dit que par l'effet du changement des lieux, par l'infusion de traditions nouvelles pour vous et le spectacle d'un art supérieur, vous avez eu la révélation de la vérité et de la vie. Je vous crois. Je sais trop combien notre conscience est susceptible de varier quand varient les milieux et les événements. Mais je vous demande si, réellement, le climat, les mœurs, l'art d'un pays nouveau ont seuls accompli cette révolution dans votre âme ?

— Que voulez-vous dire ? demanda Georg.

Il sembla à Frédérique et à Léa qu'il se troublait. Pirnitz reprit, détachant nettement chacune de ses paroles :

— Est-ce l'art seul, est-ce la méditation seulement qui vous ont transformé ? Georg Ortsen, vous devez la vérité à cette enfant qui ne sait rien que par vous et se confie à vous. La crise que vous avez contée futelle purement intellectuelle ?

— Sans doute...

Pirnitz insista :

— Depuis que vous avez quitté votre fiancée, n'avez-vous aimé aucune autre femme ?

Georg ne répondit pas.

— Vous n'avez aimé aucune autre femme ? répéta Pirnitz.

— Non, dit Georg. Je n'ai jamais aimé que Léa.

— Et aucune autre femme n'a reçu de vous ces caresses que vous promettez à Léa ? Ne trahissez pas votre pensée avec des mots obscurs ! Léa sera-t-elle la première femme que vous traiterez comme votre femme ?

Georg hésita une seconde, puis répondit :

— Non.

— Léa ! — s'écria Pirnitz, en se tournant vers la jeune fille qui chancelait, prise de vertige, — voilà donc ce que vous offre cet homme, qui pourtant est meilleur et plus droit que la plupart des autres hommes ! Des caresses de femmes lui ont appris une volupté, il voudrait la goûter de vous, parce que votre visage et votre corps lui font prévoir qu'elle serait plus savoureuse. Léa, le secret de cette grande transformation morale, de cette prétendue révélation de la vérité et de la vie, vous le connaissez à présent : une joie physique a été enseignée à cet homme. Par l'effet qu'elle a produit, flétrissant en lui tout ce qui le faisait noble et admirable, jugez si elle est digne de vous ! L'éternel marché vous est proposé. L'homme vous dit : « Donne-moi une volupté, et je t'appellerai ma femme... » Vous êtes éclairée à présent. Suivez-le, si vous voulez !...

Elle s'assit, d'un air désintéressé et résigné, ne regardant plus ni Georg ni Léa. Les yeux de Léa contemplaient Georg avec une expression de seconde en seconde transformée. La surprise, l'incompréhension, s'y changeaient peu à peu en angoisse.

Georg s'avança vers elle :

— Je le jure, Léa, tu as toujours été mon seul amour...

Il voulut lui prendre les mains, mais elle tendit ses bras en avant :

— Ne me touchez pas !

Un instant ils demeurèrent debout en face l'un de l'autre : Georg n'osait avancer, tant le visage décomposé de Léa l'épouvantait. Elle lui apparut méconnaissable, les joues subitement caves et livides, les prunelles incendiées de fièvre, la bouche grelottante. Il eut la sensation affreuse qu'il venait de lui porter un coup mortel.

— Partez, Georg, dit Frédérique... Ne faites pas de mal à Léa ; elle vient d'être malade par vous : vous la tueriez.

Léa, sans quitter Georg des yeux, comme si elle redoutait une violence, recula jusqu'à la chaise où Pirnitz était assise. Pirnitz la saisit par la main, l'attira, et aussitôt l'influence rivale fut conjurée. Doucement, la jeune fille échoua aux pieds de l'apôtre, cachant sa figure dans ce giron plus que maternel, résolue à ne rien voir, à ne rien entendre.

Georg se tourna vers Frédérique :

— Ah ! Frédérique, s'écria-t-il, c'est vous qui tuerez cette enfant !

— Nous la sauvons de l'esclavage, répliqua l'aînée.

— Quelle chimère ! Léa est mon égale : je viens chercher ici un être libre, ayant les mêmes droits que moi.

La forme sombre de Léa, écroulée sur le sein de Pirnitz, ne bougea pas. Pirnitz, silencieuse, la caressait.

Frédérique eut un sourire méprisant. Elle répéta :

— Les mêmes droits !... Vous dites cela et vous le croyez, peut-être ? Léa, les mêmes droits que vous ?

— Assurément.

— Eh bien... pendant que vous étiez en Italie, Léa, à Paris, a eu des amants.

— Ah ! ce n'est pas vrai !

Ce cri jaillit de la bouche de Georg... Comprenant aussitôt le sens des paroles de Frédérique, il baissa la tête.

— Non, reprit Frédérique, ce n'est pas vrai... Léa est un lys blanc, comme toujours... Mais pourquoi dites-vous que ses droits sont égaux aux vôtres ? Si Léa n'a pas eu le droit de faillir, pourquoi, vous, avez-vous failli sans scrupule ?

Un silence, qui fut long, régna dans la vaste salle. Pirnitz tenait toujours le buste et la tête de Léa contre son sein, et l'on ne voyait de celle-ci qu'une longue forme agenouillée.

Georg regarda Frédérique, regarda le groupe de Pirnitz et de Léa. Il sentit nettement que tout était fini, qu'il était vaincu par la coalition de ces trois femme, si fortes dans la citadelle des solides principes auxquels elles avaient discipliné leur conscience et leurs mœurs.

Il s'approcha de Léa, et s'adressant à l'immobile forme enveloppée dans les bras de Pirnitz :

— Léa, dit-il, tu ne veux pas me suivre ? Léa, je t'en supplie, arrache-toi à ces femmes qui emprisonnent ton cœur... Viens... Suis ton mari !... Si des choses que j'ai dites, que j'ai faites, effarent ta conscience, n'en prends pas prétexte pour briser nos deux vies. La vérité n'est point éclatante et tranchante comme on te le dit... Elle est toute voilée de mystère... Nous la chercherons ensemble. Peut-être me suis-je trompé... Peut-être ai-je failli... Tu me pardonneras et tu me rendras digne de toi... Viens, Léa.

Mais la forme sombre, protégée par les bras de Pirnitz, ne bougea pas.

Il dit encore :

— Tu ne veux pas me suivre ?

Léa ne répondit pas

— Tu ne veux même pas me laisser voir ton visage, me dire une parole d'adieu ?... Sans doute nous ne nous reverrons plus jamais !...

Il sembla que la forme sombre eût un tressaillement... Mais les mains de Pirnitz se joignirent sur les épaules courbées de la jeune fille, et, de nouveau, elle fut immobile.

— Georg, supplia Pirnitz à demi-voix, partez !... Par pitié pour cette enfant que vous torturez, partez !...

— Je pars ? répondit Georg...

Pirnitz ajouta :

— Si vous l'aimez, vous ne ferez plus aucune tentative pour la reprendre. Elle ne vous suivrait pas, et ce qui lui reste de force se briserait.

— Je ne ferai aucune tentative pour la reprendre... Qu'elle sache seulement que je me regarde comme son mari et que je lui appartiens pour la vie.

— A elle et aux autres femmes que vous aimerez, comme en Italie, dit Frédérique.

Elle dit cela, et aussitôt s'étonna de l'avoir dit, comme si une autre avait parlé avec ses lèvres et sa voix. Georg la regarda si douloureusement que, malgré sa rancune, elle ne put soutenir ce regard. Il murmura le mot des éternelles séparations :

— Adieu !

Aucune voix ne lui répondit.

Il sortit sans se retourner. On entendit ses pas dans le corridor dallé, puis sur le gravier de la cour aux acacias. Le cordon de la porte de fer fut tiré ; le battant cria, se referma lourdement.

Quelque temps, les trois femmes demeurèrent telles que Georg les avait laissées. Puis, Léa releva lentement la tête :

— Il est parti ? demanda-t-elle d'une voix que l'anxiété altérait :

Frédérique et Pirnitz répondirent ensemble :

— Oui.

Léa entoura passionnément le cou de l'apôtre et l'embrassa à plusieurs reprises.

— Merci ! merci ! vous m'avez sauvée.

Elle se mit debout, fit quelques pas incertains encore, puis contempla, la tête haute, les lieux où elle venait d'être tentée et victorieuse. Frédérique et Pirnitz s'approchèrent d'elle. A leur tour, elles prirent chacune une de ses mains et les baisèrent.

L'école, autour de la salle silencieuse, bruissait d'un sourd tumulte. Une cloche sonna allègrement, annonçant la fin de l'étude du soir... Le piétinement précipité des élèves glissa dans les corridors.

— Comme tu es grande ! murmura Frédérique serrant la main de sa sœur. Comme tu es plus grande que nous !

Tout à l'heure, elle avait pensé : « C'est moi la plus forte ; c'est moi l'inaccessible. » Maintenant, elle s'humiliait devant sa cadette.

Les yeux de Léa brillèrent, chargés d'orgueil. Aucune larme n'en avait coulé.

IMPRIMERIE RAMLOT & Cie
52, Avenue du Maine, 52
PARIS

1926

www.ingramcontent.com/pod-product-compliance
Lightning Source LLC
LaVergne TN
LVHW020325230826
846091LV00003B/771

* 9 7 8 2 3 2 9 2 0 5 3 8 0 *